Un séduisant rendez-vous

Retrouvailles à Nashville

KAREN BOOTH

Un séduisant rendez-vous

Traduction française de
FRANÇOISE HENRY

PASSIONS

HARLEQUIN

Collection : PASSIONS

Titre original :
A CHRISTMAS RENDEZVOUS

HARPERCOLLINS FRANCE
83-85, boulevard Vincent-Auriol, 75646 PARIS CEDEX 13
Service Lectrices — Tél. : 01 45 82 47 47 - www.harlequin.fr
ISBN 978-2-2804-4543-6 — ISSN 1950-2761

Composé et édité par HarperCollins France. Achevé d'imprimer en décembre 2020.
par CPI Black Print - Barcelone - Espagne
Dépôt légal : janvier 2021.

FSC www.fsc.org
MIXTE
Papier issu de sources responsables
FSC® C108412

Pour limiter l'empreinte environnementale de ses livres, HarperCollins France s'engage à n'utiliser que du papier fabriqué à partir de bois provenant de forêts gérées durablement et de manière responsable.

- 1 -

Isabel Blackwell avait à peine posé la tête sur l'oreiller que la sonnerie de l'alarme incendie de l'hôtel se déclencha.

Agacée, elle s'assit sur le lit et repoussa son masque de sommeil tandis que la sirène continuait de hululer dans le couloir. Elle commençait à en avoir l'habitude. Depuis quinze jours qu'elle logeait au luxueux hôtel Bacharach de New York, l'alarme incendie s'était déclenchée à quatre reprises !

Ce soir, elle s'était couchée tôt dans l'espoir de récupérer de sa fatigue avec une bonne nuit de sommeil. La journée avait été difficile. Son frère, Sam, l'avait convaincue de s'occuper d'une affaire judiciaire qui ne lui plaisait guère, et la discussion l'avait épuisée. Finalement, par amour pour son frère, elle avait accepté. Il s'agissait de sauver l'entreprise Eden's Department Store des visées d'un homme détenteur d'un billet à ordre datant de plusieurs dizaines d'années et animé d'un esprit de vengeance bien actuel.

« Votre attention, chers clients. »

La voix préenregistrée résonna dans le couloir par l'intermédiaire de haut-parleurs.

Isabel soupira. Envolé, son espoir de sommeil réparateur…

« Veuillez gagner la plus proche sortie de secours en bon ordre. N'utilisez pas les ascenseurs. Je répète : n'utilisez pas les ascenseurs. Merci. »

— N'utilisez pas les ascenseurs, grommela Isabel, imitant les sonorités métalliques de la voix.

Elle repoussa drap et couverture, enfila un peignoir et chaussa une paire de ballerines. Puis elle quitta sa chambre et se joignit aux autres clients qui se dirigeaient vers l'escalier.

Comme il n'était pas 22 heures, elle était la seule en tenue de nuit. Elle ne se laissa pas démonter pour autant. Après tout, elle portait un élégant pyjama de soie rose pâle qui lui avait coûté une fortune. De plus, si quelqu'un devait se sentir gêné, ce devrait être la direction de l'hôtel, qui négligeait apparemment son équipement.

Elle descendit l'escalier, traversa le hall et, passant devant le chef des grooms tout confus, sortit dans la rue.

Début décembre n'était pas la période idéale pour parader sur un trottoir de Manhattan en pyjama et peignoir de soie, mais elle espérait qu'à présent le personnel de l'hôtel était devenu assez compétent pour déterminer rapidement s'il existait ou non un risque d'incendie.

Le directeur apparut par la porte à tambour, très énervé.

— Désolé, mesdames, messieurs. Nous faisons notre possible pour que vous puissiez regagner au plus vite vos chambres.

Il sortit un paquet de cartes de la poche de son costume et se mit à les distribuer.

— Je vous en prie. Acceptez une boisson au bar en guise d'excuse.

Isabel prit la carte. Elle n'allait certainement pas laisser passer l'offre d'un cocktail gratuit.

— Et si vous avez déjà un verre qui vous attend ? marmonna une voix grave derrière elle.

Elle se retourna et fut un instant déstabilisée par la vision qui s'offrit à elle, vision si séduisante qu'elle se demanda si en réalité elle ne s'était pas endormie dans sa chambre et n'était pas en train de faire un rêve érotique…

Grand et mince, la mâchoire forte, les cheveux en bataille, poivre et sel aux tempes, ce qui lui parut le comble de la séduction, un homme la fixait de son regard gris acier.

— Vous avez dû abandonner votre boisson ? demanda-t-elle. C'est une triste histoire.

L'homme croisa les bras et regarda avec nostalgie les portes de l'hôtel.

— Hélas, oui. Le barman venait de me servir le meilleur des manhattans. Et il est perdu là-dedans.

Avec un soupir, il reporta son attention sur elle et la détailla des pieds à la tête. Sous son regard scrutateur, elle sentit une vague de chaleur l'envahir.

— Avez-vous froid ? s'enquit-il.

— Pas du tout, répondit-elle en secouant la tête. Au contraire.

Un coin de la bouche de l'inconnu frémit, attirant son attention sur des lèvres extrêmement désirables. Il lui tendit la main.

— Jeremy.

— Isabel.

Elle lui serra la main et se figea. C'était comme si un courant passait entre eux. Normal, songea-t-elle. Trop de temps s'était écoulé depuis la dernière fois qu'elle avait flirté avec un homme. Son métier l'accaparait trop pour cela – raison pour laquelle il lui pesait autant.

— Vous ne plaisantez pas, constata l'homme sans lâcher sa main. Comment faites-vous pour être aussi brûlante ?

Et vous, comment faites-vous pour être aussi craquant ?

— La chance, je suppose, répondit-elle.

— Mesdames et messieurs, annonça le directeur, passant la tête par la porte. C'était une fausse alerte. Vous pouvez rentrer et regagner vos chambres. Nous sommes désolés de cet incident.

Isabel se tourna vers Jeremy.

— On dirait que vous allez sauver votre manhattan du naufrage, dit-elle.

— Vous m'accompagnez ? Je déteste boire seul.

Elle ne répondit pas tout de suite. Elle avait pensé regagner son lit et accorder quelques pensées rêveuses à ce charmant inconnu avant de glisser dans le sommeil.

— Au cas où vous ne l'auriez pas remarqué, je suis en pyjama, répondit-elle.

— N'oubliez pas le masque de sommeil, répliqua-t-il, cueillant l'objet sur son crâne et le considérant d'un air intrigué. Ça marche vraiment, ces trucs-là ?

Elle remit de l'ordre dans ses cheveux tout en songeant que le fait qu'il l'ait invitée à boire un verre avec lui malgré sa tenue négligée était plutôt bon signe.

— Oui, une fois que l'on s'y est habitué, répondit-elle.

— Je devrais peut-être essayer. Je ne dors pas très bien.

Elle se garda bien de lui dire qu'elle connaissait mille façons de le faire dormir comme un bébé et se contenta de lui prendre le masque des mains et de le fourrer dans la poche de son peignoir.

— Si cela ne vous gêne pas d'être vu avec moi dans cette tenue, j'accepte volontiers votre invitation, dit-elle.

— Vous porteriez un sac à patates que je vous inviterais quand même.

— Ravie de connaître vos goûts en matière de mode.

Il s'écarta et, d'un geste ample du bras, l'invita à entrer.

Certes, Jeremy était charmant, mais peut-être un peu trop, songea-t-elle en regagnant le hall de l'hôtel. Son expérience lui avait appris que les hommes charmants ne cherchaient souvent qu'à s'amuser. Elle emménageait à New York pour prendre un nouveau départ. Autrement dit, envisager d'exercer de façon moins douteuse son métier d'avocate en se lançant dans la législation sur l'adoption. Et, par la même occasion, cesser de faire n'importe quoi dans le domaine des relations amoureuses. À trente-huit ans, il était grand temps de prendre sa vie en mains.

En même temps, elle trouvait injuste de faire le procès de cet homme délicieux sur la base de quelques mots échangés et d'une simple invitation à prendre un verre. À la porte du bar, elle s'arrêta. Malgré la généreuse distribution de tickets de boissons gratuites du directeur, seules quelques personnes étaient installées au long bar d'acajou. Bien qu'un peu désuet, le lieu ne manquait pas de charme, avec son sol à damiers blanc et noir et ses lustres de cristal suspendus au plafond en berceau.

— Où avez-vous laissé votre cocktail ? s'enquit-elle.

— Là-bas.

Il se dirigea vers une table installée dans un coin, ce qui lui permit de l'observer sous un nouvel angle. La ligne des épaules dominait une silhouette élancée, et, si la veste bleu nuit de son costume dissimulait son dos, on devinait aisément qu'il était superbe.

Son verre l'attendait sur la table, à côté d'une pile de papiers qu'il fit prestement disparaître dans une serviette.

— Vous êtes vraiment sorti précipitamment, fit-elle remarquer. C'est votre première nuit ici ? Moi, je ne prends plus au sérieux ces alertes à répétition. Elles ne correspondent à rien.

— Je ne suis pas client de l'hôtel, je vis à Brooklyn. J'y avais juste rendez-vous, et j'ai eu envie de boire un verre avant de rentrer. Et à présent je me félicite de ma décision, conclut-il avec un regard éloquent dans sa direction.

Logiquement, elle aurait dû s'enquérir de son métier, mais cela l'aurait amenée à parler du sien. Or évoquer sa carrière d'avocate, rêve devenu cauchemar, était bien le dernier de ses souhaits.

À Washington, elle s'était rendue célèbre par son habileté à tirer d'embarras les puissants empêtrés dans des scandales. Bien qu'excellente dans ce registre, elle s'était lassée de cette foire d'empoigne. À Washington, sous une forme ou une autre, tout homme était un loup pour ses congénères.

— Qu'aimeriez-vous boire ? demanda Jeremy tout en lui tirant une chaise.

— Un gin tonic avec deux rondelles de citron, répondit-elle en s'asseyant sur un siège bien rembourré et somptueusement garni de velours blanc souligné d'un liséré noir.

De la poche de sa robe de chambre, elle sortit le ticket, qu'elle tendit à Jeremy.

— Gardez-le pour un jour de pluie, dit-il en repoussant sa main. Je vous ai invitée, n'est-ce pas ?

Elle sourit. Il y avait si longtemps qu'un homme ne l'avait traitée avec une telle délicatesse qu'elle commençait à se demander si la galanterie n'était pas un art perdu.

— Merci.

Jeremy se dirigea vers le bar et revint quelques minutes plus tard avec sa boisson. Comme il s'asseyait à côté d'elle, son parfum l'enveloppa, mélange de notes boisées et d'agrumes suscitant des visions romantiques de feu de bois crépitant dans l'âtre…

— Parlez-moi un peu de vous, dit-il. Que faites-vous dans la vie ?

Bien ! L'instant était venu de décider de la suite des événements. Soit ils optaient pour la discussion classique destinée à apprendre à se connaître, que nouent généralement un homme et une femme venant de se rencontrer, soit ils s'engageaient dans une direction plus fantaisiste.

Mais, puisque sa venue à New York représentait pour elle un nouveau départ, elle n'avait pas l'intention de retomber dans les anciennes habitudes.

Elle posa sa main sur celle de Jeremy.

— Je propose que nous n'abordions pas le sujet de notre métier, que nous ne nous parlions pas des écoles que nous avons fréquentées, des amis avec qui nous sortions, et que nous n'énumérions pas les gens importants que nous connaissons. Cela vous convient-il ? conclut-elle.

Le regard de Jeremy se fit inquisiteur, sans pour autant dissimuler une étincelle d'amusement. Il était de toute évidence intrigué.

— Très bien, dit-il simplement. De quoi voulez-vous parler ?

Sans lâcher la main de Jeremy, elle fit tourner son gin dans son verre. Elle aimait qu'ils soient déjà liés par une certaine familiarité. Comme s'ils se comprenaient alors qu'ils ne se connaissaient que depuis quelques minutes.

— Je ne sais pas, avoua-t-elle. Un peu de brutale honnêteté entre inconnus ?

Avec un éclat de rire, il retourna sa main dans la sienne et étreignit ses doigts. Une nouvelle fois, sa réaction la surprit, car ce simple contact provoqua chez elle un bouillonnement si vif qu'elle n'aurait pas été surprise d'exploser tel un bouchon jaillissant d'une bouteille de champagne sous l'effet de la pression. C'était comme si elle avait été plongée dans un profond sommeil et que, tout à coup, son corps s'éveillait à la vie. Bien qu'elle ne soit pas du genre à placer tous ses espoirs dans un homme, elle se demanda où tout cela allait la mener.

— Comme dans « action ou vérité » ? s'enquit-il.

Elle hocha la tête sans un mot.

— Jouons, alors ! dit-il. Je suis de taille à relever les défis.

Jeremy était si tenté de mettre cette jeune femme envoûtante au défi de l'embrasser qu'il dut se sermonner sévèrement. Il n'était pourtant pas homme à brûler les étapes. En tout cas, plus maintenant. Il appréciait beaucoup la compagnie des femmes mais, ayant beaucoup souffert d'un mariage toxique et du divorce cauchemardesque qui avait suivi, il avait appris la prudence.

Toutefois, il n'était pas question de gâcher cette soirée insolite en ressassant ses erreurs passées. Pas alors qu'il était en compagnie d'une femme charmante. Non seulement elle possédait une beauté fascinante, avec ses cheveux bruns et lisses encadrant un visage à la peau parfaite et aux yeux d'un brun chaud, mais elle se comportait comme il n'avait vu personne, homme ou femme, le faire. Qui se rendrait dans un bar en pyjama de soie rose pâle, peignoir assorti, et semblerait parfaitement à l'aise ? Et sa proposition de ne pas chercher à s'impressionner mutuellement représentait un vrai souffle d'air frais. S'il avait dû parler de son métier, il aurait tout simplement stressé, surtout après le rendez-vous qu'il venait d'avoir dans ce bar, une heure plus tôt.

— Je crains de n'avoir pas joué à « action ou vérité » depuis mon adolescence, avoua-t-il.

— Pareil pour moi. Et la majorité des défis incluaient des baisers.

On aurait juré qu'elle avait lu dans son esprit !

— Mais nous ne sommes plus des ados, n'est-ce pas ? ajouta-t-elle, plongeant son regard dans le sien.

— Pas moi, en tout cas. J'aurai quarante ans cette année.

Il s'éclaircit la gorge, anxieux de ne pas déparer leur duo en disant des banalités. D'habitude, il avait $1a repartie facile.

— Bien ! Alors, Isabel, confiez-moi quelque chose que tout le monde ignore à votre sujet.

Elle sourit d'un air coquin tout en mélangeant le contenu de son verre.

— Cela prendrait toute la nuit, répondit-elle. J'ai beaucoup de secrets, vous savez...

Il n'en doutait pas ! Que cachait ce pyjama ? À quoi cela ressemblerait-il, d'embrasser Isabel et de l'avoir nue, pressée contre lui ? Voilà des secrets qu'il aurait volontiers découverts.

— Alors dites-moi trois choses auxquelles vous croyez, suggéra-t-il.

Elle pinça ses belles lèvres dans un effort de réflexion avant de répondre :

— Eh bien... Je crois qu'il n'existe pas de bonnes raisons de mentir, mais que ce n'est pas pour autant que l'on doive tout confesser. Je crois qu'une bonne nuit de sommeil résout bien des problèmes. Et je crois qu'en dernier ressort seul l'amour est capable de nous sauver.

— Vraiment ?

Il trouvait la dernière déclaration un peu trop optimiste à son goût. Mais, encore une fois, il avait des raisons de se méfier de l'amour.

— Vraiment. Puisque nous avons opté pour la brutale honnêteté entre inconnus, je ne dois pas craindre les aveux ridicules.

— Vous êtes thérapeute, à tous les coups ! s'écria-t-il. Une de ces personnes que l'on paye des centaines de dollars l'heure juste pour leur raconter les scènes les plus humiliantes de sa vie.

— Dites donc ! Vous enfreignez les règles. Nous avons décidé de ne pas parler travail.

— J'ai raison ! Vous êtes thérapeute !

— Non, vous n'avez pas raison ! Mais vous n'avez pas tort non plus.

Il éclata de rire, émerveillé devant le puzzle que représentait Isabel. Il aurait aimé la dépouiller une à une de ses couches successives, certain qu'elles lui réservaient encore bien des surprises.

— Je suppose que maintenant vous désirez que je vous dise mes trois vérités ? demanda-t-il.

— Ce ne serait que justice.

Il réfléchit un moment, sachant qu'il fallait, comme elle, affirmer une vérité tout en piquant la curiosité de l'autre. Il n'accepterait pas de se faire damer le pion par Isabel.

— Je crois que se prendre trop au sérieux est un piège. Je crois que s'excuser de gagner beaucoup d'argent est idiot. Et je crois qu'il n'y a rien de mal à prendre du bon temps.

Elle hocha la tête tout en paraissant réfléchir à ses paroles.

— Très intéressant, murmura-t-elle enfin.

— Vous ne m'aurez pas. Vous êtes thérapeute !

— Et, vous, vous êtes nul dans l'observation des règles.

Il haussa les épaules.

— La plupart des règles sont arbitraires, répliqua-t-il.

— Des exemples ?

— Celle qui prétend que l'on ne doit pas inviter une femme en pyjama rencontrée sur le trottoir d'une rue de New York à boire un verre.

Elle pointa son index sur lui.

— Là, vous avez entièrement raison ! C'est une règle stupide.

Il termina son verre. Le moment était venu de décider s'il voulait la suivre dans sa chambre ou non. Seulement, il hésitait à formuler sa proposition. Endurer un refus de sa part serait très pénible, d'autant qu'il la soupçonnait d'être capable de le présenter d'une façon dévastatrice.

— Et je l'ai fait, n'est-ce pas ? rétorqua-t-il. J'ai tenté ma chance.

— Oui, vous l'avez fait. Ce qui m'amène à m'interroger.

Que voulez-vous, Jeremy ? Boire un verre, bavarder… Ou davantage ?

Elle se redressa sur son siège et planta sans aucune appréhension son regard dans le sien.

Il savait qu'il devait briser le charme sous lequel elle le tenait, mais quand son peignoir s'entrouvrit et révéla l'ébauche d'un sein… il ne sut plus rien du tout. Une brusque chaleur partie de son ventre rayonna dans tout son corps, chaleur qu'il aurait pu imputer à la boisson, mais qui n'était que la conséquence de son désir pour Isabel. Isabel avec ses lèvres boudeuses, ses yeux sombres et brûlants de sensualité, sa conversation spirituelle. Il n'était pas homme à demander *davantage*. Réclamer ne ferait que tout gâcher et le mettrait en position de faiblesse. Et il détestait se sentir démuni. Mais que possédait donc cette femme pour qu'il éprouve cette envie irrésistible de s'allonger avec elle et de tout lui donner ?

— Je veux ce que vous voudrez bien m'offrir, avoua-t-il.

Une légère rougeur monta aux joues d'Isabel, et elle sourit. Bon sang ! Elle était si belle qu'il finissait par se demander si tout cela était bien réel.

— Si j'ai bien compris, c'est à moi de décider ? demanda-t-elle.

— Bien sûr. C'est normal, non ?

Elle hocha la tête, mais les rides de son front suggéraient qu'elle n'était pas tout à fait préparée au tour pris par la conversation. Il se réjouit de se sentir capable de la surprendre, même si ce coup de fouet à son ego était déplacé.

— Eh bien, Jeremy, puisque l'initiative me revient, laissez-moi vous confier quelque chose. J'ignore ce que vous ressentez devant les beaux paysages, mais je dois dire que l'on a une vue spectaculaire sur la ville, depuis ma chambre…

Il eut la sensation qu'elle venait de lui offrir Noël, son anniversaire et le dimanche du Super Bowl en un seul paquet.

— C'est drôle, que vous parliez de ça, parce que je suis un grand amateur de vues spectaculaires, répliqua-t-il.

Il se pencha vers elle, le cœur battant follement.

Isabel l'imita jusqu'à ce que leurs visages ne soient plus qu'à quelques centimètres. Le reste de la salle s'était évanoui. Il n'y avait plus qu'eux, leurs souffles synchronisés et leurs intentions apparemment en accord.

— Action ou vérité ? murmura-t-elle.

— Action, répondit-il sans hésiter.

— Bonne réponse.

Les lèvres d'Isabel effleurèrent les siennes, tentatrices, plus douces qu'il n'aurait osé l'imaginer. Puis elle inclina la tête et son baiser se fit plus précis. Plantant ses ongles dans sa veste, elle lui agrippa les épaules. Et quand elle écarta les lèvres et promena sa langue sur les siennes, sa libido s'embrasa.

Il la saisit par la taille et l'attira à lui. Il avait besoin d'elle comme de respirer, manger ou étancher sa soif. Le fait de ne rien savoir l'un de l'autre rendait les choses encore plus excitantes. Et il se demanda ce que la nuit lui gardait en réserve, à lui qui refusait l'inconnu depuis si longtemps.

— Vous ne m'avez pas lancé votre défi, lui fit-il remarquer, reprenant son souffle.

— Je vous mets au défi de monter dans ma chambre, d'ôter votre costume et de m'emmener au septième ciel.

- 2 -

Jeremy dut faire appel à tout son sang-froid pour traverser discrètement le hall avec Isabel. Il mourait d'envie de lui prendre la main, de l'entraîner à toute vitesse vers l'ascenseur et d'appuyer frénétiquement sur le bouton. Puis de se jeter sur elle dès la porte de sa chambre refermée. Ou avant.

Malheureusement, l'ascenseur refusa de coopérer.

— Cet appareil est si lent, marmonna Isabel appuyant sur le bouton d'appel une seconde fois.

Elle se pencha imperceptiblement vers lui et effleura sa cuisse de la main.

Son corps tout entier se crispa si fort qu'il eut la sensation d'être prisonnier d'un morceau de bois. Son sang reflua de ses extrémités vers un point particulièrement sensible de son anatomie. Ravalant un gémissement, il plaça son attaché-case devant lui pour masquer sa douloureuse et exigeante érection. Il lui fallait Isabel. Tout de suite.

Finalement, l'ascenseur tinta, et ils se précipitèrent dans la cabine en même temps que les gens en sortaient. Il avait espéré qu'ils seraient seuls, mais au dernier moment quelqu'un passa la main entre les deux portes qui se refermaient.

— Désolée, dit une femme aux cheveux gris en leur souriant. Il fallait que je tente ma chance. Sinon, j'aurais dû attendre une éternité.

— C'est vrai, renchérit Isabel.

Elle s'adossa à la paroi du fond, tout près de lui, et, tout en lui caressant la cuisse, lui jeta un regard en coin. Quand elle se mordilla la lèvre, il faillit se trouver mal. Elle était terriblement excitante. Et cet ascenseur, terriblement lent.

Heureusement, la dame descendit de l'ascenseur au cinquième. Dès qu'ils se retrouvèrent seuls, ils se jetèrent l'un sur l'autre, se caressant frénétiquement et s'embrassant avec passion. Il tira sans ménagement sur la ceinture du peignoir d'Isabel et batailla avec les boutons de sa veste de pyjama. De son côté, elle avait glissé ses mains sous sa veste et tirait les pans de sa chemise de son pantalon. Le temps que l'ascenseur signale son arrivée au dix-huitième étage, ils étaient tous deux échevelés, à demi nus, et déjà en route vers le septième ciel.

Isabel jaillit littéralement de la cabine et s'engagea dans le couloir. Il ramassa son attaché-case, qu'il avait lâché dans la bataille, et la suivit au pas de course jusqu'à sa chambre. Quand elle sortit sa carte magnétique de sa poche, la vue de ses seins en partie exposés décupla son impatience.

Elle ouvrit la porte à la volée, se débarrassa de son peignoir et défit les derniers boutons de son haut de pyjama, qu'elle lança à terre. Il posa son attaché-case sans la quitter des yeux et prit ses seins si doux dans ses deux mains. Leur peau était encore plus soyeuse qu'il ne l'aurait cru possible. Les mamelons se durcirent à son contact. Il sourit. Il aimait la sentir aussi réceptive à ses caresses. Le pantalon de pyjama descendu sur ses hanches en soulignait la ligne harmonieuse. Il avait tellement envie de dévorer du regard chaque centimètre carré de sa peau qu'il tira d'un coup sec sur le lien maintenant le pyjama à la taille. Quand celui-ci tomba à terre, la vue de son corps dénudé le rendit à moitié fou.

— Tu portes beaucoup trop de vêtements, murmura-t-elle en déboutonnant sa chemise.

Il ôta sa veste et, alors seulement, elle prit la mesure de son érection.

— Très intéressant, dit-elle en passant une main sur le devant de son pantalon et en se mettant à le masser fermement.

Il poussa un petit grognement de plaisir, hésitant entre garder les yeux grands ouverts et refuser de voir. C'était si bon… Mais il voulait davantage. Quand un sourd grondement de plaisir et de frustration lui échappa, Isabel réagit en baissant la fermeture de son pantalon. Il ôta ses chaussures et, quelques secondes plus tard, elle jetait le reste de ses vêtements en tas sur le sol.

Prenant son pénis dans sa main, elle lui imprima de délicats mouvements de va-et-vient pendant qu'il l'embrassait. Il y avait bien longtemps qu'il n'avait désiré une femme comme il la désirait. Quelque chose en elle l'incitait à baisser sa garde.

— As-tu un préservatif ? demanda-t-il, se rappelant soudain qu'il en était dépourvu.

Mauvaise organisation de sa part, mais, pour sa défense, il n'avait pas l'habitude de draguer des femmes dans les bars d'hôtel et de les suivre dans leur chambre.

— Oui, dans la salle de bains. Un instant.

Elle s'éloigna, lui offrant une vue très agréable sur son postérieur rond et ses longues jambes.

Elle revint quelques secondes plus tard avec une boîte de préservatifs, qu'elle posa sur la table de nuit après en avoir pris un. Elle déchira l'emballage, s'approcha de lui à la manière du tigre qui traque sa proie. Il appréciait d'être ainsi désiré. C'était bon de voir qu'il avait encore le pouvoir de séduire une femme.

Isabel présenta le préservatif au sommet de son sexe

dressé, puis le déroula tout le long, lentement, opération durant laquelle ils ne se quittèrent pas des yeux.

Elle était parfaitement maîtresse de ses mouvements, et il aurait aimé se noyer dans son assurance, vivre dans le monde qu'elle créait, un monde où il ne semblait pas y avoir de raison de se poser des questions.

Un vaste lit trônait au milieu de la chambre, le drap repoussé sur un côté. Mais là, tout de suite, il avait envie de faire l'amour à Isabel ailleurs que dans un lit. Et le fauteuil tout proche semblait le meilleur endroit pour commencer.

Il la prit par la main et s'assit, les hanches au bord du siège. Sans hésiter, Isabel s'installa à califourchon au-dessus de lui. Il glissa une main entre eux afin de se positionner, et elle descendit lentement sur lui. Il plongea son regard dans le sien et lui saisit les hanches. Ses lèvres s'écartèrent et elle ferma les yeux tandis qu'elle le prenait tout entier. Ils s'ajustaient parfaitement, et il remercia le ciel ou toute force régissant l'univers de lui offrir cet instant.

Isabel imprima son propre rythme à l'acte, ce qui lui convenait très bien. Il désirait savoir ce qu'elle aimait, car, même s'il bouillonnait d'un désir difficilement contenu, le plaisir d'Isabel lui importait par-dessus tout. Il ne la quitterait que lorsqu'elle serait sexuellement comblée.

D'une main dans son dos, il l'attira à lui et l'embrassa avec fièvre. Pendant ce temps, elle le faisait glisser en elle, et il avait bien du mal à se retenir de mettre fin prématurément à l'acte.

Il se concentra donc sur leur baiser, lui caressant les seins d'une main tandis que l'autre palpait la tendre chair de ses fesses. Ses doigts dans ses cheveux, elle exprimait son plaisir par de doux gémissements. Puis il sentit le fourreau de son sexe se crisper convulsivement sur le sien, sa respiration devenir irrégulière.

— Je vais venir…, murmura-t-elle à son oreille.

Et elle l'embrassa dans le cou.

Le front appuyé au sien, elle accéléra le rythme, s'efforçant de prendre le maximum de son sexe à chaque descente. Il lui semblait que son sang ne circulait plus qu'autour du point qui les liait.

Dès qu'elle s'abandonna en criant, il se laissa aller. Le sexe d'Isabel se contracta encore et encore autour du sien, et une intense jouissance l'emporta.

Tandis que les ondes de l'orgasme se dissipaient et qu'Isabel s'effondrait sur son torse, il ne songeait qu'à une chose : la posséder encore une fois. Et, si possible, encore une autre ensuite.

— J'ai envie de toi, Isabel, dit Jeremy, caressant son dos nu et embrassant son épaule.

Gestes qui rallumèrent ses sens encore alanguis des suites de l'amour.

— Déjà ? murmura-t-elle.

Elle se dégagea et se dirigea vers le lit où, une heure plus tôt, elle cherchait le sommeil. À ce moment, elle n'imaginait certainement pas coucher avec un homme plus tard dans la soirée.

— Donne-moi une minute ou deux, pas plus, répondit-il en se dirigeant vers la salle de bains.

Elle s'allongea sur le lit et, la tête sur l'oreiller, contempla le plafond. Elle était heureuse que Jeremy veuille faire encore l'amour. La première fois avait été si précipitée qu'elle souhaitait recommencer pour mieux savourer.

Quelques instants plus tard, il la rejoignit et pressa son long corps contre le sien.

— Tu es si merveilleuse… Une fois ne peut suffire.

Elle sentait déjà son sexe durcir contre sa cuisse.

Franchement, cet homme l'impressionnait par sa capacité de récupération. De plus, considérant qu'ils se connaissaient à peine, il avait une troublante aptitude à deviner ses points les plus sensibles. Et elle appréciait beaucoup qu'un homme soit à l'écoute d'une femme et cherche à la satisfaire.

— Il nous faut un autre préservatif, fit-elle remarquer en l'embrassant.

Il roula sur le côté et, s'asseyant au bord du lit, sortit une protection de la boîte posée sur la table de nuit.

À la douce lumière provenant de la fenêtre, elle admira son dos musclé. Il était dans une excellente condition physique et elle était heureuse d'en recueillir les bienfaits.

Quand il revint vers elle, il souriait.

— Tu es si belle. Je me demande encore comment je t'ai persuadée de m'emmener dans ta chambre.

Elle lui donna une tape sur le bras et l'attira comme il se penchait vers elle.

— Tu n'es pas un empoté, crois-moi, répliqua-t-elle.

Il l'embrassa doucement, puis son approche se fit plus séductrice. Il embrassait merveilleusement bien, aucun doute là-dessus. S'ils avaient échangé éternellement des baisers, elle aurait pu atteindre l'orgasme de cette manière.

Il la fit basculer sur le dos, et se tint au-dessus d'elle. Elle caressa ses bras musclés du poignet à l'épaule, les yeux fermés, mais les rouvrit quand il promena sa bouche dans son cou, puis sur un sein et en saisit la pointe entre ses lèvres. Il prenait son temps, maintenant, un saisissant contraste avec sa frénésie précédente.

Il se positionna à l'entrée de son sexe et la pénétra lentement, se maîtrisant pour lui permettre de sentir à quel point il l'emplissait parfaitement. Elle sentait le froid de l'oreiller contre ses joues tandis qu'il échauffait jusqu'à l'embrasement le reste de son corps. Elle souleva les genoux afin de lui permettre de pénétrer plus profondément, et il lui fit l'amour à lui faire perdre la tête, tout comme la première fois. C'était l'avantage d'un homme qui avait vécu ; il avait de l'expérience.

Il glissa une main entre eux et, quand il excita son clitoris du pouce, elle fut surprise de la rapidité avec laquelle il l'amenait au bord de l'orgasme. Cependant, il se joua d'elle, la faisant approcher puis s'éloigner du plaisir, la laissant chaque fois plus proche, la préparant à son intensité. Ses propres soupirs et ses gémissements lui parvenaient d'une manière étouffée. Et, comme elle était de plus en plus excitée et impatiente de jouir, elle enfonça ses talons dans les reins de Jeremy, le projetant littéralement en elle. Ce fut à cet instant que l'orgasme la terrassa, encore plus intensément que le premier.

Comme elle reprenait pied dans le présent, elle se rendit compte que Jeremy était également proche de son pic. La respiration hachée, il fit un mouvement brusque, puis son torse se figea, ses hanches retombèrent. Elle enlaça étroitement ses jambes à ses hanches et fit courir ses doigts le long de son dos, soulignant le dessin de chaque muscle. Son propre plaisir continuant de tourbillonner en elle, elle fit tomber une pluie de baisers dans le cou de Jeremy pour manifester son approbation. Il était magnifique. Absolument parfait.

— Oh non ! gémit-il soudain. Le préservatif… Il s'est déchiré.

Ces paroles rompirent brutalement le charme.

— Pas possible, bredouilla-t-elle.

— Ai-je éjaculé ? Oui.

Il se détacha d'elle, bondit hors du lit et se précipita dans la salle de bains.

— Super, marmonna-t-elle.

Terminée, la parenthèse enchantée avec le charmant

Jeremy. Oubliée, l'idée d'une troisième fois. Ou d'une quatrième. À en juger par sa retraite précipitée dans la salle de bains, l'aventure allait se terminer là.

Il revint quelques minutes plus tard, la taille ceinte d'une serviette, et fit les cent pas dans la chambre tout en fourrageant dans ses cheveux.

— Je ne sais que dire à part que je suis désolé…

Son instinct la porta à le réconforter, même si l'angoisse lui pinçait le cœur.

— Ce n'est pas ta faute, dit-elle. Ce sont des choses qui arrivent.

Un silence pesant s'ensuivit, et elle comprit que Jeremy cherchait le moyen de fuir. Elle fut tentée de lui désigner la porte pour leur éviter à tous deux une situation embarrassante. Elle mettrait son masque de sommeil et se persuaderait que rien de tout ceci n'était arrivé. Dommage, car ils avaient passé une merveilleuse soirée ensemble. Il était injuste qu'elle doive se terminer sur cette note déplaisante. Mais la vie était ainsi faite. Il ne servait à rien de se lamenter.

Jeremy s'assit au bord du lit, loin d'elle. C'était étrange, il lui semblait à présent le connaître moins bien que lorsqu'ils s'étaient rencontrés.

— Je ne sais même pas comment tu t'appelles. Que se passera-t-il si tu es enceinte ?

Elle entendit l'angoisse dans sa voix. Elle avait déjà été placée dans cette situation, et cela avait été si douloureux qu'elle avait cru ne jamais s'en remettre.

La première impression qu'elle avait eue de Jeremy était la bonne. Il avait joué la décontraction parce qu'il cherchait une aventure, pas une rencontre susceptible de déboucher sur une véritable relation. Dans le fond, c'était très bien ainsi.

Étant donné qu'ils se connaissaient à peine, il était compréhensible qu'il se sente piégé. À elle de le tranquilliser.

— Si cela peut te rassurer, je m'appelle Isabel Blackwell.

— Très bien. Mon nom est Sharp.

Elle tira le drap sur elle et s'adossa à la tête du lit.

— Ne t'inquiète pas, dit-elle. Je suis de près mon cycle et je ne pense pas qu'il y ait de problème.

Ces dernières années, elle notait méthodiquement la date de ses règles avec l'idée implicite que, si elle rencontrait la bonne personne, elle serait prête à faire un enfant le plus vite possible. Elle se préparait à tout, dans la vie. C'était la meilleure façon d'éviter les surprises, et la solution idéale quand vous aviez l'impression que vos souhaits ne se réalisaient pas assez vite.

— D'accord. Eh bien, je me demandais si tu voulais que je reste…

La voix de Jeremy s'éteignit, lui laissant la décision finale.

— Non, Jeremy. Au point où nous en sommes, il vaut mieux que tu rentres chez toi. J'ai une réunion importante demain. Tu as certainement aussi des obligations. Une bonne nuit de sommeil nous fera le plus grand bien.

Il hocha la tête.

— C'est vrai.

Il se leva et entreprit de rassembler ses vêtements. Quand il se débarrassa de la serviette afin de passer son caleçon, il lui donna un dernier aperçu de son corps parfait. Bon sang ! Si seulement cela n'avait pas commencé de façon aussi absurde et fini dans un tel malaise, elle aurait pu apprécier de le garder un peu plus longtemps dans les parages.

Elle sortit du lit et passa près de lui pour se rendre à la salle de bains. Elle referma la porte derrière elle et se força à respirer calmement. Tout allait bien. Bon, d'accord, c'était raté pour le nouveau départ qu'elle envisageait de prendre dans sa vie sentimentale en emménageant à New York, mais il n'y avait pas de quoi en faire un drame. Jeremy était un homme bien. Beau, séduisant, gentil. Ils n'avaient pas eu de chance, ce qui arrivait tous les jours à d'autres. Il ne fallait pas considérer son idée de nouveau départ comme un échec à cause de cette mésaventure.

Elle but un peu d'eau au lavabo et se prépara à regagner la chambre.

Quand elle ouvrit la porte, Jeremy était rhabillé, et il tenait son attaché-case à la main. L'espace d'un instant, elle se demanda quel était son métier. Il travaillait probablement à Wall Street. Le métier d'agent de change cadrait bien avec sa légère impertinence, sa belle prestance et son assurance. Mais elle ne poserait pas la question.

— Tu es prêt à partir ?

— Oui. Je te remercie pour cette nuit. C'était vraiment très bien. Sincèrement.

Elle faillit rire de cette situation tragi-comique dans laquelle elle s'était fourrée. S'approchant, elle lui déroba un dernier baiser.

— Tu es extraordinaire, Jeremy. Et je te souhaite une longue vie à gagner de l'argent et passer du bon temps, où que tu ailles.

Il sourit. Mais ce sourire ne ressemblait pas au sourire étincelant qui avait attisé son intérêt et allumé le désir entre eux.

— J'espère que tous tes vœux seront comblés, Isabel Blackwell.

Elle lui ouvrit la porte et le regarda s'éloigner dans le couloir. Pourvu qu'il ait raison. Elle ne comptait pas attendre éternellement la réalisation de ses vœux.

- 3 -

À 4 h 37, Jeremy renonça à trouver le sommeil. Repoussant les draps, il s'assit au bord du lit, les coudes sur les genoux, et passa une main dans ses cheveux. Un profond soupir lui échappa. Bizarrement, il aurait juré avoir murmuré en même temps un prénom. Isabel… Que lui arrivait-il ?

Jamais une femme ne s'était imposée à lui en aussi peu de temps. De quoi s'agissait-il ? D'une poignée d'heures ? Bien sûr, il était encore sous le coup de la façon dont ils s'étaient quittés. Quand ils flirtaient au bar et qu'elle l'avait invité à monter dans sa chambre, il avait prévu de la laisser sexuellement comblée. Au lieu de ça, il était parti sur un baiser d'adieu dépourvu de sensualité et avec le sentiment dévastateur qu'il restait quelque chose d'inachevé entre eux. Sans compter ce maudit préservatif !

Il soupira de nouveau. Cela ne pouvait pas durer. Il fallait qu'il laisse cette histoire derrière lui.

Songeant à la longue journée de rendez-vous avec des clients qui l'attendait, il décida qu'un peu d'exercice ne lui ferait pas de mal. Il alluma la lumière, enfila un short, un T-shirt et ses chaussures de jogging et grimpa la volée de marches menant au troisième étage de sa maison de grès rouge rénovée. Il y avait aménagé une salle de sport et une petite salle de cinéma, après le départ de son ex-femme. Kelsey ne voyait pas l'intérêt de regarder des films ailleurs qu'en ville, ni d'avoir une salle de sport qui sentait la transpiration à domicile. Mais à présent il pouvait faire ce que bon lui semblait.

Maigre consolation.

Quarante-cinq minutes sur le tapis de course et une demi-heure d'haltères suffirent à le faire transpirer suffisamment et à dissiper un peu la pensée obsédante d'Isabel.

Il dévala l'escalier jusqu'au rez-de-chaussée et gagna sa cuisine suréquipée, où il préparait des plats beaucoup trop copieux pour une personne.

Le café coulait quand il entendit un bruit connu provenant du patio situé à l'arrière de la maison.

Un… miaulement ?

On était début décembre, et il faisait froid. Trop froid pour laisser un animal dehors. Il se dirigea vers la baie vitrée et, comme cela s'était produit à plusieurs reprises, découvrit un gros chat tigré roux faisant des allers et retours devant la porte. Cet été, durant une canicule, Jeremy l'avait même fait entrer. Mais l'animal avait demandé à sortir le soir même quand il était rentré de sa journée de travail.

Il n'était pas particulièrement attiré par les chats. Il ne voyait pas l'intérêt d'un animal qui passe ses journées à dormir ou à faire ses griffes sur le canapé. Il avait appelé la fourrière pour demander que l'on vienne le chercher, mais ils s'étaient désintéressés de son cas. Il avait alors demandé à son assistante d'appeler le vétérinaire du quartier, mais celui-ci ne pouvait rien faire tant que l'on n'aurait pas attrapé le chat pour le lui apporter. Il avait alors espéré que quelqu'un d'autre prendrait en charge le problème. Visiblement, ce n'était pas le cas.

Le chat se dressa sur ses pattes arrière le long de la vitre, fixant sur lui un regard implorant. S'accroupissant, il examina sa petite figure.

— Qu'est-ce que tu fais dehors, mon vieux ? Il est 6 heures du matin et il gèle.

— Miaou ! fit le chat, pétrissant la vitre.

Jeremy se redressa. Il n'avait vraiment pas de temps à lui consacrer, mais on annonçait une période de gel, et il ne pouvait laisser cette pauvre bête dehors. Résigné, il ouvrit la porte-fenêtre. Un courant d'air froid s'engouffra dans la maison, mais pas aussi rapidement que le chat. Tout en refermant la baie vitrée, il prit conscience de la tâche qui l'attendait. Il devait nourrir son protégé, lui trouver une litière et un coin où dormir.

Il partit à la recherche d'une boîte de thon dans la réserve, mais il n'y en avait pas. Il se rappela alors qu'il restait du saumon fumé au réfrigérateur.

— Nous allons voir si tu aimes ça, dit-il au chat.

Il posa une tranche de poisson sur une assiette, la coupa en petits morceaux. Ça allait être un grand succès, se dit-il en voyant que le chat se frottait contre ses jambes.

Il posa l'assiette à terre, et le chat se mit à dévorer.

Mission numéro un accomplie. Il remplit un bol d'eau, qu'il posa à côté de l'assiette. Après quoi il entreprit de préparer son propre petit déjeuner, des œufs et des bagels. Au moment où il s'installait à l'îlot central, le chat se faufila entre les pieds de son tabouret en ronronnant bruyamment. Comme il devait aller travailler, il envoya un texto à sa femme de ménage la prévenant de la présence du chat et lui demandant d'acheter un bac à litière et quelques croquettes en venant.

Une fois prêt, il prit le chemin du cabinet d'avocats familial, où il arriva à 7 h 30, comme tous les matins. Non seulement il faisait froid, mais le temps était gris et maussade. Un temps typique de début décembre. Encore qu'il ne puisse s'empêcher de trouver qu'il faisait toujours plus beau dehors qu'à l'intérieur des bureaux de Sharp and Sharp.

Les autres associés arrivaient à 8 heures. Cependant, il

avait appris bien des années auparavant que le patron, qui n'était autre que son père, exigeait davantage de lui que de n'importe qui d'autre. Il avait dû travailler deux fois plus pour devenir associé. Il se tuait au travail pour deux raisons. Tout d'abord, il espérait ainsi satisfaire suffisamment son père pour qu'il desserre sa poigne de fer et lui accorde un peu d'autonomie. Ensuite, quand il était en plein divorce, il avait fait échouer l'affaire Patterson, avec à la clé une très grosse somme d'argent. Il s'agissait d'un procès pour licenciement abusif pratiquement gagné d'avance, mais il s'était laissé distraire par ses soucis d'ordre privé. Même si son père ne lui pardonnerait peut-être jamais cette grave erreur, il s'efforçait néanmoins de la rattraper. Autant dire que son avenir professionnel se réduisait à une existence de bourreau de travail.

Ces derniers temps, son père l'avait harcelé pour qu'il se charge d'une affaire qui risquait d'attirer l'attention des médias, surtout des tabloïds – à l'ère d'Internet, les gros titres bien juteux représentaient de la publicité gratuite. Et, bien que son père soit du genre traditionnel, il aimait la lumière des projecteurs ; il s'y prélassait, même. Et surtout il aimait que de grosses sommes d'argent s'entassent dans les coffres du cabinet.

— Bonjour, Jeremy, dit son père, passant la tête par la porte de son bureau.

C'était son portrait craché, de vingt-trois ans son aîné. Les cheveux un peu plus gris, les rides un peu plus prononcées. Leur ressemblance frappante compliquait leur relation. Alors qu'ils étaient presque identiques physiquement, on ne pouvait imaginer personnalités plus dissemblables.

— Avons-nous le feu vert pour l'affaire Summers ? demanda son père en s'installant dans le fauteuil placé devant son bureau.

Jeremy soupira, se préparant au pire. Avec son père, on ne savait jamais à quoi s'attendre. Certains jours, il était calme et raisonnable, mais, d'autres, le moindre détail le mettait en rage. C'était ainsi depuis que Jeremy était enfant, et il ne s'y était toujours pas habitué.

— Oui, répondit-il. J'attends l'accord signé ce matin pour entrer en contact avec le département juridique d'Eden's. Pour quelle raison penses-tu que Benjamin Summers ne travaille plus avec Mulvaney et Moore ?

— Franchement, je ne sais pas. Hier, j'ai eu un entretien avec Summers, et il ne m'a pas paru très sain d'esprit. Il est animé par un violent désir de vengeance à l'encontre de la famille Eden. Dans cette affaire, il ne s'agit pas seulement d'argent, et je suis sûr que cela a épouvanté les associés de Mulvaney et Moore. Ils sont plutôt conservateurs.

— Pourquoi ? Si cela t'inquiète, il est encore temps de renoncer.

Son père secoua la tête.

— Non, non. C'est très bien ainsi. Summers est prêt à tout pour obtenir gain de cause. Il paiera. Je ne suis pas comme ton grand-père, qui évitait de se salir les mains. À moi, ça ne pose pas de problème.

Le grand-père de Jeremy avait été le premier Sharp du cabinet Sharp and Sharp. Son père avait refusé d'ajouter un troisième Sharp au nom du cabinet quand Jeremy y était entré comme associé ; il avait simplement attendu que son père disparaisse.

Jeremy pensait souvent à son grand-père ; il lui manquait. C'était pour suivre son exemple qu'il était devenu avocat et, de son vivant, les choses étaient bien différentes au sein du cabinet. Son grand-père aimait la loi et les myriades de façons dont elle peut être interprétée. Il aimait les joutes verbales et la stratégie. Son père, lui, aimait l'argent et gagner. Perdre n'était pas envisageable.

— J'ai confiance, dit Jeremy. Je contrôle la situation.

C'était totalement faux, mais impossible de l'avouer. En vérité, le rendez-vous avec Benjamin Summers au Bacharach avait été chaotique. D'où son besoin de boire un manhattan, et d'où, peut-être, son manque de discernement avec Isabel.

— Ne laisse pas cette affaire t'échapper, ordonna son père. S'il a éjecté un cabinet, il en éjectera un autre, et je ne crois pas avoir besoin de préciser qu'il serait vraiment regrettable pour nos finances de laisser échapper un tel profit. Échouer aurait des conséquences désastreuses pour toi.

— Il ne nous congédiera pas.

— Fais en sorte que cela n'arrive pas. Le point positif, c'est que tu affronteras seulement les membres de l'équipe juridique interne d'Eden's. Une affaire pareille va les dépasser complètement. Si tu te débrouilles bien, ce devrait être un jeu d'enfant.

Encore une basse attaque présentée comme un compliment. Inutile de relever ; cela ne donnait jamais rien de bon.

— Je ne m'inquiète pas, dit-il. Comme je te l'ai dit, je maîtrise la situation.

— Parfait.

Son père se leva, prit appui sur le bord du bureau et le fixa avant de se retirer.

— Bonne journée.

— Bonne journée, marmonna Jeremy.

Il se remit au travail, notant toutes les informations à communiquer à son assistante afin qu'elle organise la rencontre avec l'équipe juridique d'Eden's. Il espérait que cette rencontre pourrait avoir lieu le lendemain. C'était la seule chose qu'il puisse faire, essayer d'accélérer le mouvement pour faire plaisir à son père. Ensuite, il se plongerait dans la montagne de dossiers qui encombrait son bureau.

N'importe quoi pour chasser de son esprit l'obsédante pensée d'Isabel Blackwell et leur merveilleuse soirée qui s'était si mal terminée…

Isabel arriva au grand magasin Eden's peu avant 10 heures le matin suivant son aventure avec Jeremy. Généralement, avant une rencontre avec un client, elle était un peu nerveuse et très vigilante. Aujourd'hui, elle était si fatiguée qu'elle eut du mal à émerger du taxi.

Elle n'avait pas réussi à dormir plus de quelques minutes, cette nuit. Après le départ de Jeremy, son parfum s'attardait entre les draps, si bien que le souvenir de ses caresses se ravivait à chaque fois qu'elle se retournait dans son lit. Si le préservatif ne s'était pas déchiré, leur nuit aurait pu se poursuivre, tout aussi parfaite. Il aurait peut-être demandé à la revoir, invitation qu'elle aurait acceptée avec joie. Et elle aurait commencé sa nouvelle existence new-yorkaise sur une note positive. Seulement, voilà, après l'incident de préservatif, devant la réaction de Jeremy, tellement anxieux de la quitter, elle avait compris que ce n'était pas le bon. Qu'importait qu'il soit gentil, séduisant et très bel homme, il lui fallait davantage. Elle avait besoin d'un homme qui resterait à ses côtés dans l'adversité, pas d'un lâche qui s'enfuirait à la première complication.

Selon les instructions de son frère, Sam, elle prit l'ascenseur jusqu'au dernier étage, qui abritait les services administratifs.

Sam l'attendait à la réception.

— Salut, beau gosse, dit-elle comme il se levait de son fauteuil.

Selon son habitude, il était tout de noir vêtu, costume, chemise, cravate. Il posa un baiser sur son front.

— Je suis si heureux que tu sois là.

Elle était beaucoup moins enthousiaste, mais, étant indéfectiblement dévouée à son frère, elle avait accepté une dernière affaire légèrement douteuse, après quoi elle se tournerait vers un travail moins discutable.

— Je ne suis toujours pas persuadée d'être la bonne personne pour traiter cette affaire.

— Tu plaisantes ? Avec ton talent pour gérer les problèmes, tu es exactement celle qu'il faut !

L'allusion de son frère à ses activités à Washington lui laissa un goût amer. Il ne s'était pas agi de régler des conflits à coups d'arguments et de négociations. Dès qu'il existait un litige à enjeu financier entre gens riches et puissants, cela finissait inévitablement en lutte sordide où tous les coups étaient permis. C'était à celui qui déterrerait le plus de boue et obligerait l'autre à demander grâce.

— Écoute, Sam, tu sais que je ne veux plus m'attaquer à ce genre de dossiers.

Son frère la serra contre lui.

— Tu as trop de scrupules, dit-il. Summers est juste un type riche qui tente de mettre le grappin sur le magasin. Tu vas lui régler son compte en un rien de temps.

Pour cela, il faudrait d'abord qu'elle dorme un peu !

— Sauf que, l'héritage de la famille de ta petite amie étant en jeu, la désinvolture n'est pas de mise, répliqua-t-elle.

— Tu veux parler de sa *fiancée* ? fit une voix derrière eux.

Mindy Eden s'approcha d'eux, un grand sourire aux lèvres.

Isabel savait très bien que Sam et Mindy étaient fiancés ; le terme « petite amie » lui avait juste échappé. Peut-être son subconscient lui rappelait-il son dépit de constater que son frère avait trouvé le bonheur qu'elle désirait ardemment.

— Je te prie de m'excuser, Mindy, dit-elle. Fiancée, c'est vrai.

Mindy l'embrassa, puis agita la main pour attirer son attention sur l'énorme bague de fiançailles, platine et diamants, que Sam lui avait offerte.

— Franchement, je n'y croyais plus, laissa-t-elle échapper dans un soupir.

Isabel en doutait. Bien qu'adorable, Mindy semblait le genre de femme habituée à obtenir tout ce qu'elle voulait.

— Pourquoi ? Tu savais que mon frère était fou amoureux de toi.

Mindy donna un coup de coude dans les côtes de Sam.

— Je l'avais oublié pendant un temps. À une époque, je me suis tellement focalisée sur ma carrière que j'en ai perdu de vue l'essentiel.

Isabel ne le savait que trop. Si au début il y avait eu des frictions entre Mindy et elle, c'était à cause de son instinct de protection vis-à-vis de son petit frère. Mindy l'avait fait souffrir, et Isabel n'était pas prête à lui pardonner. Cependant, depuis que Sam et Mindy s'étaient réconciliés, les deux jeunes femmes avaient appris à mieux se connaître. Mindy et elle avaient des points communs : elles étaient toutes deux motivées, déterminées, et ne se laissaient pas mener par le bout du nez.

— J'essayerai de m'en souvenir quand je tenterai à nouveau ma chance en amour, murmura-t-elle.

— Des perspectives ? s'enquit Mindy.

— Je vous laisse ! dit précipitamment Sam. Je n'ai aucune envie d'entendre parler de la vie amoureuse de ma sœur.

Isabel lui saisit le bras.

— Oh ! Arrête. Nous n'allons pas aborder ce sujet,

parce qu'il n'y a rien à dire. Je cherche un appartement et un bureau pour être rapidement opérationnelle. J'ai mille choses à faire avant de songer à avoir une relation.

— N'attends pas trop, lui conseilla Mindy.

Elle jeta un coup d'œil à Sam et ajouta :

— N'y aurait-il pas un charmant célibataire dans tes connaissances ? Tu pourrais leur arranger un rendez-vous.

— Mon petit doigt me dit que cela ne plairait pas du tout à ma sœur, rétorqua-t-il, feignant d'être terrorisé.

À vrai dire, Isabel n'aurait pas d'objection à émettre. Si Sam lui présentait quelqu'un, elle pourrait être certaine qu'il avait épluché ses antécédents et qu'il approuvait. Ce qui n'était pas une mince affaire.

— Nous verrons cela plus tard, dit-elle. Pour le moment, parlons de notre affaire.

Plus vite elle s'y mettrait, plus vite ce serait terminé ! Elle différerait de quelques semaines son nouveau départ dans la vie. Ce n'était pas la fin du monde.

— Viens, dit Mindy. Allons nous installer dans le bureau d'Emma, qui était celui de *gram*. C'est le plus vaste.

La grand-mère de Mindy, Victoria Eden, était la fondatrice d'Eden's Department Store, lequel, à son apogée, comptait plus de cinquante succursales réparties dans le monde entier. Malheureusement, la chaîne était aujourd'hui réduite à un seul emplacement, le magasin originel de Manhattan. Victoria Eden s'était éteinte brutalement il y avait un peu moins d'un an, laissant l'affaire à Mindy, sa sœur Sophie et leur demi-sœur Emma. L'histoire de cette dernière était un peu compliquée. Mindy et Sophie d'un côté, Emma de l'autre avaient le même père, et leurs deux mères étaient sœurs. Par le biais de son testament, Victoria avait fait la lumière sur ce secret de famille en parlant ouvertement de la liaison de son fils, ceci dans une volonté de rendre justice à Emma.

Emma et Sophie les attendaient dans le bureau. Isabel les avait rencontrées un mois et demi plus tôt, au moment où Sam et Mindy avaient enfin compris qu'ils étaient fous amoureux. Mindy refit rapidement les présentations et ils s'installèrent dans le coin-salon, Isabel et Sophie sur le canapé, Sam dans un fauteuil sur le bras duquel Mindy se percha, et Emma en face d'eux.

— J'imagine que nous devons te faire part de tout ce que nous savons, dit Mindy. J'aurais aimé avoir plus d'informations à te fournir mais, il y a encore quelques semaines, nous ignorions tout de Benjamin Summers.

— Il prétend que notre grand-mère a eu une liaison avec son père, ce qui est grotesque ! s'exclama Sophie. *Gram* était toute dévouée à notre grand-père. Jamais…

— S'il te plaît, Sophie, laisse-moi finir, l'interrompit Mindy. Si cette liaison a existé, elle remonte à près de quarante ans, l'époque des débuts du magasin. De l'avis général, notre grand-mère gérait très bien l'entreprise et était désireuse de la développer. Ce serait alors que M. Summers père entrerait en jeu. Il aurait soi-disant prêté 250 000 dollars à *gram* pour qu'elle ouvre des succursales.

— C'était beaucoup d'argent, à l'époque, fit remarquer Isabel. Et il existe un billet à ordre ?

— Oui, répondit Mindy. Nous avons épluché les anciens comptes du magasin ainsi que les relevés bancaires, mais nous n'avons pas trouvé trace de cette rentrée d'argent. De grosses sommes circulaient dans le magasin, mais sans doute simplement le produit des ventes. Malheureusement, la comptabilité de cette époque était loin d'être aussi précise que de nos jours.

Isabel réfléchissait. Bien qu'elle ait affirmé ne plus vouloir de ce genre d'affaires, elle devait reconnaître qu'elle avait un certain talent pour fouiller le passé des gens riches.

— Tout d'abord, nous devons faire authentifier le billet à ordre, reprit-elle.

— Tu crois que ce pourrait être un faux ? demanda Emma.

— Vous seriez surprises des moyens utilisés par les gens poussés par l'appât du gain.

— Mais M. Summers est très riche, intervint Mindy. Pourquoi s'abaisserait-il à cela ?

— Ce n'est peut-être pas l'argent qui l'intéresse mais le magasin.

— Non ! s'écria Sophie. On ne peut pas le laisser faire !

Isabel ne tenait pas à être porteuse de mauvaises nouvelles, mais perdre le magasin était une réelle possibilité. Toutefois, pour le moment, il lui fallait rassembler toutes les informations pour estimer où en étaient vraiment les sœurs Eden.

— Pas de précipitation, leur conseilla-t-elle. Laissez-moi le temps de tout examiner. Je vais mettre sur le coup des enquêteurs spécialistes de la finance avec qui j'ai travaillé par le passé. Ils devront accéder à vos archives afin de déterminer si la somme incriminée est réellement entrée dans le magasin.

— Combien de temps cela prendra-t-il ? s'enquit Mindy.

— De quelques jours à quelques semaines selon la difficulté de la tâche.

Mindy s'éclaircissant la gorge, Isabel pressentit qu'elle n'allait pas aimer ce qu'elle avait à dire.

— Nous ne disposons pas de tout ce temps, annonça Mindy d'un air sombre. Ce matin, les conseillers juridiques d'Eden's ont reçu une lettre de M. Summers. Il nous menace de poursuites judiciaires si nous ne nous présentons pas à la table des négociations demain.

Isabel demeura quelques minutes silencieuse, digérant la nouvelle.

— L'avocat de M. Summers est-il au courant que vous avez engagé un avocat externe ? demanda-t-elle.

— Non. Nous avons pensé faire jouer l'effet de surprise, répondit Mindy. Ils ne s'attendent pas à se retrouver face à la redoutable Isabel Blackwell, de Washington, capable de sortir ses clients de n'importe quelle situation périlleuse.

Isabel se crispa. Elle ne voulait plus être cette personne.

Sam se pencha vers elle et posa une main sur son genou.

— Je suis d'accord, dit-il. Le magasin compte trop pour la famille Eden pour que nous n'utilisions pas toutes les stratégies à notre disposition. Ils se préparent à une négociation entre entreprises, et se retrouver face à toi devrait les déstabiliser.

Ignorant les contractions de son estomac, Isabel prit une profonde inspiration.

— Puis-je voir cette lettre ? demanda-t-elle.

— Naturellement !

Mindy bondit, alla chercher un mince dossier sur le bureau d'Emma et le lui tendit.

Il contenait un seul feuillet, la lettre invitant les représentants légaux d'Eden's Department Store à la table des négociations. Tout paraissait en ordre jusqu'à ce qu'elle découvre la signature. Il lui sembla alors que son sang se retirait de son visage.

Jeremy Sharp.

Mon Dieu ! Non…

Jeremy, l'avocat représentant l'homme qui voulait mettre la main sur Eden's Department Store ? Ce serait sa deuxième rencontre avec son amant d'une nuit.

Et apparemment ils passeraient de la chambre à coucher à la cellule de crise.

- 4 -

— Vous n'avez pas d'inquiétudes à avoir, assura Jeremy, faisant entrer Benjamin Summers dans l'une des salles de réunion de Sharp and Sharp. Nous avons la situation en main.

Benjamin Summers se tourna vers lui, ses yeux disparaissant derrière la fente de ses paupières plissées.

— Pourquoi cette réunion n'a-t-elle pas lieu dans la grande salle de conférences ? s'enquit-il sèchement.

Jeremy tira un siège pour son client.

— Parce que ce sera plus discret ici.

À vrai dire, il préférait cette salle parce que son père ne pourrait intervenir à moins d'y entrer carrément. Au cours de nombreuses réunions avec des clients, il avait dû subir les allées et venues de son père devant la porte de la grande salle. Manie agaçante au plus haut point.

Benjamin Summers s'assit, visiblement vexé.

Jeremy retint un soupir. Pendant le peu de temps qu'il avait consacré à son client, il l'avait toujours trouvé bourru, impatient. Et fort peu sympathique.

— Je me moque bien de la discrétion ! s'exclama Benjamin Summers. Je préférerais même une certaine publicité autour de cette affaire. Que le monde entier sache que j'ai des vues sur Eden's. Victoria Eden a anéanti le mariage de mes parents, et c'est le seul moyen à ma disposition de venger ma mère.

Jeremy tendit un verre d'eau à son client, espérant le calmer.

— Il vaudrait mieux ne pas aborder cette histoire au cours de la réunion, lui fit-il remarquer. Je comprends qu'il soit difficile de maîtriser vos sentiments personnels, mais nous devons nous focaliser sur le litige qui tourne autour d'une grosse dette impayée.

Benjamin Summers toussota tout en tapant du bout des doigts sur la table.

— Très bien, marmonna-t-il. Je me rangerai à votre avis…

— Je vous en serais reconnaissant.

— Pour le moment.

Un employé passa la tête par l'entrebâillement de la porte.

— Monsieur Sharp, les représentants d'Eden's sont arrivés. Dois-je les faire entrer ?

Jeremy se tourna vers son client.

— Êtes-vous prêt, monsieur Summers ?

— Plus que jamais !

Jeremy se leva, rajusta sa veste et se dirigea vers la porte.

Les conseillers juridiques d'Eden's étaient sans aucun doute de vénérables hommes aux cheveux blancs, plus proches en âge de son père et de Benjamin Summers que de lui. Pour peu que chacun mette de côté son ego, il gérerait facilement cette affaire.

Cependant, quand son regard se porta dans le couloir au-delà des dignes conseillers, il eut la vision stupéfiante d'une femme qu'il ne gérerait sûrement pas si aisément…

Isabel.

Que faisait-elle là ?

L'esprit en ébullition, il recula. Mais, avant qu'il ait eu le temps de se ressaisir, l'employé faisait entrer dans la salle Isabel accompagnée d'une jeune femme et d'un homme très grand.

— Monsieur Sharp, voici Mindy Eden, directrice générale d'Eden's Department Store, dit l'employé. Sam Blackwell.

Mindy Eden, svelte, l'air assuré avec ses cheveux flamboyants, lui tendit la main.

— Monsieur Sharp.

Sam, géant tout de noir vêtu, fit de même.

— Et Isabel Blackwell, avocate d'Eden's, conclut l'employé.

Isabel s'avança vers lui, mais son captivant parfum la devançant d'une fraction de seconde expédia à son cerveau une tornade de souvenirs. Il n'oublierait pas de sitôt leur brûlante rencontre amoureuse dans sa chambre d'hôtel. Malheureusement, ce n'était guère le moment de songer à son corps sous le strict tailleur gris. Il fallait plutôt se ressaisir. Savait-elle qui il était quand elle l'avait séduit ? L'avait-elle aperçu dans le bar en compagnie de Benjamin Summers avant que l'alarme incendie se déclenche ?

— Ravie de faire votre connaissance, dit-elle en lui tendant la main.

Durant leurs moments d'intimité, il avait remarqué que sa peau était inhabituellement chaude, mais à cet instant il ressentit comme une brûlure.

Il s'éclaircit la gorge.

— J'en suis également enchanté.

Il leur désigna des sièges de l'autre côté de la longue table d'acajou, essayant de reprendre ses esprits. Il était très perturbé, plus que lors de sa première affaire. Il ne pouvait chasser l'impression d'être tombé dans un guet-apens. On lui avait fait croire que les conseillers juridiques d'Eden's géraient l'affaire. Or, à moins qu'Isabel ait récemment intégré l'équipe, elle venait de l'extérieur.

— Prenez place, s'il vous plaît, dit-il.

Isabel s'assit juste en face de lui. Difficile de déchiffrer son expression, mais en même temps il la connaissait à peine. Quel genre d'avocate était-elle ? Plus important, quel était son but ? Pour un homme ayant souvent été trahi par des femmes, la situation faisait remonter les problèmes à la surface. D'autant plus qu'il s'était tout de suite senti en confiance avec Isabel, le soir de leur rencontre. Ce qui prouvait qu'il en avait encore long à apprendre sur la question.

Se forçant à respirer calmement, il planta son regard dans celui d'Isabel. Elle le lui retourna avec un parfait aplomb. En surface, elle était tout simplement éblouissante. Sans conteste, la femme la plus sexy qu'il ait rencontrée. Mais à présent il devinait sous cette apparence parfaite une femme pour le moins ambiguë. Il n'avait aucune envie de regretter leur soirée, mais peut-être le devrait-il. Se sentirait-il moins à son désavantage si rien ne s'était produit entre eux ?

— Mademoiselle Blackwell, en 1982, la grand-mère de votre cliente a emprunté 250 millions de dollars au père de M. Summers avec en garantie le terrain d'Eden's Department Store, l'immeuble et l'inventaire. D'après nos calculs, avec les intérêts ajustés sur l'inflation et composés mensuellement, la nouvelle dette atteint plus de 842 millions de dollars.

— Vous plaisantez sûrement ! s'exclama Mindy Eden. Pourquoi ne pas arrondir au milliard, tant que vous y êtes ?

Isabel posa une main sur le bras de Mindy tout en souriant à Jeremy, pure incarnation du sang-froid.

— Et que souhaite M. Summers que nous fassions à ce sujet ?

— Étant donné que ce marché remonte à presque quarante ans, M. Summers attend le remboursement de la dette dans les trente jours, répondit-il. Ce délai atteint, il lancera la procédure de saisie de la propriété.

Isabel hocha la tête. Mais, en la voyant s'humecter les lèvres, il dut se cramponner aux bras de son fauteuil.

— Toute discussion sur une saisie est prématurée, monsieur Sharp. Ma cliente n'a jamais entendu parler de M. Summers avant la lettre que votre équipe a envoyée aux services d'Eden's. Dans ces conditions, je ne vois pas comment on peut attendre de la famille Eden qu'elle donne simplement les clés d'une entreprise florissante à votre client sans étudier la question aussi minutieusement que possible.

C'était une mise en garde. Pourtant, il était trop troublé pour relever. Le sang courait si vite dans ses veines qu'il en avait des vertiges. Certes, Isabel était une excellente avocate, mais aussi une femme superbe...

— Nous ne pouvons entamer de négociations sans une expertise du billet à ordre, poursuivit-elle, une flamme dans le regard. J'ai des doutes sur l'authenticité de ce document, et je ne crois pas qu'il porte la signature de Victoria Eden.

Pas vraiment une bonne nouvelle, et pourtant une partie de son anatomie réagissait de façon tout à fait positive...

— Me traiteriez-vous de menteur ? rugit M. Summers.

Jeremy se tourna vers son client.

— S'il vous plaît, monsieur Summers, laissez-moi parler.

— C'est une note écrite à la main, monsieur Summers, précisa Isabel d'une voix tranchante.

Sa poitrine se soulevait d'une façon qui lui rappelait beaucoup trop de souvenirs de leur nuit au Bacharach, quand elle se blottissait dans ses bras... S'il l'avait pu, il aurait mis fin à cette réunion sur-le-champ !

— N'importe qui pourrait produire ce document, reprit Isabel. À ma connaissance, vous auriez pu le fabriquer la semaine dernière.

— Je n'ai aucune raison de mentir, décréta Benjamin Summers en la défiant du regard.

Isabel haussa les sourcils.

— De mon point de vue, vous avez 842 millions de raisons de mentir, répliqua-t-elle. Avez-vous des problèmes financiers dont je devrais avoir connaissance, monsieur Summers ? Que vais-je découvrir en fouillant dans votre entreprise ?

— Mademoiselle Blackwell…, intervint Jeremy d'un ton de mise garde.

Il retint ce qu'il aurait vraiment aimé lui dire.

Mademoiselle Blackwell, vous et moi avons des choses à régler en privé.

Mais il devait se ressaisir.

— Je vous saurais gré de ne pas vous adresser directement à mon client, surtout quand vous l'accusez sans preuve d'un délit, précisa-t-il. Il ne s'agit pas du procès de M. Summers.

— S'il doit se montrer odieux avec ma cliente, je n'ai pas le choix, rétorqua-t-elle. Tout n'est pas aussi clair et net que vous aimeriez le faire croire.

Manifestement, cette entrevue dégénérait, et il devait absolument la recadrer. Plus que tout, il avait besoin de poser à Isabel quelques questions qui auraient été malvenues devant leurs clients respectifs.

— Mademoiselle Blackwell, auriez-vous l'obligeance de demander à vos clients de se rendre dans le hall ? Je vais prier M. Summers d'attendre dans mon bureau pendant que nous discuterons des modalités de l'authentification de ce billet.

Isabel posa sur lui un regard soupçonneux.

— Je vous accorde cinq minutes, dit-elle sèchement.

Il aurait préféré une nuit…

— Certainement.

— Et j'ai besoin de m'entretenir un instant avec mes clients en privé.

— Je vous en prie. Je vous attends ici.

Isabel se leva et fit signe à ses clients de la suivre.

Il se tourna vers Benjamin Summers.

— Je n'apprécie pas d'être exclu des négociations, marmonna ce dernier.

— Cela vous évitera simplement l'ennui de nous entendre débattre dans un jargon juridique qui vous sera incompréhensible. De plus, j'aurai ainsi l'occasion de découvrir leur stratégie. Ce n'est pas l'équipe juridique habituelle d'Eden's.

— Vraiment ? J'attendais de mon avocat qu'il soit au courant de ces détails.

— Dans ce genre d'affaires, il faut s'attendre à des surprises.

Le hall de Sharp and Sharp respirait le luxe, avec ses boiseries sombres, sa lumière tamisée et ses canapés de cuir bleu marine. Il évoquait le vieil argent et le respect de la tradition. Isabel imaginait combien sa vie aurait été différente si elle s'était installée à New York plutôt qu'à Washington et avait pu démarrer sa carrière dans une agence comme celle-ci, où l'on gérait les affaires avec une probité exemplaire. Bien sûr, M. Summers s'était donné en spectacle durant la réunion, mais c'était juste un homme habitué à imposer sa loi et qui se mettait en colère en constatant que ses clients et elle comptaient se battre jusqu'au bout. Mais du moins ne s'agissait-il pas d'un de ces lamentables affrontements où l'une des parties avait juré la perte de l'autre.

— Est-ce normal de faire sortir tout le monde pour

s'entretenir seul à seule avec toi ? lui demanda Sam dans un murmure.

Il semblait très agité.

Elle jeta un coup d'œil alentour. À part la réceptionniste qui se trouvait au téléphone, le hall était désert.

Elle posa une main sur le bras de son frère. Si elle ignorait ce que voulait exactement Jeremy, elle était curieuse de l'apprendre. Leur bref échange l'avait excitée. Et, bon sang ! Cet homme portait le costume comme pas un.

— À mon avis, M. Sharp cherche surtout à calmer son client. Et de mon côté je ne veux pas qu'il se montre désobligeant envers Mindy.

— Pourquoi ? demanda l'intéressée. Tu me prends pour une mauviette ?

Isabel éclata de rire.

— Oh non ! C'est que, vois-tu, nous devons naviguer entre fermeté et refus de se lancer dans l'escalade. Summers et Sharp vont tout essayer pour envenimer les choses. Et c'est mon métier d'adoucir les angles.

— Tu as pourtant menacé Summers de fouiner dans ses comptes, fit remarquer Mindy.

— Il faut lui faire comprendre que nous ne plaisantons pas.

Sam se tourna vers Mindy.

— Personnellement, j'ai trouvé l'attaque d'Isabel assez habile, ma chérie. Nous devons lutter à armes égales, c'est-à-dire ne pas hésiter à éclabousser de boue Summers, et ce ne serait pas une mauvaise idée de s'attaquer aussi à son avocat. Ce type a une tête qui ne me revient pas. Il est suffisant, exactement le genre que j'ai envie de remettre à sa place.

Mindy dévisagea Sam comme s'il était devenu fou.

— Tu ne sais vraiment pas qui il est ? demanda-t-elle.

Jeremy Sharp, ex-mari de Kelsey Kline, célèbre amatrice de fêtes connue dans tout New York.

— Arrêtez, vous deux ! intervint Isabel, désignant du regard la réceptionniste, qui, par chance, ne semblait aucunement intéressée par leur conversation.

Mais, pendant ce temps, son esprit tournait. Jeremy avait été marié ? Et à une célébrité ? Les deux informations lui causaient une vive surprise, mais elle s'était interdit de fouiller dans la vie privée de Jeremy quand elle avait appris qu'il était l'avocat de Benjamin Summers. Seule l'ancienne Isabel l'aurait fait. À présent, très intriguée, elle se livrerait peut-être à quelques recherches…

Elle jeta un coup d'œil à son frère. Pouvait-elle lui avouer que celui qu'il trouvait si imbuvable était son amant d'un soir ? Sam ne la jugerait pas, mais il serait déçu, et à ses yeux c'était pire.

— Désolé, marmonna-t-il en enfonçant les mains dans ses poches. Je suis stressé. Je déteste que Mindy doive subir cette épreuve.

— Pas de problème, assura-t-elle, heureuse que Sam se soucie du bien-être de sa fiancée. Penchons-nous plutôt sur le fond de l'affaire. Il faut que nous fassions analyser le billet à ordre pour nous assurer qu'il est légal. J'ai déjà engagé des experts financiers judiciaires. Ils vont fouiller les anciens livres de comptes d'Eden's pour chercher la preuve que cet argent est bien rentré dans les finances du magasin.

Elle se tourna vers Mindy.

— Si cette liaison entre le père de M. Summers et ta grand-mère a été si sérieuse, ne crois-tu pas qu'il serait possible d'en retrouver des traces dans les affaires personnelles de Victoria ? D'anciens papiers, ou des lettres ?

— Après sa mort, j'ai récupéré l'appartement de *gram*, mais je n'y ai pas emménagé. Je l'avais prévu, mais…

Mindy posa sur Sam un regard plein d'adoration.

— Ton frère est arrivé, et tout a changé.

— Notre offre pour la maison du New Jersey a été acceptée, expliqua Sam.

— Elle est beaucoup trop grande pour deux personnes, ajouta Mindy avec un sourire ravi.

Sam haussa les épaules, mais il arborait également un grand sourire.

— Je veux des enfants le plus vite possible, dit Mindy. J'ai mis ma vie de côté trop longtemps.

Isabel ne la comprenait que trop bien ! Elle-même voulait des enfants. De plus, elle était persuadée que Sam et elle ne guériraient jamais vraiment du traumatisme de la mort de leurs parents tant qu'ils n'auraient pas fondé leur propre famille.

— Je préférerais quand même me marier d'abord, précisa Mindy.

S'ils devaient continuer à parler maison et enfants, aucun travail ne serait accompli aujourd'hui, songea Isabel.

— Mindy, ce serait vraiment important que toi et moi puissions aller visiter l'appartement de ta grand-mère, dit-elle. En attendant, je dois retourner négocier avec M. Sharp.

— À moins que tu aies besoin de nous, nous aimerions aller déjeuner, dit Sam.

Isabel hocha la tête.

— Excellente idée.

Mindy la serra brièvement contre elle.

— Merci, Isabel, de nous défendre. Mes sœurs et moi apprécions plus que tu ne l'imagines. Et le fait que tu sois une femme nous permet de respirer plus aisément.

Sam fronça les sourcils.

— Ma sœur est une excellente avocate, c'est certain,

mais en quoi le fait que ce soit une femme a-t-il de l'importance ?

Visiblement, Mindy se retint de lever les yeux au ciel.

— J'aime avoir le contrôle, et, sur ce point, ta sœur et moi nous ressemblons. Je sais qu'elle se battra jusqu'à la victoire.

Isabel préférait gagner, certes, mais cette affaire ne s'annonçait pas simple. Et sa brève aventure avec Jeremy la compliquait encore.

— Il faudra négocier, Mindy, lui fit-elle remarquer.

Car, si le billet à ordre s'avérait authentique, Eden's serait dans une situation délicate, et, pour en sortir sans y laisser trop de plumes, elle devrait opérer des miracles.

— Uniquement si le billet est authentique, précisa Mindy. À mon avis, il y a de grandes chances pour que ce soit un faux.

Si cela pouvait être le cas…, songea Isabel.

— Il vaut mieux que je retourne là-bas, dit-elle.

Elle rajusta sa veste et traversa le hall. Puis, afin de donner le change, entra d'un pas ferme dans la salle… et faillit heurter Jeremy. Elle eut le réflexe de poser les mains sur son torse tandis qu'il la saisissait par les coudes. Elle leva le regard sur ses doux yeux gris, et il sonda le sien avec intensité. Le courant entre eux passait si fort que c'en était pénible. Bien sûr, elle avait tout de suite été attirée par lui, et bien sûr ils avaient cédé à leur attirance. Impossible d'imaginer le contraire. Mais à présent ils se trouvaient dans un cabinet d'avocats, avec une affaire compliquée à démêler, et ce n'était vraiment pas le moment de se blottir contre Jeremy ! Même si elle en mourait d'envie…

Elle laissa retomber ses bras. Il fit de même et recula d'un pas.

Elle baissa les yeux sur la moquette tandis qu'elle

s'efforçait de reprendre contenance. Elle ne regrettait pas d'avoir couché avec lui. Oh non... Elle regrettait énormément d'avoir accepté l'affaire Summers contre Eden.

— Désolée, dit-elle.

Il s'éclaircit la gorge.

— Moi aussi. Dépêchons-nous. Dieu sait ce que pourrait faire M. Summers s'il reste trop longtemps seul dans mon bureau.

Il lui adressa un rapide sourire.

— Je plaisante, bien sûr, précisa-t-il en fermant la porte.

Isabel sentit son cœur s'emballer en voyant la main de Jeremy contre l'acajou de la porte. Il fallait absolument qu'elle se reprenne. Jeremy et elle étaient engagés dans un combat juridique. Ils étaient adversaires. Se rappeler constamment combien il était séduisant ne ferait que la mettre en position d'infériorité. Peu importait qu'il sente divinement bon. Peu importait qu'il porte magnifiquement le costume.

— Ainsi, je suppose que c'est à cause de cette affaire que tu ne voulais pas que nous parlions de notre métier, l'autre soir ? s'enquit-il.

— Pas du tout. Je n'aime vraiment pas parler boulot. Est-ce si étrange ?

— Pour quelqu'un qui semble si impatient d'endosser son rôle d'avocate, je trouve juste cette attitude un peu bizarre.

— *Impatient* ? J'exerce juste ma profession.

Elle s'assit et croisa les jambes. Puis, consciente que sa jupe remontait un peu trop, elle la baissa le plus discrètement possible. Elle devait lutter contre la tension sexuelle qui régnait entre Jeremy et elle. Ce n'était bon ni pour elle ni pour ses clients.

— Eh bien, je dois admettre que tu l'exerces admirablement, dit Jeremy en s'asseyant.

Sans la quitter des yeux, il se mit à tracer du bout du doigt des cercles sur la table. Aussitôt, le souvenir de ses mains sur son corps nu, sur ses seins, ses fesses, sur des endroits encore plus intimes prit toute la place dans son esprit. Si seulement leur rencontre ne s'était pas terminée de manière aussi désastreuse.

— Je n'ai pas eu autant de plaisir depuis longtemps à un échange verbal, précisa-t-il.

Elle avait toujours été attirée par cet aspect de la loi où vous avanciez un argument, l'autre répliquait et cela devenait un conflit de volontés, chaque partie durcissant sa position jusqu'à ce qu'une des deux n'ait plus d'autre choix que de demander grâce.

— Avec un peu de chance, nous en resterons là, répliqua-t-elle. J'aimerais vraiment parvenir à un accord, mais tout d'abord je veux faire authentifier le billet à ordre.

À ce moment, la porte s'ouvrit à la volée, et un homme d'un certain âge, à la belle allure, fit irruption dans la salle. La ressemblance avec Jeremy était frappante. C'était comme si quelqu'un avait appuyé sur un bouton pour se projeter vingt ans plus tard.

— Veuillez m'excuser, dit-il, jetant un vague coup d'œil à Isabel. Jeremy, puis-je te parler ?

Visiblement impatient Jeremy se leva si brusquement que son fauteuil roula et frappa la table avec un bruit sourd.

— Je suis occupé, dit-il. Cela ne peut-il attendre ?

— Que fait M. Summers dans ton bureau ?

— Il ne sait pas se tenir, voilà pourquoi je l'ai envoyé dans mon bureau, répondit Jeremy à voix basse, mais suffisamment fort pour qu'Isabel entende.

Le nouveau venu la dévisagea alors avec une insistance désobligeante avant de reporter son attention sur Jeremy.

— Je vais lui parler, annonça-t-il.

— S'il te plaît, non.

La voix de Jeremy, exceptionnellement ferme, la fit étrangement frissonner. Tirant un bloc de sa serviette, elle prit quelques notes pour se distraire l'esprit.

— Très bien, marmonna celui qui devait être M. Sharp senior. Viens me voir quand tu auras terminé.

Jeremy ne répondit pas, mais il arborait une expression tendue, la même qu'elle lui avait vue quand il avait quitté sa chambre d'hôtel.

— Je suis navré, dit-il quand ils furent de nouveau seuls. C'est mon père. Il est censé avoir pris une retraite partielle, mais cela signifie juste qu'il prend moins de clients tout en passant autant de temps au bureau.

— Ce qui lui laisse donc plus de temps pour interférer dans tes affaires.

— Exactement.

Elle ne connaissait pas grand-chose de la vie de Jeremy, hormis le fait qu'il avait été marié à une célébrité, mais elle trouvait navrant que son propre père soit une source de stress pour lui.

— Revenons à notre histoire d'authentification, reprit-elle. Je ne suis à New York que depuis quelques semaines et je n'ai pas d'expert sous la main ici. J'en connais plusieurs à Washington à qui je pourrais demander d'effectuer le travail.

— Washington ? Éminente avocate de Washington ?

— Pas vraiment.

— Quelque chose me dit que tu te dévalorises.

À ce moment, le portable de Jeremy sonna.

— Désolé, mais j'attends un message. Si cela ne t'ennuie pas…

— Bien sûr.

L'air soucieux, il tira son téléphone de sa poche et lut le message.

— Accepterais-tu que nous discutions des modalités

de l'authentification tout en dînant ? demanda-t-il. Je dois absolument rentrer à la maison.

Rentrer à la maison en pleine journée de travail ? Avait-il une famille ? Une petite amie ? Décidément, il l'intriguait de plus en plus.

— J'espère que ce n'est pas trop grave, dit-elle.

Il poussa un gros soupir.

— Je l'espère aussi, murmura-t-il. J'ai récupéré un chat errant. C'est une longue histoire.

— On dirait.

— C'est comme le reste de ma vie en ce moment. Une charge de plus sur la longue liste de mes obligations.

Elle hocha la tête, un peu chagrinée d'avoir vu juste à propos de lui. Il n'était pas homme à apprécier les entraves à sa liberté.

— D'accord pour le dîner, alors, dit-elle. 20 heures au Monaco ?

Il la regarda d'un air surpris.

— Au Monaco ? Impossible d'y obtenir une réservation de dernière minute.

Elle haussa les épaules.

— J'y ai mes entrées.

— Mais tu n'es à New York que depuis peu !

— Et alors ?

- 5 -

Dîner avec Jeremy, le beau, le séduisant Jeremy, n'était pas la meilleure idée qui soit, Isabel en était persuadée. Aux yeux de certains, elle pourrait même sembler très malvenue. Avait-elle le choix ? Naturellement. Elle détestait penser qu'elle ne l'avait pas. Mais conclure cette affaire selon le calendrier proposé par M. Summers exigerait de la virtuosité de sa part. Et, pour elle, pour son frère et la nouvelle famille de celui-ci, elle tenait à gagner.

Pas question de laisser traîner l'affaire jusqu'en janvier, peut-être même février ou mars. Il fallait en terminer au plus vite de façon à aborder la nouvelle phase de sa carrière, c'est-à-dire se lancer dans la législation sur l'adoption. Or, ce serait beaucoup plus facile d'obtenir quelque chose de Jeremy s'ils entretenaient de bons rapports. Seulement, la façon dont s'était terminée leur aventure au Bacharach n'augurait, a priori, rien de bon. Il fallait mettre cet épisode derrière eux et, d'expérience, elle savait que rien ne guérissait plus vite des sentiments blessés qu'un verre de vin et une conversation détendue devant un bon repas. Et les pâtes à la carbonara du Monaco étaient à se damner.

Afin de s'éclaircir les idées, elle décida de marcher jusqu'à l'hôtel. Un vent froid de décembre soufflait entre les grands immeubles de Manhattan et, tout autour d'elle, la ville bruissait de l'effervescence des veilles de fêtes. Elle passa devant des vitrines aux étalages extravagants offrant scènes de Noël, chalets montagnards sous la neige, bâtons de sucre d'orge et flocons de neige. Des passants aux joues rougies par le froid se bousculaient sur les trottoirs, chargés de sacs parmi lesquels se reconnaissaient ceux, argent et blanc, d'Eden's, situé à sept ou huit pâtés de maisons de là.

Elle n'avait pas fêté Noël depuis des années. Enfin, avec un sapin décoré et des cadeaux. Sam et elle passaient quelques jours tranquilles ensemble à cette époque, cuisinant et bavardant, heureux de ces moments d'intimité partagée. C'était ainsi depuis le décès de leurs parents, survenu à six mois d'intervalle quand Sam était au lycée et elle à l'université. Noël n'avait plus de sens, sans leurs parents avec eux.

Il n'était pas certain que les choses se passeraient ainsi cette année, car il fallait compter avec sa future belle-sœur et sa superbe bague de fiançailles. Elle était ravie de voir Sam et Mindy faire des projets d'avenir. Il est vrai qu'au début elle avait eu du mal à accepter Mindy, qui avait tant fait souffrir son frère en rompant. Et puis, finalement, elle avait été conquise par sa personnalité magnétique et sa détermination. Et puis elle l'admirait, car sa future belle-sœur avait accompli ce que nul n'avait réussi au cours des trente-six années d'existence de Sam sur cette terre : elle le rendait heureux.

Parvenue au Bacharach, en attendant l'ascenseur, elle surprit involontairement une conversation entre une femme en uniforme de pompier et le directeur de l'hôtel.

— Tout le système ? demandait celui-ci.

— Je le crains. Une minute, il répond au test, la suivante, non.

L'ascenseur arrivant, elle entra dans la cabine en espérant que les failles du système de sécurité seraient bientôt réparées.

Une fois dans sa chambre, elle se mit à l'aise, puis, cédant à la curiosité qu'elle avait d'abord réprimée en apprenant que Jeremy Sharp était l'avocat de la partie adverse, s'assit sur le lit et alluma son ordinateur. Elle n'avait pas plus tôt envoyé sa demande qu'un déluge d'articles de journaux à sensation déferlait sur son écran. Le premier gros titre confirmait les dires de Mindy : Kelsey Kline quittait son mari, car c'était un homme sans cœur, qui la confinait dans un mariage dépourvu d'amour.

Sans être friande de nouvelles à sensation, elle s'intéressa à l'histoire. Fille unique d'un magnat du transport maritime et héritière d'une grande fortune, bien connue à New York comme amatrice de plaisirs en tout genre, et blogueuse de mode, Mlle Kline s'était reconvertie en organisatrice de mariages. Elle était d'une beauté remarquable, mince mais pourvue de formes, les pommettes hautes, les lèvres pleines, et de superbes cheveux bruns aux reflets auburn. Sans bien connaître Jeremy, elle se disait que Kelsey, drôle et insouciante, pouvait tout à fait être son genre de femme.

Cependant, au fil de la lecture, l'histoire devenait sombre et triste. Kelsey se plaignait que Jeremy ne lui prodiguait pas d'affection, affirmait qu'il n'était pas un modèle d'époux ou d'homme désireux de s'installer. Il lui avait brisé le cœur, disait-elle, l'avoir épousé était une erreur dont elle ne se remettrait peut-être jamais. Elle allait même jusqu'à lancer des allusions voilées à d'éventuelles infidélités.

Kelsey avait entamé une procédure de divorce moins de trois ans après la cérémonie somptueuse de leur mariage dans la cathédrale historique de la ville. Mis à part les reproches le rendant responsable de l'échec du mariage, l'article mentionnait à peine Jeremy. Il était simplement dit qu'il avait décliné tout commentaire, attitude qu'Isabel prit pour confirmation des propos de Kelsey. Sinon, pourquoi ne pas se défendre ? Et elle se dit qu'elle l'avait échappé belle.

Refusant d'en apprendre davantage, elle prit une grande inspiration et ferma son ordinateur.

Elle éprouvait la familière et désagréable sensation qui l'envahissait quand elle fouillait la vie des gens pour les besoins de ses plaidoiries. Elle savait que beaucoup de personnes vivaient pour de telles révélations, mais pour sa part elle en avait déjà trop appris. Du moins savait-elle maintenant qu'elle avait pris la bonne décision en dégageant Jeremy de toute responsabilité après l'incident du préservatif. Elle dînerait avec lui ce soir, réglerait l'affaire Summers le plus rapidement possible et passerait à autre chose. Ce serait la fin du chapitre Sharp et, à en juger par cet article, c'était de loin le meilleur scénario.

Quelques minutes après 20 heures, Isabel descendit d'un taxi devant le Monaco. De l'extérieur, le restaurant se dissimulait derrière une façade de bois sombre percée d'une porte centrale en arche surmontée du nom du restaurant inscrit en lettres d'or. Soit par ignorance, soit par crainte de l'inconnu, peu de gens auraient eu l'idée de pénétrer à l'improviste dans cet établissement. C'était pourtant un des endroits de Manhattan qu'elle préférait. Son propriétaire était un ancien client qui possédait des restaurants renommés à Londres, Madrid, Los Angeles, Washington. La dernière tâche qu'il lui avait confiée avait été de sortir de prison sa fille étudiante, arrêtée au Belize pendant les vacances de printemps. Son travail avait consisté non seulement à la faire sortir légalement de là et à la rapatrier à New York, mais aussi à empêcher l'affaire de transpirer dans les médias et de parvenir à son université. Voilà ce qu'avait été sa vie d'avocate réparant les sottises de ses clients.

Elle poussa la porte et pénétra dans un vestibule faiblement éclairé, carrelé de mosaïques et comportant un vestiaire et un accueil clientèle. Les bruits du restaurant, brouhaha de conversations et de tintements de verres, lui parvenaient malgré les lourdes tentures de velours vert émeraude qui masquaient l'entrée de la salle.

Alors qu'elle donnait son nom à l'hôtesse, un souffle froid balaya l'entrée derrière elle. Se retournant, elle se trouva face à Jeremy, les joues rouges, les cheveux en bataille, et s'efforça d'ignorer les battements de son cœur. Il ôta son pardessus de laine gris anthracite et apparut en costume noir, et chemise bleu nuit qui faisait paraître ses yeux gris plus intenses. Il ne lui restait plus qu'à espérer que son attirance s'estomperait et que son corps cesserait d'être perpétuellement en état d'alerte en sa présence.

— Tout va bien ? demanda-t-elle.

— En gros, oui. Juste un après-midi de folie.

— Folie agréable ou désagréable ?

Il poussa un soupir qui laissait supposer une catastrophe.

— Tu sais, le chat errant dont je t'ai parlé tout à l'heure ? Eh bien, en réalité, c'est une femelle. Et une femelle pleine.

Elle étouffa un rire. Pour un homme qui semblait fuir les responsabilités, c'était plutôt cocasse.

— Que vas-tu faire ? s'enquit-elle.

— T'offrir un verre dès que nous serons installés. Voilà ce que je vais faire.

Elle fit signe à l'hôtesse, qui les guida dans la salle du restaurant, aussi belle que dans son souvenir avec ses box circulaires vert émeraude pour deux personnes, son éclairage tamisé et sa clientèle élégante. Jeremy attendit qu'elle soit assise avant de s'installer en face d'elle.

Pour ne pas avoir à le regarder, elle jeta un coup d'œil autour d'elle. C'était un cadre intime et raffiné, qui aurait été parfait s'il y avait eu la possibilité d'une idylle entre Jeremy et elle. Mais l'article lu quelques heures plus tôt écartait définitivement cette éventualité. Plutôt que de rêver, elle allait donc profiter de ces instants pour chercher un éventuel terrain d'entente professionnel. Ils commandèrent des boissons, gin tonic pour elle, manhattan pour Jeremy.

— Je ne suis pas venu ici depuis des années, fit remarquer Jeremy, feuilletant le menu.

— C'est plutôt un lieu de sortie en amoureux.

Elle n'avait pas envisagé que Jeremy puisse avoir des souvenirs du Monaco pour l'avoir fréquenté avec sa femme ou ses amies. Elle eut soudain un doute. S'imaginait-il qu'elle lui faisait des avances ? Ce serait une situation bien embarrassante.

— Mais j'adore leur cuisine, se hâta-t-elle d'ajouter. Elle est exceptionnelle. En particulier leurs pâtes à la carbonara.

— Entièrement d'accord.

On apporta leurs boissons et ils passèrent commande de leurs plats.

— Portons un toast, proposa Jeremy quand la serveuse se fut éloignée. À notre futur accord.

Elle se réjouit de constater que les pensées de Jeremy n'avaient pas pris le tour qu'elle craignait. À elle maintenant de chasser les drôles d'idées qui rampaient sournoisement au fond de son esprit. Malheureusement, partager une boisson avec Jeremy ravivait les souvenirs de leur brûlant baiser du premier soir…

— Bonne idée.

Après avoir levé son verre, elle but une gorgée de gin tonic.

— À propos de l'authentification du billet à ordre, as-tu

un expert à me suggérer ? s'enquit-elle. Bien sûr, j'aimerais d'abord m'entretenir avec lui, obtenir une présentation détaillée de ses méthodes, de son expérience dans ce domaine et un engagement d'impartialité.

— Je connais un expert, mais je ne peux te garantir l'excellence de son travail, ni sa rapidité.

— Il ne faudrait pas contrarier M. Summers concernant sa date butoir de trente jours.

— Vingt-trois, précisa-t-il. Une semaine s'est déjà écoulée, car le compte à rebours a commencé le jour où nous avons envoyé la première lettre à Eden's. On ne peut guère blâmer mon client. La dette est très ancienne.

— Oublierais-tu que mes clientes ignoraient jusqu'à l'existence de cette dette ? On ne peut rembourser ce que l'on ignore devoir.

— À vrai dire, maintenant qu'elles savent, elles ne paraissent pas plus pressées d'honorer leur dette.

Elle fit lentement tourner sa boisson dans son verre.

— Ce n'est pas évident de rassembler une telle somme en si peu de temps, fit-elle remarquer.

Jeremy balaya l'objection d'un haussement d'épaules.

— Je ne voudrais pas passer pour un salaud, mais ce n'est pas mon problème.

Elle n'aimait pas le tour pris par la conversation, tour qui ne laissait guère de place à la négociation. En fin de compte, cette affaire se présentait encore plus mal que prévu.

— Je ne t'accuserais certainement pas d'être un salaud, mais tu te comportes en avocat de salaud.

Même si Isabel l'assimilait à un « avocat de salaud », sa compagnie était bien plus agréable que les nombreuses obligations liées au travail qu'il subissait tout le temps.

— Si c'est ce que je suis, du moins cela paye-t-il les factures.

— C'est bien, de connaître tes priorités, répliqua-t-elle, moqueuse, avant d'avaler une grande gorgée de gin tonic.

Il dissimula son amusement car la serveuse apportait leurs plats.

Isabel ne ressemblait en rien aux avocats imbus de leur personne qu'il croisait d'habitude. Il appréciait vraiment sa compagnie. Elle était bien davantage que belle et intelligente. Le monde semblait différent, avec elle. Autour d'elle, l'atmosphère se chargeait de mystère et d'excitation. Il avait beaucoup appris sur son compte, quand il avait fait quelques recherches sur le Net.

Quand elle travaillait à Washington, elle avait beaucoup de clients haut placés, sénateurs, milliardaires, hauts fonctionnaires. Et, malgré les coups de semonce et les poursuites engagées contre eux, on ne trouvait pas trace de polémique ou de scandale attachés à leur nom. Accusations et rumeurs s'évanouissaient comme par magie. Elle possédait apparemment le talent de faire disparaître les choses gênantes sous le tapis. Talent qui la rendait encore plus dangereuse qu'il ne l'avait pressenti ce matin.

— Il faut que je te pose une question, dit-il. Pourquoi ne m'as-tu pas appelé quand tu t'es rendu compte que j'étais l'avocat de la partie adverse ? Cela me semble particulièrement sournois.

Voyant qu'elle tapotait les coins de ses délicieuses lèvres avec sa serviette, il eut le désir intempestif de l'embrasser jusqu'à ce que toute trace de rouge à lèvres ait disparu. Bien qu'ils soient face à face à la table des négociations, l'alchimie entre eux n'avait pas disparu pour autant.

— Franchement ? demanda-t-elle.

— S'il te plaît, oui.

Il se rendit compte qu'il attaquait son tournedos avec

plus d'agressivité que nécessaire. Choisir avec soin ses mots l'ennuyait, ce qui compliquait l'exercice de son métier tellement celui-ci dépendait de son habileté à manier le langage.

— Pour te faire la surprise, répondit-elle avec un petit sourire en coin. Non, plus sérieusement, c'était l'idée de mon frère, Sam. Il pensait que cela nous donnerait un léger avantage que tu ne saches pas que tu allais avoir affaire à une avocate indépendante. Je te prie de m'excuser si tu as eu l'impression de tomber dans une embuscade. C'était juste une tactique.

Il hocha la tête, pas rassuré par cette réponse. Ce matin, il n'avait probablement eu qu'un avant-goût des méthodes auxquelles Isabel pourrait recourir.

— Je n'apprécie pas que tu m'aies descendu devant mon client, fit-il remarquer.

— Effectivement, ce n'était pas très gentil de ma part. Mais Sam se montre super protecteur vis-à-vis de Mindy, sa fiancée, ainsi d'ailleurs que du reste de la famille Eden. Et, comme nous sommes très liés, je suppose que je fais partie du scénario.

Il était capable de comprendre la loyauté vis-à-vis de sa famille, mais jusqu'à un certain point. Si son grand-père était encore de ce monde, il se dévouerait corps et âme au nom de Sharp. Mais ses parents ne lui inspiraient pas cette sorte de fidélité. Ils s'étaient montrés très durs au moment de son divorce, plus préoccupés du jugement de la société que de sa souffrance.

— Apprécies-tu vraiment de travailler pour les Eden ? s'enquit-il.

Elle lui jeta un regard perplexe.

— C'est une question tendancieuse.

— Pourquoi ?

— Le ton de ta voix, pour commencer. Tu prononces le nom de la famille Eden comme si elle te dégoûtait.

Il avait effectivement manqué d'impartialité, mais il n'y pouvait rien. La famille Eden et celle de son ex se ressemblaient beaucoup. Des nantis traitant le reste du monde comme des sous-fifres.

— C'est juste que les gens qui se croient tout permis m'exaspèrent, expliqua-t-il. Les sœurs Eden ont hérité d'une grosse fortune et à présent elles ergotent au sujet de cette dette. Je t'assure que M. Summers n'aurait pas déterré cette histoire s'il ne tenait pas à la voir résolue. La liaison entre Victoria Eden et son père a détruit sa famille. Je ne crois pas que l'on puisse négliger la composante personnelle de l'affaire.

Isabel posa sa fourchette sur son assiette.

— Comme tu le sais certainement, il faut être deux pour avoir une liaison, répliqua-t-elle. M. Summers tient à rejeter la responsabilité de la désunion de ses parents sur Victoria Eden. Il s'entête à la décrire comme une briseuse de ménage alors qu'en réalité son propre père est forcément complice, dans l'affaire. Et d'ailleurs, pour ce que nous en savons, Summers père a peut-être été l'instigateur de cette relation.

Jeremy sentit son pouls s'accélérer. Il aimait beaucoup argumenter avec Isabel, même s'il était victime de ses réparties.

— *Si* la relation a bien existé, précisa-t-elle. Et rien n'est moins sûr.

Ses yeux sombres le scrutaient avec intensité. Bon sang, comme sa peau était belle dans la douce lumière. Soudain, il ne songeait plus qu'à son désir de la caresser. Partout. Si vanter ses performances sexuelles n'était pas son genre, il était tout de même certain qu'Isabel avait eu grand plaisir à faire l'amour avec lui. Et que ces instants magiques se soient terminés sur une note aussi inélégante le mortifiait.

Elle secoua la tête et baissa les yeux, ses cheveux bruns tombant sur son visage.

— Désolée, murmura-t-elle. Je ne supporte pas de voir une femme blâmée pour avoir eu une relation avec un homme. Hommes et femmes sont égaux et devraient être traités comme tels, bons ou mauvais.

— Ne t'excuse pas. Je préfère de beaucoup affronter une personne passionnée qu'un robot.

Elle esquissa un sourire.

— C'est sûr. Je m'énerve trop facilement pour passer pour un robot ! s'exclama-t-elle.

Une brusque tension dans son ventre le fit tressaillir. Il s'agita sur son siège. Le temps qu'ils en aient fini avec cette affaire, Isabel l'aurait rendu fou. Pour une fois, les exigences ridicules d'un client imposant un délai très court pour un remboursement l'arrangeaient. Plus tôt le différend opposant les deux familles serait réglé, plus tôt il pourrait réfléchir à sa relation avec Isabel. Souhaiterait-il la poursuivre ? En tout cas, il aurait trouvé juste de faire encore une fois l'amour avec elle afin de la laisser au petit matin, le sourire aux lèvres…

— Je suis bien placé pour le savoir, dit-il.

— J'espère que cela ne te met pas mal à l'aise. Tu sais, j'essaye de considérer le fait que nous ayons couché ensemble comme une étrange coïncidence.

— Tu ne m'avais donc vraiment pas remarqué avec M. Summers au bar du Bacharach ?

Isabel ouvrit de grands yeux.

— C'était donc avec lui, ton rendez-vous de ce soir-là ?

Elle plaqua une main sur sa bouche, comme elle l'avait fait quand il avait mentionné que le chat errant qu'il avait recueilli allait avoir des petits.

— C'était avec lui, oui. Summers adore ce bar.

Isabel posa une main sur son bras.

— Je te jure que je ne t'espionnais pas, Jeremy. Jamais je n'aurais agi ainsi. J'étais dans ma chambre, en train d'essayer de m'endormir, quand cette stupide alarme a retenti. J'avais passé une mauvaise journée à chercher un appartement ainsi qu'un bureau. C'est beaucoup en une fois, surtout quand tu démarres avec une affaire qui pourrait se révéler très prenante.

Involontairement, il fixait la main d'Isabel posée sur son bras, ses longs doigts minces sur le tissu sombre de sa veste. Si seulement il n'avait pas porté ce costume…

— Il faut que je te pose une question, dit-il.

Il toussota. Bien qu'il n'ait jamais vraiment cru qu'Isabel avait pu se comporter de façon aussi méprisable ce soir-là, il se demandait tout de même s'il pouvait lui accorder sa confiance.

— Tu sais, j'ai fait des recherches sur toi sur Internet, cet après-midi. À en juger par le travail que tu faisais à Washington, je me trouve face à un adversaire redoutable.

— S'il te plaît, ne me juge pas à travers ces articles. Pour moi, c'est du passé. En réalité, je m'apprête à me lancer dans une tout autre branche : la législation relative à l'adoption.

La réponse d'Isabel le fascina un peu plus.

— C'est un virage à 180°. Et un domaine pas très lucratif.

Elle haussa les épaules.

— C'est vrai, mais cela m'est égal. Je veux juste être fière de mon travail.

— Ce n'était pas le cas de tes activités à Washington ?

— Non, répondit-elle. C'est pour cela que je veux laisser tout ça derrière moi pour de bon.

Il l'avait peut-être mal jugée. Difficile de critiquer

quelqu'un qui veut rectifier sa position parce qu'elle ne lui convient pas.

— On dirait que tu as tout prévu, fit-il remarquer.

— À propos d'organisation, supposons le billet à ordre authentifié, il faudra entrer dans la phase des tractations. Malheureusement, je n'ai pas encore de bureau.

Il retint sa respiration. Il doutait fortement qu'une fois le billet à ordre authentifié Benjamin Summers soit d'humeur à négocier. Avancer dans une relation de confiance faisait néanmoins partie de son travail.

— C'est difficile pour moi de travailler dans le bureau de Sharp and Sharp, dit-il. Trop d'interruptions. Ne peut-on envisager de se retrouver à Eden's ?

— Ils n'ont pas la place. J'avais demandé un espace de travail, mais l'immeuble est ancien et il est plein à craquer.

— J'ai aménagé chez moi, à Brooklyn, un grand bureau, bien assez grand pour deux personnes. J'y tiens des réunions quand je veux être tranquille ou quand un client souhaitant de la discrétion ne tient pas à être vu devant un cabinet d'avocats. Si tu n'as pas d'objections…

Elle le dévisagea d'un air soupçonneux.

— Hum… Je ne sais pas. Me ferais-tu des avances ?

Il sentit le rouge lui monter aux joues.

— L'idée d'entrer en pourparlers ne séduit pas la plupart des femmes, rétorqua-t-il.

— C'est que je ne suis pas la plupart des femmes.

— J'avais remarqué.

Isabel le remercia d'un sourire.

— Est-ce que cela signifie que je pourrai faire la connaissance de ta chatte ? demanda-t-elle.

— Ce n'est pas ma chatte.

— Elle revient beaucoup dans la conversation, pour un chat qui n'est pas à toi.

— J'ai juste eu pitié d'elle parce qu'elle était dehors,

dans le froid. Ironie de l'histoire, si je ne l'ai pas laissée entrer plus tôt, c'est que je ne la trouvais pas maigre. Maintenant, je sais pourquoi.

— Que vas-tu faire des chatons ?

Il se massa le front. Son entrevue avec son voisin vétérinaire était encore fraîche dans sa mémoire.

— Pour l'instant, je l'accueille car les refuges sont pleins. Le vétérinaire m'a dit qu'ils devraient être bons à donner à la Saint-Valentin.

Il avait du mal à croire que ces mots soient sortis de sa bouche. Comme s'il avait besoin de cette nouvelle complication dans sa vie !

— J'avoue que je suis impatiente de la voir. Nous avons toujours eu des chats à la maison. Ma mère les adorait.

— Tu n'en as pas eu depuis ?

Le visage d'Isabel se teinta de tristesse, un sentiment qu'il n'y avait encore pas vu chez elle.

— Non. Pas de chat à moi, répondit-elle.

— Au fond, tu es peut-être la réponse à mes prières. Je ne me sens pas dans mon élément.

Il leva les yeux vers elle, se demandant pourquoi il se liait un peu plus avec cette femme qui était son adversaire dans une affaire compliquée. Il n'aurait pas dû, c'était évident. Encore moins dans les circonstances actuelles. Afin de mettre toutes les chances de son côté, il aurait mieux fait d'instaurer de la distance entre eux.

— Avec le chat, précisa-t-il. Pas avec l'affaire.

- 6 -

Le samedi matin, Isabel retrouva Mindy dans l'appartement de sa grand-mère situé sur Central Park. Il ne restait que quinze jours avant Noël, et l'horloge du calendrier de M. Summers cliquetait. Les résultats de l'analyse du billet à ordre devaient arriver le lendemain. Ensuite, elle les étudierait avec Jeremy.

Elle ne savait que faire de l'invitation de Jeremy à le retrouver chez lui pour travailler, mais il n'y avait pas d'autre solution que de s'asseoir autour d'une table pour régler les différents points litigieux. Ainsi, elle devrait endurer la tentation d'être seule avec lui, pour en finir avec l'affaire Eden contre Summers et commencer la nouvelle année en regardant dans une autre direction.

Mindy vint lui ouvrir, vêtue d'un jean et d'un pull, tenue qu'elle ne l'avait jamais vue porter. Et c'était agréable de la voir habillée de façon décontractée.

— Entre, lui dit Mindy.

Elle pénétra dans une entrée lumineuse et élégante, avec son sol de marbre blanc et le lustre cristal et chrome suspendu au plafond.

— Merci d'avoir suggéré de fouiller les papiers de ma grand-mère. C'est une bonne idée. Sophie est persuadée que les revendications de Summers ne tiennent pas debout. Moi, je n'en suis pas aussi sûre, surtout depuis que tes experts-comptables judiciaires ont découvert, hier, que de grosses sommes d'argent avaient circulé sur le compte personnel de *gram*.

— Étrange, non ? Pas étonnant que nous n'ayons pas trouvé trace de cet argent dans les livres de comptes d'Eden's. Mais nous ne sommes pas non plus certains que les sommes provenaient de Summers. Et nous ignorons aussi quelle a été leur destination. On sait juste que le transfert d'argent a existé.

Mindy lui fit signe de la suivre.

— Viens. Je vais te faire visiter.

Elles empruntèrent un étroit couloir qui déboucha sur une vaste pièce pourvue d'un mur entier de fenêtres surplombant Central Park sous la neige, spectacle qui s'accordait plaisamment avec les meubles en majorité blancs.

— Ma grand-mère aimait les contrastes de couleurs, dit Mindy, s'emparant d'un coussin magenta garnissant un des canapés.

Sur le dossier du canapé avait été jetée une couverture en cachemire jaune soleil. Les murs étaient décorés d'un assortiment éclectique de tableaux allant de l'impressionnisme au contemporain. L'endroit évoquait une femme très chic, possédant un goût très sûr et les moyens de les satisfaire.

— J'ai vu la même chose à Eden's, dans son bureau, fit remarquer Isabel.

— Emma refuse de modifier un tant soit peu le décor, si bien que le spectre de notre grand-mère continue de hanter les lieux.

Raison de plus pour ne pas laisser détruire une entreprise dont on lui avait confié le sort, songea Isabel.

— Je n'arrive pas à croire que tu ne te sois pas installée ici, dit-elle. C'est un lieu fantastique.

Elle se dirigea vers une porte-fenêtre donnant sur un balcon de pierre et admira la scène hivernale.

— Je savais que, à moins que je laisse tout en l'état, Sophie critiquerait mes choix, expliqua Mindy. Et comme je n'ai aucune envie de vivre dans un musée…

— C'est injuste.

Mindy haussa les épaules.

— Je n'ai pas à me plaindre. Comme Emma a peu connu notre grand-mère, elle adore venir fouiner ici, regarder les vieilles photos. Même chose pour Sophie. Et je mentirais si je disais que je n'apprécie pas également de retrouver parfois l'univers de Victoria. Je sens sa présence réconfortante. Elle nous manque tellement, à toutes les trois. Je n'en veux à personne de souhaiter mettre la marche du monde sur pause.

Pleine d'empathie, Isabel hocha la tête. Elle savait ce que l'on ressentait quand on avait perdu un être cher. Ses parents lui manquaient cruellement, surtout sa mère. Et elle aurait bien aimé avoir un endroit rempli des souvenirs de ses parents.

Mindy rejeta ses magnifiques cheveux flamboyants derrière son épaule et reprit :

— *Gram* n'est partie que depuis un an, et tant de choses se sont passées depuis. Juste quand nous pensions avoir réussi à remettre le magasin sur les rails, cette histoire de dette nous tombe dessus. Je me demande sincèrement si nous ne ferions pas mieux de vendre, rembourser M. Summers et passer à autre chose. Sophie et Emma veulent conserver Eden's à tout prix, mais parfois il faut s'incliner devant les coups du sort.

Isabel hocha la tête, réfléchissant aux propos de Mindy. Elle appréciait que sa future belle-sœur soit à la fois avisée et pleine d'empathie pour ses sœurs. Elle semblait capable de mener efficacement l'affaire tout en tenant compte des sentiments de chacun.

— T'ai-je dit combien je suis heureuse que mon frère ait trouvé une femme qui est non seulement intelligente mais aussi attentive aux autres ?

Mindy sourit.

— Ce n'était pas ce que tu pensais de moi quand nous nous sommes rencontrées, lui fit-elle remarquer.

— Je sais. Et je reconnais qu'en apprenant à te connaître j'ai changé d'avis !

Mindy posa une main sur son bras.

— Tu ne peux pas savoir comme je suis heureuse à l'idée de t'avoir pour belle-sœur. En réalité, je devrais simplement dire « de t'avoir pour sœur ». Toi et moi nous ressemblons plus que je ne ressemble à Sophie et Emma.

Isabel sentit son cœur se dilater. Sam et elle étaient très proches, mais dans un petit cercle familial. Et voilà que Mindy, avec sa grande famille, affirmait avoir un lien avec elle. Elle lui en fut infiniment reconnaissante.

— C'est formidable ! s'exclama-t-elle, émue. J'ai toujours voulu une sœur.

— Alors considère que tu en as une.

Mindy l'étreignit un instant.

— Viens, dit-elle. Allons explorer le bureau de *gram*.

Elles passèrent devant une chambre, une luxueuse salle de bains avec vue sur le parc, un dressing, pour finalement aboutir à un vaste bureau. Comme dans le reste de l'appartement, le discret décor blanc et crème laissait s'exprimer des éléments extravagants, comme un fauteuil club de velours écarlate.

Mindy se glissa derrière le bureau de sa grand-mère et ouvrit un placard, révélant six grands classeurs à tiroirs.

— Je propose que nous commencions par là, dit-elle.

— Ça me paraît judicieux.

Elles procédèrent dans un ordre minutieux et, tiroir après tiroir, dossier après dossier, page après page, épluchèrent un fatras de documents singulièrement dénués d'intérêt. Pour une femme qui passait pour un grand chef d'entreprise, Victoria Eden s'attachait à des détails sans importance.

Mindy referma un dossier en soupirant.

— Qui garde presque trente ans de factures d'électricité ?

— Quelqu'un qui s'intéresse à chaque sou dépensé ? suggéra Isabel. C'est peut-être la raison de son succès.

Mindy grimaça.

— J'espère que nos recherches ne vont pas s'avérer pure perte de temps, marmonna-t-elle.

— On verra bien. Comparées à la plupart de mes obligations, elles sont plutôt amusantes. Et puis elles nous permettent de passer du temps ensemble.

— Tu as raison. Il faut voir le bon côté des choses.

— En fait, cette paperasse inutile me rassure plutôt. Quelqu'un qui garde toutes ses factures d'électricité conservera a fortiori tout document plus important.

— Même des documents très personnels ? demanda Mindy en refermant le dossier qu'elle examinait.

— *Surtout* des documents personnels.

Après deux heures supplémentaires à passer en revue le contenu des classeurs, elles parvinrent au dernier tiroir. Quand elle tira sur la poignée, Mindy s'aperçut qu'il ne s'ouvrait que partiellement.

— Peux-tu m'aider ? demanda-t-elle en essayant de voir à l'intérieur.

Isabel s'agenouilla près de Mindy. Une grosse boîte en bois tournéempêchait le tiroir de coulisser à fond. Toutes deux écartèrent prestement les dossiers suspendus devant. Mindy saisit un coupe-papier sur le bureau et, le glissant sous la boîte, réussit à la faire basculer puis à la dégager.

Elle referma le tiroir et s'assit, la boîte sur les genoux. Après avoir fait jouer le loquet en laiton, elle inspecta son contenu et regarda Isabel d'un air stupéfait.

— Ce sont des lettres, murmura-t-elle.

Elle examina le dos de la première enveloppe.

— Elles proviennent d'un certain Bradley Summers, précisa-t-elle.

Isabel en eut la chair de poule. Une pièce du puzzle était sur le point de se mettre en place.

— Bingo ! s'exclama-t-elle.

Mindy et elle passèrent les heures suivantes à dévorer la correspondance expédiée par Bradley Summers à Victoria Eden, qui semblait commencer au printemps 1979, soit quelques années avant la date du fameux prêt. Bradley et Victoria s'étaient rencontrés à une soirée dans les Hamptons. Bradley écrivait qu'il était heureux que leurs conjoints respectifs n'aient pas été présents, sa femme parce qu'elle souffrait d'une de ses migraines à répétition, et le mari de Victoria parce qu'il ne supportait pas de s'éloigner des champs de courses.

C'était une histoire d'amour épique, jaillissant au hasard d'une rencontre entre deux personnes qui comblaient leurs manques affectifs mutuels.

Ma très chère Victoria,

Quand nous sommes ensemble, j'ai l'impression d'être le seul homme au monde. Les instants passés à tes côtés n'ont pas de prix, et ils vaudraient la peine d'être encadrés et exposés dans un musée.

— C'est tellement romantique…, murmura Isabel, tendant la lettre à Mindy. Ils étaient vraiment très amoureux.

Malgré elle, elle s'étonnait de ce rapprochement entre ces deux personnes. Les sentiments qui les unissaient lui rappelaient qu'elle n'avait jamais rencontré ce genre d'amour. Et elle espérait qu'il n'était pas trop tard.

Quand Mindy finit de lire la dernière lettre de la boîte, elle releva la tête, et Isabel vit une larme briller dans ses yeux. C'était surprenant de la part de Mindy, qui n'extériorisait pas volontiers ses sentiments.

— Il s'agissait d'une vraie histoire d'amour, dit-elle. Je ne sais qu'en penser, ou ce que je suis supposée ressentir. J'aimais beaucoup mon grand-père, mais on disait dans la famille qu'il n'était pas un très bon époux. Ces lettres confirment l'idée que ma grand-mère a vécu sans amour sa vie entière.

— C'est triste. Et il est évident que ton grand-père avait un problème d'addiction au jeu. Bradley signale à plusieurs reprises qu'il trouve odieux que ta grand-mère vive avec le fardeau de ses nombreuses dettes de jeu. Crois-tu possible que l'argent de l'emprunt soit passé là ?

Mindy haussa les épaules.

— Aucune idée. Aller à l'hippodrome est une des seules choses que je me souviens avoir faites avec notre grand-père. Nous étions enfants, et j'adorais m'y rendre. Nous buvions des sodas, mangions des quantités de nourritures sucrées et salées, et il nous laissait choisir nos favoris pour placer ses paris. Sophie préférait les chevaux aux noms mignons, comme Gambadeur, et moi, des noms ronflants tel Empereur King. Mon grand-père se moquait de moi, disant que je devais apprendre à aimer…

Mindy dessina des guillemets dans l'air.

— … des « trucs de fille ». Moi, j'étais sûre de mes goûts. Malheureusement, il a transmis ses idées rétrogrades à notre père. Malgré tout, ces sorties à l'hippodrome avec grand-père restent parmi les meilleurs souvenirs de mon enfance. Lui avait du moins envie de passer du temps avec nous, ce qui était loin d'être le cas de notre père.

Ainsi, même dans une famille unie et florissante, il subsistait des sentiments doux-amers, se dit Isabel, songeuse.

— Si l'argent emprunté a servi à rembourser les dettes de jeu de ton grand-père, ce sera difficile à prouver, reprit-elle. Et cela ne change rien au fait que l'emprunt était bien réel.

Mindy contempla à nouveau les lettres.

— Le magasin est donc réellement en danger, n'est-ce pas ? demanda-t-elle. Il ne s'agit plus d'un prêt hypothétique. Je veux dire : toutes les chances sont réunies pour que le billet à ordre soit authentifié, et nous allons devoir trouver de quoi rembourser la dette.

— Quoi que je puisse négocier, il restera une très grosse somme d'argent en jeu. Et, d'après ce que j'ai vu de M. Summers, il compte vraiment la récupérer début janvier, juste après le nouvel an.

— C'est difficile de réunir une telle somme sans prêt, et, tout ce que nous avons à offrir en garantie, c'est Eden's. En plus de son appartement, Sophie possède Eden House, la maison familiale de vacances, mais elle n'acceptera jamais de s'en séparer.

— Et si vous vendiez cet appartement ?

Mindy regarda autour d'elle.

— Ce serait possible, mais nous en obtiendrons environ cinquante millions, et cela, si nous trouvons le bon acheteur, ce qui peut mettre un an. C'est une goutte d'eau, comparé à ce que nous devons verser !

— Sam ne peut-il vous aider ?

— Il envisage de vendre une grosse propriété mais, comme je te disais, cela prendra du temps. Et coûtera également de l'argent. Il faudra payer les agents immobiliers, et ce serait jeter l'argent dans un gouffre.

Soudain, Mindy sourit.

— Et tu t'en réjouis ? demanda Isabel, étonnée.

— Non, non ! Je pensais juste à la réaction de Sam. Il s'implique à fond dans nos soucis familiaux. Il est adorable. Chaque fois qu'il s'insurge contre cette situation, je l'aime un peu plus !

Cette fois, ce fut à Isabel de retenir ses larmes. Les épreuves auxquelles son frère et elle avaient dû faire face à la mort de leurs parents avaient été encore plus pénibles pour Sam, et elle éprouvait encore de la culpabilité parce que, étant à l'université, elle ne l'avait pas soutenu comme elle l'aurait voulu.

— Tu l'aimes vraiment, n'est-ce pas ?

— Oui. Cela peut paraître idiot, d'autant que je ne suis pas très sentimentale, et pourtant il est mon âme sœur. Nous sommes associés de toutes les façons possibles, et je ne peux imaginer la vie sans lui. Quand je pense que j'ai failli le perdre… Je l'ai repoussé si souvent.

Si Isabel n'avait repoussé personne, en revanche, beaucoup d'hommes l'avaient exclue de leur vie. Et elle en avait souffert, raison pour laquelle, au départ, elle n'appréciait pas Mindy, qui rendait son frère malheureux.

— Comme quoi il y a une raison à tout, dit-elle. Il fallait peut-être que vous passiez par ces épreuves pour être sûrs que vous étiez faits l'un pour l'autre.

— C'est une version plus réjouissante que la mienne, où je suis juste une pauvre idiote. Alors comment vois-tu l'avenir d'Eden's ?

— Eh bien, il va falloir compter sur la bonne volonté de M. Summers en espérant qu'il accepte de réduire ses exigences et d'établir un plan de remboursement.

— Crois-tu que ces lettres pourraient aider ? Si nous les lui faisions parvenir pour qu'il comprenne que son père aimait sincèrement notre grand-mère ? Il se rendrait peut-être compte que ce prêt a été consenti par amour, et que nous ne sommes pour rien dans le naufrage du mariage de ses parents.

— Non. Ce n'est pas envisageable. Pour le moment, il faut remettre ces lettres où tu les as trouvées et ne parler d'elles à personne d'autre qu'à Sam et à tes sœurs.

— D'accord. Et ensuite ?

— Je suppose que demain matin je vais recevoir un coup de téléphone de Jeremy Sharp m'apprenant que le billet à ordre a été authentifié. Alors nous entamerons les tractations avec un désavantage.

— Tu ne penses pas être meilleure que lui ?

Ce fut à son tour de sourire.

— Il ne s'agit pas de compétences. Jeremy Sharp est un très bon avocat.

Mindy la regardant d'un air soupçonneux, elle craignit que sa future belle-sœur ne se doute de quelque chose.

— Est-ce juste mon ressenti ou n'est-il pas craquant ? demanda cette dernière. Je sais que Sam le tient pour un type sournois, mais chacun ses goûts. Surtout en termes de sex-appeal.

Isabel rougit. Au cours de son dîner avec Jeremy, elle avait dû reconnaître qu'elle était totalement sous le charme.

— Il est très séduisant, il n'y a aucun doute là-dessus, répondit-elle.

— La façon dont vous vous êtes affrontés lors de la première réunion était franchement sexy. On croyait voir les étincelles voler. Mais peut-être ne devrais-je pas dire ça ?

Isabel ne répondit pas tout de suite. Elle souffrait déjà de ne pas avoir parlé à son frère de son aventure avec Jeremy. Mais pouvait-elle garder le secret vis-à-vis de Mindy alors qu'une relation de confiance s'établissait entre elles ?

— J'ai une confidence à te faire, Mindy, mais il faut me

promettre de n'en souffler mot à Sam. Du moins jusqu'à ce que l'affaire soit réglée.

Elle se mordit la lèvre en attendant la réaction de Mindy, espérant de tout son cœur qu'elle pouvait lui faire confiance.

— Je n'aime pas beaucoup les secrets, mais j'aime encore moins l'idée que tu ne puisses pas te confier à moi, répondit Mindy. Je serai muette comme une tombe.

Isabel prit une profonde inspiration.

— J'ai couché avec Jeremy.

Mindy ouvrit de grands yeux.

— Allez, tu n'es pas sérieuse ! Attends… Si ? Quand ?

— Quelques jours avant la réunion. Un pur hasard. Nous ignorions tous deux qui nous étions.

Elle entreprit de raconter la soirée à Mindy, mais lui épargna l'épisode du brusque départ de Jeremy et de sa cause.

— Alors c'était comment ? demanda Mindy.

— Fantastique dans le genre aventure sans lendemain. Ne t'inquiète pas. Il n'y aura pas de conflit d'intérêts. Jeremy est sérieux et tout dévoué à son client. Et moi aussi.

— J'ai confiance en ton jugement, Isabel. Je connais ta réputation et je suis certaine que ton intégrité restera au-dessus de tout soupçon. À propos, à combien estimes-tu nos chances de conserver le magasin ?

Sans vouloir feindre l'optimisme, il n'était pas question de plonger d'ores et déjà sa future belle-sœur dans le découragement.

— J'envisage fifty-fifty.

— Vraiment ? C'est aussi mauvais ?

Elle posa une main qui se voulait rassurante sur le bras de Mindy.

— Je te promets de faire tout mon possible pour que tu ne perdes pas tout.

— Tout ? répéta Mindy, arquant ses sourcils parfaitement dessinés.

Cela n'avait sans doute pas été une bonne idée de lui raconter son aventure avec Jeremy, et elle espéra n'avoir pas à le regretter.

— Presque tout.

Elles rangèrent les lettres, remirent de l'ordre dans le bureau et partirent chacune de leur côté.

En cette froide journée, le soleil étant de la partie, Isabel décida de rentrer à pied au Bacharach. En arrivant, elle découvrit une note sur la porte.

À nos clients : veuillez, s'il vous plaît, vous renseigner au bureau de la réception sur les modalités concernant votre séjour. Nous n'acceptons plus d'entrées jusqu'à nouvel ordre.

Quand elle pénétra dans le hall, elle découvrit une file de clients agités et inquiets devant le bureau de la réception.

— Que se passe-t-il ? demanda-t-elle à une femme qui attendait l'ascenseur.

— Les services d'incendie ont ordonné le remplacement de tout le système d'alarme de l'hôtel. Les travaux commencent vendredi. Tous les clients devront avoir quitté l'établissement à ce moment.

La sonnette annonçant l'arrivée de l'ascenseur tinta. Décidant qu'il était inutile de s'attarder dans l'ambiance électrique du hall, Isabel y pénétra avec la dame.

— La direction a-t-elle précisé si elle nous renvoyait vers un autre hôtel ? s'enquit-elle.

— À Manhattan, durant la période de Noël, il n'y a plus une chambre libre. C'est pourquoi les gens sont si nerveux.

La situation s'annonçait mal. Il ne lui restait plus qu'à

s'installer quelques jours chez Sam et Mindy en attendant de trouver un appartement.

Elle venait d'entrer dans sa chambre quand son portable sonna. C'était Jeremy.

— Oui ? dit-elle en se laissant tomber sur le lit.

— Je te dérange, peut-être ?

Elle eut honte de l'émoi qui s'empara d'elle au son de sa voix.

— Pas du tout. Que se passe-t-il ?

— Nous avons reçu l'authentification du billet à ordre. J'ai voulu te prévenir dès que possible.

Elle s'allongea sur le lit et contempla le plafond. Ce n'était pas une nouvelle surprenante, mais elle allait singulièrement lui compliquer la tâche.

— D'accord. Je vais donc en informer mes clientes. Et puis il va falloir nous rencontrer pour essayer de trouver un terrain d'entente.

— À ce sujet, je me suis entretenu avec M. Summers, et, à la lumière de l'authentification, il a changé ses conditions. Il veut un milliard ou le magasin. Date butoir : le 1er janvier.

Elle se redressa brusquement, le cœur battant, n'en croyant pas ses oreilles.

— En pleine période de Noël ! s'exclama-t-elle. Il faut avoir le cœur aride pour exiger une somme pareille ! Désolée, mais ton client est pire qu'Ebenezer Scrooge.

— De mon point de vue, étant donné qu'il a toutes les chances de son côté, il aurait tort de ne pas se montrer exigeant.

Elle réprima un grognement et refoula son penchant naturel à défendre bec et ongles son point de vue. C'était inutile, maintenant. Après avoir lu les lettres, elle avait pressenti ce qui allait suivre. Mais à l'idée de la nouvelle qu'elle allait devoir communiquer à Mindy et Sam, qui en informeraient ensuite Sophie et Emma, elle sentit son cœur se serrer. Ils en seraient effondrés. Cependant, elle ne permettrait pas que l'aventure d'Eden's Department Store s'achève ainsi. D'une manière ou d'une autre, elle sortirait ses clientes de cette mauvaise passe.

— Je vais m'entretenir avec mes clientes et voir ce que nous pouvons faire, dit-elle.

— Tu me tiens au courant ?

— Comme si j'avais le choix !

- 7 -

Depuis que le billet à ordre avait été authentifié, Isabel jouait au chat et à la souris avec Jeremy. Campé sur ses positions, Benjamin Summers refusait de céder un pouce de terrain. Jeremy tenait bon, lui aussi, et elle savait d'expérience qu'elle n'aurait aucune influence sur lui à moins de le rencontrer en personne. Toutefois, à sa grande désillusion, il s'entêtait à en rester aux appels téléphoniques. Il l'évitait, et elle commençait à avoir l'impression que c'était personnel.

Le vendredi, la situation devint catastrophique. Sam et Mindy avaient passé toute la semaine à transférer des actifs et essayer de vendre des propriétés, mais la tâche se révélait de plus en plus ardue à mesure que l'on approchait de la période des fêtes. Entre Noël et le jour de l'an, beaucoup de gens étaient en congé, et il était presque impossible de liquider des avoirs.

Noël était dans six jours, et le temps manquait.

Comme si la vie n'était pas déjà assez compliquée, elle devait quitter le Bacharach aujourd'hui, à midi. Elle avait tout d'abord prévu de s'installer chez Sam et Mindy, mais tous deux travaillaient si dur que, épuisés, ils avaient attrapé un rhume terrible. Elle avait alors décidé de passer le week-end chez une amie, à Washington.

Avant de partir pour l'aéroport, elle avait prévu de voir Sophie et Emma à Eden's. Sam et Mindy seraient en contact téléphonique avec elles.

Elle arriva à Eden's à 8 heures, dès l'ouverture des bureaux. Duane, un sympathique agent de sécurité taillé en armoire à glace, l'accueillit.

— Sophie et Emma sont déjà là, dit-il en la guidant à travers le rayon cosmétiques vers les ascenseurs des cadres.

— Sont-elles arrivées depuis longtemps ?

— Elles ont passé une partie de la nuit ici.

Elle s'en doutait un peu. Réunir un milliard pour se débarrasser de Benjamin Summers n'était pas une mince affaire, et les sœurs Eden devraient recourir à des mesures extraordinaires pour atteindre l'impossible.

Un calme presque inquiétant régnait dans le magasin. Comme il n'ouvrait pas avant 9 heures, seules quelques lampes étaient allumées, et elle avait le sentiment de participer à une marche funèbre. Tout comme la famille Eden, elle repoussait farouchement l'idée de laisser le magasin tomber aux mains de Benjamin Summers. Rien ne garantissait qu'il continuerait de l'exploiter. Elle l'imaginait engager par dépit une équipe de démolition pour anéantir ce symbole d'une famille haïe. Que deviendraient les employés ? Et le témoignage d'un passé qui hantait ce superbe bâtiment ancien ? Et qu'adviendrait-il des sœurs Eden, si elles perdaient leur héritage, ce monument incontournable de la ville lié à leur nom ?

Duane lui appela l'ascenseur.

— Trouverez-vous votre chemin ? demanda-t-il. Lizzie n'est pas encore arrivée. Elle vient de m'envoyer un texto, son train a du retard.

— Eden's est une famille, à ce que je vois. Dans quel autre établissement la réceptionniste préviendrait l'agent de sécurité que son train a du retard ?

— Oh ! Mais Lizzie est comme une petite sœur pour moi. Elle me raconte tout.

Il sourit avant d'ajouter :

— Elle me parle même de son nouveau fiancé…

— S'agit-il de quelqu'un que je connais ?

— Je n'ai pas le droit de parler, répondit Duane avec l'air de celui qui en meurt d'envie.

Elle posa une main sur son bras.

— Écoutez, j'aime beaucoup Lizzie et je sais garder un secret. Vous pouvez me raconter. Je serai muette comme une tombe.

— C'est James, un vendeur du rayon hommes, murmura-t-il. C'est un Britannique, comme Daniel, le mari d'Emma.

Pour éviter qu'il y ait encore plus de bruit autour de la famille Eden, Emma et Daniel avaient décidé de se marier à l'hôtel de ville la semaine précédente, dans la plus stricte intimité. Avec un bébé en route, c'était préférable.

— Il faut que je trouve une raison de faire une incursion au rayon hommes pour jeter un coup d'œil sur lui, dit-elle.

Duane éclata de rire.

— Bonne réunion, dit-il, comme la porte de l'ascenseur s'ouvrait.

Une minute plus tard, Isabel arrivait à l'étage administratif. Sophie l'attendait à la sortie de l'ascenseur tout en faisant les cent pas. Elle se précipita sur elle dès que la porte s'ouvrit.

— Dieu merci, tu es là ! Nous avons un problème, et un gros.

Isabel se demanda si elle tiendrait le coup. Elle avait eu affaire à nombre de clients sous le coup de la panique, mais dans cette affaire la situation semblait empirer d'heure en heure. Heureusement, dans ce domaine, elle avait une solide expérience.

— Que se passe-t-il ? demanda-t-elle d'un ton très calme.

Emma émergea de son bureau. Son petit ventre commençait à se voir.

— J'ai lu l'article, Isabel. Je ne pense pas que ce soit si mauvais. Je veux dire : ce n'est pas terrible, mais on a vu pire.

Isabel tenta de donner un sens à ces lambeaux d'informations.

— Il s'agit d'une fuite dans les journaux à sensation, je suppose ?

Sophie hocha la tête.

— Viens dans mon bureau, je vais te montrer.

Des journaux encombraient le bureau. En lisant à l'envers, Isabel put déchiffrer un gros titre : « La liaison secrète de la matriarche d'Eden's dévoilée ». Bien sûr, les mots « liaison secrète » sautaient aux yeux. Sans être friand de potins scabreux, n'importe qui aurait été intrigué.

— Comment est-ce arrivé ? demanda-t-elle en prenant un exemplaire pour lire l'article.

— Aucune idée. Un journaliste a appelé Mindy hier soir, mais sous l'effet des médicaments elle a du mal à se rappeler la conversation.

Isabel dut reconnaître que, même sous l'emprise des médicaments et du rhume, Mindy avait donné une interview remarquablement diplomatique. Si Isabel avait pu la conseiller, le résultat n'aurait pas été meilleur. Il en allait autrement pour Benjamin Summers. Visiblement, Jeremy n'avait pas eu voix au chapitre. Aucun avocat n'aurait permis à son client de dire des choses pareilles.

— Ce que M. Summers a affirmé à propos de notre grand-mère est si horrible, murmura Sophie en se laissant tomber sur le canapé. Et juste avant Noël. Je ne serais pas surprise que les gens se mettent à boycotter le magasin. Pour contrecarrer cet effet désastreux, il faut que nous engagions une personne chargée des relations publiques. Nous devons donner notre version des faits. Il n'est pas possible de laisser ternir de cette façon la réputation de *gram*.

Isabel secoua la tête à l'intention d'Emma, la seule qui lui prêtait attention. Sophie se trompait complètement.

— En réalité, mesdames, c'est une bonne nouvelle, déclara-t-elle. Nous avons enfin un pied dans les négociations.

Jeremy avait l'impression de tomber toujours plus bas. Il était arrivé au cabinet en n'ayant pas dormi plus de dix minutes. Bien sûr, on était vendredi matin et la semaine avait été très, très longue, ce qui le laissait généralement aborder le week-end totalement épuisé. Avec l'affaire Eden's, il ne dormait déjà pas bien, mais depuis sa nuit avec Isabel son état avait peu à peu empiré. Elle était un beau fil rompu se balançant au-dessus de lui, symbole d'un travail non terminé dans le domaine aussi bien privé que professionnel. De telles situations le contrariaient toujours.

Quand Kelsey l'avait quitté, c'était différent. Elle était partie sans prévenir, lui laissant juste un mot disant qu'il la rendait profondément malheureuse. Il n'avait jamais eu l'occasion de lui demander comment ni pourquoi, car elle était allée directement trouver les journaux et avait annoncé leur divorce en l'accusant de tous les maux de la terre. Ce n'est que plus tard qu'il avait appris qu'elle l'avait trompé sans qu'il puisse le prouver, et l'opinion publique s'était montrée très hostile à son égard. Il avait été dépeint comme un homme sans cœur et, conscient de n'avoir pas grand-chose à dire pour sa défense, il avait fait profil bas et cédé à toutes les exigences de Kelsey.

Une chose était sûre, la famille Eden allait se battre jusqu'au bout. Malgré les difficultés liées à cette affaire – et qui n'étaient pas vraiment d'ordre professionnel —, il appréciait beaucoup de travailler avec Isabel. Ils avaient parlé tous les jours et, bien qu'en position de faiblesse, elle continuait vaillamment de lutter. Il appréciait sa combativité. Il l'appréciait même un peu trop… Leurs conversations le laissaient tout chaviré, raison sans doute pour laquelle durant toute la semaine il s'était arrangé pour que leurs échanges aient lieu par téléphone plutôt que face à face.

Naturellement, la veille, avant de quitter le cabinet, Isabel l'avait appelé.

— Je commence à penser que vous m'évitez, Sharp.

Elle utilisait le vouvoiement et son patronyme quand elle voulait lui mettre la pression. C'était drôle et excitant, comme un jeu érotique.

— Et si nous nous retrouvions devant un verre ? suggéra-t-elle. Ou alors je passe chez toi à Brooklyn. Je n'ai pas encore vu ton chat. A-t-il un nom, maintenant ?

— Je l'appelle Cat.

— Tu te moques de moi ?

— Pas du tout. Je suis une bonne âme qui a recueilli une chatte. Mais elle ne restera pas, et je ne veux pas m'y attacher. Son prochain propriétaire lui donnera le nom qui lui plaira.

— Des signes des chatons ?

— C'est pour bientôt, j'imagine.

— Tu *imagines* ?

Elle s'était mise alors à lui énumérer une longue liste de signes annonçant une mise bas imminente. Il n'en avait remarqué aucun et avait changé de sujet.

— Mon client refuse tout compromis. Alors, à moins que tu aies un chèque à me remettre, je ne vois pas de nécessité à se rencontrer.

— En réalité, tu trouves difficile de négocier avec moi quand nous sommes dans la même pièce.

Elle n’avait pas tort. Sa plus grande crainte était qu’elle l’entraîne dans une direction qu’il n’aurait pas prise s’il ne s’était trouvé devant elle en personne. Bien sûr, il avait envie de la voir, mais était-ce une bonne idée ?

Non. Certainement pas.

— Au revoir, mademoiselle Blackwell. Et bonne soirée.

Immédiatement après, il avait téléphoné à Benjamin Summers, mais celui-ci était resté inébranlable.

— Il n’y a pas de marge de manœuvre, avait déclaré son client. De mon point de vue, ils sont acculés. Ils paieront ou renonceront au magasin.

— Vous devez me régler chaque jour où ils sursoient. Nous pourrions accélérer les choses et en terminer avec cette affaire si vous acceptiez de revoir le mode de paiement. Vous obtiendriez votre argent, mais dans des délais différents.

— Il n’en est pas question ! Et je vous prierais de ne plus évoquer cette possibilité.

Bien entendu, il devait accéder au désir de son client, quoi qu’il lui en coûte.

— Très bien.

À présent, de retour au cabinet, il ne parvenait pas à réfléchir correctement. Au fond, Isabel avait peut-être raison. Il serait préférable qu’ils se rencontrent. Il ne pouvait rien lui accorder, mais du moins la verrait-il. Ils entreraient dans une de ces joutes verbales qui le ravissaient. Ce serait probablement le seul plaisir qu’il tirerait de cette affaire.

On frappa, et la tête de son père apparut dans l’entrebâillement de la porte.

— Bonjour.

Ces derniers temps, rien que d’entendre la voix de son père le faisait grincer des dents. Et cette réaction l’affectait. Il n’appréciait pas cet antagonisme. En réalité, il le détestait. Sa seule issue était de travailler d'arrache-pied pour convaincre son père de prendre une vraie retraite, ou du moins d'accepter de passer moins de temps au cabinet. Une fois que le poids de la routine professionnelle s'allégerait, il espérait qu'ils parviendraient à avoir une relation père-fils normale.

— Bonjour, répondit-il.

Son père s'assit sur le canapé de cuir.

— Je dois te parler. Je me suis entretenu avec Benjamin Summers, ce matin.

Pas besoin d'en entendre davantage pour savoir que la suite n'allait pas lui plaire.

— Mais pourquoi t'a-t-il appelé ? répliqua-t-il. Je me rends toujours disponible pour lui. Toujours !

— C'est moi qui l'ai appelé.

— C'est *mon* client. Pourquoi as-tu agi ainsi ?

— Cette affaire stagne, Jeremy. Je devais m'assurer que M. Summers restait serein.

— Tu n'avais qu'à me le demander ! Je t'aurais mis au courant et cela m'aurait évité de passer pour un pantin aux yeux de mon client.

Il se redressa et, plantant ses coudes sur le bureau, se massa le front dans l'espoir d'apaiser la tension qui commençait à le gagner. Mais plus il y pensait, plus il était en colère. Finalement, il repoussa son fauteuil, se leva et se dirigea avec détermination vers son père. Il devait lui faire comprendre qu'il n'avait pas le droit d'agir ainsi.

— Et j'ajouterai que ton comportement n'est pas du tout professionnel, dit-il. Tu ne me fais pas seulement passer pour un nul, tu discrédites aussi le cabinet. Et tout ça parce que tu n'as pas confiance en moi.

— Je t'ai fait confiance dans l'affaire Patterson. Nous avons vu le résultat.

— J'étais en plein divorce et la femme dont je m'étais

cru aimé me traitait de tous les noms dans les journaux à sensation ! Si je n'étais pas au mieux de ma forme à cette époque, il me semble que c'était compréhensible.

— Tu ne peux pas laisser ta vie privée empiéter sur le domaine professionnel.

— Je suis bien d'accord, mais ce n'est pas le cas aujourd'hui. Summers refuse toute transaction, et Eden's n'a pas les moyens de régler la dette en un seul versement comme il l'exige.

— Parfois, c'est à l'avocat de convaincre un client qu'il est dans son intérêt de changer les règles du jeu.

— J'en suis conscient et j'ai essayé. Le problème, c'est que je suis persuadé que la motivation première de Summers n'est pas l'argent mais la vengeance.

Avec un profond soupir, son père planta son regard dans le sien, encore qu'il ait plutôt l'impression que son regard le traversait. Il n'avait jamais eu le sentiment que son père le voyait vraiment.

— Je veux juste que tu règles au plus vite cette affaire, Jeremy. Va trouver Mlle Blackwell et rappelle-lui, les yeux dans les yeux, qu'elle n'a pas d'autre option que de se plier aux exigences de M. Summers. Elle doit cesser de clamer sur les toits qu'Eden's n'a pas de quoi régler sa dette. C'est faux ! Ils n'ont qu'à puiser dans leurs fonds secrets.

Jeremy hocha la tête.

— Je m'en occupe, mais ce n'est pas parce que tu as décidé d'interférer. J'ai la situation en main. J'aimerais que tu le saches.

Il eut le soulagement de voir son père se lever.

— Fais en sorte qu'elle comprenne. Enfermez-vous dans une pièce jusqu'à ce qu'il ne reste qu'une seule personne debout.

Jeremy réprima un sourire. S'enfermer dans une pièce

avec Isabel ? C'était son vœu le plus cher ! Plus Isabel se montrait âpre en négociations, plus il désirait lui prouver qu'il pouvait l'égaler en intensité. Dans tous les domaines.

— Je vais le lui suggérer, dit-il.

— Autre chose, méfie-toi de cette femme. J'ai effectué des recherches sur ses antécédents. Elle a travaillé avec des clients haut placés mais louches. Qui sait ce qu'elle peut inventer pour décourager Summers. Nous devons être prêts à la torpiller dans la presse, si nécessaire.

— Papa, non !

Sa réaction protectrice vis-à-vis d'Isabel le surprit, mais il ne s'attarda pas sur ce détail. Quoi qu'il en soit, même s'il ne la connaissait pas bien, il n'était pas question que son père s'acharne sur elle. En tout cas, pas en la traînant dans la boue dans les journaux à sensation. Il était bien placé pour savoir à quel point c'était cruel. Et il ne souhaitait cette épreuve à personne. A fortiori à Isabel.

— Nous n'agirons pas comme ça, décréta-t-il. Ce serait grossier et inutile.

— Tu es trop bon, Jeremy. Tu l'as toujours été. Tu as laissé Kelsey te piétiner et tu fais pareil avec Summers.

Il avait aimé Kelsey et il faisait en sorte de satisfaire son client. Mais il ne voulait plus discuter. Une seule chose lui importait : que son père quitte son bureau.

— Je réglerai cette affaire sans détruire personne, assura-t-il. Je m'arrangerai pour que les deux parties se rencontrent et trouvent un accord qui les satisfasse.

— Espérons-le, marmonna son père en se dirigeant vers la porte.

Pas de poignée de main, pas de tape sur l'épaule. Juste un avocat quittant le bureau d'un confrère.

— Au fait, as-tu parlé avec ta mère de la soirée de décoration du sapin ?

Noël… Il était si pris par l'affaire que, sans ce rappel, il aurait oublié que Noël approchait à grands pas.

— Oui, il y a un petit moment. Mais il n'y a pas grand-chose à dire à ce sujet, n'est-ce pas ? D'aussi loin que je me souvienne, nous décorons le sapin le 23 décembre.

— C'est pourtant mon devoir de père de m'assurer que tu seras là. Tu es notre unique enfant, et ta mère se réjouit de cette soirée des mois à l'avance.

— Je ne la décevrai pas.

Son père était à peine sorti que son portable sonna. Son pouls s'accéléra quand il constata que c'était un appel d'Isabel.

— Bonjour. Tu m'appelles pour m'assommer de questions à propos du chat, je suppose ? demanda-t-il.

— Tu as lu les journaux ?

La voix d'Isabel pouvait être coupante, mais aujourd'hui elle était glaciale.

— Je ne les lis jamais, répondit-il.

— Je te suggère d'y jeter tout de suite un coup d'œil. Tu peux les consulter en ligne. Si tu tapes Eden's Department Store, tu comprendras de quoi je parle.

Il retourna s'asseoir à son bureau.

— Puis-je t'appeler quand ce sera fait ?

— Je vais plutôt rester en ligne pour avoir ta réaction en direct.

La remarque n'augurait rien de bon.

— Dix minutes. Je te rappelle, c'est promis.

Il mit fin à l'appel et ouvrit son ordinateur.

Quand le gros titre apparut, le cœur lui manqua. Les mots « liaison secrète » lui sautèrent au visage.

Jugeant préférable d'appeler Benjamin Summers avant de parler à Isabel, il parcourut rapidement l'article des yeux. Il exposait les faits tels que les deux parties les connaissaient, l'ennui étant qu'ils tombent dans le domaine public. Le pire était les commentaires de Benjamin Summers contrastant avec ceux de Mindy Eden. Celle-ci se contentait de déclarer :

M. Summers a déposé une requête et nous faisons de notre mieux pour négocier avec lui en toute bonne foi. Mes sœurs et moi adorions notre grand-mère et voulons que tout le monde sache quelle personne bonne et généreuse c'était.

Benjamin Summers était loin de se montrer aussi délicat.

Victoria Eden s'est immiscée dans le mariage de mes parents et l'a détruit. C'était une femme ignoble, prête à tout pour de l'argent et qui a légué à ses naïves petites-filles une entreprise bâtie avec l'argent de mon père. Je me battrai jusqu'au bout pour en obtenir la restitution.

Il relut le passage en grimaçant, puis appela son client.

— Monsieur Summers, je viens de prendre connaissance de votre déclaration à la presse. Elle nous place dos au mur.

— Le journaliste a déformé mes propos.

— Il va falloir le prouver.

— C'est votre boulot. C'est pour ça que je vous paye.

Se retenant de lui dire le fond de sa pensée, Jeremy poursuivit, très calme :

— J'appelais pour vous prévenir que les membres de la famille Eden ont lu l'article et qu'ils sont très mécontents des propos que vous avez tenus sur Victoria Eden. Ils peuvent très bien contre-attaquer et vous intenter un procès en diffamation.

— On ne diffame pas les morts. Je me suis renseigné.

— Certes, mais les descendants peuvent attaquer en arguant du fait que diffamer un parent décédé porte préjudice à leur réputation. Ayant pris connaissance de la façon de travailler de Mlle Blackwell, je ne doute pas qu'elle attaque par ce biais.

Il se tut un instant avant de reprendre :

— De plus, les sœurs Eden sont très populaires à New York. Les gens les aiment, elles et leur magasin, alors, si vous pensez pouvoir leur nuire en les dénigrant dans la presse, vous vous trompez lourdement. L'opinion publique compte beaucoup dans ce genre d'affaires, et cela risquerait de se retourner contre vous.

Benjamin Summers s'éclaircit la gorge, et c'est d'une voix radoucie qu'il demanda :

— Que me suggérez-vous de faire ? Joindre le journaliste ?

— Ce qui est fait est fait. Personne ne lit les rétractations. J'aimerais néanmoins que vous m'autorisiez à négocier avec Eden's. Vous allez devoir revoir à la baisse vos prétentions.

— Promettez-moi d'en lâcher le moins possible, grommela son client.

— Je ferai de mon mieux, dit-il avant de couper la communication.

Il ferma les yeux un instant. Il n'avait vraiment pas besoin de cet article dans le journal…

Puis il rappela Isabel.

— J'ai lu l'article. Désolé. Benjamin Summers prétend que le journaliste a déformé ses propos. Il n'en reste pas moins que le public a lu sa déclaration et j'en suis navré. Maintenant, il faut que nous trouvions un terrain d'entente.

— Je ne peux pas envisager de transactions si tu ne veux rien lâcher, Sharp.

Il se surprit à sourire. Comment réussissait-elle ce tour de force de l'égayer alors qu'il était tellement tendu ?

— Après m'avoir vu nu, tu pourrais peut-être m'appeler par mon prénom ? répliqua-t-il.

— Les négociations sont déjà en route ? Parce que j'espère que tu as conscience d'être en position d'infériorité. Ce qui signifie que je peux t'appeler comme ça me chante.

Il se renfonça dans son fauteuil et regarda par la fenêtre. Il commençait à neiger. Il soupira. Il était fatigué et avait juste envie de rentrer chez lui.

— Si tu dois m'affubler de vilains noms, je pense que tu devrais le faire en face, fit-il remarquer.

— Oh ! Alors, maintenant que tu y es forcé, tu accepterais de me rencontrer en personne ? Et ta bonne foi, Jeremy ?

Bon sang ! L'entendre prononcer son prénom l'échauffa brusquement. L'inviter chez lui n'était sans doute pas la meilleure des idées, mais il fallait en finir, se débarrasser de son père et de Benjamin Summers. Il y avait aussi le problème du chat, et Isabel semblait très bien connaître la gent féline.

— Tu as raison, dit-il. Je te dois ce rendez-vous depuis plusieurs jours. Écoute, je t'invite à venir voir Cat à Brooklyn, et puis nous chercherons un moyen de débloquer la situation.

— En fait, je suis sur le point de m'envoler pour Washington. J'ai été virée de mon hôtel, et il n'y a pas de chambre libre à New York, durant cette période de l'année. Mon frère et Mindy ont un sale rhume et je préfère ne pas aller chez eux. Ce n'est pas le moment de tomber malade.

Elle allait quitter New York ? Les rouages de son esprit se mirent à tourner à toute allure. Sa maison étant suffisamment grande pour accueillir Isabel…

— Je peux t'héberger, si c'est juste pour le week-end, proposa-t-il. Tu auras ta propre chambre, évidemment.

— Tu as tant de place que ça ?

Pas question de lui expliquer qu'il avait une grande maison vide parce qu'il avait été assez idiot pour s'imaginer qu'un jour Kelsey et lui auraient des enfants.

— Mais oui.

— Alors j'accepte. Envoie-moi l'adresse par texto et j'arriverai peu après midi, ma valise à la main.

- 8 -

Quand elle descendit du taxi en face de la maison de ville de grès rouge de Jeremy, Isabel ne savait pas à quoi s'attendre. Le ciel du début d'après-midi s'était chargé de nuages, et de gros flocons tombaient régulièrement. Devant elle se dressaient un portail de fer forgé et une volée de marches menant à une belle porte en bois voûtée. On se serait cru dans un film, mais elle nota qu'à la différence de celle de ses voisins la façade de Jeremy était vierge de couronnes de Noël ou autres décorations. Mais à quoi s'attendre de la part d'un homme même pas capable de donner un nom correct à un chat ? En réalité, cela lui convenait très bien. Elle n'était pas plus douée pour fêter Noël.

Elle appuya sur la sonnette et attendit. Quand Jeremy ouvrit la porte, en jean et pull noir moulant, elle se demanda si elle avait eu raison d'accepter son invitation.

— Tu ne plaisantais pas au sujet de la valise, fit-il remarquer en l'invitant d'un geste à entrer.

— Je ne plaisante jamais quand je m'impose chez les gens. Es-tu sûr que je ne te dérange pas ? Tu as vraiment assez de place ?

Il lui prit la valise des mains tout en levant les yeux au ciel.

— Je ne t'aurais pas invitée si je n'avais pas eu la place nécessaire. J'accueille souvent des clients ici.

— Mais jamais l'avocat de la partie adverse, je suppose.

Elle le suivit à l'intérieur, notant le superbe sol de mosaïques en bois d'ébène restauré de l'entrée. Au premier coup d'œil, la maison de Jeremy était une splendeur. Le plafond, orné d'élégantes moulures, était éclairé par des appliques vintage de verre martelé et cuivre. À sa gauche, un escalier avec une rampe en bois chantourné menait à l'étage, puis s'élevait jusqu'à un autre niveau. Devant elle, un parquet de bois sombre et luisant s'étirait tout en longueur, passant dans ce qui semblait être une salle de séjour et une cuisine et s'interrompant devant de grandes fenêtres à vitraux à travers lesquelles elle aperçut des arbres poudrés de neige. Devant ce spectacle, il lui sembla découvrir plus que la résidence de Jeremy. C'était comme… voir dans son âme ! Pour l'homme qui semblait réfractaire à tout fardeau, garder cette vaste demeure était certainement un acte d'amour.

Il ferma la porte, posa sa valise et s'approcha d'elle. Son parfum irrésistible l'enveloppa. Cela ressemblait à l'arôme d'un bourbon, fin, riche, chaleureux, mais pas du tout entêtant.

— Détrompe-toi, dit-il. J'ai entamé ici des pourparlers avec un avocat de la partie adverse qui devait faire une longue escale à JFK. Son vol a été annulé et il a finalement passé la nuit ici.

Cela la rassura un peu car elle craignait de faire un grave accroc à la déontologie en venant chez Jeremy. Sauf, bien sûr, qu'étant donné son histoire avec lui leur situation n'était pas exactement la même.

— Je vois.

— Ne sois pas jalouse. Il était loin d'être aussi craquant que toi.

Elle sourit en rougissant, mais une étincelle dans l'œil de Jeremy la fascina. Son cœur battit un peu plus vite. Quelques centimètres seulement les séparaient, lui rappelant le bonheur d'être serrée contre lui, de glisser ses doigts dans son épaisse chevelure et de l'embrasser. Et comment lui résister quand il utilisait des termes comme « craquante » pour la caractériser ?

— Ce n'est pas drôle de travailler durant la période de Noël, fit-il remarquer en s'adossant à la rampe de l'escalier.

— En ce qui me concerne, tant que la sirène d'alarme incendie ne se déclenche pas, je suis en vacances.

— Brooklyn est agréable à cette époque de l'année, dit-il, souriant à son tour, ce qui le rendit d'autant plus irrésistible.

Elle allait devoir se cuirasser contre son charme. Dommage qu'il soit nécessaire que les négociations à venir se déroulent sans heurts. Un comportement un peu brusque de la part de Jeremy aurait pu l'aider à doucher sa libido. Elle éclata de rire.

— Peu importe. De toute façon, je ne célèbre pas Noël.

— Juive ?

— Non. C'est juste une vieille habitude.

Il hocha la tête et eut le bon goût de ne pas la questionner plus avant.

— Viens, dit-il. Je vais te faire visiter.

Ils firent un rapide tour du rez-de-chaussée. Une confortable salle de séjour avec canapés et fauteuils de cuir brun installés devant une imposante cheminée de pierre blanche sculptée. Une cuisine de rêve avec un vaste îlot central couronné par un plateau en marbre de Carrare et des placards personnalisés. Au-dessus de l'évier, une fenêtre offrait une vue sur un patio abrité par une rangée de cyprès italiens couverts de neige.

Elle se dirigea vers la fenêtre pour admirer la retraite extérieure de Jeremy, un luxe peu courant, même à Brooklyn.

— C'est si agréable d'avoir un jardin, murmura-t-elle.

On doit être bien installé au printemps ou en été, assis là avec un livre.

L'entendant approcher d'elle par-derrière, elle se raidit, et son pouls s'accéléra.

Cette maison était un endroit magique, une oasis de calme et de beauté dans une métropole trépidante. À ses yeux, cela ressemblait à une description du paradis.

Dommage qu'elle abrite un homme un peu trop séduisant.

— En réalité, il est presque encore plus agréable en automne, quand on commence à ressentir le pincement du froid, fit-il remarquer. J'allume le brasero et je peux rester assis dehors des heures durant.

— Ta maison est sensationnelle.

Comme elle n'allait pas contempler le jardin éternellement, elle se retourna. À la lumière provenant de la fenêtre, Jeremy était encore plus beau, et elle eut très envie de l'embrasser.

— Merci, dit-il. Elle a été le fruit d'un grand projet. Nous avons dû la rénover de fond en comble.

« Nous », c'est-à-dire sa femme et lui. Cependant, ne voulant pas qu'il sache qu'elle avait effectué des recherches sur lui, elle garda sa réflexion pour elle.

— Ah oui ?

Les mains dans les poches, il fixa le sol.

— Oui. J'ai été marié jusqu'à il y a quelques années. Ma femme désirait une grande maison à retaper. Celle-ci convenait parfaitement.

Avant qu'elle puisse réagir, un chat roux tigré entra, embarrassé par un ventre de taille respectable.

— Seigneur ! s'exclama-t-elle. Ce doit être Cat.

— À moins qu'un autre soit entré, oui.

Elle se précipita vers l'animal, s'accroupit et lui tendit la main. Cat renifla ses doigts et se mit à ronronner en se frottant contre elle.

— Elle est si douce, et si gentille, dit-elle en s'asseyant par terre.

Dès qu'elle la caressa, la chatte ronronna encore plus fort.

— C'est vrai, reconnut-il. Elle venait dans mon jardin depuis quelque temps. Mais quand je l'ai vue, l'autre matin, alors qu'il faisait si froid, je n'ai pas eu le cœur à la laisser dehors et je lui ai ouvert. Ma femme de ménage a mis des affiches dans le quartier, et, comme le vétérinaire a dit qu'elle n'était pas pucée, je suppose qu'elle a été abandonnée.

— Ce doit être un chat errant. Il y en avait quelques-uns dans notre quartier quand j'étais petite. Ma mère adorait les chats, et ils finissaient en général par s'installer à la maison. Elle arrivait même à emmener chez le vétérinaire ceux qui étaient trop peureux pour entrer et à les faire vacciner et stériliser, tout cela de sa poche.

Elle avait le cœur lourd rien que de penser à sa mère. Elle la revoyait dehors dans le patio, servant de la pâtée à ces chats affamés. Elle leur parlait, leur donnait des noms. Elle avait tant d'amour en elle que le donner à son mari et ses enfants ne suffisait pas.

— J'adopterai un chaton quand j'aurai un chez-moi, dit-elle.

Elle n'avait pas pris le temps de s'en préoccuper quand elle vivait à Washington, mais, à présent qu'elle avait décidé de donner un sens à sa vie, c'était différent.

— Je sais où tu pourrais en trouver un joli roux à rayures, répliqua Jeremy.

Elle se mit à rire et regarda Cat dans les yeux.

— Si jamais je t'adoptais, ma belle, je te donnerais un plus joli nom. Mais n'y pensons pas pour le moment.

— Pourquoi pas ?

— Tu ne veux pas la garder ? demanda-t-elle en se

redressant. Elle a une personnalité attachante et semble apprécier ta maison.

Comme pour appuyer son propos, Cat se frotta en miaulant contre la jambe de Jeremy.

— C'est juste que je ne suis pas attiré par les animaux de compagnie, répondit-il. Ma vie est tellement remplie par le travail que j'ai du mal à imaginer m'occuper d'un autre être vivant.

Elle hocha la tête. Pendant longtemps, elle avait ressenti la même chose, mais plus maintenant.

— Bon ! Au travail ! dit-elle d'une voix ferme. Il vaudrait mieux que tu me montres ma chambre, si nous voulons nous y mettre aujourd'hui.

La présence d'Isabel sous son toit, une femme qu'il avait embrassée, avec qui il avait ri, couché, et même eu des mots, le déstabilisait. Une énergie nouvelle s'insinuait dans son univers et c'était une expérience à la fois troublante et grisante. Il avait vécu suffisamment de mauvaises expériences pour se demander s'il n'était pas fou de se laisser attirer à ce point par elle. Isabel et lui avaient beau être adversaires, professionnellement parlant, ils n'en glissaient pas moins sans effort dans une relation tout à fait agréable. Ils semblaient être tout naturellement sur la même longueur d'onde.

Au fond de lui, il désirait ce genre de relation, seulement, il avait appris à s'endurcir contre ses désirs. Cette carapace le protégeait tout en étant épuisante à porter. Il la déposait quand il était chez lui, et, avec la neige qui tombait et le long week-end qui s'annonçait, il n'avait aucune envie de la réendosser.

La valise d'Isabel à la main, il la guida à l'étage vers la chambre d'amis.

— Ce n'est pas le Bacharach, mais le matelas est très confortable, annonça-t-il.

— Si tu savais comme j'apprécie de ne pas avoir entendu de signal d'alarme depuis mon arrivée.

Elle posa son sac à main et son ordinateur portable sur le lit et caressa machinalement la couette.

— Elle est si douce…, murmura-t-elle.

Comme le soir où ils s'étaient rencontrés, il fit un gros effort pour mettre un frein à sa libido. Ce serait trop facile de l'embrasser, là, maintenant. Et de lui montrer combien ce lit était divin.

— Ah. J'ai oublié de te dire. Tu disposes d'une salle de bains personnelle, expliqua-t-il en allumant la lumière.

Quand il se retourna, Isabel était assise au bord du lit, superbe, comme dans ses rêves.

— Merci du fond du cœur, Jeremy. Cela me convient parfaitement, et pas seulement parce que j'ai besoin d'un endroit où dormir. Je suis impatiente de clore cette affaire. C'est d'une grande importance.

— Pour la famille Eden ou pour toi ?

— C'est un travail, bien sûr, et je suis bien payée pour le faire. Seulement, au cours des dernières semaines, Mindy et ses sœurs ont été formidables avec moi. Elles m'ont même invitée à passer Noël avec eux.

— Je croyais que tu ne célébrais pas cette fête.

— Je n'organise rien, ce qui ne veut pas dire que je refuse d'y prendre part si on m'invite. J'aime cette période de l'année, et autrefois j'en savourais chaque minute. C'est juste qu'il y a bien longtemps que je n'y prends plus plaisir.

La remarque l'intrigua. Il ne voulait pas s'imposer trop lourdement dans la vie d'Isabel, mais il était curieux.

— Y a-t-il une raison particulière pour que tu ne prennes plus plaisir à fêter Noël ? s'enquit-il en se rapprochant d'elle. Ton travail, peut-être ?

— Le travail m'a évidemment éloignée de ces préoccupations, mais cela a commencé avant. Ma mère. Et puis mon père…

Ses épaules se voûtèrent tandis qu'elle reprenait sa respiration.

— Ils sont morts la même année. Depuis, il n'y a plus que Sam et moi.

— Oh… Je suis désolé. Je l'ignorais.

Elle hocha la tête et lui sourit, comme si elle éprouvait le besoin de le réconforter.

— C'est pour cela qu'il est important pour moi de rendre heureuses les sœurs Eden, expliqua-t-elle. On n'a pas si souvent l'occasion de retrouver une famille.

— Je comprends.

Il décida de garder pour lui son scepticisme. D'après son expérience, des familles comme celle des sœurs Eden vous tournaient le dos aussi aisément qu'elles vous avaient accueilli.

— Et puis il y a les liens de ton frère avec elles.

— Bien sûr. J'aime le voir heureux, pour une fois dans sa vie. Il est si amoureux de Mindy. Ils sont tous les deux si amoureux que c'en est stupéfiant. Ils n'arrivent même pas à programmer leur mariage ! Ils ont juste envie de vivre leur amour.

— Je leur souhaite beaucoup de chance.

— Tu veux dire de bonheur ?

— Personnellement, je trouve que la chance joue un bien plus grand rôle, dans ces histoires-là.

Du bout du pied, elle lui donna un petit coup dans le mollet.

— Ce n'est pas gentil. Ils ne sont même pas encore mariés que tu les imagines déjà en train de divorcer.

— Tu as absolument raison. Ce n'est pas parce que

j'ai été brûlé une fois que d'autres unions ne peuvent pas connaître une fin heureuse.

Isabel fouilla dans son sac et en tira un tube de baume dont elle s'enduisit les lèvres.

— Désolée, l'air est tellement sec en cette période de l'année.

Il toussota, essayant de détourner son attention de son adorable bouche.

— Je comprends que tu ne croies plus à l'amour, tu sais, reprit-elle. J'ai également subi plusieurs déconvenues.

— Vraiment ? Des avocats, comme toi ?

Elle lui jeta un sourire narquois.

— Comme si j'allais te raconter ! Il était…

Elle se mordit les lèvres.

— Disons simplement que l'idée de l'engagement ne l'enthousiasmait pas.

Il hocha la tête. Il ne savait que trop bien ce que l'on ressentait face à quelqu'un qui n'avait d'autres projets que de jeter serments d'amour et promesses de fidélité à la poubelle.

— C'est un problème pour beaucoup d'hommes, ajouta-t-elle.

Cela n'en était pas un pour lui. Il était plutôt du genre à avoir des attentions romantiques tous les jours de l'année, pas juste à la Saint-Valentin, à Noël et aux anniversaires. Mais, quand vous donniez sans cesse et que ce n'était jamais assez, vous vous lassiez. Et, à son âge, il jugeait que cela ne valait plus la peine de tenter un nouvel essai.

— C'était sans doute trop lui demander, reprit-elle. Mais c'est ainsi. J'essaye de ne pas lui garder de rancœur. C'est trop destructeur.

— À quoi ressemblait-il, cet homme qui n'arrivait pas à s'engager ?

— Pourquoi veux-tu savoir ? demanda-t-elle, surprise.

Il haussa les épaules. Toutefois, la réponse l'intéressait beaucoup, peut-être parce qu'il essayait de comprendre ses réactions.

— Je ne sais pas, répondit-il. La curiosité, peut-être ?

Elle se leva, posa une main sur son épaule et le regarda dans les yeux.

— Ne t'inquiète pas. Il était loin d'être aussi craquant que toi.

Il s'efforça de modérer l'immense sourire qui menaçait de s'épanouir sur son visage.

Il aimait tellement leurs échanges, qu'ils soient professionnels ou personnels. Il aimait tout simplement parler avec Isabel.

— Franchement, je suis surpris qu'un homme se soit éloigné d'une femme comme toi. Normalement, ce devrait être le contraire.

— Possible. Mais je sais apprécier ce qui est bon.

Il déglutit péniblement.

— Sur ce, dit-elle en sortant un bloc-notes de la sacoche de son ordinateur, je crois qu'il serait plus raisonnable de se mettre au travail.

- 9 -

La neige continuait de tomber tandis qu'ils travaillaient. Par moments, quand les négociations devenaient particulièrement compliquées, voire houleuses, ils regardaient par la fenêtre du bureau les gros flocons de neige dériver vers le sol. C'était un spectacle hypnotique et apaisant, et ils semblaient avoir besoin de cette échappatoire. Et quel parfait décor pour oublier le monde que le confortable bureau de Jeremy, aux murs garnis d'étagères bourrées de livres et à l'ameublement masculin de bois sombre et de cuir.

— La neige tombe dru, constata Jeremy en jetant son stylo sur la table.

Il se redressa, étira les bras au-dessus de sa tête, geste qui fit remonter son pull et découvrit une bande de peau. Ce spectacle troubla Isabel, lui rappelant que ses mains et sa bouche s'étaient promenées sur ce torse superbe…

— Oui. Et le ciel s'assombrit.

Renversé dans son fauteuil, Jeremy consulta sa montre.

— Il est presque 17 heures. Que veux-tu faire ? Continuer ou faire une pause ?

Elle feuilleta ses notes. Ils avaient bien avancé dans l'élaboration d'un compromis prenant en compte le calcul des intérêts, l'actualisation de la somme prêtée et l'établissement d'un tableau d'amortissement. Il existait toutefois d'autres possibilités, et elle espérait convaincre Jeremy de les exposer à son client.

— Ça dépend, répondit-elle. Es-tu prêt à discuter de l'autre forme de remboursement que j'ai à proposer ?

— Oh non… Tu ne vas pas revenir là-dessus. Crois-tu vraiment que donner à mon client des miettes d'Eden's en échange du prêt soit une bonne idée ? D'autant que les deux parties se méprisent ouvertement.

— 10 %, ce n'est pas rien ! Ils permettraient à ton client de gagner annuellement une coquette somme.

— Je ne suis pas d'accord. Avec l'instabilité du marché du commerce de détail, je ne vois pas comment lui faire accepter cette offre.

— Le magasin marche très bien.

Appuyé contre le dossier de son fauteuil, les mains croisées derrière la tête, il haussa les sourcils d'un air dubitatif et coula un regard vers elle, un regard inexplicablement sexy.

— S'il marche si bien, tu ne devrais pas avoir de problème pour convaincre tes clientes de lâcher l'argent dû à mon client et nous ne devrions pas discuter pendant des heures, rétorqua-t-il.

— Un peu de travail en ligne te conviendrait ?

— J'ai besoin de voir les chiffres.

— Dans ce cas, allons-y.

— Quel requin ! s'exclama-t-il en riant. Tu ne renonces jamais, n'est-ce pas ?

— Nous sommes sur le point d'en finir. Autant foncer.

Une heure plus tard, tout, jusqu'au plus petit détail, avait été mis à plat.

— Avons-nous vraiment épluché tout ça ? demanda Jeremy, incrédule.

— Parfaitement, répondit-elle, regardant la table encombrée de monceaux de feuillets, dossiers et notes.

Elle éprouvait une certaine jubilation, tout en sachant par expérience que tout pouvait s'effondrer d'une seconde à l'autre. Pour le moment, néanmoins, elle était satisfaite. Elle tendit sa main levée.

— Tope là ?

En souriant, Jeremy tapa dans sa main.

— Beau travail, reconnut-il.

Sur le seuil du bureau, Cat poussa un miaulement impérieux avant de s'approcher de Jeremy. C'était la cinquième ou sixième fois qu'elle les interrompait ainsi.

— Elle semble bien agitée, fit remarquer Isabel. Je me demande si elle n'est pas sur le point de faire ses petits. S'est-elle aménagé un nid quelque part dans la maison ?

Jeremy se pencha pour caresser la chatte.

— Je ne vois pas de quoi tu parles.

— A-t-elle trouvé un coin tranquille pour mettre bas ?

— Le vétérinaire m'a donné une boîte et une couverture, mais je n'ai pas réussi à la persuader de rester dedans. Depuis son arrivée, elle dort par terre dans mon dressing.

Isabel sourit. Il semblait dépassé par la situation, mais il acceptait que la chatte dorme dans sa chambre. C'était adorable.

— Eh bien, je suppose que c'est là qu'elle a décidé de faire ses petits, dit-elle.

Jeremy la regarda d'un air horrifié.

— Dans mon dressing ? s'exclama-t-il.

— Si tu me montrais ?

— Oui, bien sûr.

Elle le suivit le long du couloir jusqu'à la dernière porte à gauche. Quand il la poussa, elle découvrit une somptueuse chambre à coucher décorée avec goût. Un lit immense recouvert d'une couette gris anthracite et d'oreillers qui semblaient moelleux. Au plafond était suspendu un lustre de fer forgé, mais pour le moment les fenêtres donnant sur le patio arrière apportaient ce qu'il fallait de lumière naturelle.

— Pas étonnant que tu n'aies pas besoin de masque de sommeil, fit-elle remarquer. Cette chambre est si paisible qu'il me semble que j'y dormirais des jours durant.

Il sourit.

— Je suppose que tu n'utilises pas ce truc chez toi, dit-il. Je veux dire quand tu ne loges pas à l'hôtel… ?

Elle caressa la couette, d'apparence si soyeuse.

— Ça dépend de mon degré de fatigue, répondit-elle.

Elle regretta aussitôt sa remarque. D'autant que Jeremy lui lança un regard narquois.

Cat pénétra dans la pièce et se dirigea tout droit vers le dressing.

— Je te le dis, tu vas avoir une tripotée de chatons sur tes costumes sur mesure et tes chaussures italiennes, dit-elle.

Elle désigna le placard de la tête.

— Je peux ?

— Je t'en prie.

Elle entra dans le dressing. Derrière elle, Jeremy alluma la lumière. Soit c'était un homme très organisé, soit son ex-femme se souciait beaucoup de son apparence. Ce dressing était pourvu de lampes comme on en trouve au rayon cosmétiques, diffusant une lumière assez douce pour faire paraître tout le monde à son avantage. Autant dire que Jeremy apparaissait sans défaut malgré le début de barbe qui bleuissait son menton.

— Voilà où elle dort, dit-il, écartant une rangée de chemises.

Là, dans le coin, Cat s'était fait un lit.

— Hé ! Une minute, s'exclama-t-il. C'est mon T-shirt préféré !

Il s'accroupit et elle l'imita.

— Je me demandais où il était passé, marmonna-t-il.

Je l'ai retiré l'autre matin pour prendre une douche après mon entraînement et il a disparu.

Aux mots « pour prendre une douche », l'imagination d'Isabel s'envola. Jeremy sous la douche, des gouttelettes d'eau glissant sur son torse… Elle n'avait jamais autant désiré tenir un savon dans ses mains !

— Eh bien, elle te l'a volé et l'a traîné ici pour se confectionner un lit, expliqua-t-elle.

Il secoua la tête, incrédule.

— J'ai dû le laisser par terre sans faire exprès. J'ai tellement de choses en tête en ce moment.

Notant la lassitude de sa voix, elle posa une main sur son épaule dans le but de le réconforter. Il tressaillit, la regarda, et de mystérieuses paillettes bleues apparurent dans ses yeux gris. Si son âme s'y reflétait, elle aurait souhaité y voir plus de bonheur. Elle chercha une bonne raison de ne pas l'embrasser pour le rendre heureux. Elle en avait le pouvoir, en tout cas pour un petit moment.

Il s'éclaircit la gorge et reporta son regard sur la chatte.

— Je n'arrive pas à croire qu'elle ait volé un T-shirt plein de sueur et malodorant, fit-il remarquer.

— C'est qu'elle t'aime. Les animaux aiment les vêtements qui portent l'odeur de leur maître.

— Je ne suis pas son maître ! C'est temporaire entre nous.

Il se leva, fit un pas de côté comme pour s'extraire de la situation.

— Hum… Explique ça à Cat, répondit-elle, moqueuse.

Il se retourna vers elle, les sourcils froncés.

— Comment la persuader de faire ses chats ailleurs ? demanda-t-il. Ce doit être un drôle de chantier.

— En réalité, tu ne dois pas la contrarier. Si elle se sent en sécurité dans l'endroit qu'elle s'est trouvé, il faut la laisser tranquille. Tu ne voudrais pas entrer en conflit avec une mère chatte ? Et puis il suffit de mettre dans son coin une ou deux serviettes usagées que tu jetteras après la mise bas.

— Que va devenir mon T-shirt ?

Elle lui tapota l'épaule avec compassion.

— Je crois que tu vas devoir faire une croix dessus.

— Je n'aurais jamais dû la laisser entrer, ce jour-là, marmonna-t-il.

— Ne dis pas ça ! Il fallait lui venir en aide. Elle serait peut-être morte dehors, avec ses petits. Tu as très bien agi.

Il haussa les épaules.

— Tu n'es jamais à court d'arguments, n'est-ce pas ? répliqua-t-il. Je suppose que, pour une avocate, c'est un plus.

— Merci. J'apprécie l'hommage. Maintenant, que dois-je faire pour te convaincre d'ouvrir une bouteille de vin ?

— Rien. Il est 18 heures, nous sommes vendredi et nous avons quelque chose à fêter. Je n'arrive pas à croire qu'il nous a fallu tout ce temps pour en arriver là.

— Nous parlons le même langage ! Donne-moi une minute, que je passe chercher mon sac dans ma chambre. À cette époque de l'année, je ne peux vivre sans mon baume à lèvres.

Ils s'installèrent au rez-de-chaussée, dans la cuisine. Isabel se percha sur un tabouret de l'îlot central et regarda Jeremy s'activer.

— Blanc ou rouge ? s'enquit-il.

Elle jeta un regard vers le patio. La neige tombait toujours en flocons épais, et le vent s'était levé.

— Vu le temps, du rouge.

— Parfait. J'ai un vin espagnol de la Rioja absolument délicieux.

— C'est tentant.

Il alla chercher une bouteille dans une cave à vins installée dans un coin de la cuisine.

— Il y a une vraie cave, en bas, dit-il, mais je n'ai pas toujours le courage de descendre. J'ai commencé à apprécier le vin il y a environ dix ans. Comme je commençais à penser que je resterais célibataire toute ma vie, je me suis dit que je devrais me trouver un hobby.

Il ouvrit la bouteille d'une main experte et sortit deux verres d'un placard.

— Et puis tu as rencontré ta future femme et le célibataire a renoncé à ses convictions, poursuivit-elle.

Qu'il ait pu se croire célibataire à vie et qu'il ait brusquement changé d'avis l'intriguait.

— Il ne s'agissait pas de convictions profondes, expliqua-t-il. Et d'ailleurs j'ai tout de suite souhaité l'épouser.

— Amoureux fou ?

— Je suppose que l'on peut dire ça. Mais elle avait une façon… toute personnelle de vous embarquer dans son univers. En fait, vous aspirer dans l'œil de sa tornade serait une comparaison plus pertinente.

— Elle semble charmante !

Il éclata de rire.

— Ça s'est passé en un éclair, c'est tout ce que je peux dire. Je crois que le fait que je ne sois pas un play-boy de Manhattan lui plaisait. Elle était sortie avec beaucoup de ces individus.

Il s'interrompit le temps de remplir leurs verres et lui en tendit un.

— À notre santé ! Je propose que nous cessions de parler de mon ex-femme.

Elle but une gorgée de vin.

— Il est délicieux, merci. Mais… Pas si vite. J'ai des questions, beaucoup de questions. L'heure de la confession a sonné ! J'ai fait des recherches sur toi, après la première réunion à ton cabinet.

— Ah bon ? C'est étonnant…

— Tu as fait la même chose à mon sujet, n'est-ce pas ?

Il s'approcha, son verre à la main.

— Si nous devons en parler, allons dans la salle de séjour. Nous serons mieux installés pour aborder les sujets déplaisants.

Sans attendre sa réponse, il quitta la cuisine. Elle le suivit, contrariée à l'idée de l'avoir blessé.

— Je n'avais pas l'intention de parler de choses désagréables, reprit-elle. Je suis juste intriguée parce que ta version ne colle pas avec celle que j'ai lue.

Il posa son verre et la bouteille sur la table basse et entreprit d'allumer du feu, froissant des journaux puis posant du petit bois et quelques bûches dessus. Enfin, il craqua une allumette puis se redressa.

— Isabel, précédemment avocate à Washington, clientèle très huppée. Je pense que tu sais mieux que personne que ce que l'on lit dans les journaux n'est pas toujours la vérité. La relation des faits diffère selon la personne qui a parlé en premier.

— Certes. Les faits peuvent être faussés, mais tout de même pas entièrement.

Il lui désigna le canapé.

— Assieds-toi, s'il te plaît.

Elle se sentit toute petite et trouva cela excitant.

— Oui, monsieur, répondit-elle en se laissant tomber sur les coussins moelleux.

Des flammes s'élevèrent dans la cheminée. Entre le feu, le vin et Jeremy, c'était le paradis.

Jeremy but une longue gorgée de vin, et elle admira son profil à la lumière dorée des flammes.

— Donc, si je comprends bien, ta femme, enfin, ton ex-femme, n'a pas dit la vérité à la presse ?

Il se tourna vers elle, le regard éteint. Elle lui avait déjà vu cette expression blessée d'une personne qui a appris à vivre avec son chagrin. Elle détestait l'idée que quelqu'un doive supporter ce fardeau, surtout un homme aussi bon que Jeremy.

— Exactement, répondit-il.

Les idées se bousculant dans sa tête, Isabel but une nouvelle gorgée de vin. Pas étonnant que ce qu'elle avait lu sur Jeremy lui ait paru si peu ressemblant à ce qu'elle connaissait de lui.

— Je m'en veux presque de poser cette…

— Tu ne t'en veux jamais de poser des questions, l'interrompit-il avec un sourire en coin.

Elle mit une main sur son bras.

— Je ne voudrais vraiment pas raviver des souvenirs douloureux, Jeremy. C'est tellement gentil de ta part de me permettre de m'installer ici.

— Vas-y, pose-les-moi, tes questions. Je n'ai pas de secrets.

Elle espéra que c'était vrai. Parce que ces instants passés avec Jeremy lui semblaient pleins de promesses.

« Je ne voudrais vraiment pas raviver des souvenirs douloureux », lui avait dit Isabel.

Il savait ce qu'elle s'apprêtait à lui demander, et il était prêt à y répondre. Il était sincère en disant qu'il n'avait pas de secrets ; c'était juste qu'il n'avait jamais parlé à personne de certains détails. Ses parents passaient leur temps à se poser en victimes, se lamentant du scandale qui entourait le divorce de leur fils. Par la suite, ses amis s'étaient raréfiés. Personne n'avait envie de dîner en compagnie d'un homme devenu la cible des commentaires sarcastiques de parfaits inconnus qui s'étaient rangés du côté de sa femme. Dans un souci de protection de son amour-propre, il avait donc tout gardé pour lui.

— Je ne devrais pas me mêler de ce qui ne me regarde pas, reprit Isabel. Changeons de sujet.

— Non, s'il te plaît. Crevons l'abcès. Je t'assure, ce sera un soulagement pour moi.

— Bon. Si tu y tiens. Voilà. Il y a eu des allusions à ton infidélité.

Elle leva un doigt et enchaîna vivement :

— Et, avant que tu répondes, sache que je ne juge pas. Nous avons tous nos raisons d'agir de telle ou telle façon.

Il avait toutes les raisons du monde de garder ses distances à la fois professionnelles et personnelles avec Isabel. Mais, une fois l'affaire réglée, ils retrouveraient leur liberté. Quant à l'aspect privé, c'était si bon de se confier à elle. Il l'avait senti dès l'instant de leur rencontre.

— Kelsey a mis sur mon compte tout ce qu'elle a fait pour saboter notre mariage, tout ce qu'elle ressentait, expliqua-t-il. C'était elle qui n'arrivait pas à s'engager. Alors oui, il y a eu de l'infidélité, mais pas de mon côté.

— Désolée. C'est une terrible trahison.

Isabel avait raison, c'était une trahison, mais aujourd'hui, des années plus tard, il n'arrivait plus à s'imaginer avec Kelsey et le chagrin s'était atténué.

— Je n'ai découvert sa liaison qu'après qu'elle m'a quitté. J'ai essayé de me persuader que ce n'était pas si terrible puisque je n'en avais rien su quand nous étions ensemble. Mais cela ne marchait pas.

— Ce sont des choses que l'on se dit pour tenter de se protéger. Il y a des limites à ce qu'un être humain peut supporter.

— Tu crois ? La vie ne se prive pourtant pas de nous jouer des tours pendables.

— Pourquoi n'as-tu pas tenu tête à Kelsey ? Tu n'as pas usé de ton droit de réponse à l'article que j'ai lu. J'ai vraiment du mal à imaginer que tu te sois ainsi couché devant elle. Un avocat rend toujours coup pour coup.

— Et, quand la cause est perdue, un avocat le sait. Certaines batailles ne valent pas la peine d'être menées. De plus, qui a envie d'exposer dans les journaux ses chagrins d'amour ? De toute façon, je savais que je n'avais aucune chance de la voir revenir.

Isabel s'adossa aux coussins, son verre à la main, et son regard se voila. Quels tourments avait-elle subis ? Était-ce parce qu'elle avait souffert qu'elle lui semblait parfois si mystérieuse ?

— Maintenant que je t'ai raconté ma triste histoire, j'aimerais qu'à ton tour tu me parles de l'homme qui t'a fait du mal.

Elle contempla un instant son verre, but une gorgée de vin et soupira.

— Erreur de timing, mais il n'y était pour rien, répondit-elle.

— Te voilà bien vague.

— D'accord, je te raconte. Je suis tombée enceinte, et il a été pris de panique. Nous n'étions ensemble que depuis six mois, et nous n'avions aucun projet d'avenir.

Elle poussa un nouveau soupir et ajouta :

— Je lui ai rendu service en rompant. Comme je savais déjà que je souhaitais avoir un enfant, j'ai décidé de me débrouiller toute seule. Seulement, la vie m'a envoyé la plus cruelle des épreuves sous la forme d'une fausse couche.

Sa voix se brisa sur ces derniers mots, et un lourd silence tomba sur la pièce.

— Je suis navré, murmura-t-il. Quelle terrible épreuve, en effet.

— Mon ex n'est pas au courant. Je veux dire : il doit avoir compris en constatant que je n'ai pas eu de bébé, mais il ne m'a jamais demandé de nouvelles.

— Tu en as parlé à ton frère ?

Elle sourit tristement.

— Bien sûr, j'ai envisagé de me confier à lui, mais en y réfléchissant je crois que Sam aurait très mal réagi. Alors je suis retournée travailler et j'ai essayé d'oublier.

Elle était si solide, si résiliente. Pas étonnant qu'elle fasse une excellente avocate.

— Retour dans la peau du requin ?

— Je ne suis pas un requin ! répliqua-t-elle en balayant la remarque de la main.

— Un beau requin, bien sûr.

Les yeux d'Isabel brillèrent à la lumière des flammes.

— Tu crois que la flatterie mène à tout ? demanda-t-elle, moqueuse.

— Bien sûr que non ! Je ne suis pas idiot !

— Et moi je suis sérieuse quand j'affirme ne pas être un requin. C'était un personnage. Il faut bien jouer un rôle pour gagner. Toi aussi, tu fais semblant.

— En ce moment, je ne joue pas de rôle.

Comme elle penchait la tête, une mèche brune tomba sur son visage. Sous son regard inquisiteur, il se sentit plus vulnérable qu'il ne l'avait été depuis longtemps.

— Je te crois, dit-elle. Mais, quand tu travailles, tu enfiles une armure en vue de la bataille. Et, si je suis complètement honnête, je pense que tu jouais un rôle, le soir de notre rencontre.

Il prit la bouteille de vin et la resservit avant de remplir son propre verre.

— Lors d'une première rencontre, ne cherchons-nous pas tous à impressionner l'autre en nous présentant au mieux de ce que nous sommes ? rétorqua-t-il.

— Certes, et c'est pourquoi je ne voulais pas parler travail. Je voulais juste que nous soyons un homme et une femme entretenant une conversation.

— Et tu crois que j'ai fait semblant d'être un autre ? Je peux te garantir que j'étais parfaitement sincère, dans ta chambre !

Elle rougit, sourit.

— Je te crois. Moi aussi, j'étais sincère. Je te parle des moments où tu jouais le rôle du type qui prend la vie du bon côté.

— Hé ! J'aime m'amuser autant qu'un autre. Malheureusement, je n'en ai pas souvent l'occasion.

— Mais tu n'es pas aussi désinvolte que tu voudrais le laisser paraître. Tu fais comme si rien ne te touchait, alors que tu n'es pas comme ça. Tu es attentionné et sérieux. Et, maintenant que tu m'as raconté l'histoire de ton divorce, je comprends pourquoi. Tu essayes de dissimuler ta peine aux yeux de tous.

Il but une gorgée de vin, plus ému qu'il ne l'aurait cru d'être si bien compris.

— Je ne veux tout simplement plus souffrir, dit-il. Alors je fais comme si, en niant ma peine, elle allait disparaître.

Elle hocha lentement la tête en le fixant de son regard tendre. Il aimait qu'elle possède de multiples facettes. Elle pouvait se montrer pleine de détermination à un moment et douce le suivant.

— Je sais, Jeremy. Je veux simplement que tu saches que tu n'as pas à faire semblant avec moi.

Elle fit courir son doigt sur le bord de son verre.

— On peut presque considérer que nous ne sommes plus confrères, ajouta-t-elle. Juste un homme et une femme discutant paisiblement au coin du feu…

Il sentit soudain monter une vague de chaleur de ses cuisses à sa poitrine. Isabel le regardait toujours, attendant visiblement une réponse de sa part. Il contempla ses seins qui se soulevaient et s'abaissaient sur un rythme rapide, ses joues rougies, ses yeux brillants. Un courant passait entre eux, c'était indéniable. Quelques instants plus tôt, ils parlaient de leur métier, de la vie et de ses chagrins, et maintenant… Il aurait fallu être stupide pour ne pas remarquer que tout les menait dans une direction qu'il n'avait pas vraiment envisagée.

Qu'avait donc Isabel pour non seulement faire vibrer ses cordes sensibles mais encore le percer à jour ?

— Cette semaine, je me cachais de toi, dit-il. Je t'ai sciemment évitée.

Les mots étaient sortis de sa bouche comme s'ils avaient toujours été là, prêts à jaillir. Et il était content de l'avoir avoué, si content qu'il poursuivit :

— Le soir du dîner, je mourais d'envie de t'embrasser. Mais l'affaire nous mettait sous pression, et je craignais de finir par me saborder, si je passais du temps avec toi.

— Tu m'as donc invitée à venir chez toi parce que tu n'avais pas le choix.

— Non. J'avais enfin une raison pour ça. Une raison légitime pour faire ce que je rêvais de faire depuis le début.

— J'ai aussi un aveu à te faire.

— Je t'écoute, dit-il, le cœur battant.

— Je pensais à t'embrasser *avant* cette soirée. J'y pensais quand nous étions dans ton bureau.

Seigneur ! Cette femme…

Il n'avait qu'un désir : qu'elle se penche vers lui et pose ses douces lèvres sur les siennes. Sentir son corps contre le sien, se perdre en elle et ne jamais revenir…

— Et depuis ? demanda-t-il.

— Disons que mon désir crée pas mal de conflits intérieurs.

Elle posa son verre sur la table, ce qui ressemblait à un ultimatum.

Il ne laisserait pas sans réponse le défi qu'elle venait de lui lancer.

- 10 -

Isabel était fatiguée d'attendre. Seul petit détail, son fragile ego aurait aimé que Jeremy fasse le premier pas. Seulement, voilà, il se comportait en parfait gentleman. Visiblement, se débarrasser de son verre ne représentait pas pour lui une invitation suffisante.

Elle se pencha vers lui et le regarda bien en face. Le regarder était à la fois ce qu'il y avait de plus facile et de plus difficile au monde. Il était si beau que cela creusait un trou brûlant dans sa poitrine.

Il but d'un coup le reste de son vin, comme s'il avait besoin d'encouragements. Et elle eut très envie de lui dire simplement : « J'ai envie de toi, Jeremy. Maintenant. »

Il reposa finalement son verre et posa sur elle des yeux assombris par le désir. Elle avait désiré des hommes, dans sa vie, mais aucun aussi fort que Jeremy. Si fort qu'elle en avait du mal à respirer. Que ce soit à cause de l'idée que quelque chose était resté en suspens entre eux, ou bien du fait que leur relation avait démarré sur de mauvaises bases, il lui semblait qu'ils méritaient ces retrouvailles.

— Je ne voudrais pas que tu aies l'impression que je profite de la situation, dit-il en lui prenant la main. Tu es dans ma maison, vulnérable.

Elle était surtout sûre d'une chose : elle désirait de toutes ses forces qu'il la serre dans ses bras. Elle prit son autre main et la porta à ses lèvres, et ce seul contact de sa peau contre la sienne aviva son désir. Elle voulait être plus près. Tout contre lui. Tout de suite.

Elle se redressa et alla s'installer sur ses genoux. La lueur de désir qu'elle lut dans son regard récompensa sa hardiesse. Elle se laissa alors aller de tout son poids et pressa ses hanches contre les siennes. Déjà elle sentait de la chaleur sourdre entre ses jambes. Saisissant le bas de son pull, elle le fit passer par-dessus sa tête. Ses cheveux retombèrent en vagues sur ses épaules. Elle aima sentir le regard approbateur de Jeremy sur elle. Elle n'avait pas besoin de mots. Elle voyait dans ses yeux qu'il la trouvait belle.

Le premier baiser fut très doux, comme pour marquer l'instant magique des retrouvailles. Les lèvres de Jeremy étaient aussi fermes et parfaites que dans son souvenir. Peut-être même encore plus.

Elle noua ses bras autour de son cou et glissa ses doigts dans son épaisse chevelure tout en frottant son entrejambe contre celui de Jeremy, heureuse de sentir à quel point il était dur. Leurs langues se lancèrent dans une danse érotique, ses mains chaudes explorèrent son dos. Enfin, il eut la bonne idée d'ôter son chemisier, de dégrafer son soutien-gorge et de l'en débarrasser. Il prit ses seins à pleines mains et en excita les pointes entre ses doigts. Elle gémit sous la caresse, qui contrastait parfaitement avec la douceur du baiser. Très vite, voulant sa bouche partout sur elle, elle mit fin au baiser.

Il saisit l'invite, prit la pointe d'un sein dans sa bouche, la lécha, puis suça les mamelons l'un après l'autre. Des décharges de plaisir zigzaguaient tel l'éclair de ses seins à son sexe. C'était tellement bon qu'elle aurait voulu fermer les yeux et se noyer dans la sensation. Mais c'était si excitant d'observer le visage de Jeremy qui passait sa langue sur les mamelons sensibles. Elle crispa ses doigts sur ses épaules, enfonçant ses ongles dans sa chair. Il ouvrit les yeux, et ils se contemplèrent jusqu'à ce qu'il la mordille. Ce qui lui causa une très légère douleur, juste suffisante pour manifester l'intensité de son désir, et lui fit franchir un nouveau cran.

Elle débarrassa Jeremy de son pull et caressa avec délices son torse ferme et musclé, couvert de juste ce qu'il fallait de duvet. Elle embrassa son épaule sculptée, puis nicha son visage au creux de son bras, s'enivrant de sa chaude odeur. La prenant par les hanches, il l'attira plus fermement contre lui. Une tiédeur humide se répandit entre ses jambes tandis qu'il la pressait contre son érection.

Il la prit par la taille, et en un instant elle se retrouva allongée sur le dos, le cuir froid du canapé contre sa peau échauffée. Jeremy se leva et, sans la quitter des yeux, ôta jean et caleçon. Il était tout ce qu'elle désirait, grand et mince, et si prêt pour elle qu'il était impossible de ne pas se considérer comme la femme la plus heureuse du monde.

Subjuguée, elle le regarda prendre son membre dans sa main et lui imprimer des mouvements de va-et-vient. Elle aimait le voir se caresser, mais cela lui donnait une envie désespérée de le caresser aussi.

Elle déboutonna son jean et, soulevant les hanches, le fit descendre avec sa culotte le long de ses jambes. Il l'aida à le retirer. Elle fut complètement nue devant lui et infiniment désireuse qu'il la pénètre.

— Viens…, murmura-t-elle.

— Je veux d'abord te voir te caresser.

Si elle n'avait pas l'âme d'une exhibitionniste, Jeremy l'excitait tellement qu'elle en serait passée par toutes ses volontés. Elle écarta les jambes et effleura ses seins. Le désir sur le visage de Jeremy n'avait pas de prix. Il la contemplait, fasciné, et debout près d'elle caressait son pénis. Elle étudiait ce qu'il aimait alors même qu'elle savourait sa propre caresse quand ses doigts glissèrent sur son ventre et finalement entre ses jambes.

Un petit cri lui échappa quand elle atteignit son clitoris et se mit à le caresser en cercles, avec l'impression qu'elle pourrait venir en un rien de temps si elle n'y prenait pas garde. Jeremy finit par s'agenouiller devant elle sur le canapé et embrassa ses genoux. Puis il promena les lèvres à l'intérieur de ses cuisses. Elle glissa les doigts dans ses cheveux tandis qu'il se rapprochait de son sexe. Il en écarta les plis pour un meilleur accès. C'était si excitant qu'elle ferma les yeux pendant qu'il la léchait. Elle tenta de résister à la pression grandissante, mais bientôt ce fut trop. Sentant la digue se rompre, elle renversa la tête en arrière et s'abandonna à l'orgasme. Tandis que les spasmes de plaisir se succédaient, le feu continuait de crépiter, et elle savait que la chaleur qui en émanait n'était qu'une petite fraction de celle que Jeremy s'apprêtait à lui dispenser.

Poussé par le désir intense de s'immerger dans cette femme qui le rendait fou, Jeremy abandonna à regret les délices de son sexe. Tout en elle était doux et délicieux, charnel et excitant. Si leur relation n'allait pas au-delà de cette nuit, il garderait du moins une image d'elle caressant les zones érogènes de son propre corps tandis que les flammes teintaient sa peau de différentes nuances de rose.

Mais pour le moment il avait un urgent désir à satisfaire.

Isabel s'agenouilla près de lui et repoussa du pied la table basse. Il s'étendit sur le tapis pendant qu'elle se positionnait entre ses genoux, prenait son sexe palpitant dans sa main et le caressait délicatement. Il lui sembla que tout en lui se contractait, ses abdominaux, ses hanches, ses cuisses. Elle prit son temps, et il regarda avec bonheur ses longs doigts minces courant le long de son sexe. Cependant, aussi délectable que soit cette vision, il voulait davantage d'elle. Comme si elle devinait ses pensées, elle baissa la tête et le prit entre ses lèvres.

Sa langue était brûlante, et la sensation sur sa peau accrut sa tension. Il ne croyait pas avoir déjà été aussi excité ou avoir désiré si sauvagement une femme. Il glissa doucement les doigts dans les cheveux d'Isabel pendant qu'elle enroulait sa langue autour de son pénis, lui interdisant de penser à autre chose qu'au plaisir. Mais, au moment où il ne croyait pas pouvoir supporter davantage de pression, Isabel le lâcha pour embrasser son ventre.

— Ne bouge pas, dit-elle. Je vais chercher un préservatif dans mon sac.

Elle courut jusqu'à la cuisine et fut de retour en quelques secondes. Déchirant l'emballage, elle s'agenouilla près de lui et mit la protection en place. Ensuite, elle s'installa sur lui et, prenant son sexe dans sa main, le guida en elle.

Comme elle descendait sur lui, il s'émerveilla de constater à quel point ils s'accordaient. Contre toute logique, c'était encore meilleur que la première fois, alors qu'il est connu que l'excitation de la nouveauté tend à éclipser l'habitude. Ils bougeaient ensemble, en parfaite harmonie. Isabel baissa la tête pour l'embrasser, et leurs langues se mêlèrent tandis qu'il prenait ses fesses à pleines mains pour l'encourager à se soulever au maximum, parce que c'était tellement bon qu'elle le prenne en s'affaissant sur toute sa longueur…

Elle respirait de façon saccadée, mais il la voulait encore plus proche de la jouissance. Il glissa alors une main entre eux et caressa son clitoris. Elle réagit en se poussant contre sa main, agitant ses hanches en cercles. Fermant les yeux, il se laissa emporter par la vague du plaisir. Isabel le suivit quelques secondes plus tard, le visage dans son cou, et se contorsionna pour que les derniers spasmes durent plus longtemps. Puis elle s'effondra sur lui, en sueur, la tête contre son torse. Il referma les bras sur elle et, la serrant contre lui, embrassa ses cheveux.

Ils demeurèrent ainsi un long moment, silencieux, simplement heureux. Des paroles, ils en avaient beaucoup échangé depuis qu'ils se connaissaient, et c'était agréable de vivre un moment où les actes comptaient plus que les mots.

Elle se blottit contre lui et ils se perdirent dans le chaud crépitement du feu.

Ce n'était pas ainsi qu'il s'était figuré passer la soirée, mais, pour être honnête, c'était infiniment meilleur que tout ce qu'il aurait pu espérer.

- 11 -

Jeremy se réveilla tard le lendemain matin, le cœur plein d'un espoir qu'il n'avait pas connu depuis longtemps. Ivre aussi de passion. Isabel était extraordinaire, et la nuit avait été divine. Tout ce qu'il avait pensé sur l'alchimie sexuelle régnant entre eux était juste. Il ne l'avait pas inventée.

— Bonjour, beauté, murmura-t-il en embrassant son épaule nue.

Elle sourit, les yeux fermés, allongée sur le ventre. Les premières lueurs du jour filtrant par la fenêtre la nimbaient d'une jolie lumière.

— Bonjour.

Il l'attira à lui, leurs corps nus serrés l'un contre l'autre. C'était si bon de ne pas se réveiller seul.

— Que veux-tu faire aujourd'hui ? s'enquit-il.

En réponse, l'estomac d'Isabel gronda bruyamment.

— Si nous commencions par un copieux petit déjeuner ?

— Nous n'avons pas dîné hier soir, il me semble ?

Elle ouvrit un œil et se souleva sur un coude.

— Non. Je devrais porter plainte, d'ailleurs. Le *room service* laisse à désirer. Toutefois, tu gardes l'avantage sur le Bacharach. Pas une seule sirène se déclenchant au beau milieu de la nuit, c'est le paradis !

— Nous ne nous serions pas rencontrés sans ce fichu système d'alarme.

Elle roula sur le dos, le drap serré sur la poitrine.

— Si. Mais dans d'autres circonstances.

Leur premier rendez-vous ayant préparé le terrain pour la nuit dernière, il était immensément reconnaissant de la tournure prise par les événements.

— Je suis heureux que notre première prise de contact n'ait pas eu lieu à la table des négociations.

— Moi aussi ! répliqua-t-elle en l'embrassant. Maintenant, trouvons quelque chose à manger. Je meurs de faim !

Dans la cuisine, il prépara des œufs au bacon tandis qu'Isabel remplissait la gamelle de Cat, descendue elle aussi prendre son petit déjeuner, avant de s'installer à l'îlot central.

— J'adore regarder un homme cuisiner !

— Résultat de mes années de célibat. Et puis, comme mon ex ne cuisinait pas, j'ai continué pendant mon mariage.

Ce détail aurait dû lui faire comprendre que son union ne durerait pas. Kelsey passait très peu de temps à la maison. Elle était toujours par monts et par vaux, en quête d'aventures. Il lui avait fallu du temps pour comprendre qu'il ne lui suffisait pas.

— Qu'est-ce que ta femme et toi projetiez de faire de tout cet espace ? demanda Isabel.

Il disposa les œufs au bacon sur deux assiettes, y ajouta des tranches de pain beurrées et apporta le tout sur l'îlot.

— Votre petit déjeuner est servi, madame, déclara-t-il cérémonieusement.

Le visage d'Isabel s'éclaira quand elle sourit.

— Merci, monsieur.

Il s'installa sur le tabouret voisin.

— Je supposais que nous aurions des enfants, et, si nous devions bâtir la maison de nos rêves, il était logique de prévoir un agrandissement de la famille. Cela ne s'est pas produit. Je voulais des enfants, elle, non.

Isabel but quelques gorgées de café, les mains serrées autour de la tasse.

— Vous n'aviez pas abordé le sujet avant de vous marier ? C'est tout de même une question centrale dans une union.

— Nous en avions discuté. Je lui avais dit que je voulais une famille et elle prétendait qu'elle aussi. Mais, quand le moment est venu d'envisager de faire un enfant, elle a continué en douce à prendre la pilule. Je pense qu'elle n'a jamais eu le courage de me dire qu'elle avait changé d'avis. Ou alors elle m'a menti depuis le début.

Il se félicita de réussir à évoquer cette blessure sans perdre son sang-froid.

— De toute façon, je ne suis peut-être pas fait pour être père. Mes parents ne m'ont pas donné une image positive de leur rôle.

— Je ne prétendrais pas que ton père est chaleureux. Du moins, ce que j'en ai vu.

Jeremy eut un petit rire triste.

— Il ne l'est pas. Et ma mère non plus, malheureusement. Bien qu'elle ait un côté plus doux, je reconnais. Tous deux ont toujours été plus intéressés par ce qu'une personne accomplit que par ce qu'elle est.

— C'est terrible, ça.

— J'ai appris très tôt que quand je faisais exactement ce que voulait mon père, et que, en plus, j'y excellais, on me couvrait de louanges. C'était la seule façon qu'ils avaient de manifester leur affection.

— C'est pour cela que tu es devenu avocat ?

— Non. Mon père voulait que je suive ses traces, bien sûr, mais c'est mon grand-père qui m'a donné envie d'embrasser ce métier. Il connaissait les subtilités de la loi et aimait l'interpréter. Bâtir une argumentation le passionnait. Comme toi, en fait, ajouta-t-il en se tournant vers Isabel.

— Il était impressionnant, apparemment.

— Oui. J'ai tous ses livres de droit dans mon bureau à l'étage.

— C'est donc pour cette raison que tu aimes travailler ici, loin de ton père et près des souvenirs qui te rappellent pourquoi tu as choisi ce métier de fou.

Il hocha la tête, peut-être avec un peu trop de conviction. Isabel était un ange tombé du ciel. Elle le comprenait si naturellement.

— Je me disais, puisque c'est samedi et qu'il ne reste que quelques jours avant Noël, que nous pourrions peut-être faire quelque chose en relation avec cette fête, suggéra-t-elle.

— Toi et moi ? Du shopping ? J'ai déjà fait mes achats pour Noël. Je fais les mêmes cadeaux à mes parents tous les ans.

Une provision pour l'année de balles de golf portant son monogramme pour son père, qui non seulement hantait régulièrement les terrains, mais de plus avait la mauvaise habitude de perdre ses balles dans les obstacles aquatiques. Pour sa mère, il se rendait chez Tiffany & Co. et achetait les derniers modèles de boucles d'oreilles et de bracelets.

— Je suis également parée, dit Isabel. Je suis allée chez Eden's. C'est la première fois depuis des années que j'achète des cadeaux pour Noël.

Elle glissa un regard vers lui et ajouta :

— Si nous nous lancions dans la décoration… d'un sapin de Noël ?

— Je n'en ai pas d'artificiel. Mais il y a un magasin qui vend des sapins non loin d'ici. Nous pourrions aller en acheter un.

Elle se tourna vers les portes donnant sur le patio.

— Pourquoi en acheter un ? Tu as tout ce qu'il faut ici.

— Ici ?

— Mais oui. As-tu des guirlandes, des décorations ?

— Oui. Je ne les ai pas utilisées depuis mon divorce, mais elles sont toujours là.

— Décorons un des cyprès de ton jardin. Ce sera superbe la nuit, et puis tu n'auras pas le souci de voir Cat grimper dedans et tout faire tomber.

— Tu veux sortir dans ce froid décorer un arbre ? demanda-t-il, surpris.

— Il ne neige plus et le soleil brille. Prendre l'air nous fera du bien.

C'était bien une des suggestions les plus folles qu'on lui ait jamais faites. Et il aimait.

— Après le petit déjeuner, nous partirons à la chasse aux décorations, conclut-il.

La cuisine rangée, ils grimpèrent jusqu'au dernier étage de la maison. Ce ne fut pas difficile de trouver les cartons contenant les décorations de Noël, car le grenier contenait peu de chose. Ainsi va la vie d'un célibataire dans une trop grande maison.

Il marqua une hésitation avant de soulever le couvercle du premier carton. Kelsey et lui avaient acheté ces décorations ensemble, quand il croyait encore qu'ils allaient fonder une famille et qu'ils les utiliseraient pendant les nombreuses années à venir. Mais à quoi bon ressasser le passé ? Ici, à présent, avec Isabel, il avait le cœur léger. Si elle n'était pas apparue dans sa vie, ces décorations de Noël seraient restées des années dans la poussière du grenier, oubliées, passées de mode. Une triste image de sa propre existence.

— Je pense que quatre guirlandes suffiront, dit Isabel. Et ces boules rouges et argent paraissent de taille à braver les intempéries.

— Parfait.

Ils emportèrent les cartons au rez-de-chaussée, puis s'habillèrent chaudement.

— Aurais-tu un bonnet à me prêter ? demanda Isabel.

— Je vais te trouver ça.

Il fouilla dans le placard de l'entrée et en sortit un bonnet rouge qu'il possédait depuis des années.

— Je ne l'ai pas porté depuis l'université, fit-il remarquer.

Il le lui mit et repoussa doucement les mèches qui s'en échappaient. Elle leva vers lui de grands yeux brillants, et il ne trouva qu'une chose à dire.

— Tu es belle. Tellement belle.

Il était tellement fasciné par son regard qu'il lui sembla qu'il ne réussirait jamais à s'en détourner. Et d'ailleurs il n'était pas certain de le vouloir.

— Tu n'es pas si mal, toi non plus, répliqua-t-elle en se soulevant sur la pointe des pieds pour poser un baiser sur ses lèvres.

Il n'avait qu'un désir, se fondre en elle et qu'ils restent pour l'éternité liés à jamais.

Tu es parfaite, ce qui m'est arrivé de meilleur depuis bien longtemps.

Les mots étaient là, tout prêts à jaillir. Il ne dit rien. Il connaissait sa propension à sauter les étapes. Isabel était merveilleuse, soit, mais c'était trop tôt pour les serments.

— Prête pour la folle aventure du sapin de Noël ? demanda-t-il.

— Fin prête !

Isabel reconnaissait qu'elle avait mal jugé Jeremy lors de leur première rencontre. Ce qui l'étonnait. D'habitude, elle cernait aisément les personnalités. Ce talent faisait partie du métier d'avocat et il s'affinait au fil du temps.

Alors pourquoi s'était-elle trompée au sujet de Jeremy ?

Peut-être avait-il perfectionné le personnage derrière lequel il se retranchait pour dissimuler sa souffrance aux yeux du monde. Mais, au fond, quelle importance ? Pour la première fois depuis des années, elle s'amusait. Et elle n'allait pas laisser sa manie de tout analyser lui gâcher ces moments.

Tout en foulant péniblement l'épaisse couche de neige couvrant le jardin, elle prit conscience de l'excentricité de sa suggestion.

— Merci d'avoir accepté mon étrange proposition.

— Tu plaisantes, j'espère, dit-il en balayant la neige d'une table pour y poser les cartons. C'est plus sympa que de traîner un sapin dans la rue.

— Et plus sympa envers la nature, si on y réfléchit. Cet arbre est déjà là.

Ils travaillèrent en tandem pour installer les lampes, elle déroulant les guirlandes suspendues à son bras, et lui, grimpé sur une chaise, les accrochant aux branches. C'était une belle journée ensoleillée, avec un air piquant. En dépit de la température, Jeremy ne portait pas de bonnet, ce qui permettait à Isabel de voir les adorables rides de son front tandis qu'il se concentrait sur sa tâche.

— C'est parfait, dit-elle. Tu es parfait dans tout ce que tu entreprends.

Jeremy baissa la tête si brusquement pour la regarder que ses lunettes de soleil glissèrent le long de son nez.

— Tu te moques de moi.

— Mais non !

Secouant la tête d'un air incrédule, il finit d'installer la dernière guirlande.

— Il faudra attendre la nuit pour juger de l'effet, dit-il.

Il descendit de la chaise et alla ouvrir un autre carton.

— Je suis sérieuse, tu sais. Tu es un excellent avocat.

Négocier avec toi a été un des points culminants de ma carrière.

Il s'interrompit et se tourna vers elle.

— C'est toi qui es excellente.

Il ôta ses lunettes et, avant qu'elle comprenne ce qui se passait, il la prenait dans ses bras et l'embrassait avec passion.

— Toi, alors, murmura-t-elle quand il la lâcha.

— Tu me donnes envie de faire des trucs fous, Isabel. Avec toi, je me sens bien, de toutes les façons imaginables.

Savoir que l'on rendait quelqu'un heureux mettait du baume au cœur. Non qu'elle ait eu besoin de réconfort, vu qu'elle flottait déjà sur un petit nuage.

— Moi aussi, je me sens bien avec toi, avoua-t-elle.

Ils achevèrent la décoration de l'arbre et rentrèrent. Ils tapèrent des pieds pour faire tomber la neige de leurs bottes et se débarrassèrent de leurs couches de vêtements d'hiver. Et, à partir de là, la situation dégénéra. Jeremy s'approcha d'elle avec des airs de prédateur, souleva son pull par-dessus sa tête, descendit les bretelles de son soutien-gorge et embrassa sa peau nue.

Elle frissonna de plaisir et de froid.

— L'air glacé est entré en même temps que nous, dit-elle. Montons dans ta chambre.

Il la prit par la main et l'entraîna au premier.

Dans la chambre, il s'assit au bord du lit et, l'encourageant à rester debout entre ses genoux, lui embrassa le ventre, caressa ses seins. Elle se sentait pareille à une déesse, admirée et adorée. Puis le reste de leurs vêtements vola à travers la pièce, et ils s'étreignirent dans un frénétique enchevêtrement de membres, bouches avides et folles caresses.

Elle poussa un petit cri quand Jeremy la pénétra, savourant chaque centimètre de son sexe. Il l'embrassa dans le cou, éraflant sa peau tendre avec un début de barbe. Nouant ses jambes autour de sa taille, elle usa de ses pieds pour donner plus d'ardeur à ses poussées. Et il ne fallut pas longtemps pour qu'il la laisse pantelante, criant son nom entre deux halètements.

Jeremy sauta du lit et ramena les couvertures sur elle. Elle se blottit dessous pour chercher la chaleur. Après cette fougueuse séance et l'agitation de la matinée, elle tombait de sommeil.

— Tu m'as épuisée, Sharp. L'air frais et le sexe ont eu raison de moi.

— Fais une sieste. Tu travailles trop, et ce week-end est voué à la détente. De plus, je me souviens que, le soir où nous nous sommes rencontrés, tu m'as confié que tu adorais dormir l'après-midi.

— C'est la vérité. J'adore ça.

Jeremy prit un livre sur la table de nuit.

— Dors. Je vais lire.

Beaucoup plus tard, elle s'éveilla, toute désorientée. Jeremy n'était plus là et la chambre était plongée dans l'obscurité. Elle jeta un coup d'œil au réveil. 17 h 12. Elle avait dormi trois heures ! Tandis qu'elle prenait le temps d'émerger du sommeil, de délicieux arômes d'ail, d'herbes aromatiques et de vin cuit lui chatouillèrent les narines. Jeremy devait s'occuper du dîner.

Elle alla prendre un gilet dans la chambre d'amis et effectua un passage par la salle de bains pour rafraîchir son maquillage. Pas encore bien réveillée, elle fit tomber de l'étagère une trousse de toilette, dont le contenu s'éparpilla au sol. Elle s'accroupissait pour tout ramasser quand sa main se figea sur une petite boîte de tampons hygiéniques. Pendant quelques instants, elle fixa le dessin bleu et jaune de l'emballage, comme si elle hésitait à prendre conscience d'une réalité angoissante.

Elle avait du retard…

Elle se précipita sur son téléphone et se rendit sur l'application qui lui permettait de suivre son cycle menstruel. Toutefois, elle demeura remarquablement calme en constatant qu'elle avait six jours de retard. Sans doute l'expérience d'avoir été si longtemps l'avocate des causes perdues : la plupart des situations d'urgence la laissaient froide.

Bon, elle n'avait couché qu'avec Jeremy, cette année. Si elle était enceinte, c'était donc lui le père. Qu'est-ce que cela signifierait ? Ils s'entendaient bien, et il existait une incroyable alchimie sexuelle entre eux. Sauf que cette nouvelle allait accélérer les choses d'une façon à laquelle Jeremy n'était pas préparé. S'il avait eu un accès de panique lors de l'incident du préservatif défectueux, elle préférait ne pas imaginer la réaction qu'il pourrait avoir en apprenant qu'il existait sans doute un futur bébé !

Elle prit une profonde inspiration.

— Garde ton calme, murmura-t-elle.

Elle alla sur le site d'une pharmacie proche. Ils pouvaient livrer un test de grossesse rapidement. Elle passa commande. Si elle n'avait pas eu ses règles d'ici là, elle ferait le test. C'était une initiative raisonnable, bien que probablement inutile. Il ne s'agissait sans doute que d'un banal retard.

Quand elle regagna le rez-de-chaussée, elle aperçut l'arbre de Noël tout illuminé par les portes-fenêtres donnant sur le patio, mais les arômes en provenance de la cuisine la poussèrent à accélérer le pas. Elle mourait de faim.

— Bonjour, marmotte, dit Jeremy en se détournant de la cuisinière.

En le voyant, elle sentit son cœur bondir dans sa poitrine.

— Es-tu en train de me préparer à dîner ? s'enquit-elle.

— J'essaye de compenser l'absence de repas d'hier soir. Et celle de ce midi !

Il passa un bras autour de ses épaules et l'embrassa tendrement.

— Ça sent drôlement bon, fit-elle remarquer. Merci. Au fait, j'espère que tu ne regrettes pas nos activités d'hier soir, ou de ce matin, ou de cet après-midi.

Jeremy la prit par le menton et leva son visage vers le sien. Son baiser lui fit perdre toute notion de temps et de lieu, ce qui lui convenait très bien.

— Je meurs d'envie de recommencer, murmura-t-il.

— Moi aussi !

— As-tu vu notre sapin ?

Il la prit par la main et la conduisit jusqu'aux portes-fenêtres.

— C'est tellement beau, dit-il. Tu es un génie ! À partir de maintenant, je procéderai ainsi tous les ans.

— Fantastique ! Une nouvelle tradition est née.

Elle glissa un bras autour de la taille de Jeremy et s'appuya contre lui.

Les lumières des guirlandes scintillaient dans l'obscurité, et le vent agitant les branches faisait voleter la neige en nuages féeriques.

— Isabel, puis-je te confier un secret ?

— Tu peux tout me dire.

— Je suis heureux.

Un sentiment de bonheur mêlé d'appréhension l'envahit.

— Moi aussi, répondit-elle, espérant contre toute attente que ce bonheur dure.

- 12 -

Les craintes d'Isabel au sujet de sa grossesse se manifestèrent à travers des rêves suffisamment évocateurs pour qu'ils s'attardent. Les yeux fermés, à demi réveillée, elle entendait encore des vagissements de bébé, si particuliers qu'ils n'avaient rien d'humain…

— Les chatons ! s'exclama-t-elle.

Elle se redressa brusquement, clignant des yeux à cause de la lumière de l'aube qui filtrait dans la chambre. Elle secoua le bras de Jeremy.

— Je crois que Cat a eu ses petits !

— Quoi ?

Il souleva la tête de l'oreiller, la laissa retomber. Il était tout simplement adorable.

— Il n'y a rien à faire, n'est-ce pas ? marmonna-t-il. Tu m'as bien dit qu'elle se débrouillerait toute seule.

Réaction typiquement masculine.

— Bien sûr. Mais n'as-tu pas envie de t'assurer qu'elle et ses petits vont bien ?

Elle se leva, se dirigea vers le dressing et alluma la lumière, sachant qu'elle ne risquait pas de déranger la chatte installée dans son petit coin.

— Tu n'as pas envie de voir combien ils sont et à quoi ils ressemblent ? demanda-t-elle.

— Oh… Si, si, bien sûr. Enfin, j'imagine. J'arrive.

Il s'assit au bord du lit, alluma la lampe de chevet et fourragea dans ses cheveux tout emmêlés.

Écartant doucement les chemises de Jeremy, elle inspecta la boîte. Épuisée, Cat dormait sur le flanc. Accrochés à ses mamelles, deux minuscules chatons roux tétaient. Un troisième au pelage taché de roux, de marron et de blanc rampait autour du carton en miaulant.

— Je croyais qu'ils seraient plus mignons, dit Jeremy, qui contemplait le spectacle par-dessus son épaule. Les chatons sont censés être mignons.

Elle se tourna vers lui.

— Pas au début. Ils seront très mignons d'ici quelques jours.

— Je suis bien obligé de te croire sur parole.

Il consulta sa montre.

— Il est presque 7 h 30, ce qui semble un peu tôt pour un dimanche matin, mais, puisque nous sommes réveillés, je prépare du café ? proposa-t-il.

— J'en prendrais volontiers. Tu m'en apportes une tasse ?

— Tu comptes passer la journée dans le dressing ?

— J'ai juste envie de rester encore un peu pour m'assurer que tout va bien avant de laisser Cat livrée à elle-même.

Il se pencha et posa un baiser sur sa tête.

— Va. Je ne suis pas jaloux du temps que tu passes avec eux.

Elle sourit et retourna à son spectacle attendrissant, où le petit chat tricolore avait fini par trouver le ventre de sa mère et tétait maintenant paisiblement.

Une vive émotion la submergea sans crier gare. Il y avait si longtemps qu'elle n'avait vécu de tels instants… Et, des années plus tard, observer cette scène lui donnait le sentiment d'un lien continu avec sa mère. Elle posa machinalement une main sur son ventre, se demandant quel secret son corps recelait. Elle aurait menti en prétendant ne pas désirer avoir un enfant, mais elle voulait tout :

enfant et grand amour avec son compagnon. S'il y avait un enfant sans compagnon, elle l'élèverait toute seule. Mais ce n'était pas ce qu'elle désirait au fond de son cœur.

Jeremy revint avec une tasse de café, qu'il lui tendit.

— Il est bon ? demanda-t-il d'un ton distrait en consultant sa tablette.

— Parfait !

Exactement comme elle l'aimait, avec un nuage de crème et un sucre.

— Tant mieux, marmonna-t-il. Parce que je pense que je vais gâcher ta journée. Quelqu'un a déniché des lettres d'amour envoyées par le père de Benjamin Summers à Victoria Eden. Et des journaux les ont publiées.

Isabel blêmit. Non ! Non, ce n'était pas possible…

Elle se leva et prit la tablette que lui tendait Jeremy. Et là, en noir et blanc, s'étalaient les lettres que Mindy et elle avaient découvertes dans l'appartement de Victoria Eden. Elles s'étaient pourtant mises d'accord pour dissimuler leur existence.

— Comment l'as-tu découvert ? demanda-t-elle.

— Summers, bien sûr. Rien ne lui échappe. Il m'a envoyé le lien et demandé de l'appeler. Mais je voulais t'en parler d'abord. Que trames-tu, Isabel ? Je croyais que nous jouions cartes sur table… ?

— Mais bien sûr !

Voir cette expression de déception sur le visage de Jeremy l'anéantit littéralement. En même temps, les idées s'entrechoquaient dans sa tête. Comment cette fuite avait-elle pu se produire ?

— Pourquoi me regardes-tu comme ça ? demanda-t-elle. Je n'y suis pour rien !

— Ce sont tes clientes. Il n'y a pas d'autre explication.

— Mais ça n'a pas de sens ! Pourquoi auraient-elles

agi ainsi ? Mindy et moi avions décidé de garder cette information secrète.

Elle comprit aussitôt, au regard de Jeremy, la gravité de son erreur. Pourquoi avait-elle dit ça ? Elle était tellement à l'aise avec lui qu'elle avait baissé la garde.

— Tu connaissais l'existence de ces lettres, dit-il d'une voix sourde. S'il te plaît, ne me dis pas qu'il s'agit d'un de ces coups tordus qui ont fait la réputation d'Isabel Blackwell.

La flèche l'atteignit en plein cœur.

— Non, Jeremy. Je n'y comprends rien. Tout ce que je sais, c'est que je n'ai rien à voir avec cette histoire.

— Étais-tu, oui ou non, au courant de l'existence de ces lettres ?

Comme un soupir lui échappait, Jeremy sortit en trombe de la pièce.

— Jeremy, attends !

Elle courut à sa suite dans le couloir et lui saisit le bras au moment où il arrivait sur le palier.

— Je t'en prie, laisse-moi t'expliquer. Oui, j'étais au courant de leur existence. Mindy et moi les avons trouvées juste avant que l'authenticité du billet à ordre soit reconnue.

— Mais tu as tout de même attendu que je t'appelle pour te confirmer l'authenticité du billet, même quand tu savais que la liaison entre M. Summers père et Victoria Eden était bien réelle ?

— Bien sûr, que j'ai attendu. Et tu aurais fait la même chose à ma place.

Il ferma les yeux et se pinça l'arête du nez.

— Tu aurais agi de même, insista-t-elle. Tu le sais très bien.

— Oui, c'est vrai. Ma priorité est mon client. Ce qui ne fait qu'illustrer la faute que nous avons commise en franchissant la ligne. Et, maintenant que j'ai des sentiments pour toi, que suis-je censé faire ?

— Tu as des *sentiments* pour moi ?

Elle aussi avait des sentiments pour lui, mais elle se sentait incapable de les confesser maintenant. L'idée de les analyser ou de poser un nom dessus était trop terrifiante.

— S'il te plaît, ne me renvoie pas mes paroles comme si j'avais dit quelque chose d'horrible ! s'exclama Jeremy. Nous avons passé d'excellents moments ensemble et nous voilà revenus au point de départ, sauf que c'est pire. Maintenant, je ne vois pas comment persuader Benjamin Summers d'accepter un seul des termes de notre compromis. En ce qui me concerne, toutes les tractations tombent à l'eau.

Elle sentit son cœur se serrer. Non seulement elle avait déçu Jeremy, mais de plus elle allait anéantir les sœurs Eden. Et son frère, par-dessus le marché. Dans le meilleur des cas, Eden's se trouverait engagé pour des mois dans une bataille juridique qui coûterait beaucoup d'argent. Benjamin Summers était sur le sentier de la guerre depuis le début, et il était compréhensible que cet article le convainque qu'il avait raison sur toute la ligne. Mindy et elle avaient trouvé les lettres très romantiques, mais il n'en restait pas moins qu'il s'agissait des épanchements d'un homme amoureux d'une femme qui n'était pas la sienne. Si passionnées soient-elles, ces lettres étaient la chronique d'une infidélité.

— S'il te plaît, Jeremy, attends que je me sois entretenue avec Mindy et ses sœurs. Je dois aller au fond de cette histoire.

— Je ne vois pas ce que tu peux en tirer de bon, mais je ne t'empêcherai pas de faire ce que tu juges utile pour tes clientes.

— Merci. C'est très généreux de ta part.

Elle se retira dans la chambre d'amis, furieuse, bouleversée et, de façon inhabituelle, au bord des larmes. D'habitude, quand une affaire se compliquait, elle contre-attaquait immédiatement. Là, elle avait envie de se rouler en boule dans un trou de souris et d'y rester jusqu'au printemps.

Elle sortit son portable et appela son frère.

— Quoi de neuf ? demanda-t-il.

— As-tu vu les journaux ?

— Non. Pourquoi ?

Elle lui fit un rapide résumé de la situation.

— Alors je voudrais savoir si c'est Mindy qui est à l'origine de cet article, conclut-elle.

— Je ne vois pas comment ce serait possible. Ces derniers jours, elle était complètement assommée par les médicaments. La seule personne à qui elle a parlé, c'est Sophie.

Une petite lumière s'alluma sous son crâne. Sophie était la plus susceptible de faire ce genre de choses. L'autre jour, quand Isabel avait essayé de la calmer, elle était prête à engager une personne chargée des relations publiques pour faire tomber Benjamin Summers.

— D'accord. Merci, Sam. Je vais l'appeler.

— C'est chaud, non ?

— Disons que l'eau est sur le point de bouillir.

Malheureusement, quand elle appela Sophie, elle tomba sur le répondeur. Elle laissa un message, demandant avec insistance que Sophie la rappelle. Puis elle s'écroula sur son lit et contempla le plafond, se demandant comment elle allait se sortir de cette situation.

Jeremy referma la porte de son bureau derrière lui. Les excuses et les beaux raisonnements d'Isabel ne l'intéressaient pas. Il ne pensait plus qu'à ce qu'il avait lu sur ses méthodes la première fois qu'il s'était renseigné sur elle sur Internet, quand il avait découvert comment elle exerçait son métier à Washington. La divulgation de ces lettres sortait tout droit du manuel de stratégie des affaires d'Isabel Blackwell. « Quand un adversaire peut vous détruire, détruisez-le d'abord. »

Tout en se refusant à faire l'amalgame avec ce que lui avait fait subir Kelsey, il ne pouvait s'empêcher d'y voir des ressemblances. Et sa sympathie allait légitimement à Benjamin Summers. Qui avait envie de lire un article de journal dans lequel son père clamait son amour pour sa maîtresse ?

Il s'en voulait d'avoir de nouveau couché avec Isabel. Comment avait-il pu se laisser emporter de cette façon ? De plus, n'avait-il pas, quelques minutes plus tôt, prononcé le mot « sentiments » ? Pour quelqu'un qui était censé manier le langage à la perfection, c'était un étrange choix. En ce moment, le sentiment qui l'agitait avait pour nom « colère ». Tout l'exaspérait. Les sœurs Eden, la situation. Et, franchement, Isabel aussi !

La sonnerie de son téléphone indiqua l'arrivée d'un texto, puis d'un autre. Le premier message provenait de son père.

L'affaire Summers t'échappe. Il faut briser Blackwell.

Le second avait été envoyé par un journaliste. Et, parce qu'aujourd'hui tout semblait vouloir lui nuire, il s'agissait de celui qui avait cherché à obtenir de lui des commentaires sur les propos calomnieux de Kelsey.

Pouvons-nous parler du procès intenté par Benjamin Summers à la famille Eden ?

Avant de s'entretenir avec qui que ce soit, il devait téléphoner à Benjamin Summers. Pas question de prendre le risque que son client parle à son père d'abord. Encore moins à un journaliste !

— Bonjour, Benjamin. J'ai reçu votre message, dit-il, s'efforçant d'adopter un ton normal, voire enjoué, même si le monde s'écroulait autour de lui.

— Bien que je sois très embarrassé du ramassis d'horreurs colporté dans les journaux de ce matin, je suppose que je devrais être content que les sœurs Eden montrent finalement leur vraie nature.

— N'allons pas trop vite. J'essaye encore de comprendre ce qui s'est passé.

Pourquoi essayer de temporiser ? La logique aurait voulu qu'il saute à la gorge de la partie adverse. Mais en vérité il préférait éviter de passer du temps avec Isabel. Elle avait prouvé qu'elle était aussi capable de le faire souffrir que n'importe quelle femme à qui il avait permis de devenir intime avec lui.

— Je dois vous dire que Mlle Blackwell et moi avons travaillé vendredi sur une proposition de compromis très avantageuse pour vous, expliqua-t-il. Et, même si les événements d'aujourd'hui nous offrent un levier de négociations supplémentaire, je ne pense pas habile de tout rejeter à cause d'un article paru dans un tabloïd.

— Moi qui croyais que cela vous réjouirait. Les avocats n'aiment donc pas disposer de moyens de pression ?

— Pas si cela signifie faire durer une affaire plus longtemps que nécessaire.

Il la voyait durer encore des mois, pendant lesquels il devrait affronter Isabel… Et c'était au-dessus de ses forces. Il voulait en finir rapidement avec cette affaire pour avoir le loisir de décider par lui-même, sans influence extérieure, s'il pouvait faire confiance à Isabel et envisager une relation avec elle.

— J'aimerais examiner ce compromis soi-disant avantageux pour moi, dit Benjamin Summers.

— Je suis en train de le rédiger. Nous pouvons nous rencontrer demain matin, si cela vous convient.

— Parfait. 9 heures, dans mon bureau.

— J'y serai.

— Et, si je ne suis pas satisfait, je suis prêt à partir en guerre.

Avant qu'il puisse répliquer, Benjamin Summers avait interrompu la conversation. Ce qui n'était pas plus mal, cela dit. Il attendrait le lendemain pour entrer en conflit avec son client.

Bien sûr, à présent, il n'avait d'autre choix que d'appeler son père et de lui expliquer ce qui se passait.

Tandis que la sonnerie résonnait, la peur le prit au ventre. La situation était catastrophique. À commencer par le fait qu'il craignait de parler à un homme en qui il aurait dû avoir confiance, son propre père.

— Je viens de m'entretenir avec Benjamin Summers, dit-il, après avoir fait un rapide résumé de la situation à son père. Nous avons rendez-vous demain matin. Je lui présenterai le compromis négocié avec Mlle Blackwell. J'espère qu'il pourra mettre de côté cette malheureuse parution dans les médias et l'accepter. Je lui obtiendrai son argent, et davantage.

— Ce n'est plus mon problème, Jeremy. Mon problème, c'est que tu as causé un dommage irréparable à la réputation de notre cabinet. Tu nous fais passer pour une bande de guignols !

— Je ne m'occupe pas des relations publiques, papa. Je n'ai pas le pouvoir de contrôler ce que diffuse la presse.

— Mais si tu avais réglé cette affaire dès la phase de consultation, si tu avais eu le courage de te montrer sans pitié avec Mlle Blackwell, nous n'aurions pas cette discussion !

— Cela n'aurait pas empêché la diffusion des lettres dans les journaux à sensation.

— Sauf que Summers aurait déjà obtenu satisfaction et que Sharp and Sharp serait seulement considéré comme le cabinet sorti vainqueur du conflit. Au lieu de ça, nous gigotons lamentablement comme un poisson hors de l'eau.

Son père s'éclaircit la gorge et poursuivit :

— Je pense qu'il est nécessaire d'égaliser les chances.

— Par quel moyen ?

— Nous devons éliminer Blackwell et pour cela obtenir que la famille Eden la vire.

— N'y compte pas. Son frère est fiancé à Mindy Eden. Il est conseiller spécial du magasin.

Il ne pouvait pas lui expliquer qu'Isabel avait le sentiment de faire partie de la famille Eden, ni à quel point l'affaire lui tenait à cœur. Il ne pouvait pas non plus lui révéler leur liaison. Cela mettrait son père hors de lui, et il devait reconnaître que sa colère serait justifiée.

— Crois-moi, ils s'en débarrasseront quand ils s'apercevront qu'elle est un handicap, et je sais exactement comment faire pour y parvenir, rétorqua son père. Alors ils confieront l'affaire à leur conseil juridique interne, que tu écraseras sans peine.

— S'il te plaît, papa, n'agis pas de manière intempestive. Attends le résultat de mon entrevue avec Benjamin Summers, demain matin. Il sera alors toujours temps d'aviser. Accorde-moi au moins cette dernière chance.

- 13 -

Le lundi matin arriva, c'est-à-dire le moment où Jeremy allait jouer son va-tout. Pourvu que Benjamin Summers ait eu le temps de se calmer et de comprendre qu'il n'avait aucun intérêt à se laisser emporter par son amour-propre. L'heure était à la conciliation.

Le dimanche avait été horrible. Lui, rongeant son frein dans son bureau, Isabel, dans la chambre d'amis. Le seul moment où ils s'étaient croisés avait été celui où il lui avait apporté un paquet arrivé à son nom.

— Ça vient de la pharmacie, avait-il dit en lui tendant le sac.

Et il avait détesté la sensation d'être un intrus dans sa propre maison.

— Merci, avait-elle répondu en serrant le paquet contre sa poitrine. J'ai reçu un appel du Bacharach. Je peux réintégrer ma chambre mardi matin. Si tu veux, je vais demander à Mindy et Sam s'ils peuvent m'accueillir, ou bien m'installer dans l'appartement de la grand-mère de Mindy.

— Reste. Il n'y a pas de problème.

Si seulement cela avait été vrai ! Il regrettait atrocement ces moments heureux passés quelques heures auparavant seulement… Comme tout pouvait basculer vite, parfois.

— Je sais que cet article complique tout et j'en suis sincèrement navrée, Jeremy. J'ignore toujours d'où vient la fuite, mais je tirerai cette histoire au clair. Je regrette de n'avoir pas d'éclaircissements que tu puisses donner à M. Summers.

— J'ai toujours l'intention de le rencontrer demain matin. Je ne saurais présumer de son état d'esprit, mais je lui présenterai le résultat de nos négociations, si tu es toujours d'accord.

— Je rencontrerai aussi mes clientes. Et ensuite nous verrons où nous en sommes.

— Entendu. Veux-tu manger quelque chose ?

— Peut-être plus tard. Pour le moment, je suis fatiguée et j'ai du travail.

— Très bien. Fais-le-moi savoir si tu as besoin de quelque chose.

Mais elle n'avait eu besoin de rien – ou tout au moins elle n'avait pas eu besoin de lui —, et il s'était retrouvé au même point qu'avant son arrivée, c'est-à-dire seul. Toute la journée du dimanche. Et la nuit. Et le lundi matin.

Il choisissait un costume pour son rendez-vous avec Benjamin Summers quand il entendit un petit miaulement. À vrai dire, au milieu de l'agitation de la veille, il avait oublié l'existence des chats. Les deux petits roux tétaient leur mère, mais le tricolore errait dans la boîte et se heurtait aux parois. De temps en temps, Cat le poussait du nez, mais le petit semblait perdu. Sans trop savoir que faire, il se dit qu'il devait lui venir en aide. Il le prit délicatement et le déposa près des autres, le nez près d'une mamelle de sa mère. Comme le chaton se mettait à téter, il eut la maigre consolation de n'avoir pas complètement perdu sa journée.

Après s'être habillé, il alla dans son bureau chercher ses documents. Ce fut à ce moment qu'Isabel apparut à la porte, plus belle que jamais, mais il voyait qu'elle n'était pas dans son état normal. Et il en éprouva une appréhension proche de la nausée.

— Tu as une minute ? demanda-t-elle. J'ai deux choses à te dire.

— Je dois partir d'ici peu, mais bien sûr.

— Tout d'abord, tu dois savoir que ton père essaye de me salir dans les tabloïds. Un journaliste m'a appelée tard hier soir pour obtenir un commentaire, et, après que j'ai parlé au directeur de la publication, le journal a renoncé à publier.

Jeremy leva les yeux au ciel, furieux que son père ait tenté de lui nuire.

— J'en suis navré, c'est tout ce que je peux te dire, marmonna-t-il.

Elle balaya ses excuses d'un geste.

— Pas d'inquiétude, j'ai vu pire. Et je suis sûre que, quoi qu'ils publient, ce sera vrai. J'ai représenté des personnalités pas très reluisantes. Cependant, ayant toujours agi en accord avec la loi, je n'ai rien à me reprocher.

— J'en suis heureux.

— Simplement, je ne veux plus travailler dans ces conditions. Plus question de gérer calomnies, coups de poignard dans le dos et diffamations en tout genre. J'espère que nous réussirons à régler notre affaire sans avoir recours à ces procédés. Si nous n'y parvenons pas, je pense jeter l'éponge. J'en ai plus qu'assez. J'aime les sœurs Eden et je leur souhaite une fin satisfaisante, mais je tiens à ma santé mentale.

— Je te comprends. Si mon père n'était pas partie prenante, je serais tenté de laisser tomber Summers. Tout cela n'est pas très drôle, n'est-ce pas ?

Elle haussa les épaules avec un petit sourire, et ce fut comme si un rayon de soleil perçait l'obscurité et rendait plus supportable la noirceur du monde.

— Pas très, mais j'ai passé de bons moments avec toi, Jeremy. D'excellents moments, même.

— Moi aussi. Je ne regrette rien.

— Moi non plus. Ce qui m'amène à l'autre chose que je voulais te dire. Comme ce n'est pas facile, je ne vais pas tourner autour du pot. Je suis enceinte de toi.

Ce fut comme si elle lui avait donné un coup à l'estomac. C'était bien la dernière chose qu'il s'attendait à entendre !

— Le soir où nous nous sommes rencontrés, je suppose ? demanda-t-il d'une voix qu'il ne reconnut pas.

— Oui.

— Mais tu…

— Je sais. Je pensais que c'était improbable. Eh bien, je me trompais.

— Euh… C'est terrible. Je ne sais même pas quoi dire.

— Je comprends. Mais, tu sais, tu n'as rien à dire. C'est tellement soudain, et si énorme, surtout avec tout ce qui se passe entre nous en ce moment. Cette affaire, nous…

Maintenant qu'elle s'était mise à parler, il semblait qu'elle n'arriverait plus à s'interrompre.

— J'ai conscience que le timing ne pouvait pas être pire, poursuivit-elle. Et puis nous ne nous connaissons pas vraiment, alors je comprendrais que tu souhaites prendre tes distances. Pas de problème. Je me débrouillerai très bien toute seule. Tu ne dois pas te faire de souci. De toute façon, je…

Il s'approcha et lui prit les mains.

— Doucement, Isabel. Respire.

Elle baissa la tête un court instant et quand elle la releva des larmes roulaient sur ses joues.

— Je désire un enfant depuis si longtemps, Jeremy. Mais ce n'était pas ainsi que je souhaitais que cela arrive. Et je déteste te placer dans cette situation. Tu es bon, je le sais. Tu es tendre et généreux et tu ne mérites pas ça.

Jeremy ne savait vraiment pas que penser. Il voulait fonder une famille depuis longtemps, avec une femme comme Isabel. Mais le moment n'aurait pu être plus mal choisi. Si seulement il pouvait arrêter le temps, ne serait-ce que vingt-quatre heures, le temps de réfléchir !

Un bébé ? Avec Isabel ? Comment cela se passerait-il ? Faudrait-il négocier pour le droit de garde ? Et s'ils ne s'entendaient pas ? Il avait au moins une certitude, il ne serait pas un père absent que l'on ne voit que quelques week-ends et périodes de vacances. Non, il ne voulait pas de ça, ni pour lui ni pour elle. Ni pour l'enfant.

Son portable sonna, rappel qu'il avait un rendez-vous important ce matin et devait partir.

— Bon sang, marmonna-t-il. Je vais être en retard. Summers est tellement à cheval sur la ponctualité qu'il est capable de me virer. Je ne peux pas me permettre de l'irriter. Ce n'est pas le moment.

— Je comprends. Vas-y et oublie ce que je t'ai dit. Nous en reparlerons quand l'affaire sera classée.

Il saisit son attaché-case et se retourna vers elle.

— Si tu cessais de me tenir en dehors de cette histoire comme si je n'étais pas concerné ? Je ne ressemble pas à celui qui t'a fait du mal. Je ne tourne pas le dos aux gens qui ont besoin de moi, d'accord ? Laisse-moi juste le temps de rencontrer Summers, de parler à mon père et… et…

Il s'entendit terminer, incrédule :

— … et puis nous parlerons du bébé.

Le nouveau départ qu'Isabel avait tellement désiré dans sa vie ? Il lui semblait le voir s'écrouler en poussière entre ses doigts. Comment réussirait-elle à sauver Eden's ? Comment Jeremy sauverait-il la situation pour Benjamin Summers ? Plus important : comment tous deux tomberaient-ils d'accord sur la façon d'aborder l'arrivée de leur enfant ? Ils n'avaient même pas eu vraiment le temps de tomber amoureux !

La scène vécue la veille au soir dans la salle de bains de la chambre d'amis de Jeremy la hantait encore. Elle se revoyait faire les cent pas sur le sol de marbre blanc, les bras serrés autour de la taille, endurant le douloureux décompte des secondes en attendant un résultat susceptible de bouleverser sa vie. Même scénario que quand elle avait découvert qu'elle était enceinte de Garrett.

Le minuteur de son portable avait sonné, marquant la fin de l'attente. Elle avait fermé les yeux pour se donner du courage, incapable de savoir ce qu'elle voulait et se disant que, en fin de compte, ce serait son cœur qui lui dicterait sa décision.

Elle avait ouvert les yeux, regardé le test posé sur la tablette. Deux lignes bleues. Positif. Elle s'était appuyée contre le mur. Positif. Elle attendait un bébé. Et brusquement, alors qu'elle se sentait si angoissée, son cœur s'était mis à palpiter de joie. Quelle que soit l'imperfection de la situation, un bébé était ce qu'elle désirait le plus au monde. Après sa fausse couche, elle avait attendu des années qu'une nouvelle chance se présente.

Il fallait reconnaître que Jeremy avait mieux pris la nouvelle qu'elle ne l'espérait. Elle s'était préparée au pire, et il avait gardé un sang-froid remarquable. Restait à espérer qu'il ne s'agissait pas encore d'un de ses jeux d'acteur. Elle ne supporterait pas qu'il soit absent de la vie de leur enfant et qu'il lui tourne le dos comme l'avait fait Garrett.

Le cœur lourd, elle se rendit jusqu'à Eden's, où elle devait rencontrer Sam, Mindy, Sophie et Emma.

Sa première erreur avait sans doute été d'accepter cette affaire, ce qu'elle avait fait par loyauté envers Sam. Mais, à présent, elle était plus proche des sœurs Eden qu'elle ne l'aurait cru possible et elle tenait entre ses mains l'avenir du magasin familial. Elle qui pouvait tirer n'importe qui d'un mauvais pas avait non seulement échoué à arranger quoi que ce soit, mais encore elle avait permis que la situation se dégrade un peu plus. Elle aurait dû avoir le bon sens de prendre les lettres trouvées chez Victoria Eden et les garder avec elle.

Après avoir salué Duane, l'agent de sécurité, elle se dirigea d'un pas ferme vers l'ascenseur, prête à lâcher si nécessaire quelques vérités désagréables aux trois sœurs. Si elles s'étaient mises toutes seules dans ce pétrin, elle n'était pas certaine de pouvoir les en sortir. Elle traversa le hall avec détermination, mais dès qu'elle aperçut Sam elle fondit en larmes. Il se précipita vers elle et la prit dans ses bras.

— Isabel ! Que se passe-t-il ? C'est l'affaire qui te bouleverse à ce point ?

Elle se blottit contre lui, incapable de parler. Même si elle se faisait du souci pour Eden's comme c'était le cas quelques minutes plus tôt, ce n'était plus l'affaire qu'elle avait en tête à cet instant.

Mindy apparut.

— Ça va ? demanda-t-elle en s'approchant.

— Est-ce que Summers va s'attaquer au magasin, à cause de la publication de ces lettres ? demanda Sam.

— Je n'ai pas encore parlé avec Sophie, mais je suis sûre que c'est elle, répondit Mindy. Même si je ne me rappelle pas bien notre conversation du week-end, je suis presque sûre de lui avoir parlé des lettres. On peut compter sur elle pour être allée les chercher à l'appartement de notre grand-mère et les avoir divulguées à la presse.

Isabel s'en doutait un peu, et les propos de Mindy ne la rassurèrent pas. Elle avait le sentiment d'avoir laissé tomber ses nouvelles amies, leur famille, la future femme de son frère. Elle avait failli de toutes les manières possibles et imaginables. Du moins, s'agissant de sa responsabilité légale.

— Je suis navrée, dit-elle. J'aimerais apporter de meilleures nouvelles. Mais Summers est furieux et il brûle de se venger. Je ne suis pas sûre que nous ayons encore nos chances.

Sam la prit par les épaules.

— Je sais que tu as fait de ton mieux. À mon avis, c'est son avocat qui l'excite contre nous. Sharp m'a fait une mauvaise impression dès la première réunion. Il me paraît sournois. Une vraie fouine.

Isabel se figea. L'opinion de son frère comptait beaucoup à ses yeux, et elle ne pouvait le laisser penser cette ignominie de Jeremy. Pas plus qu'elle ne pouvait le mettre au courant de leur relation, surtout à présent qu'elle se compliquait singulièrement.

— Tu te trompes, dit-elle. Jeremy est bon. Il est juste prisonnier d'une situation inextricable. Summers n'est pas raisonnable.

— Tu souffres du syndrome de Stockholm, ma parole ! s'exclama Sam. Au cours de tes tractations avec ce type, tu as fini par te convaincre qu'il n'était pas si mauvais.

Sam se tourna vers Mindy.

— Tu n'es pas d'accord, ma chérie ?

— Je n'ai pas d'idée là-dessus, répondit Mindy. Si ta sœur dit qu'il est bon, je la crois.

— Pourquoi ? Ce type est sur le point de détruire notre famille.

— Il ne va pas détruire notre famille, Sam. Il peut assurément nuire à notre entreprise, mais ce n'est pas la même chose.

— Un instant. Pourquoi ai-je le sentiment qu'Isabel et toi avez déjà parlé ensemble de Sharp ?

— Parce que c'est exact, répondit Mindy. Nous avons parlé de lui le jour où nous avons fouillé l'appartement de *gram*.

Malgré ce qu'elles avaient découvert, Isabel gardait de bons souvenirs de ce jour-là. Depuis, elle était proche de Mindy et avait l'impression de faire partie de la famille.

Et, dans une famille, on n'avait pas de secrets les uns envers les autres.

— J'ai quelque chose à vous dire à tous les deux, déclara-t-elle. Jeremy et moi entretenons une relation.

Il était difficile de surprendre Sam, mais cette révélation parut lui faire l'effet d'un coup de matraque.

— Tu es sérieuse ? Comment peux-tu… ? C'est totalement contraire à la déontologie !

Mindy les prit tous deux par le bras.

— Venez dans mon bureau. Mieux vaut ne pas avoir cette conversation ici.

Dès qu'ils furent dans le bureau, Isabel fit face à son frère.

— Tu vas critiquer mon professionnalisme ? Je rêve ! Je ne voulais même pas de cette affaire, au départ.

— Quoi ! s'exclama Mindy. Tu ne voulais pas t'en occuper ? Mais enfin, Sam, tu m'avais dit qu'Isabel voulait nous aider.

— Elle a pris l'affaire, c'est tout ce que tu as à savoir, marmonna Sam.

Mindy laissa échapper un grognement exaspéré.

— Tu n'avais pas le droit de me cacher des choses pareilles ! Isabel va devenir ma belle-sœur. Nous nous entendons très bien, et maintenant j'apprends que toute cette histoire repose sur un mensonge.

Isabel prit le bras de Mindy.

— Ce n'est pas un mensonge, dit-elle. Dès l'après-midi que nous avons passé ensemble, j'ai compris que j'avais pris la bonne décision. Je voulais vous aider, tes sœurs et toi. Je voulais que nous soyons proches. C'est pourquoi je t'ai raconté cette histoire avec Jer…

Elle s'interrompit, mais il était trop tard.

— Si je comprends bien, dit Sam d'un ton glacial, tu avais une relation avec Jeremy avant ? Je suis complètement perdu. Et toi, Mindy, tu étais au courant ?

Pour ne pas laisser son amie endosser tous les reproches, Isabel expliqua que Jeremy et elle avaient passé une nuit ensemble, ignorant qu'ils travailleraient sur le même procès, mais dans deux parties adverses. Puis elle leur parla du préservatif défectueux.

Sam se boucha les oreilles.

— Assez ! Je ne veux rien savoir ! Ainsi, lors de la réunion de consultation, vous aviez déjà couché ensemble et tu ne nous en as rien dit ?

— Qu'étais-je supposée faire ? Il avait son client, j'avais le mien, et cela n'aurait rien changé au fait que cette affaire se dressait entre nous.

— Et maintenant où en êtes-vous ? demanda Sam.

Elle prit une profonde inspiration avant de déclarer :

— Je suis enceinte de Jeremy. Je l'ai découvert ce matin.

Sam alla s'asseoir sur le canapé, mais Mindy resta près d'Isabel.

— Quelle histoire ! s'exclama-t-elle. Comment te sens-tu ?

Elle réfléchit un instant. Comment se sentait-elle ?

— Ça va, répondit-elle enfin. Je veux dire : je désire un enfant depuis longtemps. Depuis…

Elle s'interrompit de nouveau. Elle se rendait compte qu'elle avait dissimulé beaucoup d'événements de sa vie à son frère. Sans doute une façon de le protéger. Leurs parents disparus, elle s'était certainement sentie responsable, étant de deux ans son aînée.

— Depuis quand ? demanda Sam, l'air excédé. Dis-moi ce qui se passe, Isabel. Je suis complètement perdu et ce n'est pas un sentiment agréable quand il s'agit de sa propre sœur.

C'était apparemment le jour des révélations et des aveux. Elle raconta donc à Sam sa douleur d'avoir fait une fausse couche des années plus tôt et à quel point elle désirait l'enfant de la seconde chance.

— Que vas-tu faire ? demanda-t-il quand elle eut terminé.

— Pour le moment, je dois songer à moi et au bébé. Pour le reste, la conclusion de l'affaire et ma relation avec Jeremy, j'ignore ce qui va se passer.

- 14 -

Jeremy sortit découragé de son entrevue avec Benjamin Summers. La capacité de cet homme à s'accrocher à sa vengeance et à s'engouffrer dans la moindre faille pour parvenir à ses fins était… phénoménale.

Rien n'était sorti de ce rendez-vous, mais Benjamin Summers avait promis de l'appeler une heure plus tard pour lui donner une réponse. Soit il acceptait le compromis proposé, soit ce serait la guerre ouverte. Ce qui donnait à Jeremy un gros problème supplémentaire : affronter son père. Quoi que décide Benjamin Summers, il était fini.

— Il paraît que ton plan pour souiller la réputation de Mlle Blackwell a échoué, dit-il en entrant dans le bureau de son père. Je suppose que je dois m'en réjouir.

Ce dernier était au téléphone.

— Je vous rappelle, dit-il à son interlocuteur avant de raccrocher. Je n'ai pas dit mon dernier mot, Jeremy. Des recherches approfondies me permettront de collecter davantage de boue sur son compte.

— Arrête tout ça, papa ! Tu es aussi mauvais que Summers. Il ne peut y avoir de gagnant lorsqu'on procède ainsi. C'est juste une course à qui se montrera le plus ignoble, et j'en ai par-dessus la tête.

— Tu te plains de ton patron et de ton plus gros client ? On dirait que tu ignores qui signe tes chèques.

— Ne joue pas à ça avec moi, papa. Tu sais très bien que mes confrères et moi faisons marcher le cabinet. Tu joues juste au dragon qui crache le feu pour te persuader que tu peux égaler ton père.

— C'est faux ! Le succès de ce cabinet commence et finit avec moi. C'est mon legs. C'est ainsi.

Ces mots eurent sur Jeremy l'effet d'une gifle.

— Je suis ton fils, ne suis-je pas ton véritable legs ? Le cabinet peut couler demain, je serai toujours là, essayant de te satisfaire et d'obtenir un peu d'amour de toi.

À ce moment, la porte du bureau s'ouvrit et sa mère, la dernière personne qu'il s'attendait à voir, entra.

— Ah, Jeremy, tu es là.

— Maman, que fais-tu ici ?

— Je suis venue essayer de persuader ton père de venir faire le shopping de Noël avec moi.

— Je suis très occupé, marmonna ce dernier. Je ne peux pas tout laisser tomber pour aller faire du shopping avec toi !

— Pourquoi ? demanda Jeremy. Nos associés et moi avons tout sous contrôle.

— L'affaire Summers n'est pas résolue.

— Non, mais elle le sera. J'irai jusqu'au bout, tu peux y compter.

— Et ensuite ? Je devrai encore t'aiguillonner pour que tu remplisses ton rôle auprès d'un autre client ?

— Tu n'as pas eu à *m'aiguillonner*, comme tu dis, pour que je satisfasse Summers. Si tu me faisais confiance, tout serait beaucoup plus simple. Grand-père avait confiance en toi. Je ne comprends pas pourquoi tu ne peux pas faire pareil avec moi.

Sa mère se tourna vers lui.

— Ton grand-père n'a jamais eu confiance en lui. Ton père a dû sans cesse faire ses preuves, et il n'a jamais réussi à l'amadouer.

Interdit, Jeremy essaya de donner un sens à cette révélation.

— Comment ça ? Tu es sérieuse ?

Avec un soupir, son père fixa un point dans l'espace.

— Il ne m'a jamais facilité les choses, c'est certain, avoua-t-il, visiblement à contrecœur.

— Moi qui écoutais les plaintes de ton père tous les soirs quand il rentrait du cabinet, je peux te dire que c'était pire que ça, fit remarquer sa mère.

— Mais enfin, papa, pourquoi ne m'en as-tu jamais parlé ? Et pourquoi me fais-tu subir le même traitement ?

— Parce qu'il m'a rendu plus fort, répondit son père. Il a fait de moi un meilleur avocat.

Jeremy eut envie de rire, mais en fin de compte l'histoire était affreusement triste. Si seulement ils avaient eu cette discussion dix ou quinze ans plus tôt, il irait certainement mieux.

— Il n'est pas nécessaire de souffrir pour être fort, dit-il. En ce qui me concerne, ma force vient de l'intérieur.

— C'est la seule manière que je connaisse, Jeremy. Que veux-tu que je te dise.

Il s'approcha du bureau de son père.

— Papa, je t'aime. J'espère que tu le sais. Je t'aime même quand, certains jours, tu me rends la vie particulièrement difficile. Mais je ne peux plus travailler avec toi. Ou tu me laisses les coudées franches, ou c'est moi qui pars. À toi de décider.

— Es-tu sûr de toi, Jeremy ? demanda sa mère. Tu briserais ta carrière.

Il se tourna vers elle et posa une main sur son bras.

— Ma carrière est bouchée. Et je suis désolé de te le dire, mais nous ne sommes plus vraiment une famille, tous les trois. Ma position au cabinet n'a jamais été simple, mais la situation s'est vraiment dégradée quand Kelsey m'a quitté. À aucun moment vous ne m'avez soutenu, papa et toi. Je ne me suis rendu compte à quel point cela m'avait rendu malheureux que lorsque j'en ai parlé à une amie.

Sa mère lui jeta un regard étonné.

— Tu ne nous as jamais dit ce que tu ressentais, Jeremy. Nous croyions te soutenir.

— J'aurais dû parler, je sais. Ne pas tout garder en moi. Seulement, vous étiez horriblement gênés que l'histoire se répande dans les médias.

— Embarrassés pour toi, oui. Kelsey tenait des propos si affligeants sur ton compte. Aucune mère ne veut que son fils traverse des moments pareils.

— Mais tu ne m'en as jamais rien dit !

Sa mère fronça les sourcils.

— Je ne t'ai jamais rien dit ?

— Non.

Elle le serra dans ses bras.

— J'en suis désolée, mon chéri. Je n'ai jamais, au grand jamais, voulu te blesser. Ton père et toi êtes tout pour moi. Je t'aime. Je vous aime tous les deux.

— Je vous aime aussi. Avec un peu de chance, ça peut nous sauver.

Dès que les mots franchirent ses lèvres, il se rendit compte qu'ils n'étaient pas les siens mais ceux d'Isabel, prononcés le soir où ils s'étaient rencontrés.

« Je crois qu'en dernier ressort seul l'amour est capable de nous sauver. »

La pensée d'Isabel le fit frissonner. Et ce fut alors qu'il eut la révélation de l'amour qu'il lui portait. Aussi improbable que cela paraisse, il était tombé amoureux d'elle. L'amour pourrait-il le sauver ? Était-ce aussi simple que ça ? Il avait passé les dernières années malheureux et convaincu qu'il devait apprendre à accepter le vide de son existence comme une sorte de fatalité de la vie. Mais le malheur était-il une fatalité ? Aujourd'hui, il voulait croire que non.

— Te verrons-nous pour la décoration du sapin de Noël ? demanda sa mère. Tu sais avec quelle impatience j'attends ce moment.

Il voulait bien être celui qui jette des ponts entre les gens, mais à certaines conditions.

— Mon seul problème, c'est que j'aimerais amener une amie, dit-il. Isabel Blackwell.

Les yeux de son père parurent jaillir de sa tête.

— Pardon ?

Il n'avait pas l'intention de se lancer dans une longue et épuisante explication. Il n'était même pas certain qu'Isabel accepte l'invitation.

— Oui, papa. Nous avons eu une brève relation amoureuse avant le début de l'affaire. Je n'en ai pas parlé parce que je ne pensais pas que cela poserait un problème. Et d'ailleurs cela n'en posait pas, jusqu'à aujourd'hui, où tu as décidé de la traîner dans la boue.

— Oh ! comme c'est gênant ! s'exclama sa mère, horrifiée.

Honnêtement, ce n'était pas pire que tout ce qu'il avait enduré de la part de ses parents.

— Ce sera vite oublié si papa s'excuse.

— Tu dois t'excuser, dit sa mère en se tournant vers son père. Sinon, la fête de Noël sera gâchée.

Résigné, son père hocha la tête.

— Je m'excuserai, marmonna-t-il. C'est promis.

— Dans ce cas, je ferai de mon mieux pour convaincre Isabel de venir, conclut Jeremy.

Il salua ses parents et sortit du bureau de son père avec l'impression d'être soulagé d'un poids. Il avait enfin dit le fond de sa pensée à ses parents, et le monde ne s'était pas écroulé. En réalité, il tournait bien mieux.

À ce moment, son portable sonna. Il répondit tout en marchant.

— Jeremy. C'est Benjamin.

— Alors, avez-vous des nouvelles pour moi ?

— Oui.

— Bonnes ou mauvaises ?

— Tout dépend de ce que vous espérez.

Il était prêt à tout. En définitive, tout ce qu'il voulait, c'était en finir une bonne fois pour toutes avec cette affaire et être libre de consacrer toutes ses pensées à Isabel et au bébé.

Quand Isabel arriva chez Jeremy, bien sûr, il se remit à neiger. Comme si la vue de la belle maison de grès rouge avec sa majestueuse volée de marches et sa superbe porte d'entrée ne suffisait pas à ranimer en elle de vifs souvenirs. Non seulement ils avaient couché ensemble, mais de plus elle avait retrouvé l'esprit de Noël pour la première fois depuis des années.

Curieusement, l'idée qui la préoccupait pendant qu'elle admirait la façade de la maison de Jeremy, c'était qu'elle aurait gagné à être décorée d'une couronne ornée d'un gros nœud rouge. Elle chassa ses idées de décoration et se focalisa sur son travail. Qui savait ce que l'après-midi lui réservait ? Jeremy devait subir une épreuve de force avec son père et M. Summers. Et cela pouvait très mal se passer.

Tout en descendant de la voiture, elle dut s'avouer que, malgré la précarité de sa situation, elle ne se sentait pas vraiment pessimiste. Elle acceptait la réalité. Jeremy n'avait pas demandé à être lié indéfectiblement à elle par un enfant. Et ce n'était pas un drame. Elle était forte et indépendante. Elle réussirait très bien à élever son enfant toute seule. Elle en désirait un depuis si longtemps. Rien ne l'empêcherait de fonder sa propre famille. La vie contrariait une fois encore ses rêves, mais elle ne mettrait pas pour autant son avenir en veilleuse. C'était ce qu'elle avait fait après le départ de Garrett et sa fausse couche. Et cela ne lui avait pas particulièrement réussi.

Cependant, comme elle grimpait les marches du perron, elle fut submergée par une nouvelle vague de nostalgie… Jeremy et elle auraient été heureux ensemble, si on leur en avait laissé l'occasion. Elle tenait à lui et éprouvait même des sentiments qui s'apparentaient à l'amour. Mais, si la vie offrait des cadeaux à certaines personnes, elle ne lui en avait guère fait.

Elle ouvrit la porte avec la clé que Jeremy lui avait donnée et alluma la lumière de l'entrée. Après avoir ôté sa veste, elle monta voir Cat et ses petits.

— Bonjour, mère chatte.

Cat sommeillait, les yeux entrouverts, et les chatons tétaient en lui pétrissant le ventre. Puis la chatte redressa la tête et cligna des yeux, et Isabel fut submergée par la beauté du moment. Il y avait cette belle et douce créature qui prenait soin de ses petits, en paix avec le monde. Et elle espéra que son avenir ressemblerait à ça.

— Isabel ? appela Jeremy depuis le rez-de-chaussée. Tu es à la maison ?

La maison. Elle était *à la maison*. Elle voulait tellement le croire…

— Je suis en haut ! Avec les chats.

Elle entendit le bruit de ses pas dans l'escalier, et quelques instants plus tard il apparut à la porte du dressing.

— Bien sûr, que tu es là, dit-il.

— C'est mon quart d'heure chats.

— Je me demandais si je pourrais voler une minute de ton temps, ou peut-être davantage.

De derrière son dos, il sortit un énorme bouquet de roses rouges.

— J'espère que ces fleurs te convaincront.

Elle se leva d'un bond, enfouit son visage dans les roses et respira le délicieux parfum.

— Je n'ai pas besoin d'être convaincue pour parler avec toi. Mais j'apprécie ton effort. Elles sont superbes.

Tout à coup, elle craignit qu'il y ait une raison particulière à son geste.

— M. Summers ? Tu t'es entretenu avec lui ? Il n'abandonne rien, je suppose ?

— Je me suis entretenu avec lui, longuement, même, répondit-il. Il se trouve que, lorsqu'il s'est mis dans tous ses états hier à propos de l'article, il n'avait pas lu les lettres. Aujourd'hui, il les avait lues.

— Et alors ?

— Il est dans de bien meilleures dispositions. Il m'a appelé pour me dire qu'il se rendait compte que son père avait profondément aimé Victoria Eden. Il semble qu'il voie dans cette liaison non plus un événement sordide mais une histoire d'amour survenue au mauvais moment.

C'était si inattendu qu'elle mit quelques secondes à se ressaisir.

— Qu'est-ce que cela signifie, concrètement ? s'enquit-elle.

— Il accepte les termes du compromis.

Il ôta la veste de son costume et la suspendit à un cintre.

— Comment réagit la famille Eden ? demanda-t-il.

— Favorablement. J'ai eu Mindy au téléphone en venant. C'est Sophie qui est à l'origine de la fuite concernant les lettres. J'ai fait comprendre à Mindy qu'elle devait accepter le compromis si nous voulions avoir une chance d'en terminer avec cette affaire.

— Tu vois ? Tu es un requin.

— Pas du tout ! Je suis juste comme toi. Je veux en finir

au plus vite pour m'occuper des choses de la vraie vie. Je sais que je t'ai assommé avec l'annonce de ma grossesse. Ne crois surtout pas que je veuille t'écarter, mais il faut que tu saches que je n'exercerai aucune pression sur toi et que je te laisserai tout le temps que tu voudras pour réfléchir et prendre ta décision.

— Elle est déjà prise.

La rapidité de sa réponse la surprit. Restait à espérer qu'elle ne signifiait pas qu'il les rejetait, elle et le bébé.

— Oui. Elle m'est apparue clairement quand j'ai parlé de toi à mon père ce matin.

Il lui prit la main.

— Allons nous asseoir sur le lit, que je te raconte toute l'histoire.

Il lui tint les mains pendant qu'il lui relatait sa mise au point avec ses parents et son soulagement d'avoir enfin réussi à crever l'abcès.

— J'en suis heureuse. Mais je ne vois pas comment cela peut t'aider à prendre une décision nous concernant.

— J'ai terminé mon entretien avec mes parents en rapportant à ma mère un propos que tu avais tenu le soir de notre rencontre.

Elle le regarda sans comprendre.

— Bon sang, Jeremy ! Qu'est-ce que tu as bien pu lui raconter ?

Il éclata de rire.

— Nous parlions d'amour, répondit-il.

— Je ne me rappelle pas avoir parlé d'amour avec toi.

— Quand tu m'as énoncé tes trois vérités universelles, tu as dit que seul l'amour était capable de nous sauver. Et dès que ces mots sont sortis de ma bouche, tout à l'heure, j'ai compris que tu m'avais sauvé. Tu m'as ramené à la vie.

Elle leva les yeux vers lui et crut mourir de bonheur en lisant dans son regard tendresse et amour.

— Si je l'ai fait, Jeremy, c'est parce que tu me l'as permis. Tu as le cœur si pur. Il est impossible de ne pas être touché par ta bonté.

— Si c'est le cas, c'est que tu me rends meilleur. Et je ne veux pas renoncer à ce qui existe déjà entre nous.

Elle non plus, bien sûr. Sauf que cela impliquait…

— Cela peut paraître idiot…, murmura-t-il avec l'air de quelqu'un qui se jette à l'eau sans savoir nager.

Seigneur !

— Je sais que nous nous connaissons depuis peu de temps…, poursuivit-il.

— … Mais je t'aime ! s'exclamèrent-ils tous deux en chœur.

Durant un moment, ils se contentèrent de se regarder, incrédules. Puis ils éclatèrent de rire, s'étreignirent et échangèrent un baiser qui balaya tout ce qu'il y avait de mauvais dans le monde. Jamais Isabel n'aurait pensé vivre un tel moment de bonheur. Toute sa vie elle avait attendu cet instant, et elle savait que Jeremy aussi.

— Il y a le bébé, dit-elle. Je sais que ça fait beaucoup.

— Bien sûr ! Mais j'ai quarante ans, et il n'est pas question que je regarde la vie passer du bord du chemin. Je ne renoncerai pour rien au monde à toi et au bébé. Ensemble, nous prendrons tout ce que la vie nous offrira.

— Nous devons déjà nous prendre tous les deux.

— Absolument !

— Pour ne jamais nous quitter.

Épilogue

— Est-ce que tu trouves ringard de se marier le jour de la Saint-Valentin ? demanda Mindy.

Isabel secoua la tête tout en aidant sa future belle-sœur à ajuster le bustier de sa robe de mariée. C'était un fourreau de soie coupé dans le biais qui lui allait à ravir. Sam s'évanouirait sûrement à la seconde où il la verrait.

— Non. Je trouve que c'est mignon, répondit-elle.

— C'est une idée de Sam, tu sais. Qui aurait cru qu'il pourrait être aussi adorablement bêta ?

— Je le savais. Je l'ai toujours su, murmura Isabel, refoulant ses larmes.

Ce serait un miracle si elle n'éclatait pas en sanglots au cours de la cérémonie. Mais, pour être soumise à ses hormones de grossesse, elle n'en savourait pas moins chaque instant de cette extraordinaire période de vie. Elle serait à douze semaines de grossesse dans six jours. Alors, Jeremy et elle apprendraient la nouvelle à M. et Mme Sharp. Les premiers contacts avec eux n'avaient pas été faciles, mais enfin ils faisaient des efforts. Le père de Jeremy, en particulier, lui avait présenté des excuses pour avoir voulu salir sa réputation dans les journaux à sensation.

— Comment ça se passe ici ? s'enquit Sophie, passant la tête par l'entrebâillement de la porte.

Emma, dont la grossesse commençait à se voir, suivait

sa sœur de près. En voyant Mindy, elle plaqua une main sur sa bouche.

— Ce que tu es belle ! s'exclama-t-elle. Sam ne va pas s'en remettre.

— Tu es vraiment superbe, renchérit Sophie, mais j'imagine que tu es au courant.

Elles entrèrent dans la chambre.

— Une future mariée est toujours heureuse de l'entendre, dit Mindy.

Sophie s'assit au bord du lit et regarda Mindy se coiffer.

— Je suis encore surprise que tu n'aies pas opté pour un grand mariage. Cela dit, tu as toujours été anticonformiste.

— J'ai trouvé le mariage tout simple d'Emma et Daniel à l'hôtel de ville très bien. Une cérémonie discrète rend la situation moins mélodramatique. Et puis Sam ne voulait pas attendre plus longtemps, et honnêtement… moi non plus !

La conversation ramena Isabel à une de ses préoccupations. Jeremy et elle avaient vaguement parlé mariage, juste parce qu'ils pensaient que c'était mieux pour l'enfant. Elle n'attendait pas un événement spectaculaire pour sceller leur amour, elle voulait un peu de stabilité dans sa vie. S'il n'abordait pas la question bientôt, elle le ferait.

Bien sûr, Jeremy était très occupé, maintenant qu'il avait convaincu son père de lui laisser la place. Des changements étaient survenus chez Sharp and Sharp. Entre autres, Jeremy avait accueilli Isabel au cabinet, où elle allait créer une division du droit de la famille. Non seulement elle représentait une recrue de valeur, mais en plus cela faciliterait les choses quand le bébé serait là. Ils engageraient probablement une nounou, mais ils voulaient aussi s'occuper le plus possible de leur enfant.

Un coup fut frappé à la porte. Reginald, directeur

artistique et oncle adoptif des sœurs Eden, montra le bout de son nez.

— Tout le monde est décent ? demanda-t-il.

Mais, sans attendre la réponse, il entra en valsant dans la chambre, vêtu d'un costume rose et d'un nœud papillon noir orné de cœurs roses.

— *Gram* aurait adoré ta tenue, Reginald, dit Sophie.

Il fit un tour sur lui-même.

— Tu crois ?

— J'en suis sûre.

Mindy consulta le réveil sur la table de nuit.

— Vous feriez bien d'aller prendre vos places.

Sophie, Emma et Isabel se précipitèrent sur Mindy pour l'étreindre et l'embrasser en prenant garde de ne pas abîmer son maquillage. Sophie se montra particulièrement démonstrative.

— Je vous aime toutes tellement. Emma, tu es la lumière et la joie de la famille. Mindy, tu es celle qui nous pousse vers l'avant. Et Isabel, à cette heure, tu es pratiquement notre sœur. Nous t'aimons aussi, et pas seulement parce que tu as sauvé Eden's. Tu nous as aussi et surtout aidées à sauver l'honneur de notre grand-mère.

L'émotion submergea Isabel pendant que toutes quatre s'étreignaient.

— Je suis heureuse, murmura-t-elle. J'ai toujours voulu des sœurs.

Reginald toussota bruyamment.

— Et celui qui va tenir le rôle du père de la mariée, alors ? Il n'a pas droit à un câlin ?

— Viens ici, dit Mindy, lui faisant signe de rejoindre la mêlée.

Il hésita un instant, mais les rappela à leurs obligations.

— Je vous prierais, mesdames, de quitter les lieux. Je dois conduire une mariée à l'autel.

Sophie, Emma et Isabel se hâtèrent de descendre au rez-de-chaussée, où des chaises avaient été installées dans le grand hall de la maison de Sam et Mindy. La cérémonie devait avoir lieu en petit comité. Quelques membres du personnel d'Eden's, dont Lizzie, son nouveau petit ami et Duane, et quelques connaissances de Sam et Mindy.

Isabel s'installa sur la chaise voisine de celle de Jeremy.

— Bonjour, dit-elle en l'embrassant sur la joue.

Il lui prit la main et sourit. Franchement, elle le trouvait un peu nerveux ces derniers temps, mais elle s'efforçait de ne rien y voir d'inquiétant. Ils étaient heureux, et, s'il était tendu, c'était sans doute à cause des nouvelles responsabilités qu'il endossait à Sharp and Sharp.

De doux accords s'élevèrent, et l'attention générale fut attirée vers le palier où se tenaient Reginald et Mindy. Tandis qu'ils descendaient marche après marche, une autre vision bouleversa Isabel, celle de son frère attendant sa fiancée.

Sam et elle avaient traversé beaucoup d'épreuves ensemble, et c'était un miracle et une bénédiction qu'ils aient tous deux trouvé l'amour, un accomplissement professionnel et qu'ils vivent maintenant tous deux dans la même ville. Et son cœur s'emplit de joie à l'idée qu'il avait enfin trouvé le bonheur qu'il méritait.

La cérémonie fut brève, célébrée par un ami d'université de Sam. Quand son frère prit Mindy dans ses bras, elle ne put retenir ses larmes. C'était un moment si émouvant. Jeremy serra sa main et ne la lâcha pas. Et, l'espoir au cœur, elle y vit le signe que, quels que soient les aléas de la vie, il serait toujours à ses côtés.

Dès que Mindy et Sam se retournèrent et s'avancèrent vers leurs invités, les accords de musique enflèrent et se firent plus gais.

— Et maintenant place à la fête ! déclara Mindy,

saisissant une coupe de champagne sur le plateau d'un serveur qui sortait de la cuisine. Rangeons ces chaises et dansons !

Sam attira Isabel à l'écart et la prit dans ses bras.

— Je suis heureux que tu aies pu être là.

— Tu plaisantes ? Je n'aurais manqué ton mariage pour rien au monde !

Il baissa les yeux vers l'alliance de platine qu'il portait à la main gauche.

— Pensais-tu que je me marierais un jour ? Sois honnête.

— J'ai toujours su que cela arriverait. Il fallait juste que tu trouves la bonne personne.

Il la serra à l'étouffer dans ses bras.

— Mindy et moi voudrions te parler d'une question juridique, dit-il quand il la lâcha.

Elle rejeta la tête en arrière pour le regarder.

— Cela n'a pas de rapport avec Eden's, j'espère ? Je me remets tout juste de cette affaire.

— Non. Du côté magasin, tout va bien. C'est que Mindy et moi envisageons d'adopter.

— Il y a un problème ? demanda-t-elle, surprise.

— A priori, non. C'est juste que…

Son regard parcourut leur immense demeure.

— Il y a beaucoup de place ici, et beaucoup d'enfants dans le monde qui ont besoin d'un foyer. Nous aimerions faire les deux, avoir des enfants biologiques et adopter.

— Je comprends. Bien sûr, je suis prête à vous aider.

— Tu acceptes donc notre affaire ?

— Essaye seulement de m'en écarter !

Jeremy s'approcha et serra la main de Sam.

— Mes félicitations. C'est un grand jour.

— Le plus beau de ma vie, dit Sam avec un sourire lumineux.

Il adressa un clin d'œil à Jeremy, ce qu'Isabel trouva

un peu étrange, mais elle se dit que le bonheur rendait son frère idiot.

— Maintenant, si vous voulez bien m'excuser. Je pars à la recherche de ma femme.

Main dans la main, Jeremy et elle regardèrent Sam s'éloigner.

— Combien de temps comptes-tu rester ? demanda Jeremy.

— Toute la soirée. Ça va ? Tu sembles préoccupé.

Tout en refusant de céder à l'angoisse, elle n'arrivait pas à s'ôter de l'esprit qu'il y avait quelque chose qui clochait.

— Parfaitement bien, lui assura-t-il. Mais tu me connais. J'ai toujours envie de t'emmener à la maison.

Elle réprima un sourire.

— Si tu veux, nous restons encore une heure. Pas plus.

Ils restèrent finalement un quart d'heure. Isabel était fatiguée, et il fallait encore rentrer à Brooklyn. Jeremy demeura silencieux quand ils s'installèrent sur la banquette arrière du taxi.

— Tu es sûr que ça va ? demanda-t-elle pour ce qui lui sembla être la centième fois.

— Oui. J'ai parlé à mon père aujourd'hui. Tu sais comment ça se passe. Ça va mieux, mais j'ai toujours l'impression de tâtonner dans le noir.

— Ta charge de travail ?

— Oui. Et le souci d'instaurer une meilleure relation avec mon père. J'ai pris les devants et invité mes parents à dîner la semaine prochaine. Ce sera le bon moment pour parler du bébé.

— Et ?

Il sourit.

— Et ils ont accepté l'invitation avec joie. Ma mère t'adore. Elle dit que tu me fais beaucoup de bien.

Elle serra la main de Jeremy dans la sienne.

— Je voudrais bien que quelqu'un me dise que tu me fais du bien, murmura-t-elle, plus émue qu'elle ne l'aurait pensé.

Arrivés chez Jeremy, ils se livrèrent au nouveau rituel de retour à la maison, qui consistait à aller voir les chatons. Bien que prétendant toujours ne pas être un grand fan des chats, Jeremy reconnaissait qu'il commençait à sympathiser avec eux. Elle, bien sûr, était aux anges en leur compagnie, et l'idée de les donner bientôt à l'adoption la peinait.

Elle s'assit par terre et joua avec les chatons, baptisés temporairement Petite Chose 1 pour le mâle roux, Petite Chose 2 pour la femelle rousse et Petite Chose 3 pour la tricolore. De son côté, Jeremy s'excusa en marmonnant qu'il devait aller chercher quelque chose. Seule, elle se demanda de quoi Jeremy avait parlé avec son père et si cela influerait sur l'avenir de leur relation.

— Qu'en penses-tu, Petite Chose 1 ? demanda Isabel, soulevant le chaton pour l'embrasser sur le nez.

Il gigota pour redescendre batifoler avec son frère et sa sœur, sous la surveillance de Cat.

— Tu ne trouves pas que Jeremy agit bizarrement ? demanda-t-elle.

— Je ne sais pas. Tu crois ? fit une voix derrière elle.

Elle se retourna brusquement.

— Tu pourrais te reconvertir dans le cambriolage, marmonna-t-elle. Je ne t'ai même pas entendu approcher.

— C'est que tu étais tellement captivée par les chatons.

Elle reporta son attention sur les chatons qui jouaient sur le tapis.

— Je les adore.

Jeremy s'agenouilla près d'elle.

— Et moi, sais-tu qui j'adore ?

Elle le regarda d'un air soupçonneux.

— Là, tu m'inquiètes. Tu te comportes vraiment bizarrement.

— C'est toi, Isabel, que j'aime et que j'adore.

De la poche de son pantalon, il tira un petit sac de velours.

— Et si j'étais silencieux, tout à l'heure, c'est que j'ai une grave question à te poser.

Elle demeura immobile, le cœur battant.

Il lui prit la main, la serra et plongea son regard dans le sien. Elle lut la sincérité dans ses yeux et nota que la tristesse qu'elle y voyait parfois avait disparu, remplacée par l'espoir.

— Je t'aime, Isabel Blackwell, et pas seulement parce que tu es intelligente et belle. Pas seulement parce que tu portes mon enfant, encore que, bien sûr, j'en sois ravi. Je t'aime parce que tu rends ma vie si belle. Je voudrais que tu sois ma femme.

Sur ces mots, il lui lâcha la main et, ouvrant le sachet de velours, lui présenta une bague en or ornée d'un beau diamant.

— C'est à ce sujet que je me suis entretenu avec mon père. Cette bague a été offerte à ma grand-mère par mon grand-père, qui ensuite l'a donnée à mon père. Mais mon père en a acheté une autre à ma mère. Il en a toujours éprouvé des remords, mais maintenant la boucle est bouclée. Enfin, à condition que tu acceptes de m'épouser.

Elle ne put s'empêcher de rire à travers ses larmes.

— Bien sûr, que j'accepte ! Je t'aime, Jeremy. Je t'aime parce que tu es fort et sensible. Je t'aime parce que tu me donnes l'impression d'être la femme la plus importante de la terre.

— Mais *tu es* la personne la plus importante de la terre ! Il n'y a aucun doute là-dessus.

Il l'embrassa tendrement avec juste un peu de cette

sensualité dont il avait le secret. Elle glissa ses doigts dans ses cheveux pour l'attirer à elle. Cependant, les chatons en décidèrent autrement. Dans l'émotion du moment, Jeremy avait laissé tomber le sachet de velours, et ils se disputaient sa possession.

— Bande de hooligans ! s'exclama Isabel en leur reprenant son bien. Vous finirez derrière les barreaux d'une prison !

Jeremy éclata de rire.

— Puis-je faire une suggestion un peu folle ? demanda-t-il.

— En plus de ta demande en mariage ?

— Oui. Gardons Cat et ses chatons.

Isabel n'en crut pas ses oreilles. Jeremy, faire une telle proposition ?

— Mais tu n'aimes pas vraiment les chats, fit-elle remarquer.

— Comme pour le reste, tu m'as montré ce que je ratais dans la vie.

— C'est beaucoup d'agitation, quatre chats courant partout.

En haussant les épaules, il l'attira dans ses bras.

— Et après ? J'ai passé des années à errer tout seul dans ce mausolée. Et puis je t'ai rencontrée, et soudain la vie a explosé. Plus question d'habiter un désert. Nous aurons donc quatre chats et un bébé.

Elle éclata de rire, et soudain une immense joie l'envahit.

— Tu sais à quoi je viens de penser ? demanda-t-elle. Si je prends ton nom, après notre mariage, le cabinet pourra continuer à s'appeler Sharp and Sharp.

— Le cabinet portera le nom que tu choisiras de porter.

À ce moment, elle se rendit compte qu'elle avait perdu toute combativité.

— Que se passe-t-il, Sharp ? Au lieu de négocier avec moi, tu me cèdes tout.

— Je ne veux pas parler travail, Isabel.

Il lui caressa les cheveux, puis passa son pouce sur ses lèvres.

— Je ne veux pas parler de ce que nous faisons ou des gens importants que nous connaissons.

L'allusion à la soirée magique où ils s'étaient rencontrés la fit sourire. Dire qu'elle avait osé tenter sa chance avec Jeremy. Qui aurait dit alors que ce serait le bon ?

— Très bien, dit-elle. De quoi veux-tu parler, alors ?

— Apprécies-tu les beaux paysages ? Parce qu'il y a une vue magnifique de la fenêtre de notre chambre…

SHERI WHITEFEATHER

Retrouvailles à Nashville

Traduction française de

ROSA BACHIR

PASSIONS

HARLEQUIN

Titre original :
WILD NASHVILLE WAYS

- 1 -

Tracy

On venait de frapper à la porte. Lorsque j'ouvris, je fus bouche bée. Là, sur le seuil de la maison de mon père, se trouvait Dash Smith. La plus grande star de la country sur terre.

— Bonjour, Tracy, dit-il avec douceur.

J'étais encore muette de stupeur. Dash était plus beau que jamais, avec ses yeux noisette expressifs, sa mâchoire carrée et sa bouche irrésistible. J'ignorais comment étaient coiffés ses cheveux sous sa casquette de base-ball, mais je n'avais pas oublié leur couleur noir de jais.

Autrefois, Dash était mon fiancé. À l'époque, nous tentions tous deux de percer dans la musique. Mon cœur meurtri pourrait prétendre que, malgré la douleur, j'étais encore amoureuse de Dash. C'était peut-être vrai. Mais ça ne signifiait pas que je voulais avoir la moindre interaction avec lui.

— Qu'est-ce que tu fais ici ? demandai-je.

J'espérais qu'il n'était pas venu jusque chez mon père pour m'embêter avec cette histoire de duo. Notre rupture remontait à six ans, et j'avais fait mon possible pour tourner la page, en me concentrant sur ma musique et en collectionnant les amants. Mais, quelques semaines plus tôt, Dash s'était mis à m'envoyer des messages pendant qu'il était en tournée mondiale, m'incitant à enregistrer un titre avec lui à son retour. J'étais peut-être trop obstinée, mais je refusais de faire un disque avec mon ex-fiancé, même si ma carrière avait bien besoin d'un coup de pouce. Et puis ce n'était vraiment pas le jour pour en discuter.

— Ton père ne t'a rien dit ? s'étonna-t-il. Je vous accompagne à l'hôpital pour l'opération. Ensuite, je t'aiderai à prendre soin de lui durant sa convalescence.

J'agrippai la poignée de la porte pour me maintenir en équilibre.

— Non, il n'a pas parlé de toi…

Néanmoins, je n'aurais pas dû être surprise. Dash et mon père étaient restés amis et se téléphonaient régulièrement. Papa se battait contre un cancer des testicules et devait subir une orchidectomie ce matin.

Dash semblait perdu dans ses pensées, à présent. Il songeait sans doute à son propre père, emporté par un cancer du poumon quelques années après notre rupture. J'avais assisté à l'enterrement, pour présenter mes condoléances. J'avais toujours adoré le père de Dash. Et, manifestement, Dash adorait le mien.

La gorge nouée par l'émotion, je jetai un coup d'œil vers son luxueux SUV, garé dans l'allée. Un homme à la carrure impressionnante était au volant. À en juger par l'intensité avec laquelle il nous observait, il était probablement garde du corps en plus d'être chauffeur. Dash venait d'un milieu très modeste. Et aujourd'hui il avait des millions de dollars et une armée de gens pour le protéger…

— Tu veux entrer ? demandai-je.

Je ne pouvais pas aller à l'encontre des souhaits de mon père et empêcher Dash d'apporter son aide. Mais le revoir était douloureux. Notre dernière rencontre remontait à l'enterrement de son père.

— Papa est en train de se préparer, dis-je.

Il me suivit à l'intérieur.

— Pas de problème, répondit-il.

Si, il y avait un problème. Depuis que Dash était devenu une star, j'étais obsédée par sa célébrité. Je dévorais tous les articles, les comptes rendus de concerts et les potins le concernant. Je traquais même les informations sur sa vie sentimentale. Il n'avait pas de compagne officielle, mais il avait assez de groupies pour lui tenir compagnie.

Durant ma courte expérience avec les feux de la rampe, je n'avais pas eu d'admirateurs assidus. Des fans, oui. Mais des hommes séduisants m'offrant de réaliser mes fantasmes sexuels… *Si seulement !*

Dash s'avança dans le salon.

— Tu as fait du beau travail, commenta-t-il.

— Merci.

J'avais utilisé une partie de l'argent gagné grâce à mon premier album pour aider mon père à rénover la vieille ferme dans laquelle j'avais grandi. Quant à ma propre maison, je m'efforçais de l'entretenir tant bien que mal.

Je tenais à relancer ma carrière, mais pas en ramassant les miettes de Dash. Quelques sites avaient indiqué que j'étais son ex-fiancée, mais personne ne semblait y prêter attention. Bien entendu, si nous faisions un duo, cela pourrait éveiller un intérêt pour notre passé amoureux. Mais en ce moment j'avais bien d'autres problèmes à régler. Non seulement le cancer de papa et mes difficultés financières, mais aussi des choses liées à ma santé et au bébé que Dash et moi aurions dû avoir si je n'avais pas fait une fausse couche.

Je posai la main sur mon ventre, me rappelant la douleur. La tristesse. Le sentiment de vide.

— Tout va bien ? demanda-t-il.

Je laissai retomber ma main et tâchai de me ressaisir. Je ne pouvais pas lui avouer à quoi je pensais.

— Je suis juste dépassée.

— À cause de la maladie de ton père ?

— Oui.

Et à cause de tout le reste, aussi.

Il approcha, mais je fis un pas en arrière, ne voulant pas être trop proche de lui. Dash était grand, brun et séduisant. Je suis grande, moi aussi, et autrefois nos deux corps semblaient faits l'un pour l'autre. Un souvenir malvenu, m'avisai-je.

— Si ça ne t'ennuie pas, j'aimerais que ton père et toi montiez dans ma voiture. Je suis venu avec mon meilleur garde du corps, ajouta-t-il, confirmant mes suppositions. Il y aura d'autres agents de sécurité à l'hôpital, pour maintenir les médias à distance au cas où ils auraient vent de ma présence.

Bon sang, je n'avais même pas pensé aux médias !

— Que leur diras-tu s'ils apprennent que tu es là ? Ne vont-ils pas se demander ce que tu fais dans un service de cancérologie ?

— Je leur dirai simplement la vérité : j'accompagne un ami. Mais nous espérons que personne ne me verra. L'hôpital nous réservera une salle d'attente privée. Il y a déjà une politique en vigueur pour les vedettes. Les employés n'ont pas le droit de demander des selfies ou de publier quoi que ce soit sur les réseaux sociaux. S'ils enfreignent la règle, ils peuvent perdre leur travail. En revanche, concernant les autres patients et leurs proches, on ne peut pas faire grand-chose. Mais mon équipe a élaboré un plan pour que je ne sois pas en contact avec le public. Nous ferons tout notre possible pour protéger la vie privée de ton père, alors tu n'as pas à t'inquiéter. J'ai déjà discuté de tout ça avec lui.

Dash enfonça sa casquette sur son front, et j'observai sa tenue. Il portait un jean indigo et une chemise western gris clair. Des lunettes de soleil de luxe étaient glissées dans sa poche poitrine. Toutefois, même avec sa casquette et ses verres fumés, il était reconnaissable. Il était tout simplement trop célèbre pour passer inaperçu. Chaque chanson de son premier album avait été certifiée disque d'or, certaines ayant même été classées dans les meilleures ventes de musique pop.

— Tu es sûr que mon père est d'accord pour tout ça ? demandai-je.

— Il m'a assuré que oui, mais tu peux vérifier auprès de lui.

— Je devrais sans doute aller voir s'il est prêt, de toute façon.

Et je ferais bien de reprendre le contrôle sur mes émotions. Combien d'années avais-je passées à espérer que Dash croie en l'amour ? Il ne m'avait demandée en mariage qu'à cause du bébé, et cette pensée me faisait autant souffrir aujourd'hui qu'à l'époque.

Je pivotai sur mes talons et filai vers le couloir, impatiente de m'éloigner de Dash. Dès le début de notre relation, il avait été honnête : pour lui, l'amour faisait plus de mal que de bien, et il ne voulait pas en entendre parler. Je savais que sa position s'expliquait par le fait que sa mère les avait abandonnés, son père et lui, mais j'avais été assez stupide pour croire que je pourrais réparer ce qu'elle avait brisé.

Moi aussi, j'avais vécu une bonne partie de ma vie sans ma mère. Mais la mienne ne s'était pas enfuie. Elle était décédée quand j'étais au collège, et elle nous manquait encore chaque jour, à papa et à moi.

Je frappai à la porte de la chambre de mon père.

— Entre ! lança-t-il.

Je poussai le battant. Papa était assis devant son ancien bureau et enfilait ses bottes.

Avec ses cheveux grisonnants et sa peau tannée par le soleil, il paraissait plus que ses cinquante-neuf ans. C'était un ancien cow-boy de rodéo, qui n'avait jamais eu le succès espéré. À présent, il était éleveur de chevaux. Quand j'étais enfant, il avait aussi travaillé comme cuisinier, faisant tout son possible pour me gâter. Malgré tous ses efforts, nous étions restés pauvres. Mais pas autant que Dash. Quand il était petit, il vivait avec sa famille dans une vieille caravane. Ses parents avaient eu recours aux banques alimentaires et aux allocations quand les emplois sporadiques et les concerts de son père n'avaient pas suffi pour les nourrir.

— Dash est là ? demanda mon père.

— Oui. Mais je ne comprends pas pourquoi tu lui as demandé de venir.

— C'est lui qui s'est proposé.

— Que va-t-il faire, au juste ?

— Te tenir compagnie à l'hôpital, et t'aider à t'occuper de moi quand je serai en convalescence. J'ai pensé que ce serait plus facile d'avoir un homme à la maison. Au cas où j'aurais du mal à changer mes pansements moi-même.

Mon père n'avait jamais été une petite nature. Mais aujourd'hui la situation était différente. Ou peut-être y avait-il une autre raison derrière son choix ?

Je répondis avec prudence :

— Je comprends, et ça ne me gêne pas que Dash et toi soyez restés amis. Mais nous aurions pu demander de l'aide à quelqu'un d'autre. Un de tes anciens camarades de rodéo, par exemple. Il n'y a pas que Dash.

— Je sais. Mais je me suis dit que ça te ferait du bien de le revoir. Ça pourrait te pousser à faire ce duo avec lui. Franchement, ma chérie, pourquoi ne pas le laisser t'aider à relancer ta carrière ?

— Je suis touchée que tu veilles sur moi, mais je préférerais me débrouiller sans lui.

— Je sais, mais je n'aime pas te voir travailler aussi dur. Tu ne devrais pas être obligée de cumuler deux emplois pour t'en sortir ni essayer de vendre tes chansons toute seule. Dash est tout disposé à t'apporter son soutien. Pourquoi ne pas profiter de sa popularité ?

Je poussai un soupir. Papa ignorait que je traversais une crise personnelle, que la présence de Dash ne ferait que l'aggraver. Mais je ne comptais pas le lui dire.

— Désolé si je t'ai prise de court en invitant Dash à venir avec nous, reprit-il. Mais, selon moi, ce serait une bonne chose que vous redeveniez amis. Vous ne vous êtes jamais disputés ou insultés, il me semble, même après votre rupture.

En effet, nous nous étions séparés à l'amiable. Après ma fausse couche, j'avais pris la décision douloureuse de rompre nos fiançailles, et Dash n'avait pas essayé de m'en dissuader. Il m'avait simplement laissée partir.

Mais je ne pouvais pas songer à cela maintenant.

— Concentrons-nous sur ta guérison, papa.

Si je devais passer du temps avec Dash pour que mon père ait l'esprit tranquille, eh bien, je le ferais. Papa était ma priorité.

Le chauffeur – garde du corps de Dash, un homme à la carrure impressionnante nommé Zeke, laissa le moteur allumé quand nous nous garâmes près d'une entrée de service réservée au personnel de l'hôpital. Un autre garde du corps nous y attendait. Il utilisa une clé magnétique pour déverrouiller la porte, et nous pûmes entrer dans le bâtiment sans incident.

Ensuite, j'emmenai papa à l'accueil. Il était prévu qu'ensuite je retrouve Dash dans la salle d'attente privée. J'étais contente qu'il ne soit pas avec moi pour l'instant. Le trajet en voiture avait été assez difficile comme ça. Papa et lui avaient parlé de chevaux, de musique et de divers sujets, mais pas du fait que Dash et moi avions été en couple. Néanmoins, je m'étais sentie très mal à l'aise.

Une fois que papa fut pris en charge par des infirmières, j'allai chercher un en-cas à un distributeur. Que ferait Dash si j'attendais dehors au lieu de le rejoindre dans la salle d'attente ? Enverrait-il Zeke me chercher ?

Je passai en revue les produits en vente et choisis une barre chocolatée. Marmonnant un juron, je décidai d'en acheter une pour Dash aussi. Autrefois, c'était sa confiserie préférée. Je ne savais même pas s'il mangeait encore des sucreries aujourd'hui.

Après toutes ces années, il était devenu un étranger pour moi. Quoiqu'il avait toujours été une énigme : un homme qui me tenait tendrement dans ses bras, sans pour autant croire à l'amour.

Je chassai ces pensées de mon esprit et pris une troisième barre chocolatée pour Zeke. J'étais une jeune femme bien élevée. Peut-être trop bien élevée ? Peu importait. Je faisais tout cela pour mon père, m'avisai-je. Je tenais à ce que l'ambiance soit bonne.

La salle d'attente privée ne fut pas difficile à trouver. Zeke se tenait devant la porte, empêchant quiconque d'entrer.

Je lui tendis la barre chocolatée. Il la rangea dans la poche de sa veste, affichant un petit sourire qui ne le rendit pas moins intimidant. Si un jour je devenais assez célèbre pour avoir des gardes du corps, je voudrais quelqu'un comme lui pour me protéger.

Mon succès passé n'était rien comparé à celui de Dash. Mais pour moi cela avait été extraordinaire. Je comprenais pourquoi mon père voulait que je renoue avec la notoriété. Mais devoir côtoyer Dash était une torture.

Zeke m'ouvrit la porte, et je pénétrai dans une petite pièce impersonnelle aux murs beiges.

Quand Dash leva les yeux vers moi, je retins mon souffle. Cela m'ennuyait qu'il me fasse un tel effet. J'envisageai de laisser une chaise entre nous, mais finalement je m'assis à côté de lui.

Je lui tendis la barre chocolatée que je lui avais achetée.

— Je ne sais pas si tu manges encore ces trucs-là.

Il accepta la confiserie.

— Mon entraîneur personnel m'avait mis au régime strict et au sport quand j'étais en tournée, mais maintenant je peux faire quelques écarts.

Il semblait particulièrement en forme. Il fallait dire qu'il avait toujours pris soin de lui. La première fois que je l'avais vu, il empilait des bottes de foin dans le magasin d'alimentation pour animaux où nous travaillions tous les deux. J'avais eu très envie de poser les mains sur ses biceps et ses abdominaux de rêve. Par la suite, c'étaient nos aspirations musicales qui nous avaient rapprochés.

Étais-je aussi attirante pour lui qu'autrefois, avec mes longs cheveux châtains, mes yeux bleus et mes courbes naturelles ? Je l'ignorais, mais j'avais mûri, comme lui. Il avait eu trente ans pendant qu'il était en tournée, et j'en aurais vingt-huit le mois prochain.

— Tu veux partager ? demanda-t-il, déchirant l'emballage de sa friandise.

— Merci, mais j'en ai une aussi.

Je sortis ma propre barre chocolat nougat de mon sac.

— Quelqu'un t'a approché ou a pris des photos pendant que j'étais partie ? questionnai-je.

— Non. Le couloir que j'ai emprunté était bloqué, et j'étais le seul à y avoir accès.

Il montra une porte de l'autre côté de la pièce.

— Je suis entré par là. La porte est fermée à clé, maintenant.

Et Zeke protégeait l'autre entrée.

— Ton équipe a vraiment pensé à tout, observai-je.

— Le personnel de l'hôpital a été très arrangeant. Ils ont l'habitude de recevoir des gens célèbres. Je ne suis pas le premier, ni le dernier.

Certes, mais en ce moment il était le prince de Nashville. Tout le monde voulait le connaître. Avant qu'il ne devienne une star, je l'avais connu intimement, nuit après nuit. Les souvenirs réveillèrent mes envies sexuelles. Je n'avais pas eu de partenaire depuis au moins six mois. Je doutais que Dash puisse en dire autant.

— Que t'a-t-on dit à propos de l'opération ? demanda-t-il, interrompant le fil de mes pensées vagabondes. Le médecin va venir nous voir pour nous tenir au courant ?

— Oui, c'est prévu. Après l'opération, nous saurons si papa doit passer la nuit ici ou rentrer aujourd'hui. Et on nous dira également s'il a besoin d'une chimiothérapie ou d'une radiothérapie.

Tant de questions restaient en suspens…

— Je suis navré qu'il traverse cette épreuve, dit-il. Et que tu la traverses avec lui. Je sais à quel point tu tiens à ton père.

Dash était à même de me comprendre, pour sûr. Il avait été aussi proche de son père que moi du mien. Il avait même hérité de son don pour la musique. Kenny Smith aurait dû devenir une star, comme son fils.

Malheureusement, il n'avait jamais dépassé le stade des bars et des night-clubs miteux.

— C'est dommage que ton père n'ait pas pu être témoin de ton succès, glissai-je. Il aurait été très fier de toi.

— Oui. C'était un sentiment doux-amer de vivre ça sans lui.

— Je me demande où est ta mère, et ce qu'elle pense de ton statut de célébrité.

À ces mots, il se rembrunit.

— Je n'en ai aucune idée, et je ne veux pas parler d'elle.

À l'évidence, c'était un sujet encore sensible. Je pouvais le concevoir. Et, puisque la mère de Dash avait abandonné sa famille pour aller vivre avec un homme richissime, peut-être se fichait-elle de l'illustre carrière de son fils.

Mais pas moi. Autrefois, Dash et moi rêvions de devenir de grandes stars de la country. Il y était parvenu sans moi. Il avait déjà remporté toutes sortes de prix dans la catégorie nouvel artiste.

Étais-je idiote de refuser un duo avec lui ? Non, pensai-je. Je me montrais forte et indépendante, en refusant d'être sous la coupe de l'homme que j'avais aimé.

Ou que j'aimais.

Mes sentiments pour Dash étaient confus. Si je l'embrassais maintenant, je fondrais sans doute comme une adolescente énamourée. Plutôt que de vérifier cette supposition, je terminai ma barre chocolatée.

Soudain, Dash passa le pouce sur le coin de mes lèvres, et je tressaillis.

— Qu'est-ce que tu fais ? m'exclamai-je.

Je reculai, effrayée par l'excitation qui était aussitôt montée en moi.

— Tu avais une trace de chocolat…

Je frottai l'endroit qu'il avait touché.

— Il n'y en a plus ? demandai-je.

— Non. Je l'ai déjà enlevée. Désolé, je ne voulais pas te faire peur.

Nous nous regardâmes, mal à l'aise. Je détournai les yeux, espérant que Dash aborderait un autre sujet. Pour ma part, je ne trouvais rien à dire. Je sentais que Dash percevait la tension sexuelle entre nous, tout comme moi. Le silence devenait assourdissant.

Finalement, Dash reprit la parole.

— Ton père m'a dit que tu travaillais à nouveau au magasin d'alimentation pour animaux. À l'accueil, comme autrefois.

Mince. Ce n'était pas un sujet dont j'avais envie de discuter. Mais c'était mieux que le silence, sans doute.

— J'y vais seulement deux jours par semaine, pour gagner un peu d'argent. Je travaille aussi comme assistante virtuelle, pour une société d'artistes qui fournit du contenu pour les réseaux sociaux de ses clients.

— Mon équipe utilise un service comme celui-ci.

— Beaucoup de sociétés y ont recours.

Malheureusement, mes revenus en tant qu'assistante étaient maigres. Et mon salaire au magasin n'était guère plus élevé.

— J'ai entendu dire que tu avais acheté une propriété, quelque part à la campagne, dis-je pour changer de sujet.

Car je n'avais pas envie de parler de moi.

— C'est un endroit superbe, répondit-il. Mais je n'y ai pas encore passé beaucoup de temps. J'étais en tournée une bonne partie de l'année.

Il marqua un temps d'hésitation.

— Tu devrais venir un jour, pour que je te fasse visiter, suggéra-t-il.

Comme si j'allais passer à l'improviste pour lui dire bonjour !

— Tu as déjà invité mon père là-bas ?

— Pas encore. Je venais de rentrer de tournée quand il m'a appris qu'il était malade. Il était ravi que je lui propose mon aide. Je crois qu'il a peur que tu te retrouves seule si jamais il lui arrive quelque chose.

Mon cœur se serra.

— J'ai des amis, des gens autour de moi, fis-je valoir.

— Peut-être, mais il espère aussi que sa maladie t'incitera à travailler avec moi. Il veut que ta carrière redécolle.

— Il m'en a déjà parlé.

Et je n'avais pas envie que Dash me serve le même discours.

— Et si on reprenait notre idée d'autrefois ? lança-t-il. Tu te souviens ? Nous avions le projet de composer une chanson spéciale ensemble.

— Je n'ai pas oublié. Mais c'était une autre époque, une autre vie.

Et je ne pouvais pas me résoudre à accepter sa proposition, pas même pour contenter mon père malade.

Dash s'adossa à sa chaise, l'air sombre.

— Préviens-moi si tu changes d'avis.

Je ne répondis rien. Il retira son chapeau et passa la main dans ses cheveux, courts sur les côtés et plus longs sur le dessus.

— Tu as un petit ami ? demanda-t-il à brûle-pourpoint.

Sérieusement ? Il m'interrogeait sur ma vie sentimentale ? Cette seule question me rappelait à quel point j'étais seule.

— Pas pour le moment. Mais il y a eu beaucoup d'hommes depuis toi.

Ce n'était pas un mensonge. J'avais enchaîné les conquêtes, bien que je n'aie fréquenté personne ces derniers mois.

Un muscle tressauta sur sa mâchoire. Était-il jaloux ?

Si oui, il l'avait bien cherché. S'il m'avait aimée, nous aurions encore été ensemble aujourd'hui.

Il posa son chapeau sur une chaise.

— Moi aussi, j'ai eu pas mal d'aventures, déclara-t-il.

— Évidemment. Tu as un tas de groupies qui te courent après.

Il leva les yeux au plafond.

— Toi aussi, tu me courais après, quand on travaillait au magasin.

Son air arrogant me donna envie de le gifler.

— Ça n'a rien à voir avec tes groupies actuelles, protestai-je. Tu n'étais même pas connu, à l'époque.

— Tu me désirais quand même.

— Tu me désirais aussi, rétorquai-je.

— C'est vrai. C'était un désir mutuel.

Il se pencha vers moi, son regard noisette sondant le mien.

— On devrait s'embrasser, pour voir si l'alchimie est toujours là, suggéra-t-il.

Tout se mêla dans ma tête. Le passé, le présent, mon avenir incertain.

— Ah, oui ? Et à quoi cela servirait-il ?

— À rien. Mais que je crois que, tous les deux, nous en voudrions plus, comme autrefois.

— Je pourrais t'embrasser sans en vouloir plus.

Tout à l'heure, je m'étais imaginé l'embrasser et fondre comme une adolescente. Mais à présent je ne me sentais pas faible ni sentimentale. J'étais tendue et irritée.

— Je peux me contrôler, affirmai-je.

— Vraiment ? Dans ce cas, prouve-le.

Qu'il aille au diable ! pensai-je tout en le fusillant du regard. Autrefois, nous nous disputions rarement. Quelques accrochages de temps en temps, mais rien de grave. J'avais toujours refrené ma colère. Mais je refusais de le faire maintenant.

Je le saisis par les épaules et approchai mon visage du sien. C'était bon d'être furieuse, de laisser ma peine se déverser.

— Voilà ta preuve, murmurai-je contre sa bouche.

J'allais l'embrasser comme si ma vie en dépendait, et ensuite je ne le referais *plus jamais*.

- 2 -

Dash

Dès que Tracy glissa la langue dans ma bouche, mon cœur s'emballa. Elle ne perdait pas de temps, pour sûr ! Mais je n'allais certainement pas m'en plaindre.

Elle avait la saveur du désir, de la fureur et du chocolat. Et je trouvais cela très érotique. Elle m'avait très souvent embrassé autrefois, mais jamais de cette façon. Je lui rendis son baiser, l'embrassant avec toute la passion que je contenais depuis des années. Je l'attirai sur mes genoux, et elle se frotta contre mon aine.

Me punissait-elle pour tout ce qui était allé de travers entre nous ?

Elle poussa un gémissement, et je serrai ses hanches. J'étais déjà follement excité, et raide de désir. Cette punition était douloureusement exquise.

Quand Tracy finit par détacher ses lèvres des miennes, nous reprîmes notre respiration.

— Tu en as eu assez ? demanda-t-elle, toujours assise sur mes genoux.

— Non.

Je craignais de ne jamais en avoir assez, avec elle. Elle avait toujours été mon idéal sexuel. Elle était aussi ma plus chère amie. Or, des amis, je n'en avais pas beaucoup.

— Embrasse-moi encore, lui intimai-je.

Elle m'observa d'un air froid et dur.

— Ce sera la dernière et unique fois, alors ne t'y habitue pas.

— Si tu veux.

Je n'allais pas la contredire. Tout ce que je voulais, c'était un autre baiser.

Elle plissa ses jolis yeux bleus.

— Je devrais peut-être te laisser rejoindre une de tes groupies, ironisa-t-elle.

— Je ne peux pas les empêcher de me suivre !

Les femmes me désiraient parce que j'étais riche et célèbre. Et, oui, j'aimais ça. La notoriété était un aphrodisiaque. L'argent aussi. Plus mon compte en banque était solide, plus je me sentais fort.

— Tu devrais chanter avec moi, Tracy. Nous devrions faire de la musique ensemble.

Je voulais l'aider à relancer sa carrière. J'en avais même besoin. Après tout ce que nous avions traversé, c'était le moins que je puisse faire pour elle. Lui donner un morceau de ma célébrité.

Je lui caressai la joue. Quand nous vivions ensemble, elle voulait un morceau de mon cœur. Maintenant, elle me détestait, apparemment.

— Arrête, dit-elle.

— Quoi ? D'être gentil ? Tu peux me mordre, si tu en as envie.

— Je le ferai peut-être.

Elle retira ma main de sa joue.

— Arrête de me toucher comme ça, tu veux ?

Autrefois, elle adorait mes caresses tendres. Mais elle avait changé. Ou peut-être était-elle différente uniquement avec moi ?

— Tu laissais tous tes autres amants te caresser comme ça ?

Avaient-ils le droit de reprendre là où j'en étais resté ?

— Ça ne te regarde pas.

Je détestais l'imaginer avec d'autres hommes. Stupidement, j'avais supposé qu'elle avait eu très peu de partenaires après moi.

Elle se pencha vers moi et prit à nouveau possession de ma bouche. Elle ne me mordit pas, mais son baiser fut brutal et plein de fureur.

Je la serrai contre moi. Je ne pouvais me sortir de l'esprit ces autres amants. Sans doute Tracy éprouvait-elle le même sentiment envers mes groupies. Sa jalousie ne faisait qu'attiser mon excitation. Nous étions deux anciens amants plongés dans un désir mutuel.

Hélas, le moment de plaisir ne dura pas. Cette fois, Tracy se leva.

— J'en ai fini avec toi, dit-elle, remettant ses vêtements en place.

Je me levai aussi et laissai échapper un soupir. J'avais besoin de marcher pour dissiper mon excitation. Je me mis à arpenter la pièce, avec l'impression d'être un animal en cage.

Cette punition ne semblait plus si agréable, maintenant.

Pas plus que ma honte du passé. Quand Tracy était tombée enceinte, je n'avais pas les moyens de subvenir aux besoins d'une femme et d'un enfant, et j'avais été terrorisé.

Néanmoins, j'avais fait de mon mieux. J'avais demandé Tracy en mariage, je lui avais offert de donner un nom à ce pauvre enfant. Aujourd'hui, tout avait changé. Le bébé que nous avions conçu, nos fiançailles compliquées et même l'amour que me portait Tracy avaient disparu…

Je cessai de marcher et me tournai vers elle. Je ne lui avais même jamais acheté de bague de fiançailles à l'époque. Je pouvais à peine payer mon loyer, alors lui acheter un bijou… À présent, je pourrais lui offrir un énorme diamant. Mais je n'allais pas l'épouser ni lui faire un autre bébé. J'essayais seulement d'influencer favorablement sa carrière, si elle voulait bien me laisser faire.

— Ce n'était pas ce que je voulais, dis-je.

— Quoi, le baiser ? Alors pourquoi m'as-tu poussé à t'embrasser ?

— J'ai agi sur un coup de tête.

Je remarquai que son rouge à lèvres avait disparu. Je m'essuyai la bouche du revers de la main, au cas où j'en aurais sur moi.

— J'ai perdu le contrôle.

— Eh bien, pas moi, affirma-t-elle.

— Vu la façon dont tu t'es frottée contre moi, tu ne penses tout de même pas que je vais te croire ?

Elle me jeta un regard noir.

— Je voulais te donner une leçon.

Je la toisai de pied en cap. Elle avait un corps voluptueux et appétissant. Pourtant, quand elle n'était pas maquillée, elle avait l'air innocent. J'avais toujours trouvé cela fascinant. Elle était un vrai un caméléon, sensuelle un jour et tendre le jour suivant. Je tapotai mon genou pour l'inciter à revenir s'asseoir sur moi.

— Tu veux m'en donner une autre ? lançai-je.

— Va en enfer, Dash !

— J'y suis déjà allé.

Le jour où ma mère était partie avait été le pire de ma vie. Celui où Tracy avait rompu avec moi avait été presque aussi terrible. Mon aversion pour l'amour ne me rendait pas moins humain ni moins vulnérable.

Elle se rassit sur sa chaise.

— Tu devrais me présenter des excuses, asséna-t-elle.

Je remis mon chapeau et me calai contre le dossier de mon siège.

— Des excuses pour quoi ?

— Pour avoir rendu les choses plus difficiles.

Je grimaçai. Tracy avait raison. J'avais l'impression d'être un mufle, tout à coup.

— Tu as raison. Je suis désolé.

J'aurais dû la réconforter parce que son père était malade, et non lui créer d'autres problèmes.

Dans l'espoir de me faire pardonner et de la détendre, j'évoquai un vieux souvenir.

— Tu te rappelles le Noël où nos pères respectifs ont chanté avec nous ? Le mien avait apporté du lait de poule, et le tien ne savait pas chanter. Ils faisaient la paire, tous les deux !

Elle se détendit un peu.

— C'était moi qui avais préparé le dîner, dit-elle.

— Le meilleur repas de Noël de ma vie. C'est une bonne chose que ton père t'ait appris à faire rôtir une dinde.

— Et que le tien t'ait appris à faire du lait de poule.

— Je peux encore en faire, quand il le faut.

J'avais passé le Noël précédent sur les routes, et j'avais organisé une fête pour mon équipe. Mais je n'avais pas préparé de lait de poule. Le repas avait été commandé chez un traiteur.

Tracy sortit de son sac un miroir et un rouge à lèvres, et retoucha son maquillage. Puis elle vérifia l'heure sur son téléphone. Elle semblait impatiente d'avoir des nouvelles de son père.

— T'a-t-on dit combien de temps durerait l'opération ? questionnai-je.

— Une heure, peut-être deux.

Je l'étudiai sous la lumière des néons. Ses longs cheveux épais tombaient en cascade dans son dos. Mettait-elle toujours la tête en bas pour les sécher ? Autrefois, j'adorais la regarder se préparer le matin.

Nous avions vécu ensemble dans mon appartement, un grand logement désordonné situé au-dessus d'une vieille grange. Bien qu'il soit miteux, je l'avais choisi parce que je pouvais y faire de la musique sans gêner personne.

Seulement, c'était Tracy qui avait décroché la première un contrat pour un album. Peu après la fin de nos fiançailles, sa carrière avait décollé. J'avais passé mes soirées seul, en ayant le sentiment d'être un raté, tandis qu'elle commençait à connaître le succès. À l'époque, cela avait renforcé ma plus grande peur : qu'elle réussisse et m'abandonne. J'avais eu d'autres craintes durant notre relation, notamment lorsqu'elle était tombée enceinte. À l'idée de devenir père, j'avais paniqué, tout bonnement. Je craignais de ne pas avoir les moyens d'élever notre enfant.

Elle consulta l'heure une fois de plus.

— J'aimerais bien avoir des nouvelles, s'impatienta-t-elle.

— Tu as besoin de quelque chose ? demandai-je, tentant de réprimer l'émotion qui m'envahissait.

Notre fils ou notre fille aurait eu cinq ans cette année.

— Comme quoi ? demanda-t-elle.

— Un repas de la cafétéria. Ou un café. Je peux envoyer quelqu'un de mon équipe.

— Non, merci. Mais tu peux commander quelque chose pour toi.

— Non, ça ira. La barre chocolatée m'a suffi.

— À moi aussi, dit-elle, fixant ma bouche.

Pensait-elle au chocolat que nous avions goûté sur nos lèvres ? Au baiser qui n'aurait pas dû se produire ? Et que je n'oublierais pas de sitôt ?

Nous patientâmes en silence et, après moins d'une heure, Zeke vint nous annoncer que le médecin arrivait.

Tracy bondit de sa chaise. Je me levai aussi, et le chirurgien entra, nous saluant d'un signe de tête. C'était un homme d'une quarantaine d'années aux tempes grisonnantes. Il afficha un sourire chaleureux.

Cela signifiait-il qu'il avait de bonnes nouvelles ? Je l'espérais de tout cœur.

Le médecin commença son compte rendu. L'opération s'était bien passée. Le cancer ne s'était pas développé au-delà du testicule, heureusement. Néanmoins, le père de Tracy devrait être surveillé durant les dix prochaines années, et faire des bilans sanguins réguliers. Des examens au scanner seraient également réalisés, et, si les résultats ne montraient aucun signe de cancer, il n'aurait pas besoin de traitement supplémentaire. En revanche, si le cancer revenait, il lui faudrait une radiothérapie et une chimiothérapie. Le chirurgien conclut en disant que le père de Tracy pouvait rentrer dès aujourd'hui.

J'avais pris soin de mon père quand il était malade, mais son traitement n'avait pas fonctionné. Lorsqu'il avait découvert qu'il était atteint d'un cancer du poumon, il était déjà à un stade avancé. Il était décédé quelques mois après le diagnostic.

Le médecin termina de discuter avec Tracy, puis prit congé et nous laissa seuls.

Elle se tourna vers moi, le regard embué. Des larmes de soulagement, sans doute. Je voulais l'étreindre, la laisser pleurer dans mes bras, mais je doutais qu'elle réagisse favorablement.

Elle ne tarda pas à se ressaisir.

— Nous devrons empêcher papa de trop se fatiguer, dit-elle. Tu sais à quel point il peut être têtu.

— Oui. Combien de temps vas-tu rester avec lui ?

— Aussi longtemps qu'il aura besoin de moi.

— Et ton travail ?

— J'ai pris des congés au magasin, mais je peux faire mon travail d'assistante tout en étant chez mon père.

Elle parut songeuse.

— À quelle fréquence viendras-tu nous aider ? demanda-t-elle.

— Je ne vais pas faire des allers-retours tous les jours. Je dormirai chez lui, moi aussi.

— Oh ! mon Dieu ! s'exclama-t-elle. Tu es sérieux ? Il n'y a même pas de chambre d'amis !

— Ça ne me dérange pas de dormir sur le canapé. Et puis ton père m'a déjà demandé de rester quelques semaines. Voire plus, si nécessaire. Tout dépendra de sa convalescence.

Elle serra les lèvres. Manifestement, elle n'était pas contente des dispositions que son père et moi avions prises. Mais elle allait devoir s'y faire.

Pour l'instant, elle ne souriait pas. Et moi non plus.

Parce que, malgré moi, Tracy m'attirait toujours. Et que, à l'exception de ma mère, elle était la seule femme qui ait jamais compté pour moi.

Pendant que Tracy aidait son père à se mettre au lit, je restai dehors avec Zeke pour discuter. Il était mon garde du corps, mais pas seulement. En plus d'être copropriétaire de la société de protection rapprochée pour laquelle il travaillait, il était aussi le chef de mon équipe de sécurité.

Il sortit mon sac du coffre.

— J'enverrai quelqu'un vous amener votre pick-up tout à l'heure, dit-il.

— Merci. Et les caméras de surveillance ?

— C'est réglé. Je les ai fait installer pendant que nous étions à l'hôpital.

Il prit son téléphone et me montra l'application qui lui permettrait ainsi qu'au reste de l'équipe de surveiller le périmètre de la propriété. Il n'y avait pas de voisins à proprement parler, puisque la ferme était entourée d'un très grand terrain. Mais les médias ou des fans pouvaient avoir vent de ma présence ici, et je voulais à tout prix éviter qu'un journaliste insistant ou un admirateur trop zélé vienne perturber la convalescence du père de Tracy.

— Je peux aussi la télécharger sur votre téléphone, proposa Zeke.

— Volontiers, dis-je.

Plus tard, j'apprendrais au père de Tracy à se servir de cette application. Quand mon séjour chez lui serait achevé, les caméras seraient transférées dans l'écurie. Elles pourraient être particulièrement utiles pour surveiller une jument prête à mettre bas. Le père de Tracy était ravi.

Je donnai mon téléphone à Zeke, puis reculai pour observer mon garde du corps. Il avait un teint naturellement mat, des cheveux aussi noirs que les miens et des pommettes saillantes. Il avait des origines samoanes, européennes et indiennes. J'avais un peu de sang indien du côté de ma mère, moi aussi, mais mes origines étaient principalement européennes.

Tracy avait mentionné ma mère tout à l'heure, et j'avais menti en disant ignorer ce qu'elle était devenue. Il y avait quelques mois, j'avais demandé à Zeke d'enquêter sur elle. D'après ses recherches, elle n'était plus avec l'homme pour lequel elle nous avait abandonnés, mon père et moi. Elle avait eu de nombreux amants au fil des ans. Aux dernières nouvelles, elle partageait la vie d'un architecte retraité et vivait au Mexique dans une maison avec vue sur l'océan.

Ma musique n'était pas populaire au Mexique, elle ne savait peut-être pas que j'étais une célébrité. Une part de moi voulait qu'elle sache, et une autre part s'en moquait totalement. Je n'avais demandé à Zeke d'enquêter sur elle que pour savoir où elle vivait.

— Voilà, dit-il, interrompant le fil de mes pensées.

Il avait fini de télécharger l'application.

Il me montra comment l'utiliser et, une fois qu'il fut parti, j'entrai dans la maison et posai mon sac dans le salon.

Tracy me rejoignit et regarda mon sac comme s'il contenait des explosifs.

— Ne t'inquiète pas, je ne laisserai pas mes affaires traîner partout, promis-je.

Elle émit un son incrédule.

— Ce serait beaucoup plus simple si tu rentrais chez toi.

Je m'assis sur le canapé, qui serait mon lit durant mon séjour.

— Laisse-moi une chance, tu veux bien ?

Je comptais me rendre aussi utile que possible.

Elle soupira et s'assit à côté de moi.

— Si nous passions en revue les instructions de l'hôpital ? suggéra-t-elle.

— Volontiers.

J'avais remporté le premier round, mais je savais que le match n'était pas fini. Tracy était encore nerveuse à cause de ma présence.

— Nous pouvons nous partager les tâches, offris-je.

Elle sortit des papiers de son sac et les lut en silence. J'attendis qu'elle m'en fasse un résumé.

— Il doit dormir suffisamment et se reposer, commença-t-elle. Mais il doit aussi marcher tous les jours. Juste un peu au début, et ensuite il devra augmenter les distances progressivement. Il doit éviter les activités éprouvantes les premières semaines, et il ne pourra conduire que quand le médecin l'y autorisera.

— Je peux m'occuper des chevaux à sa place. Ma tournée est finie et je ne retourne pas en studio avant un moment. J'ai tout mon temps.

En plus, j'adorais les animaux.

— D'accord. Dans ce cas, je me chargerai des médicaments. Il a des antalgiques et des antibiotiques à prendre plusieurs fois par jour.

— Quel genre de points de suture a-t-il ? Les fils sont résorbables ou pas ?

Elle vérifia sur la liste d'instructions.

— Résorbables. Il faut changer le pansement une fois par jour pour que l'incision reste propre et sèche. Mon père peut prendre des douches mais pas de bains les premières semaines. Je te ferai une copie de tout ça, conclut-elle.

— Merci. Nous allons former une bonne équipe, tous les deux.

— Nous ne sommes pas une équipe, dit-elle en repliant les documents.

— Ça va être amusant de partager à nouveau une salle de bains avec toi, dis-je, ignorant sa remarque.

Son père avait sa propre salle de bains, mais il n'y en avait que deux dans la maison.

— Tu as toujours mis beaucoup de temps à te préparer, rappelai-je.

— Ça n'avait pas l'air de te déranger, autrefois.

C'était vrai. J'aimais l'observer quand elle se maquillait et se coiffait.

— Ça n'avait pas l'air de te déranger non plus de me regarder me préparer, soulignai-je.

Parfois, quand je sortais de la douche et que j'essayais de me raser, elle venait derrière moi et retirait la serviette qui entourait ma taille. Moi qui n'aimais pourtant pas me lever tôt, j'avais toujours apprécié ses entreprises de séduction matinales.

Elle se leva et s'éloigna de moi. Avait-elle deviné mes pensées ?

— Papa a du linge à laver, dit-elle, se préparant à fuir. Je vais aussi m'assurer qu'il y aura des draps propres pour toi ce soir.

Sur ce, elle quitta la pièce. Pour m'occuper, je pris un magazine de rodéo sur la table basse et le parcourus.

Environ vingt minutes après, alors que j'avais pratiquement tout lu, mon téléphone émit un bip. C'était un message de Zeke, qui me demandait de le rappeler. Il avait inclus un code que nous avions choisi ensemble, et qui signifiait que cela concernait ma mère.

Pourquoi ce message ? Zeke était parti depuis moins d'une heure. Et puis il m'avait déjà dit tout ce qu'il savait sur le sujet.

Peut-être voulait-il me parler de l'une de mes « autres » mères ? Malheureusement, le public savait que ma maman avait quitté le foyer familial quand j'étais enfant. Un voisin de notre ancien parc à caravanes avait vendu cette information à un journal à scandale, et depuis, de temps en temps, des femmes sur les réseaux sociaux prétendaient être ma mère. Mon équipe de cybersécurité contactait Zeke chaque fois que ce genre de choses survenaient, et il procédait toujours à des vérifications.

Je sortis de la maison et le rappelai.

Il décrocha aussitôt.

— Navré de vous déranger si vite, dit-il. Je suis passé au bureau de gestion pour récupérer le courrier de vos fans. Et une lettre a retenu mon attention.

Mon personnel administratif se chargeait de mon courrier, mais il arrivait à Zeke d'ouvrir quelques lettres au hasard.

— Je vous écoute, dis-je.

— Ça vient d'une personne qui dit s'appeler Lola, et qui prétend qu'elle chantait et dansait pour votre père et vous.

Ces paroles me firent un choc. Ma mère s'appelait Darleen, mais durant mon enfance elle avait souvent chanté *Whatever Lola Wants*, en dansant et en tournant sur elle-même. Je connaissais encore les paroles par cœur.

— Maman ne chantait cette chanson que pour mon père et moi, et je n'en ai parlé qu'à vous.

Je marquai un temps.

— Que pensez-vous que cela signifie ?

— Il pourrait s'agir de votre mère. Ou d'un imposteur à qui elle pourrait avoir raconté cette histoire.

— Qu'y a-t-il d'autre dans la lettre ?

— Elle vous félicite pour votre musique et dit qu'elle est fière de vous. Elle ajoute qu'elle ne veut pas que vous soyez fâché contre elle.

— Pour quoi ? Pour m'avoir abandonné ?

— Elle ne le précise pas. Mais je pense que vous allez à nouveau entendre parler d'elle. Qui qu'elle soit.

— D'autres messages énigmatiques ?

J'étais déjà épuisé par celui-ci. Je ne savais pas quel scénario était le pire : un imposteur ou ma vraie mère.

— Sans doute, répondit Zeke.

— A-t-on l'adresse de l'expéditeur ? demandai-je.

— Non, mais le tampon est de Los Angeles, et il y a une marque de rouge à lèvres rouge au dos de l'enveloppe.

Comme si la lettre avait été scellée par un baiser ? Cela ressemblait en effet à ma mère, mais pourquoi me contacter après tout ce temps ? Elle ne pouvait pas savoir que Zeke avait enquêté sur elle. Il avait fait preuve de la plus grande discrétion.

Je sentis mon ventre se nouer.

— Peut-on extraire de l'ADN du rouge à lèvres ?

— Je ne crois pas, dit-il. Mais je vais le faire examiner.

— Et le rebord de l'enveloppe ?

— La plupart sont autoadhésives, mais, s'il y a de la salive et si c'est un échantillon viable, le labo peut le comparer avec votre ADN pour rechercher une compatibilité familiale. Je vais aussi faire rechercher des empreintes digitales, au cas où la personne qui l'a envoyée aurait un casier judiciaire. Votre mère n'en a pas, mais un imposteur le pourrait.

— C'est fou de devoir penser à des choses pareilles !

— Je sais, je suis navré. Voulez-vous voir la lettre avant qu'elle ne soit testée ?

— Non, inutile.

Je faisais confiance à Zeke.

— J'ai un ami qui travaille pour les douanes. Je peux lui demander de vérifier si votre mère est rentrée aux États-Unis, et par quel moyen. Quelqu'un de Los Angeles pourrait avoir posté la lettre à la demande de votre mère, mais au moins nous saurons si elle a voyagé récemment et si elle est en Californie. Je vais également enquêter sur son compagnon.

— D'accord. Faites ce que vous avez à faire.

Il s'éclaircit la voix.

— Je lirai tout le courrier des fans, dorénavant, ajouta-t-il. J'ignore combien de temps il faudra avant que j'aie des nouvelles de mon ami, mais je peux essayer d'accélérer les choses avec le labo.

— Merci, Zeke.

Pourquoi fallait-il que tout cela arrive aujourd'hui ? Si c'était ma mère, essayait-elle de me manipuler, comme elle le faisait quand j'étais enfant ? Comptait-elle me flatter pour ensuite m'ignorer totalement ?

Je raccrochai et retournai dans la maison. Tracy était dans la cuisine et rangeait les médicaments de son père dans un pilulier.

— Où étais-tu ? demanda-t-elle.

— Dans le jardin. Tu croyais que j'étais déjà rentré chez moi ? plaisantai-je pour éviter qu'elle soupçonne quelque chose.

Elle leva les yeux au plafond.

— Non. Je savais bien que tu étais encore dans les parages, rétorqua-t-elle.

Oui, j'étais là, juste devant elle, en train de feindre la décontraction.

Bien que je sois bouleversé par ce que Zeke venait de m'apprendre, je ne parlerais pas de ma mère à Tracy. Elle n'avait pas besoin de savoir que ma génitrice ou quelqu'un qui la connaissait m'avait envoyé une lettre. Et je ne comptais pas non plus admettre que j'avais déjà fouillé dans la vie de ma mère avant même que ce courrier ne me parvienne.

J'enfonçai les mains dans mes poches, pendant que Tracy continuait à trier les pilules. J'aurais aimé qu'elle m'embrasse encore, qu'elle me caresse, qu'elle me laisse la toucher. Cela m'aurait aidé à oublier mes problèmes.

Hélas, je ne pouvais pas attendre de réconfort d'une femme qui ne m'appartenait plus.

- 3 -

Tracy

À mon réveil, ma première pensée fut pour Dash. Je redoutais de le voir ce matin, et en même temps l'idée qu'il soit dans la maison m'excitait étrangement.

Bon sang, je détestais cette sensation ! Je me frottai les bras, tentant de faire disparaître les picotements qui me parcouraient.

Je m'assis et plissai les yeux pour contrer la lumière du soleil qui filtrait par les stores. Ma chambre était la seule pièce de la maison qui n'ait pas été rénovée, et la décoration datait de mon adolescence. J'avais juste retiré les vieux posters de chanteurs de country.

Combien de jeunes filles avaient des posters de Dash dans leur chambre, aujourd'hui ? Beaucoup, sans doute. Je devrais peut-être me faufiler dans le salon et prendre une photo de lui endormi sur le canapé, pour la publier sur Internet.

Cela ravirait ses fans, non ?

Je chassai mes pensées cyniques et sortis du lit. J'étais quasiment sûre que Dash dormait encore. Il n'avait jamais été matinal, contrairement à moi.

Je me rendis dans la salle de bains. Après une rapide toilette, je coiffai mes cheveux en queue-de-cheval. Je me doucherais plus tard, pour éviter le risque que Dash, poussé par une envie pressante, frappe à la porte de la salle de bains.

Je me dirigeai vers le salon et passai la tête par la porte. J'avais tort, Dash ne dormait pas.

Il était dans la cuisine, constatai-je. J'entrai dans la pièce, malgré une forte envie de retourner me cacher sous mes draps. Il me lança un regard, et les picotements revinrent.

— Bonjour, dit-il.

Il afficha un sourire en coin, comme si le fait de me voir en pyjama l'amusait.

Au moins, j'étais couverte. Dash, en revanche, ne portait pas de T-shirt, et je le maudis pour cela. Il ne laissait guère de place à l'imagination, avec son large torse, ses abdominaux parfaits et la ligne de poils qui disparaissait sous son bas de jogging.

— Qu'est-ce que tu prépares ? demandai-je, remarquant un grand bol et des ingrédients sur le plan de travail.

— Des pancakes pour ton père. Et pour toi, si tu en veux.

— Depuis quand sais-tu faire les pancakes ?

Il n'avait jamais vraiment cuisiné quand nous vivions ensemble.

— Depuis aujourd'hui, dit-il avec un sourire malicieux. Quand je suis allé voir ton père, tout à l'heure, je lui ai demandé ce qu'il voulait pour le petit déjeuner, et il a opté pour des pancakes.

Il prit son téléphone sur le plan de travail.

— J'ai cherché sur Google une recette étape par étape, et voilà où j'en suis pour l'instant.

Il regardait une vidéo culinaire ? Je faillis sourire. Mais j'essayais de ne pas être trop amicale. Ou trop charmée.

— Tu es réveillé depuis longtemps ?

— Environ une heure. Je voulais prendre de l'avance et prouver mon utilité.

Il posa son téléphone à côté d'une boîte d'œufs.

— J'ai nourri les chevaux et je suis allé voir les poulains. Certains bébés sont vraiment mignons.

Je retins mon souffle. Je ne voulais pas l'entendre parler de bébés, même si c'étaient des équidés. Mais ce n'était pas seulement l'enfant que nous avions perdu qui me rendait triste. J'avais des problèmes de fertilité dont je n'avais parlé à personne.

— Tu es allé dehors dans cette tenue ? m'étonnai-je.

— J'ai mis mes bottes.

En effet, il portait une vieille paire de bottes de cow-boy noires.

— Et pas de T-shirt ?

— Les chevaux se fichent de ce que je porte. Je prendrai une douche après le petit déjeuner, et je mettrai un T-shirt ensuite.

Je tâchai de ne pas l'imaginer nu sous la douche.

— Je vais voir si papa a besoin de quelque chose, dis-je. Mais je peux revenir t'aider à préparer le petit déjeuner, si tu veux.

Il prit un fouet dans le pot à ustensiles.

— Merci, mais je peux me débrouiller.

Je le laissai à ses pancakes et gagnai la chambre de papa.

Puisque la porte était entrouverte, je passai la tête à l'intérieur et demandai :

— Je peux entrer ?

— Bien sûr, dit-il, me faisant signe d'avancer.

Il était assis dans son lit, le dos calé par des oreillers. Il avait l'air fatigué, mais j'étais contente qu'il se repose comme il était censé le faire.

— Comment te sens-tu ? demandai-je.

— Encore un peu endolori, mais pour le reste ça va.

— Il te faut une poche de glace ?

— J'en ai déjà une. Dash me l'a apportée.

— Eh bien, il est très actif, ce matin !

Demain, je me lèverai plus tôt que lui, décidai-je.

— Il essaye de faire des pancakes, dis-je.

— Ah oui ? Il ne m'a pas dit qu'il ne savait pas les faire.

— Il suit les instructions d'une vidéo.

Papa gloussa.

— C'est un bon gamin, commenta-t-il.

Dash n'avait jamais été un gamin, à mes yeux. Il était l'homme que j'aurais dû épouser.

— Je lui ai proposé mon aide, mais il m'a répondu qu'il pouvait se débrouiller tout seul.

— Comment ça se passe, entre vous ? demanda-t-il. Vous refaites connaissance ?

Oui ? Non ? En quelque sorte ?

— Nous nous entendons bien. Mais je ne vais pas faire de disque avec lui.

— Je n'allais pas t'embêter avec ça, assura-t-il en souriant. Pas aujourd'hui, en tout cas.

— Mais tu le feras un autre jour, c'est ça ?

— Sans doute.

Il émit un petit rire, puis grimaça.

— Aïe ! fit-il.

— Je peux aller te chercher un antalgique. Et il te faut tes antibiotiques. Mais il vaudrait mieux que tu les prennes avec ton petit déjeuner, pour éviter les nausées.

— Je peux attendre les pancakes.

J'ébauchai un sourire.

— Je vais m'assurer qu'ils sont mangeables avant de te les apporter.

— Merci, trésor. Je t'aime.

— Je t'aime aussi, papa.

J'avais de la chance qu'il soit mon père.

Je retournai à la cuisine, où tout semblait se passer à merveille. Pas de poêle brûlée ni de pancakes grumeleux.

Je me mis en retrait et observai Dash. Il était en train de retourner un pancake. Le voir aux fourneaux était fichtrement excitant. Il avait même un peu de farine sur son pantalon, ce que je trouvais très sexy.

Il me lança un regard, et j'eus soudain la bouche sèche. J'avais une envie folle de prendre possession de ses lèvres. Heureusement, j'avais fait le serment de ne plus jamais l'embrasser.

— Tu as faim ? demanda-t-il.

J'étais affamée. Mais ce n'était pas la bonne sorte de faim.

— Je mangerais bien quelques pancakes, oui. Mais je vais d'abord en apporter à papa.

— Bien sûr.

Il termina de faire cuire un autre pancake parfait.

Je préparai une assiette ainsi qu'un verre de jus d'orange et une tasse de café. Je pris aussi les médicaments dans le pilulier que j'avais rempli la veille.

Je disposai tout sur un plateau, que j'apportai à mon père. Il fut impressionné en constatant que mon ex-fiancé avait réussi des pancakes à la première tentative.

Quand je revins à la cuisine, Dash avait enfilé un T-shirt.

— Tu es habillé, observai-je, soulignant l'évidence. Je croyais que tu ne le ferais qu'après ta douche…

— Je voulais être décent pendant que nous mangeons.

La décence n'était pas le problème. Mais j'étais contente qu'il se soit couvert.

Je dressai la table pendant que Dash nous servait du café.

— Tu prends encore des tonnes de crème vanillée dans ton café ? demanda-t-il.

Je hochai la tête et pris ladite crème dans le réfrigérateur.

— Et toi, tu prends toujours un peu de sucre et un nuage de lait ?

— Oui, madame.

Il attendit que je m'assoie pour prendre place, comme un vrai gentleman.

— Tu es mignonne, dans cette tenue.

Mon pyjama n'avait rien de spécial. Il était en coton bleu et orné d'un liseré vert.

— Tu n'as pas à me faire de compliments.

— Je ne cherchais pas à te flatter, j'étais sincère. J'ai toujours aimé le fait que tu puisses être aussi bien naturelle que sophistiquée. Je n'ai jamais réussi à décider quelle facette de toi était la plus attirante.

— Il n'y a pas de différence. Je suis la même personne, quel que soit le style.

— Oui, mais tu sembles différente. Comme des jumelles habillées différemment.

— Tu as déjà fréquenté des jumelles ? demandai-je distraitement.

Je n'aurais pas dû me soucier des personnes qu'il fréquentait, mais il était trop tard pour retirer ma question.

— Non. Ce serait bizarre. Je préférerais fréquenter une femme à plusieurs facettes.

Ce qui voulait dire ? Qu'il aurait préféré *me* fréquenter ? Ou fréquenter une femme qui le ferait penser à moi ? De mon côté, j'avais essayé de le remplacer au lit. Mais aucun de mes autres amants ne m'avait jamais satisfaite comme lui.

Je versai du sirop d'érable sur mes pancakes puis découpai un morceau, que je glissai dans ma bouche.

Je levai les yeux et je vis que Dash m'observait. J'avais du sirop sur les lèvres, mais j'étais soudain trop gênée pour le lécher.

Il finit par reporter son attention sur son café, et j'en profitai pour m'essuyer les lèvres avec ma serviette.

— Je ferai la vaisselle quand nous aurons fini, déclarai-je. Et je nettoierai la cuisine.

Il jeta un coup d'œil vers la cuisinière. Il y avait de la pâte partout.

— Je ne vais pas te laisser ce bazar, protesta-t-il.

— Tu n'es pas un cuisinier très ordonné, c'est sûr !

Il haussa les épaules.

— Au lieu de regarder une vidéo, j'aurais peut-être dû appeler mon cuisinier pour qu'il m'explique comment faire.

— Tu as un cuisinier ?

Il n'avait pas mentionné ce détail.

— Oui, mais il ne me prépare rien de compliqué. Mes goûts n'ont pas changé. Je n'aime toujours pas la cuisine gastronomique.

— Moi non plus.

— Mon cuisinier travaillait pour les gens à qui j'ai racheté la maison, alors je l'ai gardé. J'ai aussi gardé quelques cow-boys et quelques employés de maison. Ils travaillent à Pine Tower depuis longtemps.

Sa propriété avait un nom ? J'aurais dû m'y attendre. Les grands domaines haut de gamme en avaient souvent un. Mais peu m'importait que sa maison soit luxueuse. Je ne comptais pas y mettre les pieds.

Lorsque nous eûmes fini de manger, Dash débarrassa la table. Manifestement, il était vraiment décidé à tout nettoyer.

— Je vais aller me doucher, dis-je.

Cela me laisserait le temps de me ressaisir.

Je sortis en hâte de la pièce. Être avec Dash dans un décor si domestique me rendait nerveuse.

Je pris mes vêtements dans ma chambre puis allai dans la salle de bains.

Dès que je fus sous le jet d'eau, je tentai de chasser Dash de mon esprit. Peine perdue… Il occupait toutes mes pensées. Je l'imaginai même utiliser la douche après moi, debout dans la même cabine, se servant du même gel douche que moi… J'avais hâte qu'il retourne à sa vie normale. Sa présence était une torture pour moi, et ce n'était que le premier jour.

Une fois douchée et séchée, je me coiffai et me maquillai légèrement, me contentant d'un trait de crayon sur les paupières.

J'enfilai un jean moulant et un chemisier, puis je vérifiai mon apparence dans mon miroir sur pied.

Prenant une grande inspiration, j'allai voir Dash pour l'informer que la salle de bains était libre.

À présent, la cuisine était propre, et Dash était dans le salon, en train d'observer des photos encadrées sur le manteau de la cheminée. Je le rejoignis.

— Je regardais les photos de ta mère, expliqua-t-il. C'est fou, comme tu lui ressembles.

— Tu me le disais souvent autrefois.

— Je sais. Mais ça fait longtemps que je n'ai pas vu ces clichés, et tu lui ressembles encore plus aujourd'hui.

C'était vrai, je ressemblais à ma mère. Quant à Dash, il ressemblait à son père. Mais je n'avais jamais vu de photo de sa propre mère, alors j'ignorais s'ils avaient des similarités physiques. Lorsqu'elle avait quitté le foyer conjugal, le père de Dash avait détruit toutes les photos d'elle. Il avait gardé celles où Dash figurait, mais il avait recouvert le visage de son ex-femme au marqueur. Il s'en était voulu ensuite. Bien qu'elle l'ait trahi, il n'avait jamais cessé de l'aimer.

Dash, en revanche, avait rejeté l'idée de tomber amoureux un jour. À douze ans, il avait pris la décision de ne jamais aimer une femme.

Quant à moi, j'étais fascinée par l'amour depuis que j'avais conduit ma poupée Barbie mariée jusqu'à l'autel. Et puis mes parents avaient été un magnifique exemple. J'avais grandi dans un foyer rempli d'amour.

J'avais perdu ma douce maman sans pouvoir lui dire au revoir. Un lundi de septembre, elle avait perdu la vie dans un accident de voiture alors qu'elle rentrait du travail. Parfois, les lundis me rendaient encore triste. Le mois de septembre aussi. Le simple changement de couleur des feuilles pouvait réveiller mon chagrin. Mais la plupart du temps je célébrais la vie de ma mère. C'était papa qui m'avait appris à le faire.

— C'est ma préférée, dis-je, montrant une photo de mes parents prise un an avant la mort de ma mère.

Dash effleura le cadre.

— Ils ont l'air heureux.

— Ils l'étaient.

— Tu as encore des photos de nous deux ?

J'hésitai avant de répondre.

— Oui, j'en ai. Elles sont dans un fichier numérique.

Les plus difficiles à regarder étaient celles où j'étais enceinte. Je n'avais jamais eu de petit ventre rond, mais je savais que notre enfant était là, grandissant en moi.

— Et toi, tu en as gardé ? me risquai-je à demander.

— Oui. Nous avons l'air si jeunes sur ces photos.

— Nous étions jeunes.

Mais je ne voulais pas penser à ce que nous avions été. Ou à ce que nous étions. Je souffrais déjà de la simple présence de Dash.

Il tendit la main comme pour me toucher, mais je reculai.

— Tu devrais aller te doucher, suggérai-je.

Car j'avais besoin de me débarrasser de lui.

Il eut l'air dérouté.

— Oui, j'imagine que tu as raison, concéda-t-il.

Il s'éloigna, mais cela ne m'aida pas. Mon esprit et mon corps étaient toujours troublés.

Mais c'était mon cœur qui était le plus ébranlé.

Deux jours plus tard, je mis un plan en action. Je devais anéantir mes sentiments pour Dash. Je devais aussi parler à quelqu'un de mes problèmes de fertilité. Il était temps de confier mon secret à Alice, ma plus proche et ma plus chère amie.

Je lui téléphonai pour lui demander si elle était libre cet après-midi, et elle m'invita à venir déjeuner chez elle. Il ne me restait plus qu'à prévenir Dash.

Je sortis de la maison. Par cette belle journée d'été, Dash prenait l'air sur la terrasse. Ce matin, il avait passé du temps à entraîner le meilleur étalon de papa. Il avait toujours aimé les chevaux.

Tandis que j'approchais, il leva les yeux vers moi et mit sa main en visière pour se protéger du soleil.

— Je peux te demander un service ?

— Bien sûr, dit-il. De quoi s'agit-il ?

— Je vais déjeuner avec une amie, et je me demandais si tu pouvais garder un œil sur papa en mon absence.

Mon père dormait et je ne voulais pas le déranger.

— Évidemment. C'est pour ça que je suis là.

— Merci.

Après un instant, j'ajoutai :

— En fait, tu connais le mari de mon amie. Spencer Riggs.

Spencer était un auteur-compositeur renommé, et Dash était censé travailler avec lui sur son prochain album. Une drôle de coïncidence. Mais il était logique que l'auteur-compositeur le plus en vue du moment et la star de la country la plus en vue du moment projettent de faire des tubes ensemble.

— Je connais Alice depuis longtemps, expliquai-je.

— C'est elle qui t'a aidée à lancer ta carrière ?

— En effet.

Mon premier album était une compilation de chansons

écrites par sa défunte mère, et c'était en partie grâce à Alice que j'avais été choisie pour les enregistrer.

— J'ai appris que Spencer s'était marié pendant que j'étais en tournée, dit-il, mais j'ignorais le nom de son épouse. Je ne l'ai rencontré que quelques fois, mais dès que je serai prêt à me remettre au travail je lui téléphonerai.

— C'est un type bien. À mon avis, tu vas apprécier votre collaboration. J'ai assisté à leur mariage, et j'ai même chanté pendant la réception.

Voir Alice et Spencer si heureux avait été une merveilleuse expérience.

— Nous pourrions peut-être nous réunir dans quelques semaines, suggéra-t-il.

— Comment ça ?

— Pour un dîner, par exemple.

— Tous les quatre ?

Je secouai la tête, stupéfiée par cette idée.

— Ce pourrait être une bonne manière pour toi et moi de redevenir amis, plaida-t-il.

En fréquentant un couple marié ? J'en doutais fort.

— Je crois que nous ne devrions pas mêler nos relations. Ni essayer de devenir amis.

Après ces prochaines semaines, une fois que Dash serait retourné chez lui, je ne voulais plus jamais le revoir.

Il chassa la poussière sur son jean.

— C'était juste une idée, dit-il.

Il avait l'air déçu. Mais je ne pouvais pas satisfaire ses caprices. Je l'avais fait quand nous vivions ensemble, cédant à tous ses souhaits même si cela me faisait souffrir. La première fois que je lui avais avoué que je l'aimais, il avait paniqué et m'avait demandé de ne plus jamais le lui dire. Bien sûr, j'avais cru pouvoir le guérir. Je pensais qu'il finirait par accepter mon amour pour lui, et qu'il tomberait follement amoureux de moi, lui aussi.

Je m'empressai d'enchaîner :

— Quand papa se réveillera de sa sieste, il voudra sans doute faire sa promenade.

Il faisait un peu d'exercice chaque jour, comme le médecin le lui avait conseillé.

— Pas de problème, je l'accompagnerai. Nous pourrons faire l'aller-retour jusqu'à l'écurie.

Dash facilitait la convalescence de mon père, c'était indéniable. Mais ça ne signifiait pas que je devais être amie avec lui.

— Je sais que papa apprécie ton aide. Tu es formidable avec lui.

— Je suis content de pouvoir le soutenir. Et j'aimerais aussi t'aider comme je le peux. Je veux te faciliter la vie, Tracy.

Pourquoi fallait-il que Dash soit si arrangeant ? Si attentionné ? Si irrésistible ?

— Je ne serai pas partie longtemps. Quelques heures, tout au plus.

— D'accord. À tout à l'heure, alors.

Je pivotai sur mes talons et m'éloignai.

Hélas, je sentis que Dash me suivait des yeux. Chaque fois qu'il parcourait mon corps du regard, je me sentais sensuelle, attirante, et troublée.

Peu de temps après, j'arrivai devant chez Alice. Elle vivait dans une belle maison rénovée que Spencer avait achetée lorsqu'il était encore célibataire. En plus de composer des chansons, il dirigeait un refuge pour chiens situé sur sa propriété, et dans lequel il se trouvait en ce moment.

Alice m'accueillit par une accolade. C'était une superbe blonde, aux cheveux courts et coiffés en épis, et toujours habillée à la dernière mode. Elle était liée à la scène musicale de Nashville, mais elle était avant tout styliste.

Nous apportâmes le déjeuner sur la terrasse, près de la piscine.

Alice avait préparé une salade, des sandwichs à la dinde et au fromage, ainsi qu'un pichet de thé glacé. Pour le dessert, elle avait prévu un assortiment de biscuits que sa sœur, chef pâtissière, avait concoctés.

— Je suis ravie que ton père aille bien, se réjouit-elle. J'ai mis de côté une boîte de biscuits pour lui.

— Merci.

Tout à l'heure, au téléphone, je lui avais expliqué la situation. Elle connaissait tout de mon histoire avec Dash. Alice et moi avions pris l'habitude de nous confier l'une à l'autre, et cela, depuis notre rencontre.

— Ce doit être terrible pour toi de voir Dash tous les jours, avança-t-elle.

— Ça me rend folle.

Je piquai une tomate cerise avec ma fourchette.

— Comme tu le sais, j'avais déjà du mal à composer avec sa célébrité. Et maintenant, chaque matin, je me retrouve face à lui. Je pense à lui dans des moments inopportuns, comme quand je suis au lit, ou sous la douche.

Alice fit tourner les glaçons de son verre de thé glacé.

— Je sais ce que c'est. C'était pareil pour moi quand j'essayais de réprimer mes sentiments pour Spencer.

Aujourd'hui, ils étaient mariés et prévoyaient de fonder une famille. Mais pour moi c'était différent. Je ne reprendrais pas ma relation avec Dash.

Et puis j'étais venue pour parler d'un autre problème. Je pris une grande inspiration puis me lançai.

— Il y a une chose importante dont j'ai besoin de te faire part. Une chose que je ne t'ai encore jamais dite.

— Laquelle ?

Je grimaçai légèrement.

— Il est probable que je n'aie jamais d'enfants.

Je commençai mon explication, de manière aussi complète que possible.

— J'ai des règles irrégulières depuis quelque temps, mais j'avais mis cela sur le compte du stress, alors je n'ai pas consulté mon médecin tout de suite. Je savais que je n'étais pas enceinte, puisque je n'avais pas eu de rapports pendant les six mois précédents.

Je m'efforçai de rassembler mes pensées désordonnées.

— Ma gynécologue m'a fait passer des tests et a découvert ce qui n'allait pas. J'ai ce qu'on appelle une insuffisance ovarienne précoce. Ça veut dire que mes ovaires ne libèrent pas d'ovules régulièrement et qu'ils ne génèrent pas des niveaux normaux d'œstrogènes.

— Oh ! Tracy ! Je suis vraiment désolée… J'ignorais que c'était possible pour quelqu'un d'aussi jeune. Tu n'as même pas trente ans !

— Ça peut arriver à des filles encore plus jeunes que moi.

— Ce n'est pas un problème grave, j'espère ? Ce n'est pas lié à un cancer des ovaires ou quelque chose de ce genre ?

— Non. Mais la plupart des femmes qui ont cette maladie sont infertiles.

Je sentis les larmes me monter aux yeux.

— Et la présence de Dash rend la situation encore plus difficile à supporter. Je n'arrête pas de penser au bébé que nous avons perdu, et au fait que je n'en aurai sans doute jamais d'autre.

— C'est si triste !

Le regard d'Alice s'embua aussi.

— Tu vas lui dire ce qui t'arrive ? demanda-t-elle.

— Certainement pas. C'est la dernière personne à qui j'en parlerais. Je ne dirai rien non plus à mon père.

— On t'a prescrit des œstrogènes ?

— Oui. Pour prévenir certaines complications qui pourraient survenir plus tard, comme l'ostéoporose. Parfois, les gens confondent l'insuffisance ovarienne avec la ménopause précoce, mais ce sont deux choses différentes. Cela dit, les symptômes sont similaires. Mon médecin m'a même dit que mon état pourrait occasionner une baisse de libido. Mais ce n'est pas le cas. C'est même le contraire, puisque chaque fois que je vois Dash je me sens troublée et excitée.

— Eh bien, au moins, c'est positif. Pas le fait que tu aies envie de Dash, précisa-t-elle, mais que ta libido soit toujours forte.

— J'ai embrassé Dash à l'hôpital, avouai-je, pendant que papa se faisait opérer. Je l'ai fait pour prouver que j'avais le contrôle et que je pouvais l'embrasser une seule fois et ne jamais recommencer ensuite. Mais maintenant je ne fais que penser à lui.

— Tu te souviens, quand tu m'as encouragée à coucher avec Spencer pour essayer de l'oublier ? Et qu'ensuite je suis tombée amoureuse de lui ?

— Mon problème, c'est que je n'ai jamais vraiment cessé d'aimer Dash.

Je portai mon regard vers la piscine, dont l'eau étincelait.

— J'aimerais qu'il y ait un remède à mes sentiments pour lui. Entre Dash et mes problèmes médicaux, je suis totalement dépassée.

Alice m'offrit un regard compatissant.

— Je sais à quel point tu désirais le bébé que tu as perdu.

Elle prit une bouchée de son sandwich.

— Y a-t-il des solutions pour que tu puisses avoir des enfants ? demanda-t-elle.

— Certaines femmes dans mon état peuvent tomber enceintes spontanément, mais c'est rare. La plupart passent par des fécondations in vitro ou des dons d'ovocytes. Mais ce n'est pas infaillible non plus.

— Tu crois que ta fausse couche avait un lien avec ta maladie ?

— Non. Mais si, par chance, je tombais enceinte, j'aurais peur de perdre à nouveau mon bébé. Je suis peut-être sujette aux fausses couches récurrentes. On ne peut pas écarter cette éventualité.

— C'est bien normal que tu aies peur, surtout après tout ce que tu as traversé.

— Mon médecin m'a conseillé de rejoindre un groupe de soutien. Mais je n'ai pas envie de parler de ma vie avec des étrangers. J'espère qu'après le départ de Dash je pourrai mieux accepter mon état.

— Je serai toujours là pour toi. Tu peux m'appeler quand tu veux.

— Merci.

Sans Alice, je serais perdue.

Lorsqu'il fut temps que je reparte, elle me serra fort, et je fis de mon mieux pour ne pas pleurer contre son épaule.

Je retournai chez papa, avec les biscuits sur le siège passager. Une fois arrivée, je me garai dans l'allée et restai dans mon pick-up quelques minutes, pour me préparer avant de revoir Dash.

Enfin, je sortis et regagnai la maison. Dash et mon père étaient à la table de la cuisine, en train de jouer au Scrabble.

Ils me sourirent.

— Je m'ennuyais, toute la journée dans ma chambre, expliqua papa.

— C'est bon de te voir sur pied, dis-je.

En dehors de sa marche quotidienne, il était resté au lit.

— Viens jouer avec nous, m'enjoignit-il en me faisant un signe de la main.

Je posai les biscuits sur le plan de travail. Papa allait mieux grâce à Dash. On aurait presque dit qu'ils faisaient partie de la même famille. Cela aurait été le cas si Dash et moi nous étions mariés et avions eu notre bébé. Mais tout cela était fini, me rappelai-je.

Fini depuis très longtemps.

- 4 -

Dash

Cela faisait maintenant une semaine que je séjournais chez le père de Tracy, et j'avais presque l'impression d'avoir retrouvé le foyer de mon enfance.

Ce matin, j'étais venu voir les chevaux. Appuyé contre la clôture de l'enclos, j'observais les juments et leurs poulains. Une pouliche de quatre mois, avec une tache en forme de cœur sur le front, gambadait près de moi. Elle sautait et bondissait comme si elle essayait de me faire sourire.

J'attendais la visite de Zeke, ce qui me rendait nerveux. Il n'avait pas encore eu de nouvelles des douanes, mais il devait recevoir un rapport du labo aujourd'hui.

Ce rapport révélerait-il que la personne qui avait envoyé la lettre était ma mère, et qu'elle jouait au chat et à la souris avec moi ?

Ma mère avait toujours été très douée pour manipuler les émotions des gens. Enfant, j'avais remarqué qu'elle était différente des autres mamans. Elle avait toujours eu besoin de plus d'attention. Parfois, elle flirtait même avec les pères ou les grands frères de mes camarades.

Mon père m'avait dit qu'elle avait toujours été ainsi, mais qu'il l'avait aimée dès leur première rencontre. Lui aussi l'avait fascinée, au début. Elle avait été séduite par sa beauté et son talent remarquable. Mais, comme il n'avait pas eu le succès espéré, ses sentiments pour lui s'étaient évanouis. Elle avait détesté la pauvreté. Vivre dans la misère était sa hantise.

Elle avait grandi en foyer, et avait toujours rêvé de devenir riche. Mais cela ne l'avait jamais intéressée de gagner de l'argent par elle-même. Elle avait préféré trouver un homme qui prenne soin d'elle, qui lui donne le sentiment d'être unique.

Si c'était bien ma mère qui m'avait écrit, était-ce ce qu'elle recherchait ? Que son fils lui donne le sentiment d'être unique, que l'enfant qu'elle avait abandonné partage son succès avec elle ? Ou y avait-il une autre raison ? J'espérais que ce fichu rapport arriverait bientôt, et qu'il comporterait une preuve concluante.

Soudain, j'entendis des pas. Ils étaient trop légers pour être ceux de Zeke.

Je me retournai et vis Tracy venir vers moi. Ses épais cheveux bruns recouvraient ses épaules et son dos. Son chemisier à l'imprimé fleuri me rappelait les fleurs sauvages que je cueillais autrefois pour elle, dans un champ près de mon ancien appartement.

— Je voulais juste te prévenir que nous nous faisons livrer le déjeuner, aujourd'hui, annonça-t-elle. Il arrivera d'ici vingt minutes, alors, si tu ne veux pas qu'on te reconnaisse, tu devrais rentrer bientôt.

— Je le ferai, merci. Ça avance, ton travail ?

Quand je m'étais levé, ce matin, elle était plongée dans l'une de ses missions d'assistante virtuelle.

— Oui. Je fais juste une pause.

Elle coinça une mèche de cheveux derrière son oreille.

— Papa regarde un vieux western kitsch dans sa chambre.

— Il adore les vieux classiques. Mon père les appréciait

aussi. Mais, lui, il préférait les cow-boys chantants. On ne peut pas faire plus kitsch !

Elle rit et me donna une petite tape sur le bras.

— Toi-même, tu es un cow-boy chantant.

— Mais je ne tourne pas de films, soulignai-je en riant.

C'était agréable de plaisanter avec Tracy, pensai-je. Malheureusement, elle reprit rapidement son sérieux, comme si elle avait fait quelque chose de mal. La pouliche à la tache en cœur approcha, et je lui caressai le nez. Tracy me regarda, l'air triste. Pensait-elle à l'enfant que nous avions perdu ?

— Je suis désolé, dis-je.

Elle caressa l'animal à son tour.

— Pour quoi ?

— Pour tout, je suppose.

— Tout ?

J'hésitai, rassemblant mon courage.

— Je suis désolé de ne pas avoir été prêt pour la paternité quand tu étais enceinte.

— Tout ça, c'est du passé, répondit-elle, laissant retomber sa main.

— Je sais, mais je m'en veux quand même.

Tandis que la pouliche rejoignait sa mère, le sentiment de vide en moi s'intensifia.

— Tu méritais d'avoir un compagnon plus courageux.

Elle serra la clôture si fort que je craignis qu'elle récolte une écharde. Elle était tendue, je le sentais. Mais j'aurais été bête de laisser passer cette occasion de lui dire à quel point sa fausse couche m'avait affecté, moi aussi.

— J'ai souvent pensé au bébé, murmurai-je. Je me demandais si c'était un garçon ou une fille. Parfois, quand je vois des enfants qui ont l'âge que le nôtre aurait eu, j'essaye d'imaginer à quoi il ressemblerait. Ses yeux seraient-ils bleus comme les tiens, ou bruns comme les miens ? Aurait-il trouvé un surnom amusant pour son grand-père ?

Elle émit un souffle.

— Moi aussi, j'ai eu ce genre de pensées. Mais nous ne pouvons pas changer le passé.

— Je sais. Je voulais juste te faire part de mes sentiments.

Avais-je eu tort d'aborder le sujet ? Ou était-ce une bonne initiative d'avoir mis les choses au clair ? Tracy semblait encore triste. Moi aussi, j'étais triste.

— Tu as déjà fréquenté quelqu'un qui a des enfants ? demandai-je.

— Non, dit-elle, lâchant la clôture. Et toi ?

— Moi non plus. Et je ne le souhaite pas. Si je rencontrais les enfants d'une compagne, cela voudrait dire que je m'investis. Or, je n'ai pas eu de relation assez sérieuse pour m'engager de cette façon.

Je marquai un temps, puis j'ajoutai :

— Tu es la seule femme avec qui j'aie eu une vraie relation, et pourtant je l'ai sabotée.

Elle détourna les yeux. Je ne cessais de la mettre mal à l'aise, apparemment.

— Tu devrais rentrer, conseilla-t-elle. Le livreur ne va pas tarder.

— Tu viens aussi ?

Elle hocha la tête, et nous retournâmes ensemble vers la maison.

— Je ne suis pas retourné au magasin depuis que je suis devenu célèbre, fis-je remarquer. Je devrais sans doute passer dire bonjour à l'équipe.

— Ils seront ravis, j'en suis sûre. Maddie raconte à tout le monde que tu travaillais là-bas.

— Ça ne m'étonne pas d'elle.

Maddie était la dame exubérante qui possédait le

magasin. C'était une blonde décolorée et permanentée, qui fumait comme un pompier et qui gardait toujours une bouteille de Johnnie Walker dans le tiroir de son bureau.

— Je passerai peut-être, un jour où tu y seras.

— Inutile de me mêler à ça, répliqua-t-elle.

Bon sang, pourquoi fallait-il qu'elle soit si fuyante ?

— J'essaye de trouver une excuse pour te voir quand ton père sera remis.

— Ce n'est pas nécessaire, lâcha-t-elle, regardant droit devant elle.

Je n'allais pas baisser les bras si vite.

— Je veux me faire pardonner, Tracy, ou au moins essayer de panser les vieilles blessures. Nous devrions essayer d'être amis.

Elle s'écarta de moi. Mais je sentais encore sa chaleur. Son émotion.

— Je ne crois pas que ça marcherait. Vraiment pas.

— Alors on retourne à la case départ ? déplorai-je.

Pas d'amitié. Pas d'avenir. Rien. Juste deux personnes enlisées dans la douleur du passé.

Plusieurs heures après, Zeke finit par passer. Je montai dans le SUV et m'installai sur le siège passager. Nous n'allions nulle part. Mais l'habitacle fermé de la voiture nous permettait de discuter en toute tranquillité.

Comme à son habitude, Zeke portait un costume soigneusement repassé et une cravate nouée à la perfection.

— Les empreintes digitales n'ont rien donné, annonça-t-il. Trop de gens ont manipulé la lettre et l'enveloppe, et aucune empreinte claire n'a pu être relevée. Ils n'ont pas pu extraire d'ADN non plus.

Cela commençait mal…

— Ils n'ont rien trouvé d'utile ? demandai-je.

— Le seul élément qu'ils aient pu identifier, c'est la marque du rouge à lèvres utilisé. Chanel. Ça vous évoque quelque chose ?

— À dire vrai, oui.

Je laissai échapper un soupir.

— Chanel était la marque préférée de ma mère. Elle a toujours rêvé d'avoir un de leurs sacs, mais mon père n'avait pas les moyens de lui offrir un tel cadeau. À la place, il lui achetait leurs cosmétiques. Pour ses anniversaires, ou pour Noël.

Je regardai le rapport qu'il tenait à la main.

— Quelle est la probabilité pour que quelqu'un d'autre que ma chère maman ait embrassé cette fichue enveloppe avec le même rouge à lèvres que celui qu'elle portait autrefois ?

— J'ai d'autres informations au sujet de votre mère. En creusant un peu, j'ai découvert que toutes ses cartes de crédit avaient été bloquées il y a quelques semaines. Elles lui étaient fournies par son compagnon, mais il les lui a retirées.

— Ils ne sont plus en couple ?

— Il semble que non. Elle a également clôturé son compte en banque au Mexique. Je suppose qu'elle vit avec de l'argent liquide pour l'instant. Elle n'avait pas beaucoup d'économies, alors elle ne tiendra pas longtemps, surtout si elle est de retour aux États-Unis. Mais, tant que je n'aurai pas de nouvelles de mon contact aux douanes, cela reste à confirmer.

Soudain épuisé, je passai les mains sur mon visage.

— C'est sûrement elle qui a écrit la lettre. Maintenant que son amant et elle sont séparés, elle en a sans doute après mon argent. Je m'en doutais, mais ces informations tendent à me le confirmer.

Zeke hocha la tête. Il semblait désolé de la tournure

des événements. Nous savions tous les deux que l'auteur de la lettre m'attirerait des ennuis. Qu'il s'agisse de ma mère ou non.

— Je vous envoie un message dès que j'en sais plus sur sa localisation, promit-il. Ou si j'ai une autre information.

Je jetai un coup d'œil vers la maison.

— Je ferais mieux de rentrer.

Je ne voulais pas éveiller la curiosité de Tracy. Elle pourrait trouver bizarre que je reste dans la voiture si longtemps.

Malgré mes précautions, quand j'entrai dans le salon, je constatai qu'elle avait déjà tiré des conclusions hâtives, car elle leva les yeux de son ordinateur et demanda :

— Il y a eu une fuite quelque part ?

— Une fuite ?

— Quelqu'un a découvert que tu étais ici ? Ou il y a un problème avec les caméras que ton équipe a installées ?

— Non, tout va bien. C'était juste un rendez-vous de routine.

— Tu en es sûr ? Je ne voudrais pas que les journalistes s'agglutinent autour de la maison.

— Rassure-toi, ça n'arrivera pas.

Elle reporta son attention sur son ordinateur.

— Je vais aller voir les chevaux, dis-je.

Le repas avait déjà été livré, alors j'étais libre de retourner dehors.

J'avais besoin de prendre de l'air, et je voulais aussi voir les juments et leurs poulains. J'étais fasciné par la petite pouliche avec la tache en forme de cœur. J'appréciais aussi la douceur dont sa mère faisait preuve avec elle. Peut-être parce que je n'avais jamais su ce que c'était que d'avoir une mère aimante et attentionnée.

Une semaine plus tard, ma mission d'aide-soignant arriva à son terme. Le père de Tracy allait beaucoup mieux et n'avait plus besoin de moi.

Je n'avais pas envie de partir. J'aimais la compagnie de Tracy et de son père, seulement, je n'avais pas trouvé d'excuse pour prolonger mon séjour.

Et puis j'attendais des informations concernant ma mère. Pour l'instant, rien de nouveau. Il ne me restait plus qu'à rentrer chez moi.

Je fis mes bagages, et le père de Tracy m'accompagna jusqu'à mon pick-up. Il avait l'air bien plus en forme que deux semaines plus tôt. Néanmoins, il restait sous surveillance médicale.

— Merci pour tout ce que tu as fait, dit-il. Tu vas me manquer.

— Vous pouvez me rendre visite quand vous le voulez. Ou alors je peux revenir pour une partie de Scrabble ou une balade.

— Ce sera avec plaisir. Tu vas aussi manquer à Valentine.

Je souris. Valentine était le nom qu'il avait donné à ma pouliche préférée.

— J'ai réfléchi, et j'aimerais bien vous l'acheter, annonçai-je.

Bien sûr, il me faudrait attendre qu'elle soit sevrée.

— Je serais ravi qu'elle soit à toi. Nous réglerons les détails plus tard.

J'aurais aimé pouvoir prendre possession de sa fille aussi. Mais je ne pouvais pas l'acheter comme je comptais acheter Valentine. Tracy n'était même pas venue me dire au revoir. Elle était restée dans sa chambre toute la matinée. Elle m'évitait, sans doute.

— Tu n'as pas réussi à convaincre Tracy d'enregistrer un disque avec toi, alors, ajouta son père.

— Non, hélas. Mais je serai toujours partant, si jamais elle change d'avis.

Il hocha la tête, et nous continuâmes à parler de choses et d'autres. Mais il ne mentionna plus Tracy.

Enfin, je lui dis au revoir. Il me prit dans ses bras et me donna une tape dans le dos.

Peu après qu'il fut retourné dans la maison, je reçus un message sur mon téléphone. C'était Zeke, et il avait mentionné le code pour ma mère.

Je tressaillis. Zeke avait-il eu des nouvelles du bureau des douanes ? Ou s'agissait-il d'une autre information ? J'allais bientôt le savoir.

Je répondis que j'étais en route et lui demandai de m'attendre devant chez moi. Tandis que je rangeais mon téléphone dans ma poche, Tracy apparut sur le perron.

Elle était venue me dire au revoir, finalement.

Elle avança vers moi, en soutenant mon regard. Je voulais la prendre dans mes bras et la serrer fort. Je m'imaginais même lui acheter un énorme diamant et faire d'elle mon épouse, juste pour ne pas avoir à me retrouver seul. Soudain, ma célébrité ne me semblait plus si fantastique.

— Ça y est, dit-elle. Tu rentres chez toi.

Chez moi, oui, à Pine Tower. Une grande maison isolée dans laquelle je n'avais pas encore pris toutes mes marques.

— Tu as fait des projets pour ton anniversaire ? demandai-je.

Il aurait lieu dans un peu plus d'une semaine.

— Je n'ai encore rien décidé.

— J'aimerais beaucoup que tu le fêtes avec moi. Nous pourrions dîner en ville, et tu pourrais inviter tous les amis que tu veux.

— Pour être harcelée par la presse ? Hors de question.

— Dans ce cas, tu peux faire venir tout le monde chez moi. Nous pourrons organiser une fête dans ma propriété.

Je voulais la revoir, coûte que coûte.

— Je ne crois pas que je serai d'humeur à faire la fête. Je suis désolée, Dash. Tu aimerais que nous soyons amis, je le sais, mais je ne peux pas passer du temps avec toi. Il y a trop de mauvais souvenirs.

— Oui, mais il y a aussi un feu qui brûle entre nous.

Une alchimie sexuelle que nous combattions, qui faisait battre notre cœur, comme à cet instant.

— Tu ne peux pas nier que ce feu existe, insistai-je.

— Je n'ai pas envie d'en parler, répliqua-t-elle d'une voix un peu tremblante. Ça ne sert à rien.

Je n'étais pas de son avis.

— Je veux que nous soyons amis, mais je veux aussi te faire la cour. Si tu me donnes une seconde chance, nous pourrions repartir de zéro et voir où cela nous mène.

Cela pourrait apaiser la douleur au fond de moi.

Elle sembla décontenancée.

— Tu veux reprendre notre relation ?

— Oui. Nous pourrions nous laisser porter. Et faire table rase du passé.

Elle sonda mon regard.

— Pour le remplacer par quoi ?

— Par quelque chose de nouveau et d'amusant. Aujourd'hui, je peux t'offrir de beaux cadeaux et t'emmener dans des endroits où je n'aurais jamais eu les moyens de t'emmener auparavant.

J'espérais qu'elle comprenait à quel point il était important pour moi de la choyer, de la traiter comme une reine. Cela n'aurait plus dû compter aujourd'hui, pourtant, j'avais encore honte de ne pas avoir pu lui acheter une bague de fiançailles autrefois.

— Je sais que tu redoutes l'intrusion des médias, mais maintenant j'ai accès à des restaurants et des clubs privés.

Mon monde avait changé, et j'étais impatient de l'y faire entrer.

— Nous pourrions même prendre un jet pour nous rendre dans une île privée.

Elle resta muette. Était-elle en train de réfléchir à ma proposition ? Je l'espérais.

— Je ne peux pas laisser mon ex-fiancé me faire vivre un conte de fées, finit-elle par répondre. Tu ne m'as jamais aimée, Dash. Alors pourquoi devrais-je me plier à ta volonté maintenant ?

— Parce que l'amour n'est pas la question. Je veux dire : il est évident que tu ne m'aimes plus. Et je le comprends très bien.

D'ailleurs, je n'avais pas envie qu'elle soit folle de moi comme par le passé.

Elle m'observa sans ciller.

— Pas d'amour, pas de complications, résuma-t-elle. C'est bien ça ?

— Ça facilite les choses, oui. Et je pense que, cette fois, ça fonctionnera.

Elle secoua la tête.

— Rien de tout cela ne me semble facile. Je n'ai pas besoin que tu m'emmènes dans de beaux endroits ou que tu m'offres des cadeaux hors de prix. Je veux juste être moi-même.

Elle recula d'un pas chancelant.

— Tu devrais t'en aller, maintenant, conclut-elle.

Ma fierté en prit un coup.

C'était fini ? Elle me renvoyait chez moi ? Je ne pouvais pas supporter l'idée que chacun disparaisse de la vie de l'autre, mais que faire ? Je ne pouvais pas la supplier de me revoir.

Je chaussai mes lunettes de soleil. Après un silence gêné, Tracy se dirigea vers la maison.

J'eus envie de la rattraper, de la saisir par les épaules, de l'embrasser. Pourtant, je grimpai dans mon pick-up, blessé et frustré d'avoir été repoussé, et je démarrai, laissant Tracy derrière moi.

Je pris de petites routes pour rejoindre Pine Tower, tout en pensant à Tracy. J'éprouvais un sentiment de vide à l'idée de me retrouver chez moi, seul.

Une fois arrivé, je m'arrêtai pour discuter avec un groupe de fans amassés devant les grilles, et je les laissai prendre quelques selfies avec moi. Malgré mon humeur maussade, je parvins à sourire.

Puis, lorsque je me garai devant ma vaste maison, je vis Zeke assis sur les marches du perron.

J'allai prendre place à côté de lui. Plutôt que de lui poser des questions, je pris un instant pour admirer mon domaine : le lac bleu, le quai flottant, l'herbe verdoyante et l'épaisse forêt de pins.

Il retira sa cravate et la glissa dans la poche de son pantalon, attendant que je prenne la parole.

— Qu'avez-vous découvert ? questionnai-je enfin.

— Votre mère a pris un bus à Tijuana, au Mexique, à destination de San Diego, en Californie. Elle est arrivée trois jours avant la date figurant sur le cachet postal de la lettre. À mon avis, elle séjourne chez quelqu'un. Une amie ou une connaissance qui l'a récupérée à San Diego pour l'emmener à Los Angeles.

— Alors poursuivez vos recherches là-bas.

— D'accord. Que voulez-vous que je fasse quand je l'aurai retrouvée ?

— Je ne sais pas.

Je n'arrivais pas à me projeter aussi loin.

— Vous pensez que je vais recevoir une autre lettre ? demandai-je.

— Oui, absolument.

— Dans ce cas, j'espère qu'elle va se dépêcher de me l'envoyer.

Toutefois, malgré mon impatience, ce n'était pas ma mère qui occupait mon esprit. C'était Tracy.

Elle me manquait déjà terriblement.

- 5 -

Tracy

J'étais de retour dans ma propre maison. Papa allait bien mieux et n'avait plus besoin de moi. Mais, maintenant que j'étais seule chez moi, Dash accaparait mon esprit.

J'étais censée travailler le lendemain au magasin, pourtant, je tournais et virais dans mon lit, incapable de trouver le sommeil. Comment pourrais-je être fraîche et dispose demain matin si je ne fermais pas l'œil de la nuit ?

Le magasin lui-même était aussi un problème, puisque c'était là-bas que j'avais fait la connaissance de Dash. Tout dans ma vie était lié à lui, d'une manière ou d'une autre.

Mon plus grand problème : j'étais toujours amoureuse de Dash. Il pensait le contraire, mais il se trompait. D'ailleurs, je préférais qu'il ne puisse pas deviner mes sentiments. Néanmoins, ce n'était pas sain de penser à lui sans cesse, surtout après toutes ces années de séparation. Mais mon stupide cœur ne voulait rien savoir.

Je m'assis et retirai ma tenue, constituée d'un débardeur et d'une petite culotte. La nuit estivale était d'une chaleur moite et étouffante. La climatisation de ma maison ne fonctionnait plus depuis quelques mois, et je n'avais pas les moyens de la faire réparer.

J'avais bien un ventilateur, mais il n'était guère efficace.

J'allumai la lumière, remontai les stores, puis j'ouvris la fenêtre et j'observai le ciel étoilé.

Je devais prendre les choses en main, me dis-je. Je ne pouvais pas perdre le sommeil à cause de Dash toutes les nuits.

Mon instinct me commandait d'avoir une liaison avec lui, pour me débarrasser de mon désir. Pas de rendez-vous galant. Pas d'amitié. Pas de romantisme. Rien que du sexe.

Si je contrôlais cette liaison, si elle se déroulait selon mes conditions, cela pourrait me donner un sentiment de puissance. Et peut-être qu'ensuite je cesserais d'aimer Dash.

Ce serait très libérateur, certainement.

Qui plus est, j'avais besoin d'une aventure torride et sauvage. Pour dissiper mon sentiment d'être une vieille fille. Une vieille fille aux ovaires défaillants.

Devais-je proposer à Dash d'entamer une liaison ? Devais-je aller au bout de mon idée ? Ou cela créerait-il encore plus de problèmes ? Je n'avais pas les réponses à ces questions. Mais une chose était sûre : l'évitement n'était pas la solution. Dash m'obsédait toujours.

Bien entendu, si je couchais avec lui, il me faudrait établir des règles de base. Auxquelles Dash devrait se plier. Je devais imposer mes conditions, me comporter en femme forte et indépendante, afin de me libérer du fardeau de l'amour.

Je saisis mon téléphone et vérifiai l'heure. 3 h 16. Quoi que je décide, il me faudrait agir rapidement, car je ne pouvais pas enchaîner les nuits blanches. Demain, après le travail, je passerais chez Alice pour avoir son avis.

J'éteignis la lampe et retournai me coucher. J'espérais être sur le bon chemin.

Et surtout j'espérais qu'un jour mes sentiments pour Dash disparaîtraient.

Le lendemain soir, Alice et moi étions réunies dans son salon élégamment décoré, chacune portant sur ses genoux un bichon maltais. Je passai la main dans le pelage de Cookie. L'autre chien portait le nom de Candy. Les deux chiots, des femelles issues de la même portée, étaient les premiers animaux que Spencer avait recueillis. À présent, ils faisaient partie de la famille.

— Alors, qu'en penses-tu ? demandai-je.

Je venais de faire part à Alice de mon idée de liaison avec Dash.

Elle répondit prudemment :

— Je comprends que tu ne veuilles pas d'une relation sérieuse avec lui. Mais si ton plan échoue et qu'en fin de compte tu veuilles davantage ?

— Que pourrais-je vouloir de plus ? J'étais fiancée avec lui et je portais son enfant. Ça, ça n'arrivera plus.

— C'est bien que tu abordes la situation de manière à te sentir plus forte. Et ça me plaît que tu imposes des règles. Mais tu crois que Dash les suivra ?

— Il n'aura pas le choix s'il veut que je revienne dans son lit.

Alice pencha la tête. La lumière du lustre multicolore se refléta dans ses cheveux blond platine.

— On dirait qu'il veut plus, glissa-t-elle.

— Parce qu'il veut m'inviter dans de grands restaurants et m'offrir de belles choses ? Ça ne veut rien dire.

— Et quid de ses excuses pour son comportement passé ? Il t'a tout de même avoué que, quand tu étais enceinte, il n'était pas prêt pour la paternité.

— Ça ne change rien au fait qu'il est incapable d'aimer. Sur ce plan, il n'a pas évolué, il me l'a dit clairement.

Elle soupira.

— Le fait que tu l'aimes encore, ça m'inquiète, tout de même.

Pendant le silence qui suivit, je caressai Cookie, qui se recroquevilla sur mes genoux.

— Tu connais le proverbe « l'éloignement renforce les sentiments » ? demandai-je. Dans mon cas, c'est vrai. Les années de séparation avec Dash n'ont fait qu'accroître le manque. Mais, si j'aborde le problème frontalement, je pourrai peut-être m'en sortir.

— Si tu veux une liaison avec lui, et qu'il accepte tes conditions, alors fonce. Ce sera forcément mieux que ta situation actuelle.

— Je suis bien d'accord.

Je redressai les épaules, rassérénée par le soutien d'Alice.

— Mais je refuse de chanter avec lui, ajoutai-je.

Si je faisais un duo avec Dash, cela lui donnerait trop de pouvoir sur ma carrière, et sur moi.

— Il ne s'agira que de sexe, affirmai-je. Ensuite, ce sera fini, pour de bon.

Elle sourit.

— Tu parais soulagée, remarqua-t-elle.

— Je le suis.

Toutefois, à l'idée de mettre mon plan à exécution, je fus nerveuse.

Plus tard ce soir-là, je passai en revue mes options. Devais-je inviter Dash à venir discuter ? Ou devais-je lui parler par téléphone ?

Je ne fis ni l'un ni l'autre. À la place, je me mis à faire du ménage, passant de pièce en pièce pour ranger la vaisselle, dépoussiérer les meubles, retaper les coussins du canapé. Ce qui était logique : d'une manière symbolique, j'essayais de faire le ménage dans ma vie.

Pour finir, je m'installai devant mon ordinateur et je

l'allumai. Je créai une liste pour y inscrire les règles que je souhaitais imposer à Dash.

Étais-je sur une pente dangereuse ? Peut-être bien. Mais cela valait mieux que de penser à lui nuit et jour.

Une fois ma liste remplie, je décidai de téléphoner à Dash. C'était la solution la plus sûre. S'il était face à moi, je pouvais perdre mes moyens.

Je composai son numéro mais tombai directement sur la boîte vocale. J'envisageai de reprendre le ménage en attendant qu'il me rappelle.

Mais, avant même que j'aie eu le temps de saisir mon chiffon à poussière, Dash me téléphona. Je répondis à la quatrième sonnerie, car je ne voulais pas paraître trop empressée. Ce qui n'était pas cohérent, puisque c'était moi qui cherchais à le joindre.

— Tracy, il n'y a rien de grave, j'espère ? demanda-t-il. Ton père va bien ?

— Oui, il va très bien.

J'observai mon coussin fétiche, sur lequel était brodée l'expression « *Home sweet home* ». Je me l'étais offert lorsque j'avais acheté cette maison.

— Je voulais parler de nous, expliquai-je.

— Tu acceptes finalement de dîner avec moi ?

— Non. Je ne veux pas que nous ayons des rendez-vous galants ou que nous soyons amis. Mais ça ne m'ennuierait pas de coucher avec toi.

À l'autre bout du fil, ce fut le silence. Je n'avais aucune idée de ce que pensait Dash.

Était-il stupéfait ? Excité ? Vexé ?

Ou alors la communication avait-elle été coupée avant qu'il n'entende ma proposition ? Ce serait bien ma chance !

— Dash ? Tu es toujours là ?

— Oui, je suis là. Je suis juste… Est-ce que tu me demandes une nuit sans lendemain ?

— Je te demande d'avoir une liaison avec moi. Je ne sais pas pour combien de temps au juste. Quelques semaines, quelques mois. Cela dépendra de la façon dont les choses évolueront. Nous y mettrons un terme quand nous le souhaiterons tous les deux.

Je pris mon ordinateur et ouvris ma liste, faisant de mon mieux pour rester concentrée. C'était une grande étape pour moi, et je ne pouvais pas me permettre de faiblir, malgré les battements affolés de mon cœur.

— J'ai une liste de règles que tu devras accepter.

— Des règles ? répéta-t-il d'un ton méfiant.

Mon cœur battit de plus belle. Je pris une profonde inspiration.

— Il n'y en a que cinq.

— Eh bien, je t'écoute.

Je commençai mon énoncé.

— Premièrement, tu ne pourras coucher avec personne d'autre que moi tant que nous serons ensemble.

Pas de groupies. En aucun cas.

— Je ne coucherai avec personne d'autre non plus, précisai-je.

Je n'avais pas d'autres amants potentiels sous le coude, mais, même si j'en avais eu, j'estimais que chacun de nous devait être monogame le temps de notre liaison.

— Deuxièmement, nous ne nous montrerons pas en public, et nous ne dirons pas à la presse que nous nous fréquentons.

J'avais absolument besoin que mes rendez-vous avec lui demeurent privés.

— Troisièmement, tu n'étaleras pas tes richesses, et tu ne m'achèteras pas de cadeaux.

Je refusais qu'il me contrôle par son argent.

— Quatrième règle : je n'enregistrerai pas de duo avec toi, ni avant, ni pendant, ni après la liaison. Et, pour finir, nous repartirons de zéro après notre liaison. Pas de débordement émotionnel, pas de rupture compliquée.

— Bon sang, Tracy, tout cela est très rigide.

— Je veux juste me concentrer sur l'aspect charnel de cette relation.

Je n'allais pas lui avouer qu'au fond de moi je l'aimais toujours.

— Mais ça semble si… clinique.

— Tu es intéressé, ou je raccroche tout de suite ?

— Attends, ma belle. Laisse-moi une minute.

Il poussa un soupir audible.

— Je peux imposer quelques règles, moi aussi ?

— Non ! m'empressai-je de répondre.

Je ne pouvais pas le laisser prendre la main. Il fallait que je sois la seule à poser des conditions.

— Peut-on commencer le jour de ton anniversaire ? demanda-t-il.

Je réfléchis à sa suggestion. Il fallait bien commencer à un moment, alors pourquoi pas le jour de ma naissance ? Ou de ma renaissance, plutôt. J'étais en train de me reprogrammer pour cesser de l'aimer.

— Nous pourrons nous voir ce jour-là, mais tu dois promettre de te plier à mes exigences.

— Je le ferai, mais peut-on au moins essayer de faire comme si c'était un rendez-vous galant ?

— Ça ne changera rien, rétorquai-je. Ce sera purement sexuel.

— Soit, mais je me sentirai mieux si je considère ça comme un rendez-vous amoureux.

Sa voix se fit rauque.

— Je veux coucher avec toi, Tracy. Pour ton anniversaire, je veux que tu sois nue et excitée dans mon lit. Mais je veux aussi t'inviter à dîner, te séduire.

Je réprimai un frisson. Dash me donnait le sentiment

d'être une femme désirable et sensuelle. Mais il fallait que je tienne bon.

— Tu peux m'inviter à dîner et me charmer chez toi. Mais nulle part ailleurs.

— D'accord, concéda-t-il. Tu peux venir chez moi, et je demanderai à mon chef de préparer le repas. Nous pourrons ouvrir une bouteille de vin et prendre un bain dans le jacuzzi. Tu resteras pour la nuit ? Ça me plairait beaucoup.

Devais-je dormir chez lui ?

— Oui, je resterai.

Cela semblait moins compliqué que de rentrer tard le soir, décoiffée, avec le parfum de Dash sur ma peau. Au moins, je pourrais me doucher et me changer chez lui le lendemain matin.

— Je prendrai des affaires de rechange, dis-je.

— J'enverrai Zeke te chercher.

— Inutile, je peux prendre mon pick-up.

— Si tu essayes de rester discrète, alors il vaut mieux qu'on ne voie pas ton véhicule passer mon portail. J'ai des fans assidues qui campent devant chez moi. Elles pourraient te prendre en photo ou relever ta plaque d'immatriculation.

— Dans ce cas, je viendrai avec Zeke.

Je ne tenais pas à ce que les groupies de Dash révèlent mon identité sur Internet.

— Je suis impatient de te voir.

— Moi aussi.

Et surtout j'étais impatiente que Dash cesse de m'obséder. Il n'y avait plus qu'à espérer que cette liaison me guérisse de mes maux. Sinon, je coucherais simplement avec l'homme que j'aimais malgré moi, sans amélioration en vue.

Choisir une tenue pour mon anniversaire ne fut pas chose facile. Je finis par me décider pour une robe moulante et de hautes bottes sexy, afin de ressembler à une cow-girl sensuelle. Pour l'occasion, je fis boucler mes cheveux pour en faire une crinière ondulée.

Zeke passa me chercher avec le véhicule qu'il conduisait habituellement.

Je m'installai à l'arrière. Nous gardâmes le silence durant le trajet, sauf au moment où il me demanda si je voulais écouter de la musique.

J'acceptai, et il choisit une station de musique country. Quand l'un des succès de Dash fut diffusé, je regrettai mon choix. Entendre sa voix ne faisait qu'accroître ma nervosité.

Tandis que nous avancions dans la campagne, j'admirai les plantes et les arbres en fleurs qui bordaient la route.

Nous arrivâmes devant les grilles et, comme Dash l'avait dit, des groupies étaient présentes. Dieu merci, elles ne pouvaient pas me voir derrière les vitres teintées.

Lorsque nous eûmes passé le portail de sécurité, je me redressai pour voir la maison qui se profilait devant nous. C'était une demeure bleue et blanche de style rustique, entourée d'une forêt. Il y avait aussi un lac privé sur lequel des canards flottaient. Les installations équestres n'étaient sans doute pas loin, supposai-je.

— Combien d'hectares y a-t-il ? demandai-je à Zeke.

— Environ cent vingt. Je vis dans l'une des maisons d'invités de l'autre côté du lac. Comme le chef cuisinier et les autres employés.

— C'est vraiment impressionnant.

Dash avait enfin tout ce dont il avait rêvé.

Et maintenant il m'aurait, moi aussi. Pour un temps, en tout cas.

Dash m'attendait sous la véranda, qui entourait toute la

maison. L'homme que je connaissais autrefois était devenu une star. J'avais l'impression d'être face à un mirage.

Zeke se gara puis vint ouvrir ma portière. Tandis qu'il déchargeait mon sac, Dash descendit les marches du perron. Quand il me sourit, une onde de chaleur m'envahit.

Je lui rendis son sourire, déterminée à profiter de l'instant. Et, quand il m'embrassa, je crus fondre sur place. J'enlaçai sa taille, savourant la sensation de son corps ferme contre le mien. Je glissai les mains dans les poches arrière de son jean et serrai ses fesses. Il en eut le souffle coupé.

Zeke posa mon sac sur le perron. Il s'éclaircit la voix pour attirer notre attention, puis prit congé.

Dès que le garde du corps fut reparti, Dash m'embrassa à nouveau, et je me frottai contre lui. Nous n'étions pas encore rentrés dans la maison que, déjà, mon excitation était à son comble.

Il me murmura à l'oreille :

— Joyeux anniversaire.

Joyeux, en effet. Des picotements me parcouraient, mes tétons étaient durcis sous mon soutien-gorge à demi-balconnets, et je sentais la soie de mon slip chatouiller ma peau.

Il me prit par la main.

— Je vais te faire visiter la maison, puis je te laisserai t'installer. Ensuite, nous pourrons dîner dans ma chambre, sur le balcon.

— Parfait.

Cette soirée s'annonçait très bien.

La maison disposait de huit chambres et de dix salles de bains. Au rez-de-chaussée, Dash commença par la cuisine, très lumineuse et équipée d'un ascenseur pour monter les repas jusqu'à la suite principale. Il me montra ensuite un grand salon, une salle à manger, une salle de gym et une salle de projection qui communiquait avec un studio de musique, où il conservait ses instruments et ses nombreux prix.

La plupart des chambres étaient situées à l'étage. La suite principale de Dash était dotée d'une salle de bains luxueuse et de deux immenses dressings.

Un escalier menait de son balcon à un grand jardin. J'aperçus un bassin de nage et un jacuzzi.

— Il y a une terrasse de l'autre côté de la maison, avec une grande piscine. Mais, ce bassin, je suis le seul à l'utiliser.

— C'est splendide. Tout est splendide.

Jusque dans les moindres détails.

— Content que ça te plaise. Tu peux ranger tes affaires, si tu veux.

Il désigna le dressing sur la droite.

— Celui-ci est vide. C'est pour…

— Tes maîtresses ?

Je n'avais pas envie de penser aux autres femmes qui étaient venues ici avant moi.

Il hocha la tête.

— L'espace est assez grand pour que tu puisses t'y changer. Ce sont les anciens propriétaires qui ont fait installer ces dressings. Je n'ai fait aucun changement.

— En tout cas, il convient à tes besoins, ironisai-je.

— C'est bien trop grand pour une seule personne, je le sais bien. Mais j'ai eu un coup de cœur pour le domaine. Le lac est plein de bars et de poissons-chats, et il y a des cerfs, des lapins et des écureuils dans la forêt. Mais je n'autorise personne à chasser sur la propriété.

— Zeke m'a dit qu'il vivait de l'autre côté du lac.

— C'est très utile d'avoir mon chef de la sécurité près de moi.

— Il m'a aussi informée que ton chef vivait dans l'une des maisons d'invités. Quand pourrai-je le rencontrer ?

Je l'avais brièvement aperçu dans la cuisine.

— Je te le présenterai quand il nous servira le repas.

— Qu'y a-t-il au menu ?

J'avais humé toutes sortes d'arômes alléchants tout à l'heure.

— Poulet frit au babeurre, frites de patates douces, gruau au fromage et chou vert au bacon. Quelques-uns de tes plats préférés, dit-il en souriant.

— Ça a l'air délicieux.

Ce serait un anniversaire merveilleux. Mon ex-fiancé et moi, chez lui, pour déguster un excellent repas.

— J'ai demandé au chef de préparer un gâteau, aussi.

— J'ai hâte de le goûter.

J'avais toujours été gourmande. Plus le gâteau était gras et sucré, mieux c'était.

Mais je songeais surtout à un autre dessert : ma nuit avec Dash.

Une nuit que j'espérais longue et torride.

- 6 -

Tracy

Le repas était succulent. Si j'en croyais Dash, son chef cuisinier s'était surpassé. C'était un homme gentil et sympathique. J'appris qu'il vivait ici avec sa femme et ses enfants. Une information qui me surprit.

J'observai Dash, assis face à moi, et je me demandai combien de personnes vivaient sur la propriété. Était-il entouré d'autres familles ? Cela le faisait-il penser à la sienne ? Ou cela lui rappelait-il le bébé que nous avions perdu ?

— Zeke est marié ? demandai-je tandis que j'enfonçais ma fourchette dans mon dessert. Il a des enfants ?

Nous savourions de grosses parts d'un délicieux gâteau chocolat framboise.

— Non, il est divorcé et sans enfant.

— Tu connais son ex-femme ? Ou se sont-ils séparés avant qu'il ne commence à travailler pour toi ?

— Il était déjà divorcé quand je l'ai rencontré. Il ne parle pas beaucoup de son ex-épouse, et je ne lui ai pas posé de questions. Sa vie personnelle le regarde.

Je reportai mon attention sur mon assiette. Peu importait que Zeke soit marié ou célibataire, ou que le cuisinier de Dash ait des tas d'enfants qui couraient partout dans la propriété. Je n'étais pas censée m'investir émotionnellement dans cette liaison. Et puis ce n'était pas le moment de penser à quoi que ce soit qui me rappelle nos fiançailles rompues ou les bébés que je n'aurais sans doute jamais.

Nous continuâmes à manger en silence.

— Tu veux aller dans le jacuzzi après le dîner ? demanda-t-il au bout de quelques instants.

Je hochai la tête avec enthousiasme. J'étais impatiente de me détendre et de me changer les idées.

— Peut-on emporter la bouteille de vin ? demandai-je.

— Oui, mais je préférerais te retirer ton maillot de bain plutôt que de jouer à des jeux d'alcool.

Il prit une rose en sucre sur sa part de gâteau et la porta à sa bouche. J'imaginai la friandise fondre sur sa langue, et les pulsations au creux de mon ventre s'intensifièrent.

— Je n'ai jamais parlé de jeux d'alcool, répondis-je. Et, pour ton information, je porterai un maillot une pièce.

Il ne serait pas aussi facile à retirer qu'un bikini.

— C'est encore mieux, dit-il, un sourire nonchalant passant sur ses lèvres.

Des picotements me parcoururent, jusqu'aux ongles de mes orteils, peints en rose. Mon maillot aussi était rose. Fuchsia, pour être précise.

Nous terminâmes notre dessert et plaçâmes nos assiettes sur un chariot en métal. La femme de ménage de Dash viendrait le chercher plus tard. Tout ce qu'il avait à faire, c'était lui envoyer un SMS pour lui demander de venir. Comme le reste de ses fidèles employés, elle vivait dans l'une des maisons d'invités de l'autre côté du lac.

J'allai me changer dans le dressing que Dash laissait à disposition de ses maîtresses, de ses groupies ou de toute personne qu'il invitait chez lui. En tout cas, pour l'heure, c'était moi, la femme qui était au centre de son attention.

Je vérifiai mon apparence dans le miroir puis relevai mes cheveux en chignon, afin d'éviter qu'ils soient mouillés.

Lorsque je sortis de la pièce, Dash m'attendait. Il portait un short de bain à motif fleuri.

Je pris une grande inspiration. Dash était grand, hâlé, beau à se damner. À l'évidence, il me trouvait tout aussi alléchante. Son regard s'attarda sur mes courbes, bien plus longtemps que nécessaire, et la réalité de ce que j'étais en train de faire s'abattit soudain sur moi. Bientôt, je serais nue, avec l'homme que je m'évertuais à ne pas aimer. Mais c'était mon choix, ma façon de composer avec mes sentiments pour lui. Je n'allais tout de même pas mettre un terme à cette liaison avant même qu'elle ait commencé.

Il prit la bouteille de vin ainsi que nos verres, et nous descendîmes l'escalier du balcon.

— Je vais faire une rapide longueur dans la piscine d'abord, dit-il. J'aime nager avant de me prélasser dans un bain à remous.

— D'accord.

Je regardai autour de moi. La terrasse était superbe, avec ses plantes luxuriantes, ses fleurs épanouies et ses éclairages savamment disposés.

Dash activa les jets du jacuzzi.

— Voilà, tout est prêt, dit-il.

— Merci.

Je me servis un verre de vin et m'installai dans le jacuzzi pendant que Dash plongeait dans la piscine. C'était un nageur accompli, et le regarder faire me donnait envie de caresser ses muscles déliés. D'un autre côté, le voir dans cet environnement m'impressionnait. Dash était si différent du garçon pauvre que j'avais connu…

Il fit deux longueurs, puis me rejoignit dans le bain à remous. Il remit en arrière les cheveux qui lui barraient le front puis remplit son verre de vin.

— Tu te souviens comme tu étais ivre le soir de ton

vingt et unième anniversaire ? demanda-t-il. J'avais dû te porter pour te mettre au lit.

— Je ne boirai pas autant ce soir. Je serai peut-être juste un peu éméchée.

— Pour rassembler le courage de coucher avec moi ? Je ne vais pas te faire de mal, Tracy.

Il m'avait déjà fait du mal, en me refusant son amour. Qu'aurait-il pu faire de plus ?

— Ce n'est pas ce qui m'inquiète. Je bois parce que j'ai envie de m'amuser.

Je n'allais pas lui avouer qu'en vérité c'était pour calmer ma nervosité.

Il se rapprocha.

— Tu m'as manqué, murmura-t-il.

Lui aussi m'avait manqué, bien trop manqué. Mais je n'oubliais pas les raisons pour lesquelles notre histoire avait mal tourné.

— Je ne suis ici que pour le sexe.

— Je sais, dit-il, se penchant vers moi. Ce n'est qu'une liaison charnelle.

Il m'embrassa, à pleine bouche, tandis que l'eau bouillonnait autour de nous. Nos langues se mêlèrent, et j'enroulai les bras autour de son cou. Je fermai les yeux, et je verrouillai mon cœur. Je ne pouvais pas ressentir quoi que ce soit de plus que du plaisir physique.

Il interrompit le baiser, et j'ouvris les yeux. Nous nous regardâmes, immobiles, piégés dans ce moment d'une tendresse surprenante.

— Lève-toi, m'intima-t-il.

— Pourquoi ?

— Parce que je veux te déshabiller.

Je grimpai sur le banc, impatiente de sentir ses mains sur mon corps.

— Comme ça, c'est bien ?

— C'est parfait.

Il se mit à retirer lentement mon maillot, le faisant glisser de mes épaules jusqu'à mes pieds. L'eau ruisselait sur ma peau.

Lorsqu'il me saisit par les hanches, j'inspirai brusquement. Je savais exactement ce que Dash comptait faire, et cette idée me réjouissait. Déjà, une vague d'excitation m'envahissait.

J'écartai les jambes, et Dash glissa la tête entre mes cuisses. Je plongeai les mains dans ses cheveux mouillés, et il posa les lèvres sur le cœur de mon intimité. Il avait toujours été un amant doué. Mais il l'était encore davantage aujourd'hui. Ou peut-être était-ce moi qui étais particulièrement sensible.

Je le contemplai, songeant à quel point il était séduisant. Il leva les yeux vers moi tout en continuant à me donner du plaisir. Nous étions deux personnes qui luttaient contre le passé. Mais pour l'heure, tout ce qui comptait, c'étaient les sensations que Dash faisait naître en moi.

Je vacillai, le laissant m'emmener vers l'extase. J'ondulai contre son visage. Mon ancien amant. Mon nouvel amant. Il s'arrêta un instant, et je le suppliai presque de continuer. J'en voulais plus. Je voulais tout ce qu'il voudrait bien me donner.

Il reprit ses caresses intimes, faisant tourner sans répit sa langue sur moi pour me faire jouir.

Quand l'orgasme me balaya, je poussai un cri. Ma vision se brouilla et mes muscles tremblèrent. Le vin que j'avais bu me monta à la tête. Ou était-ce le frisson du désir ? Je n'arrêtais pas de trembler. Si Dash ne m'avait pas maintenue en équilibre, j'aurais pu tomber.

Une fois les derniers spasmes de plaisir dissipés, je m'enfonçai à nouveau dans l'eau, et Dash m'attira dans ses bras.

— Il va falloir que je te porte pour retourner dans la chambre ? demanda-t-il.

— Non, je peux marcher. J'ai juste besoin d'une minute.

Il me mordilla le lobe de l'oreille.

— On devrait peut-être rester ici, pour que je puisse t'offrir un second orgasme.

À cette pensée, je vibrai à nouveau.

— Tu le referais ?

— Et comment !

Il passa la main sur ma poitrine et sur mon ventre.

— Je le referais mille fois, même.

Il plongea le regard dans le mien.

— Dis oui, et je serai ravi d'obéir.

Je murmurai un « oui », lui donnant la permission de répéter sa performance.

Lorsque nous fûmes de retour dans la chambre, Dash retira son short et enroula une serviette autour de sa taille. Quant à moi, j'étais déjà nue sous ma propre serviette.

Encore sous l'effet de mon second orgasme, je m'assis au bord du lit et dénouai mes cheveux. À nouveau, j'étais nerveuse, mais seulement parce que j'avais très envie de Dash. Mais il ne semblait pas décidé à m'approcher… Il était là, devant le lit, silencieux et immobile.

— Il y a quelque chose qui ne va pas ? demandai-je.

— Quoi ? Non. Simplement, nous n'avons pas parlé de contraception, et je me demandais si tu prenais la pilule ou si…

Je levai les yeux vers lui. J'étais tombée enceinte à cause d'un préservatif déchiré. Lorsque nous avions compris ce qui s'était passé, j'étais allée à la pharmacie pour acheter une pilule du lendemain. Finalement, le contraceptif d'urgence n'avait pas fonctionné car je prenais des herbes médicinales qui l'avaient empêché de faire effet. J'avais alors commencé à croire que ce bébé était destiné à naître. Mais j'avais eu tort. Tristement, douloureusement tort.

— Je ne prends pas la pilule.

Je ne comptais pas lui parler de mon insuffisance ovarienne précoce, qui rendait une grossesse improbable.

— Tu as des préservatifs ? demandai-je.

— Oui, bien sûr. Je suis désolé, Tracy. Je ne voulais pas que cette conversation soit gênante.

— Ça ne fait rien. Tu te montres responsable, c'est tout.

— J'essaye de l'être, en tout cas.

Il marqua une pause, puis reprit :

— Avant que j'oublie, j'ai un cadeau pour toi.

J'ouvris de grands yeux.

— Tu n'es pas censé me faire des cadeaux. C'était l'une de mes règles.

— Là, c'est différent. C'est ton anniversaire.

Il alla dans le dressing et revint avec une boîte noire et brillante de taille moyenne, entourée d'un grand nœud argenté.

Il s'assit à côté de moi, l'air un peu trop confiant.

— Il vaudrait mieux pour toi que ce ne soit pas un bijou caché dans une grande boîte, prévins-je.

Il sourit et me donna un bref baiser.

— Ouvre, et tu verras.

Je ne lui faisais pas confiance une seconde. Je soulevai le couvercle de la boîte. Le cadeau était enveloppé de papier brillant. Il semblait trop gros pour être un bijou, mais trop petit pour être autre chose. J'étais intriguée.

Je soulevai le papier et découvris une chaîne de corps en or, sertie de rubis. Un bijou, certainement. Une pièce non conventionnelle, et érotique.

Je la pris entre mes mains. Six chaînes en festons sur l'avant, dont l'une formerait une boucle autour de mes seins.

— Le rubis est ta pierre de naissance, rappela-t-il.

Je sentis mon cœur s'emballer.

— C'est splendide, mais tu n'aurais pas dû.

— Trop tard, c'est déjà fait. Et puis c'est juste un petit objet de séduction entre amants.

— Dans ce cas, je vais le porter pour toi.

Comment aurais-je pu faire autrement ? Je laissai tomber ma serviette et me levai pour mettre la chaîne autour de mon cou.

— Tu me l'attaches dans le dos ? demandai-je.

Il s'empressa de m'aider.

Quand je me retournai pour lui faire face, j'aperçus mon reflet dans un miroir. Je me trouvais jolie, étincelante et sexy.

Dash laissa dériver sa main sur ma peau. L'un des rubis de la dernière chaîne pendait juste au-dessus de mon nombril. Je couvris la main de Dash avec la mienne et la guidai plus bas, entre mes jambes. Il prit mon sexe en coupe, et je gémis de plaisir.

Je l'embrassai et me pressai contre lui. Tirant sur sa serviette, je la fis tomber au sol. Je caressai son sexe, et nous échangeâmes un baiser ardent.

Il me relâcha le temps de prendre un préservatif dans le tiroir de sa table de chevet. Il déroula la protection sur lui, et je le regardai faire, fascinée.

J'étais impatiente qu'il se glisse entre mes jambes. Mais il suggéra :

— Je crois que tu devrais être sur moi.

Une proposition qui m'excitait.

— Je la garde ? demandai-je en parlant de la chaîne.

Il fit un signe de tête positif, et je me plaçai à califourchon sur lui, ayant hâte d'unir nos corps. Doucement, je descendis sur son sexe dressé, nous faisant frissonner tous les deux. J'ondulai à un rythme lent et sensuel, pendant que Dash taquinait mes seins cerclés d'or.

— Tu ressembles à une concubine de harem, dit-il, jouant avec le rubis sous mon nombril.

Je me penchai vers son visage.

— C'est l'un de tes fantasmes ?

— Maintenant, oui, murmura-t-il avant de me donner un baiser torride.

Je mêlai ma langue à la sienne, attisant son excitation. Il m'agrippa par la taille et leva les hanches. Je l'accueillis en moi jusqu'à la garde, et j'augmentai la force et la cadence de mes mouvements. Je voulais que nous jouissions au même moment. Nous avions toujours été compatibles sur le plan sexuel, alors je savais que c'était possible. Dash semblait le savoir, lui aussi.

Au lieu de me toucher, il joua avec mes cheveux, les emmêlant autour de ses doigts. Les chaînes sur mon corps cliquetaient et les rubis brillaient sous la lumière.

J'enfonçai mes ongles dans ses épaules, lui arrachant un gémissement de plaisir.

Autour de moi, la pièce se mit à tourner. Ou peut-être était-ce l'effet de l'orgasme qui montait en moi.

Je continuai ma danse érotique. Le son sauvage que Dash émit m'indiqua qu'il était proche de la jouissance. Tout comme moi.

Un feu brûlait dans mon ventre et une fine couche de sueur recouvrait ma peau. Dash aussi était moite de sueur.

Je le sentis frissonner au même instant que moi. Nous jouîmes ensemble, de manière frénétique et puissante.

Lorsque nous eûmes repris nos esprits, je retirai la chaîne et la posai sur la table de chevet pendant que Dash se rendait dans la salle de bains. Lorsqu'il revint dans le lit, il me prit dans ses bras et me serra tout contre lui.

Cette liaison démarrait sur les chapeaux de roues, et j'étais impatiente d'en savourer chaque seconde.

Nous dormîmes nus et, quand je me réveillai, le lendemain, nous étions en cuillères. L'avant de mon corps était pressé contre son dos et mon bras ceignait sa taille.

Dash dormait-il encore ? Je sentais la chaleur de sa peau, les reliefs de ses abdominaux. Mais ce n'était pas suffisant. Je voulais faire l'amour.

J'embrassai tendrement son épaule. Mais qu'étais-je en train de faire ? me réprimandai-je. Je n'avais pas besoin d'être douce et affectueuse pour l'exciter, n'est-ce pas ?

Non, évidemment. J'étais en train de me comporter comme la fille idiote que j'étais autrefois. Les habitudes avaient la vie dure. Mais il était trop tard, apparemment. J'avais l'impression que Dash était réveillé.

— Bonjour, dit-il d'une voix râpeuse, confirmant mes soupçons.

Je retirai mes lèvres de son épaule et posai directement la main sur son pénis. Il était déjà à moitié en érection.

— Bonjour, en effet, dis-je.

Il gémit et rit en même temps.

— Je n'ai jamais pu être en sécurité avec toi, le matin.

Je le caressai, passant le pouce sur le sommet de son sexe.

— J'ai toujours été matinale.

— C'est vrai.

Il se retourna vers moi et me plaqua sur le lit. J'eus soudain l'impression qu'il venait de me kidnapper.

— Nous devrions peut-être prendre le petit déjeuner d'abord, suggérai-je.

— Et moi qui croyais que c'était moi que tu voulais comme petit déjeuner.

— J'ai besoin de vraie nourriture.

C'était une excuse. En fait, j'essayais de garder la tête froide. Je n'aimais pas ce sentiment d'être piégée. Cela donnait trop de pouvoir à Dash.

Il me scruta, comme s'il tentait de me déchiffrer.

— Que veux-tu manger ? finit-il par demander.

— Ton cuisinier est disponible ?

— Non. Il n'y a que nous.

— Dans ce cas, des céréales.

Quelque chose de simple et de rapide. Tout ce que je voulais, c'était que Dash me relâche. Son corps était déjà lourd contre le mien. Mais c'était bon de le sentir contre moi… Si douloureusement, si dangereusement bon.

— Chaudes ou froides ? demanda-t-il.

Je clignai des yeux.

— Pardon ?

— Les céréales.

— Froides.

Je ne pouvais rien avaler de chaud pour l'instant. Ma peau me brûlait déjà assez comme ça.

— Entendu. Je vais nous préparer ça.

Je voulais qu'il se dépêche. Je tremblais et mes membres étaient en train de se liquéfier.

Enfin, il se releva, et je respirai un peu plus facilement. Il sortit du lit et enfila un caleçon à carreaux.

— Je veux que tu restes nue.

Alors que lui venait de s'habiller ? Ce n'était pas juste.

— Tu ne peux pas me dire ce que je dois faire.

— Oups, désolé, dit-il, un sourire en coin. Tu veux bien rester nue pour moi ? S'il te plaît, mon petit sucre ?

J'envisageai de lui jeter mon oreiller au visage. Mais j'étais charmée par son côté joueur. Dash semblait toujours avoir des effets contradictoires sur moi.

— Va chercher le petit déjeuner, et je déciderai de ce que je vais porter. Ou ne pas porter, ajoutai-je, espiègle.

— D'accord. Si tu veux du café, il y a une machine à capsules sur le bar.

Il sortit de la pièce, et à la place d'un café je pris un jus d'orange dans le miniréfrigérateur. Devais-je me couvrir ou rester nue ? Je décidai de couper la poire en deux. Fouillant dans la commode de Dash, je lui empruntai un caleçon à carreaux, semblable à celui qu'il portait. Puis je mis la chaîne de corps. Il me fallut plusieurs tentatives pour réussir à la fermer dans le dos, mais j'y parvins.

Lorsque Dash revint avec le petit déjeuner, il sourit en découvrant ma tenue.

— Eh bien ! On ne peut pas faire plus sexy.

— Je me suis dit que ça pourrait faire une tenue intéressante.

— C'est le cas.

Il posa le plateau, sur lequel étaient posés deux bols de céréales, un pichet de lait et des serviettes en papier.

Je m'assis en tailleur sur le matelas, une serviette dépliée sur les genoux, tandis que Dash s'appuyait contre la tête de lit.

— Tu veux prendre une douche avec moi ? demandai-je. Dès que nous aurons fini de manger ?

Il regarda mon corps peu couvert.

— C'est une question piège ?

— Non. Mais j'ai une condition : tu ne peux rien faire tant que nous sommes sous la douche. Je suis la seule à pouvoir te toucher.

Tout à l'heure, il m'avait donné le sentiment d'être piégée. Il fallait que je reprenne le dessus.

Il avala une cuillerée de céréales.

— Tu as vraiment beaucoup de règles.

— Ne t'inquiète pas. Tu vas apprécier celle-là.

Je passai la langue sur mes lèvres, pour lui faire comprendre à quel point ce serait agréable.

Pour lui comme pour moi.

- 7 -

Dash

Tracy fut intriguée par la grande tête de douche, dont les ampoules LED changeaient de couleur. Tandis qu'elle testait les différents jets, je pris un instant pour analyser mon humeur. Je ne savais que penser de la façon dont la situation évoluait entre Tracy et moi. Je n'avais pas l'habitude qu'une de mes maîtresses mène le jeu, mais apparemment Tracy était décidée à faire comme bon lui semblait. Si je n'obéissais pas, elle me laisserait tomber et rentrerait chez elle, à n'en pas douter. Or, je n'étais pas prêt à la laisser partir si vite. Je voulais que notre liaison dure aussi longtemps que possible.

— C'est joli, s'extasia-t-elle tandis que l'eau devenait bleue.

L'eau colorée m'intéressait beaucoup moins que Tracy, cette jolie brune pulpeuse qui me rendait fou. Elle se mit sous la tête de douche et replia l'index pour me faire signe de la rejoindre.

J'obtempérai, impatient de sentir ses mains sur moi. Mais, plutôt que de me toucher, elle se mit à savonner son corps voluptueux et à shampouiner ses cheveux. Je me plaçai sous le jet d'eau et l'observai. Elle s'était transformée en une séductrice malicieuse, qui prenait plaisir à me faire languir.

Je me savonnai aussi. Quand l'eau devint verte, Tracy se rinçait les cheveux. Et, quand le vert laissa place au mauve, j'avais envie de lui faire des choses indécentes. Seulement, je n'avais pas le droit de la toucher.

Enfin, elle avança vers moi, et je cessai de bouger. Elle versa du gel douche dans ses mains puis l'étala sur ma peau. J'étais déjà propre, mais je n'allais pas me plaindre.

Elle commença par ma poitrine puis dériva jusqu'à mes abdominaux. J'inspirai brusquement. J'étais déjà raide de désir alors qu'elle ne m'avait pas encore touché intimement. Elle prenait délibérément son temps, pour faire durer mon supplice.

Enfin, enfin… Elle caressa mon sexe engorgé, attisant mon excitation.

Elle me rinça, puis se mit à genoux. Je me figeai net.

Elle me taquina avec sa langue, et je plongeai les mains dans ses cheveux mouillés. L'eau ruisselait sur mon visage, mais je m'en moquais.

Elle me prit entre ses lèvres et alla d'avant en arrière, à un rythme sensuel et enivrant. Je serrai ses cheveux, traversé par des ondes exquises.

Elle accéléra la cadence de ses mouvements, se servant de ses mains et de sa bouche pour m'amener vers le précipice. Je ne pus m'en empêcher ; j'avançai en elle. Elle ne sembla pas s'en offusquer. Au contraire, elle accueillit volontiers ma participation.

Je poussai un râle puissant. Les lampes passèrent du mauve au bleu, et j'eus l'impression que Tracy était une sirène émergée d'un océan.

Elle plongea le regard dans le mien. Elle était si sensuelle. Si délicieuse. C'était pour moi la créature la plus séduisante de la terre.

Elle me prit jusqu'à la garde. Bon sang, c'était si bon ! Toutes ces ondes de chaleur qui me parcouraient… Je voulais vraiment que cette liaison dure. Une fois de plus, l'envie folle de demander Tracy en mariage et de lui offrir un diamant me saisit.

Mais je n'avais pas les idées claires, pas avec Tracy à genoux devant moi. Pourtant, je l'imaginais sans mal être mon épouse. Nous partagerions tout : ma vie, mon lit, mon amour pour la musique. Mon monde.

Elle enfonça les ongles dans mes fesses, et mes pensées se dissipèrent. L'eau était-elle encore bleue ? Ou verte ?

Tout ce que je savais, c'était que ma peau était brûlante et que mon sang bouillait dans mes veines. Tracy continuait de faire monter le plaisir en moi.

Je me mis à trembler et à frissonner, mais elle ne recula pas. Elle me laissa exploser de plaisir dans sa bouche. Je voulus me voir jouir en elle, mais ma vision se brouilla.

Après cela, Tracy se releva, ferma le robinet et essora ses cheveux. Je restai immobile, stupéfié.

— Ça va ? demanda-t-elle.

— Oui.

J'allais même très bien.

Elle me donna une serviette et nous nous séchâmes dans la salle de bains. Sans crier gare, je la saisis par les hanches et la plaquai contre le lavabo.

— Qu'est-ce que tu fais ? demanda-t-elle.

— Je veux juste te remercier.

Je posai mes lèvres sur les siennes et la serrai doucement dans mes bras.

Elle poussa un doux soupir rêveur. Mais, bien trop vite, elle s'écarta et fila dans ma chambre. Quand était-elle devenue si insaisissable ? Je n'avais pas envie de réfléchir aux possibles raisons de ce changement.

Je la rejoignis, et nous nous habillâmes l'un devant l'autre, comme autrefois.

— Tu restes pour la journée ? demandai-je.

Elle finit de boutonner son chemisier.

— Je ne peux pas, j'ai du travail. Un projet pour un artiste.

Je remontai la fermeture Éclair de mon jean.

— Juste quelques heures ? Nous pourrions faire une balade dans les bois. Ou aller pêcher, ou encore lézarder au bord du lac.

— La prochaine fois.

— Et ce sera quand ?

J'étais impatient de la revoir. Ce qui n'était pas étonnant. La retenir était un vrai défi, mais j'avais envie de le relever.

Elle s'assit pour enfiler ses bottes.

— Je ne sais pas encore.

— Quel jour travailles-tu au magasin ?

— Mardi. Mais ne t'avise pas de venir, m'avertit-elle, le regard sévère. Tu peux rendre visite à Maddie un autre jour.

— Si tu veux, dis-je avec un petit sourire. C'est toi la patronne.

En réalité, je ferais ce que j'avais envie de faire. Je passerais mardi.

— Oui, c'est moi qui commande, dit-elle.

Elle sourit, pensant manifestement que j'étais docile. Mais je ne pouvais pas céder à tout ce qu'elle disait. Ce n'était pas dans mon caractère.

— Les gens te reconnaissent, au magasin ? demandai-je par curiosité.

Cela faisait un moment que sa carrière était au point mort, mais elle s'était tout de même fait un nom.

— Ça arrive. D'anciens fans qui passent par hasard et qui se demandent pourquoi je travaille là. Les gens pensent que je devrais être riche. Ils ne comprennent pas que mon succès n'était pas aussi éclatant que ça. Contrairement au tien.

— J'ai eu de la chance.

Mais j'avais aussi battu le fer tant qu'il était chaud, en signant nombre de contrats publicitaires lucratifs. À la fin de l'année, j'apparaîtrais dans des publicités pour de l'eau aromatisée, filmées durant ma tournée, ce qui me permettrait d'engranger quelques millions de dollars supplémentaires.

— Que dis-tu à tes anciens fans ? demandai-je.

— Pour expliquer que je travaille au magasin ?

Elle se leva et mit le bas de son pantalon par-dessus ses bottes.

— Je dis juste que la propriétaire est une amie, et que je fais cela pour l'aider. Maddie confirme ma version. C'est plus facile que d'avouer que j'ai du mal à joindre les deux bouts.

— Tu ne devrais pas avoir à travailler.

Tracy était tout aussi talentueuse que moi. Son succès aurait dû être bien plus grand, surtout avec son incroyable tessiture. J'avais le pouvoir de la remettre dans la lumière. Mais elle était trop têtue pour accepter mon aide.

Elle termina de se préparer. Après avoir coiffé ses cheveux en queue-de-cheval, elle se maquilla rapidement, se contentant d'une légère couche de mascara et d'un peu de baume à lèvres.

— Je dois envoyer un SMS à Zeke pour lui demander de venir te chercher, dis-je.

— Pas de problème. Je vais l'attendre dehors.

Elle alla vers la table de chevet, où la chaîne de corps était posée.

— Je ne la prends pas avec moi, dit-elle.

— Pourquoi ?

— Parce qu'ici c'est le seul endroit où je la porterai. Je te la confie.

— Ce n'est pas vraiment un cadeau, si tu ne l'emportes pas chez toi.

C'était sans doute sa façon de me rappeler qu'elle m'avait interdit de lui offrir quoi que ce soit.

— Toi et tes règles ! maugréai-je.

Elle ne m'avait jamais donné d'ordres par le passé.

— Depuis quand es-tu devenue une dominatrice ? demandai-je, le sourcil arqué.

Elle resta bouche bée.

— Je n'en suis pas une.

Je l'avais vexée, me dis-je, réprimant un petit rire. La prochaine fois, je devrais lui acheter un corset de cuir et un fouet tressé, pour l'agacer vraiment.

J'envoyai un message à Zeke puis j'accompagnai Tracy sur le perron. Pendant que nous attendions la voiture, je lui pris la main, en regrettant qu'elle ne reste pas avec moi toute la journée.

Nous étions mardi, et Zeke était censé me conduire au magasin. Mais nous devions d'abord nous occuper de ma mère. Zeke allait m'apporter une autre lettre, arrivée ce matin.

J'étais nerveux, bien sûr. Mais j'étais aussi content que l'attente se termine. Selon ce que Zeke m'avait dit au téléphone, ma mère avait révélé son identité. Elle avait même fourni son numéro de téléphone.

Lorsque Zeke arriva, nous allâmes dans le salon. Il sortit de sa poche le courrier en question.

L'enveloppe était couverte d'une marque de rouge à lèvres, comme la première. Je sortis la lettre et la lus.

Mon très cher Dash,

Tu as eu ma dernière lettre ? Tu savais que Lola c'était moi, ta maman ? Je l'espère. J'ai très envie de te voir. Tu veux bien me téléphoner ? Je séjourne chez une amie à Los Angeles, mais je ne lui ai pas dit que tu étais mon fils, alors tu n'as pas à craindre qu'elle en parle à la presse ou qu'elle s'immisce dans ta vie privée. Nous pouvons garder cela pour nous. J'espère que tu pourras me pardonner pour le mal que je vous ai fait, à ton papa et à toi. Je t'aime, et tu me manques. En espérant avoir de tes nouvelles bientôt,

Fais de beaux rêves

Lola/maman

Sous sa signature, elle avait inscrit son numéro de téléphone. Je repliai la lettre et la remis dans l'enveloppe. Zeke m'observait, l'air impassible, me laissant le temps de mettre de l'ordre dans mes pensées.

Je m'efforçai de calmer la tension en moi.

— Je n'en reviens pas, qu'elle dise m'aimer. Ce sont des bêtises.

L'expression « fais de beaux rêves » me dérangeait également. Elle me disait cela autrefois, chaque fois qu'elle éprouvait le besoin maternel de me border le soir. Mais il ne s'agissait pas d'un rêve ; c'était un cauchemar.

— Comment voulez-vous procéder ? demanda Zeke.

Je réfléchis. Je ne voulais pas téléphoner. Je n'étais pas encore prêt à lui parler. Mais je ne pouvais pas ignorer ses lettres, sinon, je me sentirais à la fois nerveux et coupable.

— Je veux que vous vérifiiez que c'est bien elle.

— Vous avez encore des doutes ?

— Non, mais je ne veux pas lui donner la satisfaction de me voir céder si facilement. Vous pouvez lui téléphoner et organiser une entrevue avec elle à Los Angeles. Exigez un test ADN. Et dites-lui que je n'accepterai de la voir que si les résultats confirment qu'elle est bien ma mère.

J'aurais pu suggérer qu'il prenne une photo d'elle et me l'envoie, mais je tenais à ce que ma mère sache qu'on ne plaisantait pas avec moi.

— Quand voulez-vous que je passe l'appel ?

— En fin de journée, à notre retour du magasin.

Je comptais y aller cet après-midi. Tracy serait sans doute fâchée, puisqu'elle m'avait ordonné de rester à l'écart. Mais j'étais encore plus décidé à faire comme bon me semblait, avec Tracy comme avec ma mère. Je ne les laisserais pas me contrôler. Me définir. Ou m'embrouiller l'esprit.

Ma vie m'appartenait encore.

D & M Feed était situé aux abords de la ville. Le D était l'initiale du mari de Maddie, Dave. Il était décédé depuis longtemps, et Tracy et moi ne l'avions pas connu.

Zeke s'arrêta sur le parking, et nous sortîmes tous les deux de la voiture. Pour l'occasion, j'avais décidé de m'habiller en star de la country : tenue western et stetson en paille. On allait sûrement me reconnaître.

En effet, dès que nous entrâmes dans le magasin, une rousse d'une vingtaine d'années regarda dans ma direction et s'exclama :

— Oh ! mon Dieu !

Elle donna un coup de coude à son compagnon, qui marqua un temps d'arrêt. Ils se mirent à chuchoter, semblant hésiter à m'approcher.

Je leur adressai un sourire, et ils vinrent me parler. Ils me dirent à quel point ils aimaient ma musique et me demandèrent s'ils pouvaient prendre des selfies avec moi. Je posai avec eux, puis je jetai un coup d'œil vers l'accueil.

Tracy y était, et elle semblait contrariée. À l'évidence, elle m'avait aperçu et savait donc que je lui avais désobéi.

D'autres clients approchèrent. Un couple me demanda si je pouvais prendre une photo avec leur enfant, une petite fille d'environ cinq ans au regard noisette expressif. Ses parents m'expliquèrent qu'elle aimait danser sur mes chansons. Mon cœur se serra, car je songeai au bébé que Tracy et moi avions perdu.

La fillette, prénommée Jilly, me fit un sourire timide. Je m'agenouillai et posai avec elle.

— Elle se souviendra de ce moment toute sa vie, se réjouit sa mère.

Enhardie, Jilly me tendit les bras, et je la portai pour une autre série de clichés.

Ce n'était pas la première fois que j'étais pris en photo avec l'enfant de fans. Mais cette fois c'était différent. Parce que Tracy était là.

Un instant après, Maddie sortit en trombe de son bureau. Mince comme un fil, les cheveux blonds et bouffants, elle se dirigea droit vers moi. Je confiai Jilly à sa mère.

Dès que je me retournai, Maddie me sauta dans les bras.

— Dash Smith, en chair et en os ! s'exclama-t-elle d'une voix râpeuse.

Je l'étreignis, respirant une bouffée de son parfum, mélange d'eau de toilette, de laque et de fumée de cigarette.

Elle me relâcha et demanda :

— Qui est ce beau garçon ?

Elle parlait sûrement de Zeke, qui se tenait derrière moi, comme une sentinelle.

J'émis un petit rire.

— C'est mon garde du corps.

— Ça ne m'ennuierait pas qu'il garde le mien.

— Je n'en doute pas, dis-je en souriant.

Je passai les dix minutes suivantes à faire d'autres selfies avec des clients. Maddie aussi prit quelques photos avec moi, ravie à l'idée de les publier sur les réseaux sociaux.

Dès que j'eus l'occasion de m'échapper, je demandai à Maddie si je pouvais me réfugier dans la salle de pause. Elle m'y emmena pendant que Zeke restait dans l'espace de vente. Je fis un signe à Tracy quand je passai devant elle, mais elle m'accorda tout juste un regard. À présent, elle semblait plus triste que fâchée. Cela me perturba.

Je m'installai dans la salle de pause, une pièce à la décoration spartiate meublée de tables et de chaises pliantes.

— Cette pièce n'a pas changé, remarquai-je.

— Mais toi si, répondit Maddie. Tu es très beau.

Elle posa la main sur ma joue.

— Notre Dash a bien réussi.

Si seulement j'avais eu une mère comme elle… Maddie n'avait jamais eu d'enfants, mais elle aurait fait une excellente maman.

— Vous pensez que Tracy pourrait prendre une pause pour venir me dire bonjour ?

— Bien sûr, je vais aller la remplacer. Et j'en profiterai pour reluquer ton beau garde du corps. Tracy et toi, vous êtes amis, maintenant ?

— Plus ou moins.

Je ne pouvais pas lui avouer que nous entretenions une liaison.

— Je l'ai aidée pendant la convalescence de son père.

— C'est très gentil de ta part. Je vais aller la chercher.

Elle désigna d'un geste le vieux réfrigérateur blanc.

— Tu peux prendre un soda. J'en garde toujours au frais pour vous, les petits.

Elle parlait de tous ses employés comme de ses enfants.

— Merci, mais je n'ai pas soif.

Je voulais juste voir Tracy.

J'attendis, impatient qu'elle se montre.

Quand elle entra dans la pièce, je tentai de sourire,

mais n'y arrivai pas. Je souffrais intérieurement, et elle aussi, je le voyais dans ses yeux.

— Je t'avais pourtant demandé de ne pas venir aujourd'hui, murmura-t-elle.

— Je sais. Mais j'avais envie de te voler un baiser.

— Tu ne peux pas faire ça, protesta-t-elle, jetant un regard nerveux autour d'elle. Et si un collègue entrait ?

— Le local de stockage, alors ?

Autrefois, nous avions l'habitude de nous y cacher pour nous embrasser. Une fois, j'avais même renversé toute une étagère de produits de nettoyage pendant l'un de nos intermèdes turbulents.

Elle secoua la tête.

— Encore plus risqué.

— Tu as raison. Et si je bloquais la porte avec une table ? Si quelqu'un essaye d'entrer, nous n'aurons qu'à dire que la porte est coincée. Ça nous laissera le temps de tout remettre en place.

Elle se mordilla la lèvre, retirant un peu de rouge à lèvres au passage.

— Tu as vraiment envie de m'embrasser ? demanda-t-elle.

— Éperdument.

La journée avait été difficile, et je ne voyais pas de meilleur moyen pour faire retomber la pression.

— Il te suffit de dire oui, insistai-je.

Était-elle en train de compter les battements désordonnés de son cœur ? Je comptais les miens, en tout cas.

Un… Deux… Trois…

— Je dois être folle d'accepter.

— Nous sommes deux fous, alors.

Je m'empressai de bloquer la porte. Dès que ce fut fait, je plaquai Tracy contre le mur.

Elle leva le visage vers le mien, et nous nous embrassâmes. Dans la passion de l'instant, j'oubliai tout. Elle émit de petits sons excitants, et j'ondulai contre elle à un rythme sensuel. J'enfouis les mains dans ses cheveux tandis qu'elle me retirait mon chapeau.

Nous nous interrompîmes pour reprendre un peu d'air, puis je l'embrassai de plus belle. Elle poussait des gémissements sensuels, et j'étais de plus en plus excité. Je voulais aller plus loin, mais je ne pouvais pas coucher avec elle ici. C'était très tentant, cela dit. Je pouvais peut-être déboutonner son jean et glisser ma main à l'intérieur, pour caresser son point le plus sensible…

Quand nous entendîmes quelqu'un actionner la poignée de la porte, je m'écartai de Tracy en sursaut. Des voix résonnèrent de l'autre côté du battant.

— C'est fermé, déplora une voix féminine.

— Je ne savais même pas que la porte avait un verrou, répondit quelqu'un.

— Moi non plus. Mais je pense qu'il est là-dedans.

Mince. À l'évidence, des employés du magasin voulaient rencontrer le célèbre Dash Smith.

Je posai un doigt contre mes lèvres pour enjoindre à Tracy de garder le silence. Elle hocha la tête, et nous patientâmes. Les personnes qui étaient derrière la porte firent quelques autres tentatives, puis nous entendîmes leurs pas s'éloigner.

Je remis mon chapeau, et Tracy arrangea ses cheveux.

— Je suis rouge ? demanda-t-elle. Est-ce que j'ai l'air coupable ?

Je hochai la tête, et nous éclatâmes de rire.

— Et moi ? demandai-je.

— Ça peut aller. Il faut que j'y retourne. C'était une pause plus longue que prévu.

Je remis la table à sa place.

— Tu devrais sortir en premier, suggérai-je. Je vais attendre un peu. Il y a sans doute beaucoup de fans dans l'espace de vente, maintenant. Quand Dash Smith est aperçu quelque part, la nouvelle se répand vite.

Elle ne répondit pas. Mais elle me jeta un dernier regard avant de sortir.

Je la regardai s'en aller, en réprimant le sentiment qu'elle faisait naître en moi chaque fois qu'elle me quittait.

Un sentiment de vide.

- 8 -

Dash

Le test ADN confirmait un lien familial et prouvait l'identité de Lola. Ce n'était pas une surprise, mais au moins cette partie de mon épreuve était passée. Le reste ne faisait que commencer.

Je retrouvai Zeke chez moi pour régler les détails. Nous nous installâmes dans un petit salon, une pièce décorée de bois de récupération et d'objets anciens et rustiques.

— Que cherche-t-elle ? demandai-je.

— En plus de renouer avec vous ? Elle veut revenir vivre à Nashville. Mais elle n'a pas d'argent pour déménager, et aucun endroit où s'installer une fois qu'elle sera ici.

— Elle veut que je lui trouve un logement ?

— Oui. Elle espère que vous le ferez rapidement, car l'amie chez qui elle séjourne à Los Angeles a hâte qu'elle s'en aille.

— Quelle a été votre impression ?

— De votre mère ? C'est un sacré numéro, pour sûr. Elle a beaucoup pleuré pendant notre entrevue.

Cela ne m'étonnait guère. Autrefois, mon père cédait à tous les caprices de sa femme quand elle pleurait. Moi aussi, j'étais ébranlé par ses crises de larmes impressionnantes.

— Vous a-t-elle dit qu'elle avait grandi en foyer ?

— Non, elle n'a pas évoqué son enfance. Mais il est

manifeste que cela a fait d'elle la personne qu'elle est aujourd'hui.

Tout comme mon enfance avait fait de moi ce que j'étais. Je me levai et allai me camper devant la fenêtre, tout en passant en revue les options qui s'offraient à moi. Zeke attendit patiemment, me laissant le temps de réfléchir.

— Je veux que vous fassiez venir ma mère à Nashville et que vous lui trouviez un logement, finis-je par dire.

Que pouvais-je faire d'autre ? La laisser errer dans les rues de la ville et se débrouiller seule ?

— Trouvez un quartier tranquille. Je prévoirai un budget et je demanderai à mon comptable de débloquer les fonds nécessaires. Il faudra aussi une voiture, des cartes de crédit et une pension mensuelle.

— J'informerai votre mère. Elle m'a dit qu'une fois de retour à Nashville elle comptait adopter le prénom Lola, car c'était pour elle une façon de repartir de zéro. Elle compte faire une demande légale. C'est une procédure simple, juste un formulaire à remplir et des frais de dépôt à régler.

— Lola Smith ?

— Non. Lola Dorchester. Elle pense que son nom de jeune fille lui va mieux. Elle n'est pas à l'aise avec l'idée de garder Smith comme nom de famille, à cause de la façon dont elle vous a traités, votre père et vous.

— C'est drôle qu'après toutes ces années elle se soucie de nous. Si c'était votre mère, demandai-je prudemment, vous l'aideriez, comme je compte le faire ?

Zeke fronça les sourcils. Pour une fois, il n'arborait pas son air impassible.

— Si j'étais à votre place, je ferais sans doute exactement comme vous. Mais ça ne m'enchanterait pas.

Un silence s'ensuivit. Puis Zeke demanda :

— Avez-vous encore besoin de moi ? Ou est-ce tout pour ce soir ?

— C'est tout. Je vais passer chez Tracy, pour voir si elle peut me consacrer un peu de temps. Mais je peux y aller seul.

— Si vous avez l'intention de passer régulièrement chez elle, je devrais faire installer des caméras autour de sa maison.

— Je vais lui en parler.

Mais pour l'instant j'avais juste besoin de la toucher. De l'embrasser passionnément. Je ne l'avais pas revue depuis ce baiser volé au magasin. Avec un peu de chance, elle accepterait de me voir. Étant donné que c'était elle qui était aux commandes, je n'en étais pas certain.

Une fois Zeke reparti, je téléphonai à Tracy. Elle m'informa qu'elle devait finir une mission sur son ordinateur, mais que je pourrais passer plus tard, quand elle serait couchée.

— Je laisserai une clé sous le paillasson, précisa-t-elle.

Rien qu'en songeant à la rejoindre, je fus traversé par une décharge de désir.

— Tu seras nue ? Tu m'attendras ?

— Peut-être, murmura-t-elle d'une voix douce et sensuelle. J'imagine que tu verras ça tout à l'heure.

Certes, elle s'offrait à moi, mais elle se montrait fuyante.

— À quelle heure devrai-je soulever le paillasson ? dis-je d'une voix presque pantelante.

— Tard. Après minuit. Je t'envoie mon adresse par message ?

— Inutile.

Je ne m'étais jamais rendu chez elle, mais je savais où elle vivait. Toutes ces années, j'avais continué à m'informer sur elle. Et aujourd'hui, malgré tout ce qui s'était passé, je la désirais encore.

À minuit pile, je grimpai dans mon pick-up et me mis en route pour rejoindre Tracy. J'étais déjà très excité.

J'empruntai des routes de campagne. La maison de Tracy était située non loin de chez son père.

Il n'y avait pas de phares derrière moi ; personne ne me suivait. Heureusement, les paparazzis ne s'intéressaient pas beaucoup à moi en ce moment. Beaucoup de musiciens restaient discrets et se reposaient après une grande tournée. À moins que je ne fasse quelque chose pour attirer l'attention, comme être surpris avec mon ex-fiancée, ils me laisseraient tranquille.

Éclairé par la lune, je m'engageai sur un chemin menant à la maison de Tracy, et je me garai dans une allée de gravier. Tracy avait oublié de laisser la lumière allumée dans la véranda. À moins que ce ne soit volontaire ?

J'utilisai la lampe de mon téléphone et soulevai le paillasson. Pas de clé. Je continuai ma recherche, et trouvai finalement le sésame sous le coin gauche.

Je déverrouillai la porte et pénétrai à l'intérieur de la maison. Il faisait très sombre, aussi m'éclairai-je avec mon téléphone. Tracy ne m'avait pas facilité la tâche, mais je trouvais cela encore plus excitant.

Plus mystérieux.

Je marchai à pas feutrés dans le couloir. Je ne savais pas quelle pièce était sa chambre, alors j'ouvris la première porte, tournant lentement la poignée et poussant à peine le battant.

J'éteignis la lampe de mon appareil pour ne pas éblouir Tracy, au cas où elle serait là. Je franchis le seuil et plissai les yeux. Était-elle dans le lit ?

Tandis que ma vue s'adaptait à l'obscurité, je l'aperçus soudain. Elle avait le dos tourné et était recouverte d'un drap. Ses cheveux étaient étalés sur l'oreiller. Je ne savais pas si elle était nue, mais j'étais impatient de le découvrir.

Je retirai mes bottes et mon T-shirt, gardant mon jean pour le moment.

Puis je me glissai dans le lit. Tracy semblait endormie, mais je la soupçonnais d'être réveillée et de jouer à un jeu de séduction avec moi. Je posai la main sur ses cheveux, mais elle ne bougea pas.

— Tracy, murmurai-je, baissant doucement le drap, centimètre par centimètre.

Elle était nue. Magnifiquement, sensuellement nue. Je promenai mes doigts le long de son dos. Elle émit un son léger et se tourna vers moi. Je me penchai vers elle, et nous nous embrassâmes. Un baiser ardent, enfiévré.

J'avais l'impression d'être au paradis.

Elle déboutonna mon jean et glissa la main à l'intérieur. Je gémis et insérai la main entre ses jambes, pour lui donner le même genre de plaisir que celui qu'elle me procurait.

Les baisers et les caresses s'enchaînèrent. J'étais raide de désir, et Tracy était déjà moite et prête à m'accueillir en elle.

Ensemble, nous fîmes glisser mon jean le long de mes jambes. Je ne portais pas de sous-vêtements : c'était une soirée commando. Avant de jeter mon pantalon au sol, je pris un préservatif dans ma poche. J'en avais apporté plusieurs, pour parer à toute éventualité.

Je déroulai la protection sur moi et me plaçai au-dessus de Tracy. Elle ouvrit les jambes et je me calai entre elles, puis la pénétrai d'un coup de reins brusque. Je restai immobile une seconde, savourant la sensation de mon corps enfin uni au sien.

Elle enroula les jambes autour de moi, et je commençai à onduler en elle, mais pas trop vite. Je tenais à faire durer le plaisir.

Je pris ses seins entre mes mains, et elle se cambra

avec une grâce féline. Tout en m'embrassant, elle passa les mains sur moi, s'attardant sur les muscles de mon dos et de mes épaules, comme s'ils avaient été sculptés pour elle.

Sous ses caresses, je me sentais puissant, fort et viril. J'aurais pu me faufiler dans sa chambre chaque soir jusqu'à la fin de mes jours sans être rassasié. J'imaginai Tracy emménager chez moi. Une pensée qui ne m'étonna pas puisque je songeais déjà à la demander en mariage.

J'accélérai le tempo, pour cesser de penser et me perdre en elle.

Elle m'étreignit, m'enjoignant d'aller plus fort encore. À l'évidence, elle était aussi impatiente que moi d'atteindre la jouissance. Je l'y aidai, en caressant l'endroit le plus sensible de son corps.

Un souffle lui échappa, et elle enfonça les ongles dans ma chair. Y laisserait-elle des marques ? Demain, au réveil, aurais-je des preuves de cette nuit de passion ? Je l'espérais.

Elle atteignit l'orgasme la première, et je la sentis frissonner contre moi. Je jouis à mon tour quelques secondes plus tard.

Dans le silence qui s'ensuivit, je m'effondrai entre ses bras et repris ma respiration, tandis que Tracy déposait une série de baisers sur mon cou.

Quelques instants après, elle alluma une petite lampe de chevet pour que je puisse me diriger jusqu'à la salle de bains. Lorsque je revins, j'observai la pièce. C'était une chambre chaleureuse et apaisante, aux murs pâles.

— Tu restes jusqu'à ce que je m'endorme ? demanda-t-elle.

— Avec plaisir.

Je retournai dans le lit et remontai le drap sur nous.

— Et la clé ? Je peux la garder, au cas où nous répéterions l'expérience ?

— Oui, dit-elle en éteignant la lampe. C'est une clé de secours.

D'autres rendez-vous de minuit étaient donc possibles. Cette perspective me réjouissait et m'excitait déjà. D'un autre côté, cela ne me suffisait pas. Je voulais demander à Tracy d'emménager chez moi. Mais je restai muet.

Elle se blottit contre moi, et je gardai les yeux ouverts, tel un chevalier veillant sur sa reine.

Bientôt, elle s'endormit. Je humai l'odeur de ses cheveux, puis je sortis du lit.

Dans le noir, je tâtonnai pour retrouver mon téléphone et mes vêtements.

Je m'habillai dans le salon, en faisant aussi peu de bruit que possible. Tracy serait-elle d'accord pour vivre avec moi ? Ou voudrait-elle mettre un terme à notre liaison ?

Une fois sur le perron, je fermai la porte à clé puis gagnai mon véhicule. Les mains fermement plantées sur le volant, je pris la route de Pine Tower.

Seul, sous le clair de lune.

Zeke avait organisé le déménagement de ma mère en quelques jours à peine. Elle vivait maintenant à Nashville, dans une résidence située sur une colline. La maison était entourée de hautes haies végétales et de grilles de métal.

Assis à l'arrière du SUV et caché par les vitres teintées, je m'apprêtai à faire ma première visite à ma mère. Tandis que Zeke s'engageait dans l'allée de la maison et actionnait une télécommande pour refermer le portail derrière nous, je songeai à la façon dont ma mère m'avait abandonné. Elle m'avait dit qu'elle voulait m'emmener, mais que son compagnon – celui pour lequel elle avait quitté mon père – n'était pas habitué aux enfants, et qu'il ne pourrait pas composer avec ma présence. Elle m'avait promis de m'envoyer de l'argent, de m'acheter des cadeaux et de revenir me voir, mais elle n'avait jamais rien fait de tout cela.

Et maintenant c'était moi qui subvenais à ses besoins. Savoir à quel point elle avait besoin de mon argent me procurait une étrange satisfaction. Le garçon qu'elle avait abandonné était devenu un chanteur à succès, adoré par des millions de gens.

— Je ne resterai pas longtemps, dis-je à Zeke.

Il acquiesça d'un signe de tête, et je sortis de la voiture. Je portais des bottes sur mesure, cousues main. Je les avais payées très cher. Dix mille dollars, pour être précis. Après ce que « Lola » nous avait fait, à mon père et à moi, je n'avais aucun scrupule à faire étalage de ma richesse. C'était comme une justice immanente, en quelque sorte. Malgré tout, en mon for intérieur, je souffrais, car j'avais l'impression de revivre l'abandon de ma mère.

Je frappai à la porte et pris une profonde inspiration, me préparant au moment où j'allais revoir ma génitrice. J'espérais que son regard de menteuse ne serait pas empli de larmes. Elle était douée pour attendrir les gens avec ses pleurs. Cela avait particulièrement bien fonctionné avec mon père et avec moi.

La porte s'ouvrit à la volée, et je la vis enfin. La femme qui m'avait mis au monde. Elle avait vieilli, mais elle était toujours grande et mince, et étonnamment séduisante. Elle avait toujours su tirer le meilleur parti de son apparence.

Elle portait un chemisier de soie blanc et un pantalon noir. Ses cheveux acajou, plus courts qu'autrefois, étaient coiffés en un carré lisse qui révélait une paire de boucles d'oreilles scintillantes. Ce n'étaient pas des pièces de créateur, manifestement. En fait, elles me rappelaient les bijoux fantaisie qu'elle achetait autrefois dans les magasins de seconde main. Avait-elle vendu les bijoux onéreux qu'elle avait pu accumuler au fil des années ? Était-elle à nouveau obligée de porter des babioles bon marché ?

— Dash, dit-elle d'une voix tremblante. Je suis si heureuse de te voir !

Elle avança comme pour me serrer dans ses bras, mais je reculai, contrecarrant son effort.

Des larmes embuèrent ses yeux noisette. Comme je le craignais, elle recourait à cette vieille technique. Je remarquai ses faux cils épais et volumineux. Elle en portait autrefois, quand papa l'emmenait dîner dehors. Il avait toujours été très fier de sa beauté.

— Entre, dit-elle en tapotant ses yeux.

Je n'avais pas encore parlé. Apparemment, j'avais perdu ma langue.

J'entrai dans la maison de style Tudor. Zeke m'avait dit qu'elle était élégamment meublée, et il avait raison. Le verre et le chrome étaient contrebalancés par du bois sculpté et des étoffes luxueuses.

— Veux-tu boire quelque chose ? offrit-elle, reprenant contenance. J'ai préparé de la citronnade. Sinon, je peux te faire un cocktail.

Elle montra le bar bien fourni.

— Je vais prendre la citronnade.

C'étaient les premiers mots que je disais à ma mère après dix-huit ans.

Elle alla dans la cuisine et me rapporta un grand verre garni de quartiers de citron. Mais soudain j'eus besoin de quelque chose de plus fort.

J'allai au bar et corsai ma boisson avec une double dose de vodka.

Je sentais que ma mère m'observait. Je me retournai vers elle et affichai un sourire narquois.

— À ma mère et à ses mensonges, dis-je en levant mon verre.

J'avais besoin de vider mon sac, d'exprimer enfin mes sentiments.

À nouveau, elle eut les larmes aux yeux et sa lèvre inférieure trembla.

— Je suis désolée, dit-elle. Ce que je t'ai fait est méprisable.

— Oui, en effet.

Elle joua avec un bracelet doré qui ornait son poignet. Un bijou fantaisie également. Je croisai les chevilles et remarquai qu'elle observait mes bottes au prix exorbitant.

— Merci de m'avoir installée ici. C'est une très belle maison.

— J'ai demandé à Zeke de la choisir.

— Ah. Tu ne l'avais pas visitée avant de la louer ?

— Non, dis-je, et un muscle tressauta dans ma mâchoire. J'ai laissé Zeke s'en charger.

— Il y a une magnifique roseraie dans le jardin. Nous pouvons aller sous le belvédère, si tu le souhaites. J'ai déjà allumé les lanternes.

— Je préfère rester à l'intérieur.

Je bus un peu de citronnade à la vodka puis demandai :

— Que s'est-il passé avec le type au Mexique ? Pourquoi est-ce fini entre vous deux ?

— Tu parles d'Hector ?

Avec un soupir théâtral, elle se laissa tomber dans un fauteuil de velours mauve et croisa les jambes.

— Il était horrible avec moi. Il n'arrêtait pas de me donner des ordres, de me reprendre, comme si je n'étais pas assez bien pour lui. Il vient d'une famille distinguée, qui me prenait également de haut. Il ne m'a même pas autorisée à garder mes plus beaux vêtements ni mes bijoux. Il a repris les cadeaux qu'il m'avait faits, or j'avais vendu presque tous mes biens avant de le rencontrer.

Donc j'avais vu juste. Son statut de femme entretenue

ne l'avait pas rendue riche. À moins qu'elle ne cache ses objets de valeur, ce qui était peu probable. Elle avait toujours aimé montrer ses plus belles possessions.

— Hector sait ce que je fais dans la vie ? demandai-je.

— Non. Moi-même, je l'ignorais, jusqu'à ce qu'Hector me jette dehors et que je revienne aux États-Unis.

— C'est à ce moment-là que tu as découvert que j'étais célèbre ? Juste avant de m'envoyer la première lettre ?

Elle hocha la tête.

— C'est fou, non ? J'étais au plus bas, et je vivais chez une amie à Los Angeles, en me demandant comment j'allais faire pour survivre. Et puis j'ai mis une chaîne musicale à la télévision, et je t'ai vu dans un de tes clips.

Elle joignit les mains dans son giron.

— J'ai essayé de m'immerger dans le monde d'Hector. Je me suis coupée des États-Unis et de tout ce qui s'y passait. Et, puisque tu n'es pas connu au Mexique, je n'avais jamais entendu parler de ta carrière.

Je pris une autre gorgée d'alcool.

— Je percerai peut-être un jour là-bas, dis-je.

Certaines de mes chansons s'étaient bien vendues en Australie, en Europe et en Asie, mais ma mère le savait sans doute déjà. Ou, à tout le moins, elle avait entendu parler de la tournée mondiale que je venais d'achever. Telle que je la connaissais, elle avait sûrement recherché le montant de ma fortune sur Internet.

— Dès que j'ai su, j'ai téléchargé ton album, dit-elle gaiement. J'ai dû l'écouter une bonne centaine de fois.

— Pourquoi ne m'as-tu pas dit simplement qui tu étais dans ta première lettre ? Pourquoi tous ces mystères ?

— Je ne savais pas si tu lisais le courrier de tes fans ni même si tu recevrais ma lettre. Mais je voulais attirer ton attention d'une manière unique, au cas où j'arriverais à te joindre.

— Zeke l'a fait analyser. Il a même demandé au labo de tester ton rouge à lèvres.

— C'est vrai ?

Elle semblait impressionnée par les moyens que j'avais mis en œuvre pour la démasquer.

— Je suis si heureuse d'être ici avec toi !

J'émis un son incrédule.

— Je n'en doute pas, ironisai-je.

Elle fit la moue.

— Est-ce que tu vas me détester éternellement ?

Je répondis d'un haussement d'épaules.

— Je ferai tout pour me faire pardonner, assura-t-elle, portant la main à son cœur. Malgré les apparences, je t'ai toujours aimé.

— Ne fais pas ça, protestai-je.

— Quoi donc ? Te dire que je t'aime ?

— Oui. Je ne supporte pas quand les femmes le font.

Jusqu'ici, Tracy et elle étaient les seules femmes qui m'aient jamais dit ces mots. Et je n'avais plus à craindre que Tracy me les répète.

— Mais tes groupies te le disent tout le temps, non ?

— Ce n'est pas la même chose. Je ne suis qu'une illusion pour elles, pas une vraie personne.

— Est-ce que je t'ai traumatisé ? demanda-t-elle d'un ton agacé. En te laissant tout seul ?

— Je n'étais pas seul. Papa était là.

Je finis ma boisson et reposai le verre sur le bar avec un bruit sec.

— Est-ce que j'ai l'air traumatisé ? J'ai tout ce que j'ai toujours souhaité. Tu devrais voir ma propriété, fanfaronnai-je.

J'avais voulu l'impressionner. Mais prononcer ces paroles ne m'avait fait aucun bien.

— Est-ce que tu m'inviteras chez toi pour que je puisse voir ta maison ?

— Non. Et tu ferais mieux de ne dire à personne que je suis ton fils. Sinon, je te coupe les vivres.

— Rassure-toi, je ne ferai rien de stupide.

Elle m'observa de près.

— Zeke t'a dit que j'avais l'intention de changer de nom ?

— Oui, et ça me va.

En fait, je préférais cela.

— Je m'en vais, maintenant, déclarai-je.

Elle se leva.

— Merci de m'avoir sauvée.

C'était le mot. Car elle était une demoiselle en détresse. À cette pensée, je faillis ricaner.

Mais, lorsqu'elle se précipita vers moi et me prit dans ses bras, je n'avais plus du tout envie de rire. Quand j'étais enfant, j'avais rêvé qu'elle revienne, qu'elle me serre contre elle. Qu'elle m'aime.

Mais aujourd'hui je ne pouvais pas accepter son affection. Incapable de bouger, je restai raide pendant qu'elle m'étreignait.

Elle me relâcha et demanda :

— Quand reviendras-tu me voir ?

— Je ne sais pas.

Pour l'instant, je ne pouvais avancer qu'au jour le jour, en tâtonnant. Et en m'efforçant de ne pas souffrir autant qu'autrefois.

- 9 -

Tracy

Ma liaison avec Dash durait depuis un peu plus d'un mois, mais mon plan ne fonctionnait pas. J'aimais toujours Dash, et je souffrais chaque fois que je le voyais, chaque fois qu'il me touchait. Devais-je interrompre notre aventure, pour mettre un terme à mon tourment ?

Non, pensai-je. Si j'arrêtais trop vite, je pourrais bien le désirer encore plus. La solution était de continuer, en espérant que je finirais par retrouver la raison.

Bien que mon problème accapare presque toutes mes pensées, j'avais tout de même remarqué que Dash était d'humeur changeante ces derniers jours. Une minute, il était joyeux, et la suivante il semblait déprimé. Cela me perturbait, mais j'essayais de ne rien laisser paraître. Je ne voulais pas que Dash devine mes sentiments pour lui.

Aujourd'hui, il avait l'air heureux. Sans doute parce que papa était là, à Pine Tower. Il était venu avec Valentine, la pouliche que Dash lui avait achetée.

Dash, mon père et moi étions dans l'écurie pour installer l'animal dans son nouveau foyer. Valentine avait une personnalité amicale, et elle appréciait particulièrement Dash. Lui aussi l'adorait.

Il comptait consacrer du temps à la soigner et à

l'entraîner, avec l'aide d'un entraîneur que mon père lui avait recommandé.

Papa me sourit. Lui aussi semblait heureux, aujourd'hui. Il était ravi que Dash et moi ayons repris notre relation.

Nous ne lui avions pas dit la vérité. Nous le laissions croire que nous étions un vrai couple, et non deux êtres esseulés embarqués dans une liaison purement physique.

— Tu veux marcher un peu ? suggérai-je à mon père.

J'avais besoin de m'éclaircir l'esprit et, puisque Dash était occupé avec la pouliche, je doutais qu'il voie un inconvénient à ce que nous nous absentions.

Papa accepta ma suggestion, et nous prévînmes Dash que nous reviendrions plus tard.

Mon père me prit par le bras, et nous longeâmes le lac. Le soleil était haut dans le ciel et tapait fort.

— C'est vraiment splendide, par ici, commenta mon père.

— Oui, en effet.

Les terres étaient verdoyantes et les eaux bleues du lac étaient claires. Même la forêt semblait enchantée. J'imaginais sans mal que des fées, des gnomes et d'autres créatures surnaturelles y habitaient.

Nous fîmes une pause afin d'observer les canards. Certains nageaient, d'autres lissaient leurs plumes. Tandis que je les contemplais, un souvenir d'enfance me revint en mémoire.

— Tu te souviens du devoir que j'avais rédigé en primaire et qui s'appelait : « Comment les canards restent au sec » ?

— Oui, dit-il en souriant. Je l'ai conservé, il est dans le garage avec tes bulletins scolaires et tes autres travaux. Tu étais une enfant adorable. Ta mère et moi étions très fiers de toi. Je le suis toujours, ajouta-t-il tendrement.

Ses paroles me réchauffèrent le cœur.

— Merci, papa.

Serait-il aussi fier de moi s'il savait qu'en réalité ma vie était en plein chaos ?

Il m'observa, le regard ombré par le bord de son chapeau.

— Maintenant que Dash et toi êtes à nouveau ensemble, tu vas enfin enregistrer un titre avec lui ?

— Non. Je n'ai pas changé d'avis. Tu connais ma position : j'ai besoin de faire les choses par moi-même.

J'aurais aimé pouvoir avouer la vérité à papa sur ma relation avec Dash. D'ailleurs, mon plan commençait à paraître bizarre, même pour moi. Pourquoi coucher avec la personne que l'on voulait cesser d'aimer ?

Étais-je en train de tout faire de travers ? Aurais-je dû encourager Dash à m'aimer, plutôt ? Était-il capable d'aimer, contrairement à ce qu'il croyait ? Ou étais-je, comme autrefois, idiote d'attendre l'impossible ?

— Tout va bien ? demanda papa.

Je poussai un soupir tremblant.

— Oui, ça va.

— Tu me parais nerveuse, tout à coup. C'est parce que j'ai mentionné le duo ? Je suis désolé de t'avoir embêtée avec ça. Si tu as besoin de gérer ta carrière selon tes conditions, ce n'est pas à moi de te dire quoi faire.

À dire vrai, j'avais besoin de gérer ma vie entière selon mes conditions. Mais je rêvais de connaître le genre d'amour que mes parents avaient connu. Un amour sincère et vrai, un amour infini.

— Tu es sûre que ça va ? insista papa.

— Oui, rassure-toi. Retournons à l'écurie pour voir comment Dash et Valentine se débrouillent.

Je ne voulais pas que mon père m'étudie de trop près.

Hélas, lorsque nous arrivâmes à l'écurie, mes émotions furent encore plus à vif, surtout quand Dash me sourit. J'avais envie de l'attirer contre moi. De l'embrasser éperdument. De fermer les yeux et d'oublier mon besoin d'amour.

Plus tard, après le départ de mon père, je réalisai mes désirs. J'entraînai Dash dans un box vide et l'embrassai à pleine bouche.

Lorsque nous reprîmes notre respiration, il avoua :

— Ta tenue m'a rendu fou toute la journée.

Comme il faisait chaud, j'avais opté pour un T-shirt et un short en jean très court.

— Tu as toujours eu un faible pour ma tenue Daisy Duke, plaisantai-je.

— Surtout avec tes bottes hautes.

Il posa un regard sensuel sur mon corps. Je l'agrippai par la boucle de sa ceinture pour le plaquer contre moi.

— Il vaudrait mieux que tu aies un préservatif sur toi, avertis-je.

— J'en ai toujours, maintenant que je suis avec toi.

Il sortit une protection de son portefeuille.

— Dépêche-toi, le pressai-je.

— Bon sang, tu es particulièrement excitée, aujourd'hui !

Oui, je me consumais de désir. Mais j'essayais surtout d'oublier mon amour pour Dash.

Après un autre baiser, nous plongeâmes dans une frénésie charnelle.

Il me retira mon short et mon slip, laissant mon T-shirt et mes bottes en place. J'ouvris sa chemise à boutons-pression d'un coup sec, dévoilant son torse hâlé. Il acheva de se déshabiller, puis batailla avec l'emballage du préservatif en marmonnant un juron.

Je gémis quand il me pénétra enfin. Il alla et vint en moi à un rythme déchaîné. Mes fesses nues martelaient le mur derrière moi, et elles me feraient sûrement mal demain.

Nous haletions et émettions des sons primaires. L'odeur des chevaux et du foin flottait dans l'air, renforçant l'impression que nous étions revenus à un état animal.

Je me mordillai la lèvre si fort que je faillis saigner. Je me fichais que quelqu'un entre dans l'écurie et nous surprenne. Toutefois, je savais que c'était improbable. Dash avait renvoyé ses employés tout à l'heure, pour être seul avec Valentine. Et maintenant il était seul avec moi.

En train de me faire des choses indécentes, pensai-je. Mais c'était ce que je voulais, ce dont j'avais besoin pour libérer mon cœur. Hélas, cela ne fonctionnait pas.

Et, lorsque nous eûmes atteint l'orgasme et que nous nous rhabillâmes, mon problème n'était toujours pas résolu. Je me consumais toujours d'amour pour Dash.

Je regagnai la maison avec Dash, l'esprit en ébullition. Étais-je folle ? Ou était-il possible que Dash m'aime un jour ? Je voulais croire que oui, je m'accrochais à cet espoir. Mais j'avais également peur de retomber dans le même schéma, et d'avoir le cœur en miettes.

— Tu veux écouter un peu de musique ? proposa-t-il.

— Volontiers, dis-je sur un ton que j'espérais joyeux.

Apparemment, j'avais été convaincante. Dash ne semblait pas soupçonner mon conflit intérieur.

Je le suivis dans le studio de musique, où il rangeait ses guitares, ses disques d'or et ses prix.

Pendant que je me calais dans un fauteuil de cuir noir, il choisit des vinyles à mettre sur sa chaîne stéréo. Bien qu'il aime la musique numérique, Dash collectionnait les vieux disques depuis toujours.

Ses propres chansons étaient teintées d'angoisse existentielle, influencées par son enfance pauvre et sa lutte pour se faire une place au soleil. La pochette de son album le plus vendu était une photo de lui. Sur ce cliché, sa beauté sombre et torturée donnait envie aux femmes de le sauver. Je ne faisais pas exception. Pourtant, j'aurais dû savoir que je ne pouvais pas le changer.

Apparemment, je n'avais retenu aucune leçon du passé, puisque j'espérais encore qu'il m'aime un jour…

Quand il leva les yeux vers moi, j'eus le cœur serré. Je songeai à l'enfant que nous avions perdu. Dash n'avait jamais écrit de chansons sur notre drame, et moi non plus.

Personne hormis nos pères respectifs n'avait su que j'étais enceinte. Nous comptions annoncer la nouvelle à nos amis et à nos collègues plus tard, quand la grossesse serait plus avancée. Le sort en avait décidé autrement.

— Je dois téléphoner à Spencer, dit-il, me ramenant au présent.

— Pour parler de votre collaboration ?

— Entre autres. J'ai pensé que nous pourrions d'abord les inviter à dîner, Alice et lui. Ou cela te pose-t-il toujours un problème que nous soyons réunis tous les quatre ?

— Non. Nous pouvons passer du temps avec eux, si tu en as envie.

Après plusieurs semaines de liaison, j'appréciais l'idée de se retrouver entre couples. Spencer et Alice avaient surmonté beaucoup d'obstacles au début de leur relation, et je les admirais pour ce qu'ils avaient accompli. Et, qui sait ? Leur mariage heureux et plein d'amour pourrait, peut-être, inspirer Dash.

— Ça te convient, tu en es sûre ? Je m'attendais à ce que tu invoques l'une de tes règles.

— La plupart sont déjà oubliées.

Car, maintenant, j'avais un nouvel objectif. Si Dash savait…

— Alors prévoyons un barbecue dès qu'ils seront

disponibles, conclut-il. Nous pourrions faire du kayak avant le repas.

— J'envoie un message à Alice pour voir ce qu'elle en pense.

À mon avis, Spencer et elle seraient ravis de passer une soirée avec nous au bord du lac.

Dash continua à fouiller dans sa collection et sortit deux albums de blues que nous appréciions tous les deux.

J'approuvai d'un signe de tête, et il plaça les vinyles sur les platines. Quand la lecture du premier album commença, Dash me rejoignit. Se penchant vers moi, il s'appuya sur le dossier de mon fauteuil, qui bascula en arrière.

J'agrippai les bras du siège.

— Qu'est-ce que tu fais ?

— Je t'embrasse.

Dès qu'il posa les lèvres sur les miennes, je fondis comme une adolescente. Il m'embrassa lentement, nonchalamment, comme s'il avait tout son temps. Et c'était le cas. Je lui donnerais le reste de ma vie si tout se passait comme je l'espérais.

J'ouvris les paupières et je regardai son visage, si près du mien. Dash était-il capable d'aimer ? La coquille qu'il avait construite autour de lui pouvait-elle être brisée ?

Il fallait que j'essaye de le découvrir. Mais je devais aussi rester forte. Et garder la tête froide. Je ne pouvais pas m'effondrer comme par le passé.

— À quoi penses-tu ? demandai-je.

Un soupir s'échappa de mes lèvres.

— À toi.

— À moi ? s'étonna-t-il.

— Aux sensations que tu me procures, au fait que j'ai besoin de toi.

Je ne pouvais en dire plus sans dévoiler mes sentiments pour lui.

Il me donna un autre baiser, doux et tendre, et je m'abandonnai entre ses bras.

Le barbecue commençait très bien. Je posai la vaisselle à pique-nique sur la table de la terrasse, près de la piscine, et nous nous installâmes tous les quatre. Plutôt que de solliciter le cuisinier de Dash, nous avions tout préparé nous-mêmes, comme des gens normaux.

En plus des burgers que Dash avait fait griller, il y avait au menu divers accompagnements et une salade. Pour le dessert, j'avais préparé une charlotte aux fraises.

Dash buvait une bière tandis que Spencer, ancien alcoolique, sirotait un soda. Spencer n'évitait pas les événements où de l'alcool était servi, et il avait même un bar bien fourni chez lui, pour ses invités. Toutefois, il assistait régulièrement à des réunions d'anciens alcooliques. Il ne prenait pas sa guérison à la légère, et Alice non plus. Il avait failli replonger durant une période difficile de leur relation.

Alice et lui formaient un beau couple. Elle était blonde et pâle, et lui, brun au teint mat. Tous deux avaient été des adolescents rebelles. D'une certaine façon, ils étaient de la même trempe.

Tout le monde discutait agréablement. Je passais un bon moment, pourtant, mes craintes pour l'avenir continuaient de me tarauder.

Dash et moi étions-nous de la même trempe ? Avions-nous assez de points communs pour faire fonctionner une vraie relation ? Ou allions-nous vers le désastre, une fois de plus ?

De temps en temps, Dash me lançait des regards, et cela ne faisait que me troubler davantage. Il me rendait si nerveuse que j'avais du mal à manger.

Après le repas, Dash emmena Spencer dans l'écurie pour voir Valentine. Alice m'aida à emporter les plats dans la cuisine.

— Que se passe-t-il ? me demanda-t-elle. Je vois bien qu'il y a un problème.

Évidemment. Alice me connaissait mieux que personne.

— Je suis un peu perdue, avouai-je. Je suis toujours amoureuse de Dash. En fait, je suis retombée dans le même piège. J'espère qu'il va tomber amoureux de moi.

— Tu crois qu'il a changé ? Est-ce qu'il te semble différent ?

— Avant, il n'était pas célèbre, alors, forcément, sa notoriété a eu un effet sur lui. Mais pour le reste je ne saurais dire. Parfois, il est plus maussade qu'avant. Mais il est aussi beaucoup plus attentionné.

— C'est déroutant.

— Oui. Si notre relation n'avance pas comme je le voudrais, je ne peux pas me permettre de finir dévastée comme la première fois.

Je devais être une femme nouvelle, plus forte. Du moins, c'était ce que je me répétais.

Je sortis des boîtes en plastique d'un placard et y versai les restes, avec l'aide d'Alice.

— Tu t'en sortiras très bien, assura-t-elle. J'en suis persuadée.

— Je suis contente que Dash ait suggéré ce barbecue. En fait, j'espérais que Spencer et toi auriez une bonne influence sur lui.

— Houlà ! Je me sens sous pression, plaisanta-t-elle, me donnant un petit coup d'épaule. Mais je suis flattée.

J'enviais Alice. Je rêvais de connaître, comme elle, l'amour réciproque et le bonheur conjugal. Mais pour l'instant, tout ce que je pouvais faire, c'était profiter de la journée et ne plus me préoccuper des choses que je ne pouvais pas contrôler.

Lorsque les hommes revinrent de l'écurie, nous enfilâmes notre maillot de bain pour notre aventure en kayak.

Nous prîmes des kayaks biplaces et des gilets de sauvetage dans le hangar à bateaux. Dash avait tout l'équipement dont nous avions besoin.

Spencer et Alice grimpèrent dans leur embarcation, lui à l'arrière et elle devant. Tous deux étaient des kayakistes chevronnés, aussi n'eurent-ils aucun mal à avancer dans l'eau.

Dash et moi les suivîmes. Comme Alice, j'étais à l'avant. Mais, dans notre cas, les compétences n'étaient pas égales. Dash était un expert, et moi, une novice.

Tandis que nous pagayions, je priai pour ne pas faire chavirer le kayak. Mais je n'avais pas de raison de m'inquiéter. Nous avancions en parfaite harmonie, Dash et moi. Comme si nous étions un vrai couple.

En fin de soirée, je rejoignis Dash dans sa chambre. Il était déjà en sous-vêtements, tandis que j'étais encore habillée.

— Il faut que je te parle, annonça-t-il.

— De quoi ?

Il semblait anxieux, et j'espérais que ma bonne humeur de la journée n'allait pas voler en éclats.

Il s'assit au bord du lit et passa la main dans ses cheveux.

— Bon. Ne panique pas, mais je pense que nous devrions nous fiancer à nouveau.

Je faillis en tomber à la renverse. Avais-je bien entendu ? Venait-il de me demander en mariage ? Oui, apparemment ! Néanmoins, son ton détaché m'indiquait que l'amour n'avait rien à voir là-dedans.

— Pourquoi penses-tu que nous devrions nous fiancer ?

— Parce que j'aime être avec toi, et qu'ensemble nous pourrions avoir une belle vie.

Parce que je tenais tant à ce qu'il prononce le mot en A, je glissai :

— La plupart des gens pensent que le mariage doit être fondé sur l'amour.

— Certes, mais pour nous c'est différent. Nous pouvons avoir une relation délestée de toutes ces considérations sur l'amour. N'est-ce pas déjà le cas ? Tu ne peux pas nier que nous sommes amis, ou dire que le temps que nous passons ensemble n'est pas épanouissant.

J'avais envie de pleurer, tout à coup. J'avais poussé Dash à croire que je ne l'aimais plus, et maintenant j'en payais le prix.

— Je me sens seul quand tu n'es pas là, murmura-t-il.

Il semblait plus sentimental, à présent, plus romantique. Mais le sentiment de solitude n'était pas de l'amour. Ce n'était pas ce que je recherchais. Mon cœur était meurtri à cause des mots que Dash ne disait pas. Des seuls mots que j'avais besoin d'entendre.

— Tracy, je songe à t'épouser depuis que nous avons entamé notre liaison. Je me disais que j'étais fou de penser à ce genre de choses. Mais, après avoir passé du temps avec Alice et Spencer, aujourd'hui, je me rends compte que ça n'a rien de fou. Que nous pourrions être aussi heureux qu'eux.

Apparemment, nos amis l'avaient influencé, mais pas comme je l'avais espéré. Dash avait complètement occulté le fait qu'Alice et Spencer étaient follement amoureux.

— Je sais que nos fiançailles se sont mal terminées la dernière fois, poursuivit-il. Mais c'est parce que j'avais peur de ne pas pouvoir nous assurer une vie décente. Maintenant, je peux t'offrir une existence de luxe. Tu peux vendre ta maison et t'installer chez moi. Je peux acheter à ton père une plus grande ferme, ou il pourrait venir vivre à Pine Tower.

Il fit un grand geste.

— Imagine le mariage incroyable que nous aurons ! Je t'offrirai la robe et le diamant de tes rêves et, quand nous serons mariés, tu pourras passer autant de temps sur ta carrière que tu le veux, sans avoir à travailler à côté. Ensuite, quand tu seras prête, nous pourrons enregistrer un titre ensemble.

Il avait déjà tout prévu… Les moindres détails de la façon dont il allait diriger ma vie.

— Est-ce que tu t'entends, Dash ? Tout tourne autour de ton succès. Et tu parles comme si je devais t'être reconnaissante.

— Ah, oui ? rétorqua-t-il. Eh bien, ce serait agréable que tu me montres un peu de soutien, un peu de fierté pour le chemin que j'ai parcouru. Tu sais très bien que j'ai grandi dans la misère et que je l'ai mal vécu.

— Oui, mais ça ne te donne pas le droit d'essayer de m'acheter maintenant que tu es riche.

Je vis un muscle tressauter dans son cou.

— Il n'y a rien de mal à ce qu'un homme veuille prendre soin de sa femme, dit-il.

— Et il n'y a rien de mal à ce qu'une femme préfère se débrouiller seule.

Il se leva et avança vers moi.

— Tu ne peux pas au moins envisager de m'épouser ?

— Pas de cette manière.

Je ne pouvais pas lui avouer la vraie raison de mon refus. Ni lui dire à quel point il était douloureux pour moi d'être si près de lui sans être aimée de lui.

— Tu vas cesser de me voir ? demanda-t-il. C'est la fin de notre liaison ?

J'hésitai à répondre. Je ne savais que faire.

— Tracy ? insista-t-il.

Je n'étais pas prête à lui dire adieu. J'aurais dû, pourtant, mais apparemment j'en étais incapable. Les gens amoureux agissaient de manière stupide, et je ne faisais pas exception.

— Nous pouvons continuer quelque temps, finis-je par répondre. À moins que tu ne veuilles rompre.

— Ce n'est pas moi qui déciderai d'arrêter. Pas après t'avoir proposé de partager ma vie.

Alors soit. Nous allions rester ensemble pour l'instant, même si l'atmosphère était devenue pesante et que nos émotions étaient à vif.

Il se dirigea vers le lit et écarta les draps.

— Il se fait tard, dit-il. Nous devrions dormir.

Je me déshabillai, mais je gardai mes sous-vêtements, comme lui. Nous nous étendîmes côte à côte, mais sans nous toucher.

Dash éteignit la lumière, et je fermai les yeux, allongée à côté de lui, empêtrée dans une liaison qui était en train de mal tourner.

- 10 -

Dash

Je passai la semaine suivante à faire des achats en ligne. Puisque Tracy avait refusé ma demande en mariage, j'évacuais ma frustration en achetant des cadeaux pour ma mère.

Il y avait encore quelques semaines, je n'étais même pas sûr de vouloir la revoir, et voilà que je faisais des achats hors de prix pour la gâter. Mais au moins maman apprécierait tout ce que je lui donnerais. Je ne faisais cela que pour oublier que Tracy m'avait rejeté, je le savais bien. Mais j'avais besoin de me sentir utile.

La réaction de Tracy à ma demande en mariage m'avait blessé, et contrarié. Certes, je n'avais pas mis les formes, mais je tenais vraiment à partager ma maison, ma musique et ma vie avec elle.

J'avais cru que la comparaison avec Alice et Spencer aurait joué en ma faveur. À l'évidence, j'avais eu tort.

Pourquoi fallait-il que Tracy soit si têtue ? Pourquoi ne pouvait-elle pas se réjouir de mon succès et me laisser la couvrir de cadeaux ? J'avais travaillé si dur pour arriver là où en j'étais… Elle savait que j'avais eu une enfance difficile, et que la pauvreté avait sapé mon amour-propre. Mais je ne pensais pas seulement à moi. J'avais toujours voulu donner à Tracy ce qu'aucun de nous n'avait eu lorsque nous étions enfants. J'avais paniqué lorsqu'elle était tombée enceinte, parce que je craignais de ne pas pouvoir offrir à notre bébé la vie qu'il méritait. Mes angoisses avaient eu le dessus et avaient dévasté notre relation.

Et maintenant… C'était à nouveau le chaos.

Je jetai un coup d'œil vers Zeke. Il m'aidait à charger les cadeaux pour ma mère dans le coffre du SUV. Je ne lui avais pas dit que j'avais demandé à Tracy de m'épouser et qu'elle avait refusé ma demande. Je n'avais pas à lui expliquer la situation. Son travail était de me protéger, pas d'être mon confident.

— Tout y est ? demanda Zeke.

Je hochai la tête, et il referma le coffre.

Maman m'attendait, mais elle ignorait que je lui apporterais des présents. Je tenais à lui faire la surprise. Je savais bien que ma démarche était bizarre et malsaine. Mais agir ainsi m'apaisait et me faisait oublier ma peine.

Quand Zeke et moi arrivâmes devant la maison de ma mère, je restai assis sur mon siège une minute, en me demandant ce que mon père penserait s'il savait que j'avais renoué avec ma mère. Il l'avait aimée jusqu'à son dernier souffle. Mais il l'avait aussi détestée pour nous avoir abandonnés. Elle avait eu un effet toxique sur lui. Sur moi aussi, pourtant, j'étais là, à raviver mes blessures. L'enfant seul en moi avait besoin de sa mère, même si notre relation n'était pas normale.

Je sortis de la voiture, pris quelques paquets et allai sonner à la porte. Maman vint m'ouvrir. Elle écarquilla les yeux en voyant les cadeaux.

— Qu'est-ce que c'est que tout ça ? demanda-t-elle tandis que Zeke nous rejoignait, les bras chargés.

— Juste des choses que je voulais t'offrir.

— Eh bien ! Si je m'attendais à ça !

Elle ressemblait à un chaton devant un sapin de Noël.

Elle s'effaça pour nous laisser entrer et gagna le salon d'un pas presque dansant. Nous posâmes les paquets sur la table puis allâmes chercher le reste. Il y en avait tant que nous dûmes en poser une partie sur le sol.

Zeke prit congé et alla attendre dans la voiture. Dès qu'il fut sorti, ma mère se précipita sur les cadeaux.

Je m'installai sur le canapé pour l'observer. Le premier cadeau qu'elle ouvrit était un grand sac à main Chanel. Elle poussa un cri de pure joie. Je lui avais acheté l'un des sacs les plus chers de la collection actuelle. Suivirent des mules Christian Louboutin et des ballerines Manolo Blahnik. Elle s'extasia et applaudit chaque fois qu'elle ouvrait un nouveau cadeau.

— Tu peux échanger tout ce qui ne te plaît pas. Ou ce qui ne te va pas. J'ai choisi la taille et la pointure en fonction de ce que tu portais autrefois.

Ces vieux articles de seconde main dont elle se plaignait. Elle était loin de se plaindre, maintenant.

— C'est incroyable ! Oh ! regarde ça ! s'exclama-t-elle.

Elle retira de sa boîte une robe Givenchy, la tint contre elle et fit un tour sur elle-même.

Je la récompensais pour m'avoir fait du mal, pour avoir brisé l'enfant que j'avais été. Pourtant, son enthousiasme me donnait le sentiment d'être utile. Pourquoi Tracy n'avait-elle pas besoin de moi, elle aussi ? Le seul objet de valeur que je lui aie offert était une chaîne de corps qu'elle avait laissée chez moi.

Lorsque maman eut ouvert tous ses cadeaux jusqu'au dernier, elle courut vers moi. Je me levai, et elle me prit dans ses bras. Cette fois, je m'autorisai à l'embrasser, et elle pleura sur mon épaule.

Des larmes de joie, parce que je l'avais choyée.

Un instant après, je la relâchai.

— Personne ne m'a jamais offert de choses aussi extraordinaires, affirma-t-elle.

J'observai ses yeux, sous lesquels son mascara avait coulé.

— Pas même un de tes anciens petits amis ?

— Non, aucun d'eux. Mais maintenant je t'ai, toi, et tu comptes plus que n'importe lequel d'entre eux.

Plutôt que de la contredire, je pris un chemisier en soie sur la pile de vêtements et j'essuyai ses larmes avec l'une des manches.

— *Dash !* protesta-t-elle. C'est un Versace !

— Ne t'en fais pas pour ça. Je t'en achèterai un autre.

Je n'avais pas fini de la gâter. Mais je ne faisais cela que pour oublier la femme qui ne voulait pas m'épouser.

Le lendemain, Tracy me rendit visite, à ma demande. J'avais envoyé Zeke la chercher, comme d'habitude. Mais, maintenant qu'elle était avec moi, il me semblait que nous n'étions plus des amis, et encore moins des amants censés poursuivre leur liaison.

Nous fîmes une balade dans la forêt. Par cet après-midi ensoleillé et chaud, les hauts pins apportaient une ombre bienvenue. Nous aurions pu rester au frais dans la maison, mais je ne voulais pas être enfermé pour l'instant, pas même dans mon immense demeure.

— Comment vas-tu ? demandai-je, tentant de briser la glace.

Je ne l'avais pas revue depuis le week-end où elle avait refusé ma demande en mariage.

— Bien. J'ai beaucoup de travail en ce moment.

Elle avait adopté un style décontracté aujourd'hui, peut-être même un peu brouillon. Ses cheveux étaient à moitié relevés en un chignon lâche dont s'échappaient de longues mèches ondulées. Sa tenue était simple : un T-shirt beige et un jean moulant rentré dans des bottes de cuir marron. C'étaient celles qu'elle avait portées le jour où nous avions folâtré dans l'écurie. J'aurais aimé qu'elle soit aussi excitée aujourd'hui. Je la laisserais volontiers assaillir mon corps, si l'envie lui en prenait.

— Et toi ? demanda-t-elle.

— Je ne fais pas grand-chose.

J'achetais juste à ma mère un tas de bêtises, et j'essayais de survivre à la douleur de ne pas avoir Tracy pour femme.

— Tu veux t'asseoir un peu ? proposai-je.

— D'accord.

Elle choisit un arbre, au pied duquel elle s'installa.

Au moment où je m'asseyais à côté d'elle, j'entendis un bruit de grattement. Levant les yeux, j'aperçus un écureuil qui courait le long du tronc d'arbre pour atteindre les branches. En y regardant de plus près, je constatai que c'était une maman écureuil suivie de ses petits. Il y en avait cinq ou six.

Tracy suivit mon regard.

— Oh ! Comme ils sont mignons ! s'exclama-t-elle. Celui qui est sur la branche la plus basse nous regarde.

Je souris.

— Il pense sûrement à cacher des graines dans ta chevelure sexy.

Elle reporta son attention sur moi.

— Tu trouves ma coiffure sexy ?

— Oh ! oui !

Je trouvais que tout chez elle était séduisant. Son épaisse crinière. Ses yeux d'un bleu azur. Ses courbes féminines.

Elle continuait de m'observer. J'avais envie de l'embrasser mais, étrangement, je n'arrivais pas à le faire. Je voulais que ce soit elle qui fasse le premier pas. Mais elle ramena simplement ses genoux contre sa poitrine, comme si elle se protégeait de moi.

— Tu vas me redemander en mariage ? demanda-t-elle. C'est pour ça que tu m'as fait venir ?

— Quoi ? Non !

Certes, j'avais très envie de l'épouser, mais je n'allais pas m'exposer à une nouvelle rebuffade.

— Tu n'as pas de bague hors de prix cachée dans ta poche ?

Je secouai la tête. Je retournai même les poches de mon jean pour lui montrer qu'elles étaient vides.

— Ah, fit-elle. J'avais pensé que, peut-être…

Je me penchai vers elle, avec une pointe d'espoir.

— Ça aurait marché ? demandai-je. Tu aurais accepté ?

Je l'entendis retenir son souffle.

— Je suis désolée, non. Que tu m'offres une bague, c'est la dernière chose dont j'ai besoin.

Je haussai les épaules pour cacher mon trouble. J'étais non seulement décontenancé mais aussi contrarié, blessé et vexé. Si je l'avais pu, j'aurais glissé le plus gros solitaire du monde à son doigt et je l'aurais obligée à le porter.

— Si on retournait dans la maison pour déjeuner ? suggérai-je d'un ton faussement détaché. On pourrait préparer des sandwichs.

Elle se leva et s'épousseta. Essayait-elle de cacher ses émotions, elle aussi ?

— D'accord. Je commence à avoir faim.

Nous reprîmes le chemin de la maison, marchant côte à côte sous un soleil de plomb.

Nous entrâmes dans la cuisine par la baie coulissante et bûmes un verre d'eau avant de fouiller dans le réfrigérateur. Après un rapide débat, nous optâmes pour des sandwichs au rôti de bœuf. Tracy disposa des cornichons sur les assiettes, que nous emportâmes dans la salle à manger.

Alors que j'allais m'asseoir, je remarquai quelque chose sur le sol, près du buffet en bois. Une petite boîte entourée d'un nœud brillant. L'un des cadeaux que j'avais achetés pour ma mère. Il était sans doute tombé quand j'avais empilé les paquets et les sacs sur le buffet hier soir, avant que Zeke et moi ne les chargions dans la voiture.

Tracy se retourna et aperçut la boîte à son tour. Je crus que mon cœur allait s'arrêter.

J'allai ramasser le paquet. Je ne pouvais pas faire comme si Tracy n'avait rien vu.

— Qu'est-ce que c'est ? demanda-t-elle.

Pensait-elle que c'était une bague de fiançailles ? Paniqué, je cherchai une réponse.

Elle avança vers moi.

— Ce n'est pas ce que tu crois, dis-je pour gagner du temps.

Elle m'observa d'un air soupçonneux.

— Tu en es sûr ?

— Évidemment.

Je ne me rappelais pas précisément ce que contenait la boîte, mais ce n'était pas une bague, puisque je n'en avais acheté aucune à ma mère.

— Alors qu'est-ce que c'est ? insista-t-elle.

Hors de question de lui avouer à qui ce cadeau était destiné. Après ce que ma mère m'avait fait, je doutais que Tracy comprenne pourquoi je l'avais laissée revenir dans ma vie, ou pourquoi je lui offrais des bijoux et des vêtements de luxe. Mes sentiments envers Lola étaient complexes. Mais ils l'avaient toujours été, même lorsque j'étais enfant. Et, maintenant que j'étais adulte, je devais gérer cela tout seul. Entraîner Tracy dans cette histoire n'aurait fait que compliquer les choses.

M'efforçant de garder mon calme, j'imaginai une histoire pour détourner ses soupçons.

— C'est pour un ami. Il fête son anniversaire de mariage cette semaine, et il m'a demandé de garder le cadeau de sa femme. Elle est du genre à fouiller partout.

— Pourquoi était-il par terre ?

— Je l'avais posé sur le buffet hier soir, et il a dû tomber.

Au moins, cette partie était vraie. Mais je regrettais d'avoir été si imprudent.

Elle eut l'air méfiant.

— Qui est cet ami ?

Je ne voulais pas citer une vraie personne. Mais je ne pouvais pas non plus inventer un nom, car Tracy aurait pu faire des recherches pour savoir si cet ami existait.

— Quelle importance ? esquivai-je.

— Pourquoi es-tu si évasif ? Si tu m'as acheté une bague de fiançailles, tu n'as qu'à me le dire. Ce n'est pas comme si je ne te soupçonnais pas de…

— Soit. Tu veux une preuve que ce n'est pas pour toi ? Alors je l'ouvre.

Je pris un couteau sur la table et coupai le scotch sur les côtés de la boîte. Puis je soulevai le couvercle.

— Là, tu vois. Des boucles d'oreilles Gucci.

Je les avais reconnues tout de suite. De l'or 18 carats, du jade et des diamants.

Elle admira les bijoux quelques secondes.

— Comment sais-tu que ce sont des Gucci ?

Mince. Le logo n'était pas visible. Je connaissais la marque parce que c'était moi qui avais choisi ces maudits pendants, mais ça ne collait pas avec l'histoire que je venais de lui raconter.

— Je le vois à leur style.

— Tu as vraiment l'œil pour les bijoux féminins.

— Oui, je suppose. En tout cas, ce n'est pas une bague.

Elle observa les boucles d'oreilles à nouveau.

— Quand ton ami passe-t-il les chercher ?

— C’est moi qui suis censé les apporter à leur fête, vendredi soir.

En réalité, je comptais voir ma mère ce soir-là. Elle m’avait invité à dîner.

— Ils vivent dans le sud de la ville. Ça commence à 19 heures, mais ce n’est pas une fête surprise. C’est une soirée qu’ils ont prévue ensemble.

Ces détails rendaient mon scénario plus crédible.

— Tu ferais mieux de remettre le scotch sur les côtés, pour qu’on ne voie pas que tu as ouvert le cadeau.

— Je le ferai plus tard.

Elle me scruta un peu trop intensément.

— Je suis désolée de t’avoir accusé. Mais je te trouve encore bizarre.

— C’était une journée bizarre, répliquai-je, posant la boîte. Peut-on dîner tranquillement, maintenant ?

Elle hocha la tête.

À l’avenir, si j’achetais quoi que ce soit à ma mère, je ferais envoyer les paquets directement chez elle, pour éviter tout problème.

Nous passâmes à table. Le silence qui nous enveloppa était aussi pesant que les mensonges que je venais de proférer. Mais il m’était impossible d’avouer la vérité.

Ma mère était mon secret. Un secret que je ne comptais pas dévoiler.

- 11 -

Tracy

Zeke m'avait reconduite chez moi tout à l'heure. Dès que j'avais passé ma porte, j'avais téléphoné à Alice pour lui parler de Dash et de son comportement étrange. À présent, j'étais chez elle, dans sa chambre, et je lui confiais mes préoccupations.

Pendant que nous discutions, elle sélectionnait des boas en plumes pour un client et les séparait en deux piles distinctes sur le lit. Spencer était en voyage d'affaires et ne serait de retour que la semaine prochaine. Quant aux deux chiots maltais, ils étaient près de nous, recroquevillés dans un coin de la pièce.

— Tu es sûre que tu ne fais pas une montagne d'un rien ? demanda Alice quand j'eus fini mon récit.

J'étais assise sur un coin du lit, près de la pile des « peut-être ».

— Je ne pense pas que les boucles d'oreilles soient pour la femme de son ami. À mon avis, c'est Dash qui les a achetées. Il a tout de suite su de quelle marque elles étaient, et je trouve ça suspect.

Très suspect.

— Alors il les avait achetées pour toi mais il a décidé de ne pas te les offrir.

— Pourquoi m'aurait-il acheté un cadeau pareil ? Ces bijoux ne sont pas du tout mon style.

Mon cœur cogna dans ma poitrine tandis que je m'apprêtais à exprimer mes craintes.

— Et s'ils étaient pour une autre femme ? Si Dash était blessé et furieux que j'aie refusé sa demande en mariage, et qu'il avait repris une liaison avec une de ses groupies ?

— Oh ! Tracy ! s'exclama-t-elle en ajoutant un boa à la pile des « non ». Il ne ferait pas cela, n'est-ce pas ?

— Je n'en ai aucune idée. Mais je ne peux pas exclure cette possibilité.

— Ne nous emballons pas et réfléchissons. Si Dash a acheté les boucles d'oreilles pour une maîtresse, alors pourquoi ne les a-t-il pas simplement cachées ? Même si la boîte s'est retrouvée par terre par accident, il l'avait quand même mise dans une pièce où tu pouvais la voir. Où est la logique, là-dedans ?

— Il n'y en a pas, je suppose. Mais, si les bijoux étaient pour la femme d'un ami, alors pourquoi ne pas m'avoir donné le nom de cet ami ? Pourquoi tant de mystères ?

— Je comprends tes craintes, je t'assure. Mais, avant que tu ne tires d'autres conclusions, y a-t-il un moyen pour que nous puissions mener l'enquête et savoir si son histoire est vraie ?

— À part le suivre vendredi, je n'en vois pas. La date semblait vraie. Il a réellement des projets pour ce soir-là, à mon avis. Peut-être qu'il ira voir la femme pour laquelle il a acheté ce cadeau.

Je cherchai le regard d'Alice, le cœur battant.

— Si je le suivais, tu viendrais avec moi ?

— Oui, évidemment. Je ne te laisserais pas faire une chose pareille toute seule.

— Merci.

J'avais rejeté la demande en mariage de Dash, mais nous

avions décidé de continuer notre liaison. Ce n'était pas comme si nous avions rompu ou annulé notre accord sur la monogamie. Mais maintenant je ne pouvais exclure la possibilité effrayante qu'il fricote avec une autre femme.

— J'apprécie ton soutien, Alice.

— Je serai toujours là pour toi, dit-elle, refermant la boîte à boas. Je n'ai jamais suivi quelqu'un. Et toi ?

— Non. Mais je pense que nous nous en sortirons très bien. Dash a dit que son ami vivait dans le sud de la ville, dans un quartier résidentiel, et si c'est là-bas qu'il se rend il devra prendre l'autoroute, ce qui joue en notre faveur. Je vais louer une voiture qu'il ne reconnaîtra pas, et nous nous garerons près de chez lui en attendant que son pick-up ou le SUV de Zeke passe.

Je continuai d'exposer le plan au fur et à mesure qu'il se formait dans ma tête.

— La fête est censée commencer à 19 heures. Nous devrions commencer notre filature tôt, pour être sûres de ne pas les manquer.

Alice réfléchit.

— Si c'est Zeke qui est au volant, il ne faudra pas le suivre de trop près. Il est formé pour détecter les comportements suspects.

— Oui. Il faudra que nous redoublions de prudence. Nous devrions sans doute nous déguiser aussi.

— On dirait une opération secrète ! Mais, si Dash sort ce soir-là et que nous réussissons à le suivre jusqu'à sa destination, que feras-tu, une fois là-bas ?

— Je veux juste vérifier qu'il y a une fête. Si c'est le cas, il y aura d'autres voitures garées dans la rue, des gens qui entrent et sortent. Dash ne sera pas le seul invité.

— Tu as raison. J'espère juste que nous aurons le fin mot de l'histoire.

— Moi aussi.

Il fallait que je sache de quoi il retournait, et je ne serais pas tranquille tant que je ne serais pas fixée.

— Le blond te va très bien, fit remarquer Alice.

Nous étions à bord de la petite voiture que j'avais louée. Garées près de l'entrée d'autoroute située près de chez Dash, nous attendions de le voir passer.

— Merci, mais je ne me sens pas à mon avantage.

Je surveillais nerveusement la circulation. Nous étions là depuis déjà une demi-heure.

Je lançai un regard vers Alice, qui toucha les épis de sa perruque brune. Nous avions choisi des modèles semblables à nos propres cheveux, mais dans des teintes différentes.

Je m'agitai sur mon siège.

— C'est insensé. Je suis en train de prendre en filature un homme qui n'est même pas amoureux de moi !

— Et s'il t'aimait vraiment ?

— Quoi ? m'exclamai-je en dévisageant Alice.

Avait-elle perdu l'esprit ?

— Je sais que ça peut te paraître bizarre, comme idée, surtout maintenant. Mais, puisque Dash tient tant à t'épouser, je commence à me demander s'il n'est pas amoureux de toi sans le savoir. Les gens occultent parfois ce genre de sentiments.

— Il occulte les mensonges, aussi ?

— Pour l'instant, rien ne prouve qu'il te ment. Et nous ne savons pas vraiment ce qui se passe en lui. Je te rappelle que Spencer a lutté contre ses sentiments pour moi. Il ne s'est rendu compte qu'il m'aimait que lorsque nous traversions une crise.

— Ce n'est pas la même chose, entre Dash et moi.

Je me penchai pour observer l'autoroute.

— Je suis désolée, dit-elle. J'ai juste…

— Ils sont là ! m'écriai-je en voyant le SUV de Zeke passer devant nous.

J'avais reconnu la voiture mais aussi la plaque d'immatriculation.

— Ce sont eux, j'en suis sûre !

— Alors dépêche-toi de les suivre, m'intima Alice.

— Je ne peux pas m'engager sur la route comme ça.

J'étais si nerveuse que j'avais l'impression de ne plus savoir conduire.

— Surveille-les, et je vais essayer de garder mon calme.

— D'accord, dit Alice, se penchant vers le pare-brise.

Je m'insérai sur l'autoroute et restai à environ trois voitures d'eux, sur la voie d'à côté. Je m'étais préparée en lisant des tonnes d'articles sur la façon de suivre quelqu'un en filature sans être détecté. Bien entendu, aucun de ces articles ne décrivait une situation où le chauffeur de l'autre véhicule était le garde du corps de votre amant célèbre.

— Tu te débrouilles très bien, assura Alice.

Je respectais la limitation de vitesse et j'essayais de rester calme, mais ma respiration s'était raccourcie. Je ne me rappelais pas avoir été aussi nerveuse de toute ma vie. Pas même la première fois que j'avais chanté en public, et pourtant j'avais eu un trac terrible ce jour-là.

Et si j'avais tort et qu'Alice avait raison ? Si Dash ne mentait pas ? S'il ne me trompait pas ?

Et surtout… S'il m'aimait vraiment ?

Non, non et non, pensai-je. Je ne pouvais pas laisser mon cœur aller sur ce terrain. Il fallait que je reste concentrée sur ma filature.

— Tu es sûre que Dash est dans la voiture, au moins ? demanda Alice. Je ne le vois pas.

— Il est à l'arrière, où les vitres teintées sont plus sombres.

Je serrai le volant plus fort, les nerfs en pelote.

Environ vingt minutes plus tard, Alice suggéra :

— Tu devrais changer de voie. Il a mis son clignotant et se prépare à tourner à gauche.

Je me glissai sur la bonne voie. Par chance, la Honda qui se trouvait devant moi prenait la même sortie. Mais un peu plus loin, lorsque je dus tourner à nouveau, je dus redoubler de prudence. À présent, nous étions dans un quartier résidentiel chic, où il y avait moins de circulation et moins d'endroits pour se cacher.

Je m'efforçai de maintenir autant de distance que possible entre eux et nous, sans perdre leur trace. Enfin, ils s'engagèrent dans une rue qui menait à une colline. Je passai droit devant la rue sans m'y engager.

Alice sursauta sur son siège.

— Mais qu'est-ce que tu fais ?

— Je vais faire le tour. Je ne veux pas que Zeke nous voie tourner juste après lui.

— J'espère qu'on ne va pas les perdre.

— Je ne crois pas, dis-je en désignant la colline. Apparemment, il y a peu de maisons là-haut.

— Tu aurais peut-être dû faire espionne et pas chanteuse, plaisanta Alice.

En effet, j'aurais peut-être dû, étant donné que ma carrière était au point mort. À ma décharge, je n'avais pas eu beaucoup de temps à consacrer à la chanson, ces derniers mois. Entre la maladie de mon père et ma liaison avec Dash, j'avais été distraite. Mais je comptais toujours reprendre la musique, sans l'aide de Dash.

J'attendis quelques minutes, puis je fis demi-tour et m'engageai dans la rue que Zeke avait empruntée tout à l'heure.

Alice regarda par la vitre.

— Je ne vois pas le SUV. Mais tu avais raison, il y a

moins d'habitations ici. Il n'y a que quelques rues, et la plus haute semble être une impasse.

Je parcourus les rues en direction du haut de la colline. Les maisons étaient peu nombreuses et espacées, et le SUV n'était garé devant aucune d'entre elles.

— Il est peut-être dans un garage, avança Alice.

Avais-je eu tort de faire un détour ?

— Il faut que nous vérifiions chaque maison, dis-je.

— Alors allons-y.

Il n'y avait qu'une maison au sommet, qui se révéla être notre cible. Le SUV était garé dans l'allée, derrière un portail métallique.

— Il n'y a pas de fête ici, constatai-je, le cœur serré. Tout semble très calme.

— Attention ! Le garde du corps approche, avertit-elle, désignant Zeke du menton.

Il venait de sortir de la voiture et se dirigeait vers le portail.

— Je vais faire comme si je m'étais trompée de rue, déclarai-je.

Je fis demi-tour et battis en retraite dans la rue juste en dessous.

Je me garai devant une maison de style colonial et je retins mon souffle.

— Tu crois qu'il nous a reconnus ? demanda Alice.

— Avec ces perruques ? Je ne sais pas.

Je réprimai une montée de larmes.

— Peu importe, dis-je. C'est fini. Je ne veux plus jamais revoir Dash.

Alice posa la main sur mon genou.

— Tu ne crois pas que nous devrions attendre un peu avant que tu ne fasses une croix sur Dash ? Il n'est que 19 heures. Les gens arrivent souvent en retard à ce genre de fêtes.

— Ce qui veut dire ? Que Dash était le premier à arriver ?

— Tu n'as pas envie d'être sûre ? Peut-être que Zeke nous a prises pour des invitées et qu'il voulait nous ouvrir le portail.

Devais-je écouter Alice ? Était-elle la voix de la raison ? De là où nous nous trouvions, nous pouvions voir si d'autres voitures montaient la colline. Je cédai, et nous patientâmes.

Vingt minutes. Puis trente. Nous poussâmes même jusqu'à quarante, et la seule voiture qui passa devant nous était une BMW de couleur blanche. Mais elle s'engouffra dans le garage d'une autre maison.

Ma douleur croissait de minute en minute, et je finis par demander :

— Peut-on arrêter cette comédie, et accepter le fait que Dash ait menti ?

— Oui, concéda Alice d'une voix abattue. Je suis vraiment désolée. Tu mérites mieux que ça.

— Oui, je suis bien d'accord. Et tu sais quoi ? Je ne vais pas m'apitoyer sur mon sort. Je vais aller parler à Dash. Maintenant.

Prête à livrer bataille, je retirai ma perruque, puis le bandeau en nylon et les épingles qui retenaient mes cheveux. Une fois qu'ils furent libérés, je les étalai autour de mes épaules.

— De quoi ai-je l'air ?

— D'une femme avec qui il ne faut pas plaisanter.

Alice retira sa perruque à son tour.

Je démarrai et retournai en haut de la colline, tandis que le taux d'adrénaline grimpait dans mes veines. Dans un élan d'audace, je me garai juste devant le portail de la maison.

— Il nous a repérées, dit Alice lorsqu'elle vit le garde

du corps marcher vers nous d'un pas menaçant. Bon sang, ce qu'il est grand !

— Il ne m'impressionne pas.

Je coupai le moteur et ouvris la portière à la volée. J'entendis Zeke marmonner un juron.

— Tracy, que faites-vous ici ? s'exclama-t-il.

— Vous n'aviez pas deviné que la blonde qui a fait demi-tour c'était moi ?

Je saisis la perruque sur le tableau de bord et la lançai sur le portail. La pauvre chose atterrit sur le sol. On aurait dit un animal écrasé.

— Je veux savoir qui vit ici ! fulminai-je. Avec qui Dash se trouve-t-il ?

— Calmez-vous et rentrez chez vous.

Je le fusillai du regard.

— Je ne vais nulle part.

Zeke sortit son téléphone de sa poche. Appelait-il la police pour m'accuser de harcèlement ? Impossible, me dis-je. Il ne pouvait pas faire cela sans créer un cauchemar médiatique pour Dash.

— Vous le prévenez de ma présence ? demandai-je.

— Oui.

Il tapa un message à toute vitesse.

Je lançai un regard à Alice, qui ouvrit sa portière.

— Tout va bien ? me demanda-t-elle.

— Oui, ça va. Je ne partirai pas tant que Dash ne sortira pas, décrétai-je en regardant Zeke de manière appuyée.

Le téléphone de Zeke émit un bip, et je sentis mon pouls s'affoler.

— Dash vous parlera plus tard, quand vous serez rentrée chez vous, annonça-t-il.

— Je veux lui parler maintenant, rétorquai-je.

— Allez-vous-en, Tracy.

— Pour le laisser finir son rendez-vous avec une autre femme ? Allez au diable, Dash et vous !

Zeke secoua la tête.

— Vous mélangez tout.

— Ah, oui ? Alors dites à Dash de venir clarifier la situation.

Je jetai un autre coup d'œil vers Alice. Elle était derrière la portière, comme pour se protéger d'éventuels coups de feu. Moi, j'étais si furieuse que rien ne me faisait peur.

Zeke échangea d'autres messages avec Dash. Puis, enfin, mon amant menteur et infidèle sortit de la maison. Il semblait en colère. Et moi j'étais verte de rage. Quelle était cette citation, déjà ? « L'enfer ne contient pas plus de furie qu'une femme dédaignée. »

Zeke déverrouilla le portail, et Dash me rejoignit sur le trottoir. Alice nous observa une seconde, puis elle remonta dans la voiture et ferma sa portière – me donnant l'intimité dont j'avais besoin pour affronter Dash. Zeke se mit également en retrait et grimpa dans son SUV.

Dash me saisit par la main et m'entraîna vers le bout de la rue. Je me dégageai violemment et le regardai dans les yeux.

— Je ne suis pas avec une autre femme, gronda-t-il.

— Alors pour qui sont ces boucles d'oreilles ? m'exclamai-je. Et à qui est cette maison ?

— Je l'ai louée pour ma mère, et ces bijoux sont pour elle.

Je fus abasourdie.

— Je lui ai fait d'autres cadeaux, ajouta-t-il. Je lui offre tout ce que tu refuses que je t'achète.

À ces mots, je retrouvai aussitôt ma voix.

— Ne te sers pas de moi comme d'une excuse pour lui faire des cadeaux.

Ce n'était pas moi la responsable.

— Depuis combien de temps est-elle revenue dans ta vie, d'abord ?

Il me raconta toute l'histoire de Lola, et j'éprouvai de la tristesse. Dash laissait sa mère profiter de son succès et se servir de lui pour sa fortune. Je regardai la maison et j'aperçus une silhouette élancée à la fenêtre. Sa mère nous observait.

— Viens avec moi, dis-je. Laisse-la, et rentre avec moi.

— Tu plaisantes ? Alors que tu m'as accusé de te tromper ? Je n'aurais jamais fait une chose pareille.

— J'étais perdue et blessée, Dash. Je te soupçonnais de m'avoir menti à propos des boucles d'oreilles, et j'ai réagi de manière excessive. En réalité, je lutte contre mes sentiments depuis que nous avons commencé notre liaison. Je croyais que, si je couchais avec toi, je pourrais retrouver un peu de mon pouvoir.

— De quoi parles-tu ?

J'allais lui dire les mots qu'il ne voulait pas entendre.

— Je n'ai jamais cessé de t'aimer, Dash. Même pendant ces années de séparation, mes sentiments pour toi n'ont jamais changé.

Il recula d'un pas, s'écartant de la lumière d'un réverbère et plongeant dans une brume sombre.

— Tu m'aimes ? Et tu m'as menti en prétendant le contraire ?

— J'essayais de ne pas t'aimer, mais ça n'a pas marché. Ensuite, j'ai commencé à espérer et à prier pour que tu m'aimes aussi. Mais ça n'est pas arrivé, bien que tu m'aies demandée en mariage. Toute cette histoire est un désastre.

— Tu as raison. Un désastre complet. Au moins, avec ma mère, je sais à quoi m'en tenir.

J'avais de la peine pour lui. Et pour moi.

— Elle va te faire souffrir à nouveau, avertis-je.

— Pas si je continue de lui offrir ce qu'elle veut.

Son raisonnement me rendit encore plus triste.

— Je suis désolée de t'avoir accusé d'infidélité. J'aurais dû avoir davantage confiance en toi. Mais c'est difficile d'aimer quelqu'un qui ne vous aime pas en retour.

— Tu sais bien que je ne suis pas capable d'aimer.

— Alice pense que tu pourrais l'être, dis-je, émue. Tout à l'heure, elle m'a dit que, peut-être, tu refoulais tes sentiments.

— Je ne refoule rien, affirma-t-il d'une voix tremblante. J'ai toujours su que l'amour était compliqué pour moi, et je n'ai jamais nié le fait que ça remonte à mon enfance.

— À cause du vide que ta mère a créé.

Et maintenant cette femme était de retour et le manipulait comme s'il était sa marionnette.

— Je voulais te réparer, quand nous étions ensemble, la première fois, avouai-je. Mais au final j'ai eu le cœur brisé.

— Et je viens de le briser une seconde fois, enchérit-il en s'approchant de moi. Il faut que cela cesse. Nous devons arrêter ce cycle.

Je posai la main sur sa joue.

— Peut-être que si…

— Non. Je ne peux pas t'apporter ce dont tu as besoin, Tracy. J'en suis incapable.

Je laissai retomber ma main. Le toucher ne faisait qu'aggraver ma souffrance.

— Je vais m'en aller, Dash.

Je ne pouvais pas supporter ce supplice une minute de plus.

— Je ne te dérangerai plus jamais, conclus-je.

Il ne répondit rien. Il se contenta de rester là, immobile, pendant que je regagnais ma voiture, mes pas résonnant dans l'obscurité.

Je me mis au volant, et Alice se tourna vers moi, sans rien dire. Je démarrai et, dès que j'eus quitté la rue, je m'arrêtai et je versai des larmes.

Des larmes pour l'homme que j'aimais encore.

- 12 -

Dash

Je passai devant Zeke, et il referma le portail, me laissant seul avec ma tristesse. Il ne s'attendait sans doute pas à ce que je me confie à lui. Je ne l'aurais pas fait, de toute façon. Perdre Tracy était une douleur que je devais porter seul.

Dès que je fus retourné dans la maison, ma mère se précipita vers moi.

— Qui était cette fille ? demanda-t-elle d'un ton théâtral.

— Personne.

Je filai droit vers le bar et me servis une vodka avec des glaçons. Je l'avalai d'un trait, laissant le liquide me brûler la gorge.

— Ce doit être quelqu'un d'important, pour t'avoir mis dans un tel état.

Je restai muet. J'étais anéanti par tout ce que Tracy m'avait avoué. Elle n'avait jamais cessé de m'aimer... Elle rêvait encore que je l'aime en retour... De plus, il me fallait désormais affronter l'opinion dérangeante d'Alice à mon sujet : le fait que j'occulte mes sentiments et que je sois déjà amoureux de Tracy. Comme si j'étais trop effrayé ou trop stupide pour reconnaître mes sentiments !

Je n'étais pas stupide. Mais j'avais toujours eu peur d'être trop proche d'une femme, de répéter l'erreur que mon père avait commise avec ma mère. D'avoir besoin de quelqu'un au point d'en être détruit. Je ne voulais pas perdre mon âme à cause de l'amour. J'étais censé être immunisé. J'avais fait tout ce qui était en mon pouvoir pour me protéger de ce sentiment dangereux.

Je regardai ma mère. Elle était assise sur le canapé et jouait avec ses nouvelles boucles Gucci, accrochées à ses oreilles. Les bijoux à propos desquels j'avais menti à Tracy. Mais elle aussi m'avait menti, en me trompant sur la nature de notre liaison.

— J'aimerais que tu m'expliques ce qui se passe, Dash.

— Il n'y a rien à expliquer.

J'avais l'impression que tout mon monde était en train de s'écrouler, pourtant, j'avais encore ma fortune, ma carrière et ma maison. Des choses que j'aurais voulu partager avec Tracy.

Est-ce que j'aimais Tracy ? À cette idée, je sentis une terreur pure monter en moi. J'avais passé toute ma vie d'adulte à rejeter l'amour, et aujourd'hui je me noyais dans la soudaine peur d'aimer.

Mais à quoi ressemblait l'amour ? Comment pourrais-je le reconnaître ? Était-ce ce que je ressentais à cette seconde ?

L'incertitude. La douleur.

Maman m'étudia.

— Tu as l'air très malheureux. Veux-tu que nous finissions de dîner ? Cela t'aiderait ?

Je jetai un coup d'œil vers la table. Ma mère avait préparé un poulet rôti et différentes sortes de légumes. Nous étions en plein repas quand Zeke m'avait envoyé un message pour m'informer que Tracy était là. Et maintenant elle était partie. Je l'avais fait fuir, pour de bon.

— Je n'ai plus faim, dis-je.

J'étais incapable d'avaler la moindre bouchée.

— Si je mettais un peu de musique ? suggéra-t-elle.

Je secouai la tête.

— Il n'y a rien que j'aie envie d'écouter.

Elle désigna le téléviseur.

— Un film, alors ?

— Non.

Mais j'étais surpris. Ma mère semblait sincèrement inquiète pour moi. Du moins, aussi sincèrement qu'elle savait l'être.

Je l'observai un instant.

— Pourquoi n'as-tu jamais aimé mon père comme il t'aimait ?

Ma question la fit tressaillir.

— Qu'est-ce que ça vient faire là-dedans ? esquiva-t-elle.

— Je veux juste savoir.

L'amour, cette émotion que je semblais incapable d'affronter, était le sujet de cette soirée. Le mot tournait en boucle dans ma tête.

Elle parut réfléchir. Puis elle répondit :

— Les relations sentimentales ont toujours été compliquées pour moi. Des choses difficiles me sont arrivées quand j'étais enfant, et je n'ai jamais pu…

Sa voix s'évanouit, et je compris à quel point elle était peu équilibrée. En fait, je l'avais toujours su, mais c'était différent, cette fois. Ou alors j'avais juste plus de facilité à la comprendre, puisque j'étais peu équilibré, moi aussi.

Elle joua à nouveau avec ses boucles d'oreilles.

— J'apprécie tout ce que tu fais pour moi, Dash. Cette maison, ces cadeaux.

— Je sais.

Elle associait l'amour aux biens matériels, et elle m'avait appris à faire de même.

— Tu es un bon fils, dit-elle. Le meilleur.

— Merci.

Il était facile d'être le genre de fils qu'elle souhaitait, maintenant que j'avais les moyens financiers de lui faire plaisir. Mais je n'étais pas le meilleur petit ami ou le meilleur amant pour Tracy. Je ne pouvais rien lui offrir qui ait de la valeur à ses yeux.

Non, ce n'était pas vrai. Si je me le permettais, je pourrais faire ce que Tracy désirait le plus.

L'aimer en retour.

Les jours suivants furent un véritable enfer. Je pensais à Tracy à chaque seconde. Mais j'avais encore peur. J'étais même terrorisé.

Assis sur les marches de mon perron, j'attendais Zeke. Je lui avais demandé de venir pour lui exposer mon problème. Je ne pouvais pas me confier à ma mère, puisqu'elle n'avait pas une vision normale de l'amour. Mon père n'était plus de ce monde, et je ne pouvais me confier au père de Tracy. Quant à Spencer, il était le mari d'Alice, or Alice était la meilleure amie de Tracy. Zeke était la seule personne de mon entourage qui ne soit pas dans le camp de Tracy. Mon garde du corps était ma seule option.

Zeke arriva quelques instants plus tard et s'assit à côté de moi.

— Vous êtes sûr qu'il n'y a personne d'autre avec qui vous pourriez avoir cette conversation ? demanda-t-il, l'air soucieux.

— Oui, certain.

— Je ne suis pas très doué pour donner des conseils sentimentaux.

Je lui tendis une bouteille de bière. J'avais à peine entamé la mienne.

— Vous ne pouvez pas être pire que moi.

— À votre place, je n'en serais pas si sûr.

Je l'étudiai. Pour une fois, il n'était pas en costume. C'était son jour de congé, et il portait un short, une chemise à fleurs et des tongs. D'autres agents de sécurité le remplaçaient quand il ne travaillait pas. Aujourd'hui, ce n'était pas un garde du corps dont j'avais besoin mais un ami. Quoi qu'il en soit, Zeke ne serait pas à mon service éternellement. À un moment ou à l'autre, il finirait par retourner à sa société et m'assignerait un autre garde du corps.

Je ne savais pas grand-chose sur sa vie personnelle. Mais quand je les avais engagés, son équipe et lui, il m'avait confié avoir grandi dans une maison aussi imposante que la mienne. Il venait d'une riche famille de Hollywood, mais il préférait rester discret là-dessus.

— Vous aimiez votre ex-femme ? demandai-je.

Il grimaça légèrement.

— Pourquoi cette question ?

— Je veux juste savoir si vous avez déjà été amoureux. Vraiment, profondément amoureux.

— Oui, je l'ai été. Et oui, il s'agissait de mon ex-femme.

Je continuai de le scruter, pour tenter de l'analyser. Pour l'instant, cela me paraissait plus facile que de m'analyser moi-même.

— Que s'est-il passé ? Pourquoi n'êtes-vous plus ensemble ?

— C'était compliqué, dit-il, puis il but une longue gorgée de bière. Trop compliqué pour que je m'investisse. Mais ma rupture m'affecte encore, et affecte la façon dont je vis.

Zeke avait tout à fait le droit d'être évasif. Mais j'avais tout de même besoin d'exposer mes difficultés.

— Comment est-ce ? demandai-je.

Il sembla surpris.

— De divorcer ?

— Non. D'être amoureux.

— C'est comme si quelqu'un était assis sur votre poitrine et vous étouffait. Mais, quand ça se passe bien, c'est fantastique. Tout ce qu'on veut, c'est être avec cette personne.

— J'ai toujours voulu être avec Tracy. Même pendant les années où nous étions séparés, je n'arrivais pas à l'oublier. Mais je ne pouvais pas accepter son amour, et je ne pouvais pas…

— L'aimer en retour ?

— Oui. Dans ma famille, l'amour était un mot associé à la souffrance. C'était un terme employé pour manipuler et détruire. J'ai vu mon père dépérir à cause de ce sentiment, et je me suis fait le serment de ne jamais tomber amoureux.

— L'amour n'est pas censé détruire les gens. Beaucoup de couples ont des relations saines et épanouissantes.

— Vous voyez, vous êtes doué pour donner des conseils.

— C'est du bon sens, rien de plus.

— Pas pour quelqu'un comme moi. Regardez comment j'agis avec ma mère. Elle m'a abandonné, pourtant, je lui donne tout ce qu'elle veut, pour essayer de gagner son amour.

— Les anciennes blessures sont difficiles à refermer.

— C'est bien vrai. Je me suis mis en quatre pour acheter l'affection de ma mère, et en même temps je refuse à Tracy ce qu'elle me demande.

— Ces deux femmes sont on ne peut plus opposées.

Je hochai la tête, le regard rivé au lac. Zeke avait raison.

Je devais cesser d'avoir peur, et admettre la vérité. J'avais toujours aimé Tracy, même si j'avais enfoui ces sentiments dans les recoins les plus reculés et les plus sombres de mon âme. J'avais laissé l'abandon de ma mère gâcher ce que j'aurais pu construire avec Tracy. Ce que je pouvais encore construire. L'amour n'était pas mon ennemi. Il pourrait être mon sauveur, si je le laissais faire.

À cette pensée, j'eus l'impression d'être soudain délesté d'un fardeau.

Mais, quelques secondes après, ma confiance nouvelle s'effondra, et une autre peur m'envahit. Et s'il était trop tard pour reconquérir Tracy ? Si je l'avais blessée trop profondément ?

— Il faut que je vous présente mes excuses, dit Zeke.

— Comment ça ?

— J'aurais dû être plus rapide, l'autre soir. Je n'avais pas remarqué que Tracy et Alice nous suivaient. Elles ont été plus malignes que moi.

Il secoua la tête.

— J'ai tout gâché, et vous en payez le prix.

— Non, ce n'est pas vrai. J'ai eu exactement ce que je méritais. Et puis, si Tracy ne s'était pas montrée, je ne lui aurais sans doute jamais parlé de ma mère.

Mais je ne voulais plus rien cacher à Tracy. Quelles que soient les erreurs que j'avais commises, je devais mettre mon cœur en jeu. Et espérer que Tracy m'aime encore assez pour me reprendre.

Je me tenais sur le perron de chez Tracy, dans le noir, un stetson cachant mon regard. J'étais venu ici avec mes espoirs, mes rêves et mes craintes.

J'appuyai sur la sonnette, le cœur battant. J'entendis des pas, mais la porte ne s'ouvrit pas. Tracy m'observait-elle par le judas ? Apparemment, elle était seule. Il n'y avait aucune autre voiture dans l'allée.

La porte s'entrouvrit, et Tracy m'observa par l'entrebâillement.

— Qu'est-ce que tu fais ici ?

— Je veux juste discuter.

Et lui demander de m'épouser. J'avais dans ma poche une bague, qui semblait me brûler à travers le tissu de mon jean. C'était un diamant, que j'avais choisi avec amour. Mais Tracy accepterait-elle ma demande en mariage ? Serais-je capable de la reconquérir ?

Elle me fit entrer, et je la suivis dans le salon. La pièce était bien rangée, et une bougie parfumée était allumée au centre de la table basse, exhalant une odeur de fraise, ou peut-être de framboise. Tracy était en beauté, et j'avais envie de la toucher, de lui prendre la main. Mais je gardai mes distances pour l'instant.

— Tu veux boire un verre ? offrit-elle.

— Non, je te remercie.

Elle semblait méfiante. Mais je ne pouvais guère lui en vouloir. À sa place, j'aurais été sur mes gardes, moi aussi.

— Tu veux t'asseoir ? demanda-t-elle en désignant le canapé.

Je retirai mon chapeau et le posai sur la table basse, puis je m'installai. Le coussin « *Home sweet home* » attira mon attention. J'imaginai Tracy l'apporter chez moi si elle venait vivre à Pine Tower. Pour l'instant, cela démarrait mal. Tracy s'était assise sur une chaise à l'autre bout de la pièce, aussi loin de moi que possible. Comme si elle cherchait à creuser davantage le fossé entre nous.

J'étais si nerveux que je ne savais pas par où commencer. Je passai la main dans mes cheveux.

— Je suis désolé de la façon dont les choses se sont terminées, dis-je. Je n'aurais jamais dû te mentir. J'ai très mal agi.

— Tu es venu pour me présenter tes excuses ?

— Oui, mais pas seulement. J'ai beaucoup de choses à te dire.

Je plongeai mon regard dans le sien.

— Je t'aime, Tracy. Je suis follement, douloureusement amoureux de toi.

Elle émit un soupir de surprise.

— Mais tu ne l'as jamais été. Tu…

— Je sais reconnaître mes sentiments, désormais.

Je posai la main sur ma poitrine.

— Je l'ai toujours sentie, cette pression en moi. Alice avait raison. Je t'ai toujours aimée, sans le savoir. Même pendant nos années de séparation, je n'arrivais pas à t'oublier. Je t'ai vue connaître le succès puis retomber dans l'anonymat, et ensuite, quand je suis devenu célèbre, tout ce que je voulais c'était te revoir. C'est pour cette raison que je t'ai proposé de faire un disque ensemble. J'étais prêt à tout pour être près de toi.

Je me levai et marquai une pause.

— Tu as eu raison de refuser ma demande en mariage, repris-je, et de ne pas vouloir de bague. Mais cette fois il fallait que je t'offre celle-ci.

Je sortis l'écrin de ma poche et l'ouvris.

Tracy se leva et me rejoignit.

Elle observa le diamant comme s'il l'aveuglait. La pierre était-elle trop grosse ? Trop voyante ? Avais-je choisi une forme qui lui déplaisait ?

— Il est en forme de cœur, observa-t-elle.

— Je voulais qu'il représente ce que j'aurais dû t'offrir il y a des années. Mon cœur. Mon amour. Ma vie.

Son regard s'embua. Était-ce bon signe ?

— Je ne te pousserai pas à changer ou à faire quoi que ce soit qui te déplaise, dis-je. Mais je dois te prévenir, il sera difficile d'éviter la presse. Si tu acceptes de m'épouser, tout le monde saura que nous sommes ensemble. Je serais ravi d'annoncer publiquement nos fiançailles. Mon plus grand rêve est de faire de toi ma femme.

— J'ai attendu toute ma vie que tu m'aimes, que tu m'épouses par amour.

Elle scruta mon regard pendant de longues secondes.

— Tu es sûr que tu n'agis pas sur un coup de tête ? Que tu ne vas pas regretter ta décision ?

— Certain. Toutefois, je ne veux pas édulcorer les choses. Je ne peux pas te promettre que tout sera parfait, surtout maintenant que ma mère est de retour dans ma vie.

— C'est en effet un problème, mais ça ne fait rien. Ce n'est pas ta faute.

Je posai la bague sur la table basse.

— Au moins, nos enfants n'auront pas à traverser ce que j'ai traversé, soulignai-je.

J'avançai vers elle, car j'avais besoin de la toucher.

— Épouse-moi, Tracy, et sois la mère de mes enfants, dis-je, posant la main sur son ventre. Nous ne pouvons pas ramener le bébé que nous avons perdu, mais nous pouvons avoir beaucoup d'autres bébés.

— Oh ! Seigneur, non !

Elle s'écarta brusquement.

— Je t'aime, Dash. Mais je ne peux pas accepter.

Je vis de la peine dans ses yeux.

— Je ne peux pas t'épouser, murmura-t-elle. Pas si…

Abasourdi, je la dévisageai.

— Tu ne veux pas fonder une famille avec moi ?

— Si ! Bien plus que les mots ne peuvent le dire.

Elle enserra sa taille.

— Mais il y a un secret que j'ai gardé, quelque chose que j'aurais dû te dire bien plus tôt.

- 13 -

Tracy

J'allai m'asseoir sur le canapé et invitai Dash à m'y rejoindre. J'avais besoin d'être assise pour avoir cette conversation. À dire vrai, j'aurais préféré éviter le sujet. Mais Dash venait de me demander de porter ses enfants.

Cette pensée me déchirait le cœur.

Lorsqu'il fut à côté de moi, je repris la parole.

— Il est extrêmement improbable que je tombe enceinte un jour. J'ai un problème qui…

Dash m'observa d'un air inquiet.

— Qu'est-ce que c'est, Tracy ? Qu'est-ce qui ne va pas ?

— J'ai ce qu'on appelle une insuffisance ovarienne précoce. En résumé, les ovaires cessent de fonctionner avant l'âge de quarante ans. Je prends des hormones et des vitamines pour atténuer les effets, mais il n'y a pas de traitement pour guérir.

Je continuai mes explications, bien qu'elles touchent à des sujets très personnels.

— J'ai encore mes règles de temps en temps, mais elles sont rares et espacées. Elles finiront par s'arrêter complètement.

Je clignai des yeux pour ravaler mes larmes.

— Je n'en ai parlé à personne, sauf à Alice.

— Ton père n'est pas au courant ? s'étonna-t-il.

— Je ne voulais pas l'inquiéter, d'autant plus qu'il a déjà eu une frayeur médicale avec son cancer. Et je ne voyais pas non plus l'intérêt de t'en parler. Toi et moi, nous avions juste une liaison. Il n'y avait pas d'avenir entre nous. Mais maintenant…

— Je ne t'en veux pas, assura-t-il avec douceur. Ça ne change rien pour moi. Je t'aime, et je veux passer le reste de ma vie à tes côtés.

Je plongeai le regard dans le sien.

— Mais tu voulais que je sois la mère de tes enfants…

Il prit ma main dans la sienne.

— Il y a d'autres moyens de fonder une famille. L'adoption, le don d'ovocytes, une mère porteuse, ou les autres solutions qui existent de nos jours. Nous pourrons y avoir recours, mais seulement si tu es d'accord. Sinon, nous ne sommes pas obligés d'avoir des enfants. Ça peut être juste toi et moi.

Mon cœur se serra.

— Je veux des enfants. Plus que tout. Mais mon état me donne l'impression d'être inférieure en tant que femme. D'être une ratée, en quelque sorte.

— Ce n'est pas vrai. Tu es toujours la personne que tu étais, et j'aurai de la chance de partager ton existence.

— Mais je ne me suis toujours pas remise de la perte de notre bébé.

— Je sais. Moi non plus. J'ai tellement de regrets à propos du passé… Et, maintenant, quand je te vois si bouleversée… Je suis vraiment désolé pour tout ce que tu traverses. J'aimerais pouvoir tout arranger.

Je pris une inspiration tremblante.

— Mon médecin m'encourage à rejoindre un groupe de soutien. Je devrais peut-être le faire.

— Si les conjoints sont autorisés à venir, je t'accompagnerai… si tu as envie que je sois là.

Soudain, j'éclatai en sanglots. Dash faisait et disait tout ce qu'il fallait, mais j'étais trop épuisée émotionnellement pour retenir mes larmes.

Il se pencha vers moi, et je m'accrochai à lui, pleurant entre ses bras. Il m'étreignit, me réconfortant du mieux qu'il pouvait. Je jetai un coup d'œil vers la table basse, où il avait posé la bague de fiançailles qu'il avait choisie.

Un diamant en forme de cœur.

Dash me caressa les cheveux, et j'appuyai la tête contre sa poitrine. J'entendis les battements de son cœur.

Si réguliers, si réels.

Je me blottis contre lui, pour être enveloppée par sa force, son amour, et par l'amour que je lui portais. Enfin, je cessai de pleurer et repris ma respiration.

— Ça va ? demanda-t-il. Il y a quelque chose que je peux faire ?

J'allai chercher une boîte de mouchoirs et séchai mes larmes.

— Oui. Il y a une chose qui pourrait me remonter le moral.

— Tout ce que tu veux, Tracy.

— Demande-moi encore de t'épouser.

Il me regarda amoureusement, puis prit la bague de fiançailles. Lorsqu'il se mit sur un genou, mon cœur palpita.

— Veux-tu me faire l'honneur de devenir ma femme ? Veux-tu partager ma maison ? Et être ma partenaire sur tous les plans ?

— Oui ! répondis-je avec enthousiasme.

J'étais impatiente que nous commencions notre vie à deux, et de savourer le meilleur de ce que l'univers nous réservait. Dash glissa la bague à mon doigt et, quand le diamant refléta la lumière, je vis l'espoir briller sur chacune de ses facettes.

— Regarde, je porte ton cœur !

— Il t'appartiendra toujours, promit-il tout en se relevant. Mais je regrette de ne pas te l'avoir offert plus tôt.

— Il est à moi, maintenant, et c'est tout ce qui compte.

Dorénavant, je ne m'attarderais plus sur les souffrances du passé.

Nous échangeâmes un long et langoureux baiser, pour sceller notre engagement.

— Merci de m'aimer depuis toutes ces années, dit-il. Je n'avais jamais mesuré à quel point ton amour était important. À quel point j'en avais besoin.

— Pas de quoi. Mais nous avons encore une longue route devant nous, avec l'annonce de nos fiançailles à la presse, ma carrière que je veux essayer de relancer, nos options pour fonder une famille. Cela fait beaucoup.

— Et je dois aussi composer avec ma mère.

Je l'étreignis, pour le réconforter comme il l'avait fait tout à l'heure avec moi.

— Ne t'inquiète pas, Dash. Je t'aiderai à relever ce défi.

Je frottai le bout de mon nez contre sa barbe naissante.

— Quoi qu'il arrive, dis-je, nous serons toujours une équipe.

Plus tard, je conduisis Dash dans ma chambre. J'avais envie que mon fiancé soit dans mon lit.

— Cela fait longtemps, observai-je, respirant son parfum boisé. Nous n'avons pas fait l'amour depuis le barbecue.

— Tu m'as manqué.

— Toi aussi, tu m'as manqué.

Je ne douterais plus jamais de lui.

Il déboutonna mon chemisier et posa ses mains puissantes sur moi. Puis il m'ôta mon soutien-gorge, mon jean, et glissa les pouces sous la taille de mon slip de coton. Je n'avais pas envie d'éteindre la lumière. J'aimais l'idée qu'il me voie nue, que je sois tout entière exposée à son regard.

— Nous n'avons pas besoin d'utiliser un contraceptif,

dis-je. Ce n'est pas… nécessaire. Et puis j'ai envie de te sentir en moi sans aucune barrière entre nous.

— Je ferai tout ce que tu veux. Mais d'abord je crois que je devrais te donner un orgasme.

Il s'agenouilla devant moi, et je m'accrochai à ses épaules. Lentement, il fit glisser mon slip le long de mes jambes…

Plus bas, encore et encore…

Jusqu'à mes pieds.

Il se mit à me faire des choses indécentes avec ses lèvres et sa langue, et je chancelai.

Il exerça sa magie, et bientôt ma peau picota et mes replis intimes devinrent humides. Tandis qu'une onde de chaleur se propageait dans mon ventre, il me caressa doucement, m'arrachant soupirs et gémissements.

Je le regardai, le souffle court.

Mon fiancé. Mon futur époux. L'homme que j'aimais depuis des années. Il semblait si fort, si séduisant, si sauvage, tandis qu'il m'emportait vers l'extase. Il émit un son de plaisir, qui attisa mon excitation. Je me réjouissais qu'il apprécie cela autant que moi.

Je voulais lui dire à quel point c'était exquis, mais j'étais incapable de former le moindre mot.

Soudain, je frissonnai et convulsai contre son visage.

Il resta agenouillé et continua à taquiner mon clitoris. Un pur délice.

Enfin, il se releva et m'embrassa sur les lèvres. Je m'abandonnai entre ses bras, pantelante.

Après cela, il retira ses bottes, et je l'aidai à se déshabiller, tirant sur son T-shirt et déboutonnant son jean.

Il me fit reculer jusqu'au lit, et nous tombâmes sur le matelas.

Je le caressai intimement pour renforcer son désir.

Puis je glissai le long de son corps et fis tourner ma

langue sur la couronne de son sexe. Il contracta ses abdominaux, et je le pris pleinement dans ma bouche. Il me laissa faire. Au début, en tout cas.

Quand il fut au bord de l'explosion, il m'interrompit.

M'allongeant sur le dos, il s'inséra entre mes replis féminins. Je relevai les hanches pour qu'il aille plus loin en moi, et je savourai la sensation de ne faire plus qu'un avec lui. Nous ondulâmes à l'unisson, emportés dans une frénésie charnelle. J'enroulai les jambes autour de lui tandis qu'il frottait sa joue contre la mienne, et une onde de chaleur m'envahit.

Il accéléra le rythme de ses coups de reins, et je me cambrai, me pliant à sa volonté.

Quelques secondes après, je m'atomisai de plaisir, en essayant de respirer à chaque spasme torride qui me traversait.

Dash ne tarda pas à me suivre. Je vis ses bras se tendre au-dessus de moi.

Je fermai les yeux lorsqu'il atteignit la libération, heureuse qu'il soit enfin à moi.

Après l'amour, nous restâmes au lit, dégustant de la crème glacée parfum cookie directement dans le pot. Je mangeais de la glace chaque soir depuis notre rupture, pour oublier ma tristesse. Mais ce soir c'était pour fêter nos retrouvailles.

— Je crois que tu devrais t'installer chez moi avant l'annonce de nos fiançailles, lança Dash. Sinon, la presse tambourinera à ta porte pour essayer d'obtenir des photos et des interviews. Au moins, chez moi, tu seras à l'abri.

— Cela va me faire bizarre, que les gens s'intéressent brusquement à moi.

Je n'avais jamais connu un tel niveau de célébrité auparavant.

— Mais je suis ravie à l'idée d'emménager chez toi.

— Dans ce cas, tu es d'accord pour préparer une valise et venir avec moi dès ce soir ? Je peux envoyer quelqu'un récupérer le reste de tes affaires dans la semaine.

— Volontiers.

Je voulais passer toutes mes journées et toutes mes nuits avec lui. Le plus tôt serait le mieux.

— Je vais faire venir un agent immobilier pour mettre ma maison en vente, dis-je. Et je démissionnerai de mon poste au magasin.

Je ne pouvais pas occuper un emploi en contact avec du public. Sinon, les fans de Dash pourraient venir me traquer sur mon lieu de travail.

— Mais je vais continuer mes missions d'assistante virtuelle jusqu'à ce que ma maison soit vendue, pour avoir un salaire.

— Tu peux travailler autant que tu veux, mais selon moi tu devrais te concentrer sur ta musique. Rassure-toi, je ne vais pas te presser avec cette histoire de duo. Tu peux avancer à ton rythme.

J'observai son regard sensuel et sombre.

— Je ferai tout mon possible pour relancer ma carrière, mais je veux signer un contrat prénuptial, Dash. Je ne veux pas que ce mariage ait quoi que ce soit à voir avec ta fortune.

Il secoua la tête.

— Tu es vraiment têtue, hein ?

— Je me sentirai mieux si je subviens moi-même à mes besoins.

— Je ne vais pas t'empêcher d'avoir ton indépendance. J'ai foi en toi et en ta carrière. Mais, si tu veux mon aide, sache que je serai toujours là pour toi.

— Merci.

Je le regardai prendre une cuillerée de glace.

— Puisque nous parlons finances, quelle est la prochaine étape avec ta mère ?

Il soupira.

— Je ne sais pas. Pour être franc, je pense que ça lui ferait du bien de voir quelqu'un.

— Tu veux dire suivre une thérapie ?

— Oui. La dernière fois que je l'ai vue, je lui ai parlé de mon père. Elle m'a avoué qu'elle avait eu du mal à l'aimer à cause des choses difficiles qu'elle a subies pendant son enfance.

— Quand elle vivait en foyer ?

— Elle ne l'a pas précisé, mais je suppose que oui.

— Tu veux continuer à la voir ?

— Oui. Mais je dois cesser de lui faire des cadeaux pour gagner son affection. Je veux lui apprendre à m'aimer plus sainement.

— Tu la crois capable de changer ?

— Quand elle m'a vu dans tous mes états après ma dispute avec toi, elle semblait sincèrement inquiète pour moi.

— Dans ce cas, oui, tu devrais l'encourager à voir un psychothérapeute. Il serait bon qu'elle essaye de panser les blessures son enfance. Peut-être même que vous pourriez faire une thérapie familiale par la suite.

— C'est une idée à creuser, c'est sûr.

Il afficha un petit sourire nerveux.

— Ça ne me ferait pas de mal d'affronter mes problèmes d'enfance, à moi aussi. Tous ces fardeaux que je traîne… Mais je ne sais pas si ma mère sera réceptive à l'idée de consulter.

— Je pourrai être présente quand tu lui en parleras ?

— Évidemment. Mais es-tu sûre d'être prête pour ça ?

— Absolument. Nous sommes une équipe, non ?

Je comptais être à ses côtés, de toutes les manières possibles.

Dès que Dash et moi entrâmes chez sa mère, je sus qu'elle me voyait comme une menace. Ce qui ne m'étonna pas de sa part. Ce n'était pas le genre de personne à accueillir volontiers une autre femelle dans sa tanière.

Dash la présenta sous le nom de Lola. Elle m'offrit une poignée de main mais leva le menton avec un air hautain. Je n'avais jamais vu de photo d'elle, mais elle correspondait à ce que j'avais imaginé, avec ses faux cils, ses ongles rouge vif, sa silhouette élancée et ses cheveux acajou coupés au carré. Elle portait une robe élégante et des escarpins de luxe, probablement des pièces de créateur que Dash lui avait offertes. Elle avait agrémenté l'ensemble de plusieurs bijoux. Des cadeaux de son fils également, sans doute.

Au bout de quelques secondes, elle remarqua le solitaire à mon doigt et le regarda avec insistance.

— Tracy est ma fiancée, maman, annonça Dash. Je l'ai demandée en mariage il y a quelques jours.

— Vraiment ? fit Lola, haussant un sourcil délicat dans ma direction. N'est-ce pas vous qui étiez ici la semaine dernière et qui avez fait une scène ?

— Si, c'était bien moi. Mais c'était juste un malentendu, et nous avons réglé notre problème.

— Un malentendu de cinq carats, persifla-t-elle.

Elle avait évalué la taille de mon diamant avec une étonnante précision.

Je me rapprochai de Dash pour le soutenir. Nous avions déjà annoncé nos fiançailles à mon père, qui avait été aux anges. Il avait même versé quelques larmes, en disant que ma mère aurait été heureuse et fière. Mais, tout ce que Lola semblait remarquer, c'était la valeur de ma bague. Était-il possible pour cette femme de devenir une meilleure personne ? Je l'espérais.

Elle se tourna vers Dash.

— Tu es sûr que tu ne vas pas trop vite ?

— Certain.

Il prit ma main.

— J'aime Tracy depuis des années. J'ai simplement mis du temps à l'accepter.

Lola sembla réfléchir à ce qu'elle allait dire. Avait-elle peur qu'il cesse de lui acheter de jolies choses si elle montrait sa désapprobation ?

— Fêtons vos fiançailles avec du champagne ! s'exclama-t-elle gaiement.

Elle avança jusqu'au bar, la démarche altière, ses talons claquant sur le parquet de bois.

— Je vais mettre une bouteille de Dom Pérignon au frais.

Dash m'interrogea du regard, et je répondis d'un haussement d'épaules. Nous avions bien le temps pour prendre un verre. Nous étions venus pour parler d'une question importante qui, nous l'espérions, pourrait changer le cours de notre vie à tous les trois.

Pendant que le champagne refroidissait, nous allâmes dans le salon.

— C'est une belle maison, commentai-je.

— Oui, en effet, répondit Lola.

Elle sourit à son fils avec un peu trop d'adoration et ajouta :

— Dash sait à quel point ça compte pour moi.

Il lui rendit son sourire.

Au bout de quelques minutes, Lola déboucha la bouteille et remplit trois flûtes de cristal. Après nous avoir donné nos verres, elle leva sa flûte pour porter un toast.

— Aux futurs mariés !

Nous fîmes tinter nos verres pour fêter ce moment heureux. Un moment qui ne durerait pas. Je doutais que Lola soit contente quand elle apprendrait la raison de notre visite.

— Maman, il faut qu'on parle, déclara Dash.

— De quoi ? demanda-t-elle, fixant sa flûte de champagne.

— De la manière de composer avec le passé.

Elle releva vivement la tête.

— Comment ça ?

— À mon avis, ça te ferait du bien de voir un psychologue, et de parler de ce qui t'est arrivé quand tu étais enfant. Et, plus tard, nous pourrons peut-être faire une thérapie ensemble.

— Bonté divine ! s'exclama-t-elle. Cela remonte à bien trop loin pour penser à ce genre de sottises.

— Il n'y a rien de mal à rechercher de l'aide, intervins-je.

— Mais les choses sont très bien comme elles sont, objecta-t-elle. Dash est heureux, à présent.

Elle reporta son attention sur lui.

— Regarde comme tout te réussit ! Tu as une carrière incroyable, et tu es fiancé.

— C'est vrai, mais ma relation avec toi n'est pas normale, maman. Je ne veux pas me contenter de te faire de beaux cadeaux. Je veux plus.

— Les cadeaux, c'est agréable, rétorqua-t-elle.

Avait-elle peur d'affronter son passé, et de devoir apprendre à être le genre de mère dont son fils avait besoin ?

— Essaye la thérapie, tu veux ? insista-t-il.

— Si je dis non, vas-tu me couper les vivres ?

Il posa sa flûte.

— Tu veux dire : vais-je cesser d'assurer ton train de vie ? Je ne suis pas ici pour te faire du chantage. Mais, si tu ne partages pas mon point de vue, alors tu devrais peut-être trouver un travail et subvenir à tes besoins.

— Un travail ? Tu vois, tu me fais du chantage ! C'est horrible, accusa-t-elle d'une voix tremblante. Vraiment horrible.

Elle jouait les victimes pour essayer d'attendrir son fils. Mais Dash n'était pas dupe.

Il garda son calme, même quand elle poussa un soupir dramatique, telle l'héroïne d'un vieux film sur le point de s'évanouir.

- 14 -

Dash

— Je ne peux pas travailler, déclara ma mère.

J'avais cru qu'entre consulter un psychologue et trouver un travail elle aurait choisi la thérapie, mais aucune option ne l'intéressait.

Cela commençait mal… J'observai Tracy. J'étais heureux qu'elle soit ici avec moi. Qu'elle ait accepté de devenir ma femme. Qu'elle m'aime comme les gens étaient censés être aimés. Ma mère névrosée ignorait totalement ce que c'était que d'aimer de manière saine.

— Pourquoi ne peux-tu pas travailler ? demandai-je.

— Parce que…

Elle se laissa tomber sur le canapé, comme si elle était trop désemparée pour tenir debout. Elle prit un prospectus sur la table basse et s'en servit pour s'éventer.

— Je n'ai aucune compétence.

— Il y a sûrement des domaines dans lesquels vous êtes douée, intervint Tracy.

Ma mère lui lança un regard agacé.

— Ça ne vous regarde pas.

— Ne la traite pas de cette façon, rétorquai-je aussitôt. Tracy essaye juste de t'aider.

— Mais tout allait bien avant que tu ne te fiances. Tu

n'essayais pas de m'envoyer en thérapie ni de me forcer à travailler.

— Tu ne peux pas rester ici à ne rien faire, objectai-je. Ça n'avancera à rien.

— Qu'y a-t-il de mal à ce que je sois une femme oisive ?

— Dans la vie, il faut accomplir quelque chose qui ait de la valeur, répondis-je. Ou au moins avoir des buts.

— Mais je suis trop âgée et je ne suis pas qualifiée pour occuper un emploi.

De qui se moquait-elle ?

— Tu es très intelligente, et très séduisante, de surcroît. Je suis sûr que tu pourrais trouver un travail dans lequel tu excellerais.

— Vous pourriez être vendeuse dans une bijouterie, ou dans une boutique de vêtements haut de gamme, suggéra Tracy.

Maman émit un son de dédain.

— Je refuse d'être une simple vendeuse.

— À mon avis, vous pourriez devenir directrice rapidement, répondit Tracy. Vous pourriez prendre des cours en ligne et passer un diplôme.

— Je n'arrive pas à le croire ! s'exclama ma mère.

Elle alla se resservir du champagne.

— Regarde-moi, Dash. Je ne suis pas le genre de personne faite pour travailler. Ni pour être analysée par un psychologue enquiquinant.

— Mais tu es le genre de personne faite pour abandonner son enfant et revenir dans sa vie maintenant qu'il est devenu riche ?

Elle me fusilla du regard.

— C'est de ça qu'il s'agit ? Tu me punis pour le passé ?

— Ce n'est pas une punition. Je suis un adulte qui a enfin appris comment donner, recevoir et accepter de l'amour. Mais je ne peux pas arranger la situation si tu refuses de faire un effort.

— Alors tu vas tout me reprendre ?

— Je ne te reprends rien. Je te demande simplement de procéder à des changements. Je ne peux pas imaginer ce que tu as subi pendant ton enfance, et je suis désolé que tu aies souffert. Mais je sais ce que j'ai enduré, et comment ça m'a affecté.

Elle détourna le regard, comme si elle était soudain submergée par l'émotion. Mais une seconde plus tard elle lança :

— Tu as eu une enfance difficile, mais regarde comme ta vie est merveilleuse aujourd'hui. Tu es millionnaire, et peut-être bientôt milliardaire. Je ne vois pas en quoi c'est un problème que tu subviennes à mes besoins sans contrepartie.

— J'y vois beaucoup de problèmes, au contraire. J'ai passé toute ma vie à me sentir inférieur, et à penser que je devais être riche pour avoir de la valeur.

Je portai mon regard sur Tracy.

— Elle m'a aimé quand j'étais pauvre, et elle m'aime aujourd'hui. Mon succès n'a rien à voir avec ses sentiments pour moi.

— Mais elle va t'épouser, tandis que moi je suis obligée de changer, répliqua ma mère.

Elle sirota son champagne, l'air irrité.

— Je devrais aller voir la presse et révéler ton comportement horrible avec moi.

Elle me menaçait ? C'était inacceptable. Totalement inacceptable.

— Tu crois vraiment que le public va être de ton côté ? Que vas-tu dire pour me dépeindre en tyran ? Que j'essaye de t'aider à te remettre de ton passé ? Que je veux que nous fassions une thérapie familiale, mais que tu refuses de faire un effort ?

Il n'était pas question que je renonce.

— Et pour ton information, ajoutai-je, j'ai une équipe entière de communicants qui s'occupe de ma publicité, alors, si tu parles à la presse, je riposterai.

Pour l'instant, Tracy et moi n'avions pas encore annoncé nos fiançailles. La dernière chose dont j'avais besoin, c'était que ma mère le fasse pour nous.

Elle fit cliquer ses ongles rouge brillant sur le bar.

— Tes fans savent déjà que je suis partie quand tu étais enfant, alors pourquoi devrais-je me taire ? Je pourrais très bien dévoiler mon identité.

— Vous vous moquez de ce que les gens penseront de vous ? s'étonna Tracy.

Maman haussa les épaules.

— Tout le monde pense déjà que je suis une mauvaise personne, de toute façon.

Elle marqua une pause et parut réfléchir.

— En fait, reprit-elle, je crois que nous devrions faire une émission de télé-réalité tous les trois. Le public adorerait. Je serais la méchante glamour, Dash, l'artiste mondialement connu, et vous, la fiancée – ou l'épouse ou ce que vous serez à ce moment-là – qui pense que l'amour est tout.

Tracy et moi en fûmes bouche bée.

— Tu devrais en parler à ton agent, Dash, continua ma mère. Il pourrait présenter le projet à toutes les chaînes susceptibles d'être intéressées. Qui sait ? Il y aura peut-être une guerre d'enchères.

Je n'en croyais pas mes oreilles.

— Je refuse de faire une émission de télé-réalité avec toi, assénai-je.

— Mais ce sera une façon pour nous tous de former

une famille. Et puis ça va accroître ta célébrité et tes revenus. Tu seras une star de tout premier plan.

— Je ne veux pas être ce genre de star. Et ce n'est pas non plus mon idée de la vie de famille.

Je voulais avoir des relations familiales normales et épanouissantes.

— Soit, fit-elle.

Elle avala le reste de son champagne dans un geste emphatique.

— Dans ce cas, j'aurai ma propre émission, répliqua-t-elle. Ou alors je rejoindrai le casting d'une télé-réalité qui existe déjà. Je peux quand même devenir une célébrité.

— Tu sais quoi ? Tu as raison. Tu peux faire ce qui te plaît.

Je n'allais pas m'inquiéter des répercussions que ses actes égoïstes auraient sur moi. J'étais déjà sous les projecteurs, et, une fois que Tracy et moi aurions annoncé nos fiançailles, elle serait à nouveau dans la lumière, elle aussi. La célébrité faisait partie de notre vie, c'était ainsi.

— Je suis sûr que tu trouveras un agent pour te représenter quand tu diras que tu es de ma famille. Mais ne fais rien tant que Tracy et moi n'annonçons pas notre relation publiquement.

Ma mère fronça les sourcils.

— Combien de temps cela va-t-il prendre ?

— Rassure-toi, tu n'auras pas à attendre longtemps. Quelques jours, tout au plus. Ensuite, tu pourras avoir la vie que tu veux, tant que tu restes en dehors de la mienne.

Maman s'écarta, et soudain elle parut déboussolée. Comme si elle se rendait compte qu'une émission de télé-réalité n'était pas une si grande idée, finalement. Elle se mit à arpenter la pièce.

Avait-elle des regrets, à la perspective d'être exclue de ma vie ? Craignait-elle de se retrouver seule ?

Elle cessa de marcher et se tourna vers moi.

— Je suis désolée, dit-elle d'une voix tremblante. Et je suis désolée d'avoir été impolie avec Tracy. J'ai fait ma tête de mule et j'ai dit des choses stupides que je ne pensais pas. Je me soucie de ce que les gens pensent, et en particulier je ne veux pas que tu me détestes, Dash.

— Je ne te déteste pas, dis-je calmement. Mais tu as besoin d'aide. Tu ne peux pas continuer à te servir des gens et à les maltraiter.

— Je sais.

— Ça veut dire que tu es d'accord pour commencer une thérapie ?

— Oui. Mais ce sera difficile pour moi. Je ne suis pas à l'aise à l'idée de parler de moi, de revenir sur mon passé.

— Je comprends. Mais c'est une étape nécessaire.

Une chose à la fois, me dis-je. Je risquai un sourire.

Le regard de ma mère s'embua.

— Tu vas continuer à subvenir à mes besoins ? Ou tu veux toujours que je me trouve un travail ?

— Je subviendrai à tes besoins.

Mais surtout je la soutiendrais sur le plan moral. J'espérais qu'un jour elle verrait le bénéfice de ma démarche, et qu'elle me soutiendrait à son tour. Pour l'instant, je n'attendais pas de miracle. Mais au moins c'était un pas dans la bonne direction.

Ma mère m'étreignit, et trembla entre mes bras. Je sentais que Tracy nous observait.

Je souris à la femme que j'allais épouser, pour la remercier de son soutien. Elle était mon miracle. Elle m'aimait, tout comme je l'aimais, à chaque seconde.

Une fois chez nous, Tracy et moi fîmes l'amour. Elle était nue sur moi, le corps cambré, les cheveux tombant en cascade dans son dos. Je la regardais onduler, songeant qu'elle était parfaite. Je pris ses seins dans mes mains et taquinai ses tétons, qui se durcirent sous mes doigts.

Tandis qu'elle m'enveloppait entre ses replis moites et soyeux, j'imaginais notre nuit de noces. Je ne savais pas encore si nous la passerions dans une chambre d'hôtel de luxe, un chalet perdu dans les montagnes ou un bungalow sur une île tropicale. Je savais seulement que nous serions ensemble, à nous donner du plaisir.

Je visualisai Tracy dans un corset de dentelle blanche et des bas. Il y aurait des pétales de fleurs à profusion, éparpillés sur le lit.

— Je suis en train d'imaginer notre nuit de noces, dis-je, l'attirant dans mon fantasme.

— Ah oui ?

— Oui.

Je me redressai pour l'embrasser.

— Je me dis que le sexe sera très romantique. Et sauvage, dis-je, ponctuant mes paroles d'un baiser torride.

Elle continuait d'aller et venir sur moi.

— Dis-m'en plus.

— Tu me chevaucherais, comme maintenant, et il y aurait des pétales de fleurs partout sur le lit.

— Quel genre de fleurs ?

— Des roses, et elles auraient un parfum délicieux.

J'encerclai sa taille avec mes mains, accompagnant ses mouvements.

— Tu porterais de la lingerie de mariée, mais pas de culotte.

Elle se mordilla la lèvre.

— Et toi, que porterais-tu ?

— Une chemise blanche, que tu aurais ouverte d'un coup sec. Et mon pantalon serait par terre, comme ma veste, ma cravate et ta robe de mariée.

Elle frissonna, excitée par notre conversation.

— J'aurais un voile ?

— Pendant que nous ferions l'amour ? Oh ! oui !

Elle venait d'ajouter un nouvel élément à mon fantasme.

— Un de ces voiles courts que je pourrais soulever chaque fois que je t'embrasserais.

— Et ma robe, sur le sol ? À quoi ressemble-t-elle ?

— Elle est longue, en satin, avec de la dentelle ancienne et de minuscules boutons dans le dos.

— Des boutons à l'ancienne, recouverts de tissu ?

— Tout à fait. Mais je serais si pressé de t'enlever ta robe que j'en ferais craquer quelques-uns.

Elle se pencha sur moi, ses cheveux encadrant son visage.

— Tu serais pressé de faire l'amour avec moi ?

— Ce serait plus fort que moi.

J'étais déjà impatient rien que d'en parler.

Nous changeâmes de position. Je m'étendis sur elle et la pénétrai, baigné par l'amour que j'éprouvais pour elle.

Sous son regard enfiévré, je glissai la main entre ses cuisses pour intensifier son plaisir. Je la contemplai, écoutant les sons charnels qui s'échappaient de sa bouche. C'était si bon que j'en eus des frissons.

J'étais enfoui en elle quand elle atteignit l'orgasme. Je jouis à mon tour, en me disant que, bientôt, nous serions de jeunes mariés.

Deux jours plus tard, Tracy et moi étions dans l'écurie. Par ce bel après-midi d'été, nous nous préparions à annoncer nos fiançailles sur Instagram, en compagnie de Valentine.

Pour l'occasion, nous avions choisi des tenues sans prétention, à notre image. Un jean, des bottes, une chemise à carreaux pour moi et une chemise western brodée pour Tracy. Elle avait laissé ses cheveux lâchés, et son maquillage était léger.

— Tu es prête ? demandai-je.

— Tout à fait.

Elle me sourit, et son regard bleu azur pétilla.

Je sortis mon téléphone de ma poche. Cela me plaisait d'avoir le contrôle sur les photos que je publiais. Bien évidemment, elles seraient rapidement reprises par de nombreux sites Internet. Mais Tracy et moi savions ce que nous faisions. En attendant que nous soyons disposés à donner des interviews, mon attaché de presse émettrait des communiqués pour nous. Zeke et son équipe étaient prêts, eux aussi, pour s'occuper des fans et des paparazzis qui camperaient devant la maison.

Valentine passa la tête par-dessus la porte de son box, et Tracy caressa le nez de la pouliche.

Je levai mon téléphone et nous fîmes une première photo avec Valentine. Cette pouliche faisait partie de notre vie, et nous voulions la montrer aussi.

Nous prîmes différents clichés, en nous assurant que la bague de Tracy était bien visible. Rien ne disait mieux « fiançailles » qu'un gros diamant étincelant. J'ajouterais des tags aux photos, pour faire savoir à mon public que Tracy était la femme avec qui j'allais me marier. Ma future épouse avait aussi des comptes de réseaux sociaux, et le nombre de ses abonnés allait sûrement grimper en flèche aujourd'hui. Mais nous étions préparés. La compagnie de sécurité informatique qui gérait mes comptes surveillerait aussi ceux de Tracy, dorénavant.

Nous nous assîmes pour voir les photos et choisir nos préférées. Nous en gardâmes deux : l'une avec Valentine et l'autre sans elle.

— C'est le moment, dis-je.

— Vas-y, dit-elle.

Je publiai la première photo, et Tracy se blottit contre moi pour regarder les réactions et les commentaires s'accumuler. Comme j'avais des millions d'abonnés, nos fiançailles figureraient dans les tendances du jour en un rien de temps.

— C'est agréable de se dire que tout le monde sera au courant pour nous, dit-elle.

— Très agréable.

Notre vie publique venait officiellement de débuter. Il n'y avait pas de retour en arrière possible. Nous étions désormais un couple dans tous les sens du terme.

Épilogue

Tracy

Trois mois s'étaient écoulés depuis que j'avais accepté la demande en mariage de Dash, et par cette belle soirée d'automne nous donnions une fête pour nos fiançailles.

Pine Tower était remplie d'amis et de membres de la famille. Mon père savourait chaque instant de cette journée. Je parcourus la salle de réception du regard et le repérai en train de discuter avec Spencer et Alice.

Papa était en pleine forme, et son dernier examen n'avait montré aucun signe de cancer, à mon grand soulagement.

La mère de Dash était également de la fête. Dans sa tenue de créateur et ses bijoux scintillants, elle était plus élégante que jamais. Elle avait commencé une thérapie avec un psychologue que Dash lui avait trouvé et, autant que nous puissions en juger, elle faisait des progrès. Elle se montrait encore hautaine ou agressive par moments, mais elle présentait toujours ses excuses ensuite. J'avais le sentiment qu'elle souhaitait réellement changer. Bien entendu, elle était très douée pour préparer des fêtes. Elle m'avait aidée à organiser celle-ci, réglant les moindres détails pour en faire un événement inoubliable.

Dash et elle n'avaient pas encore commencé de thérapie

familiale, mais cela faisait partie de leurs projets. Quant à moi, j'avais rejoint un groupe de soutien pour femmes atteintes d'insuffisance ovarienne précoce.

Je souris à Dash. Il discutait avec des invités près du buffet.

Depuis nos fiançailles, ma vie avait radicalement changé. Je n'avais pas encore sorti de nouvelle chanson, mais les albums sur lesquels j'avais tant travaillé autrefois – ceux qui avaient eu beaucoup de succès – gagnaient en popularité parmi les fans de Dash. Mon futur époux était fier de moi, cela ne faisait aucun doute. En fait, il croyait en moi depuis toujours. Néanmoins, j'hésitais encore à enregistrer un duo avec lui.

Ce qui n'avait pas beaucoup de sens, compris-je soudain. Il n'y avait pas de raison que je ne chante pas avec l'homme merveilleux que j'allais bientôt épouser.

Je me dirigeai vers lui, et il vint à ma rencontre.

Il me prit dans ses bras et m'embrassa tendrement. Il m'avait déjà dit à quel point il me trouvait splendide dans ma minirobe en lamé doré et mes hautes bottes noires. Lui aussi était particulièrement séduisant, avec son costume taillé sur mesure, ses cheveux savamment décoiffés et sa barbe naissante si sexy.

Nous interrompîmes notre baiser pour reprendre notre souffle.

— J'ai réfléchi…, commençai-je. Je veux que nous composions une chanson ensemble, et que nous l'enregistrions après notre mariage.

Il afficha un sourire dévastateur.

— C'est vrai ? Tu es sérieuse ?

— Tout à fait.

Je lui caressai la joue.

— Notre chanson, dis-je. Une chanson d'amour.

Il prit mon visage entre ses mains.

— Une chanson qui parlerait de deux amoureux qui ont surmonté tous les obstacles pour être ensemble ?

Je hochai la tête et posai mes lèvres sur les siennes. J’étais au comble du bonheur. Après toutes ces années, Dash et moi nous étions enfin retrouvés.

Pour de bon, cette fois.

Retrouvez en février 2021,
dans votre collection

PASSIONS

Les amants interdits, de Ryan Reese - N°904

Après que son fiancé l'a quittée sans aucune explication à quelques semaines de leur mariage, Annabel n'a plus qu'une idée en tête : récupérer l'argent durement investi par sa famille dans la réception. Pour cela, elle engage Roarke Perry, un avocat réputé pour sa ténacité. Avec son aide, elle en est certaine, elle obtiendra gain de cause. Ce qu'elle n'avait pas prévu cependant, c'est que le désir s'immiscerait dans leur relation...

La flamme retrouvée, de Joanne Rock

Dix ans après leur rupture, Miranda fait appel à Kai Maddox pour assurer la sécurité informatique de la banque qu'elle dirige. Alors qu'elle pensait avoir tourné la page sur leur histoire, il lui est impossible de nier l'attirance qu'elle éprouve toujours pour cet homme avec qui elle a vécu la plus intense des passions. Une situation qui rend l'idée de travailler avec Kai aussi angoissante que tentante...

Les secrets du play-boy, de Naima Simone - N°905

Pour faire décoller sa carrière de journaliste, Sophie a trouvé le sujet idéal : le scandale qui a éclaboussé l'entreprise Black Crescent depuis la fuite de son P-DG, accusé de malversations financières. Et qui de mieux que le nouveau patron de la firme, Joshua Lowell, pour lui donner le scoop qu'elle recherche ? Déterminée, Sophie est prête à tout pour décrocher un entretien avec Joshua, aussi inaccessible et arrogant soit-il.

Un plan (presque) parfait, de Sheri WhiteFeather

Mary et sa sœur ont un plan pour venger la mort de leur mère, célèbre compositrice de chansons : Mary doit séduire Brandon Talbot, le fils de celui qui a trahi sa mère et l'a menée à la dépression, pour ensuite l'abandonner de la façon la plus humiliante qui soit. Un plan qui semble parfait, à un détail près : à la fois élégant et entreprenant, Brandon est loin de laisser Mary totalement indifférente...

Une grossesse inattendue, de Jules Bennett - N°906

SÉRIE : LIAISONS SCANDALEUSES TOME 1

Enceinte ? Silvia manque de défaillir. Comme si elle ne regrettait déjà pas assez d'avoir mélangé travail et intimité, voilà qu'elle attend un enfant de Nick Campbell. Nick, qui l'avait engagée pour qu'elle rénove son hôtel des monts Great Smoky, et dans les bras duquel elle s'est abandonnée le temps d'une seule nuit. Comment réagira-t-il en apprenant cette sidérante nouvelle ?

Un chef si charmant, de Kimberley Troutte

Après avoir été trahie par son associé, Michele a désespérément besoin de reprendre confiance en elle. Elle décide donc de participer à un concours de cuisine organisé par Jeff Harper, qui cherche un chef de talent pour son restaurant. Or, Michele a bien du mal à se concentrer sur ses recettes alors que le regard intransigeant de Jeff la déstabilise au plus haut point…

Aime-moi encore une fois, d'Yvonne Lindsay - N°907

Le jour où elle apprend que son ex-mari, amnésique depuis un accident de voiture, souhaite revenir vivre avec elle, Olivia est bouleversée. Car, par-delà la peur que cette situation provoque en elle, elle ne peut s'empêcher de nourrir un espoir fou : reconquérir Xander… Pour y parvenir, elle devra lui cacher leur séparation. Oui, c'est décidé : ils vont recommencer à zéro… même si pour cela elle devra mentir à l'homme qu'elle a toujours aimé.

Tendres mensonges, de Michelle Celmer

Tandis qu'elle regarde s'approcher Nathan, Ana est soudain partagée entre une immense angoisse et une furieuse envie de se jeter dans ses bras. Même si elle brûle de lui dire à quel point il lui a manqué durant leur séparation, elle sait qu'il lui faudra feindre l'indifférence. Car Nathan ne doit rien savoir des sentiments qu'elle éprouve pour lui, tout comme il ne doit absolument pas se douter du secret qu'elle lui cache depuis maintenant plusieurs mois…

Pour te retenir, de Rachel Bailey - N°908

Quand Liam a embauché Jenna pour qu'elle s'occupe de son bébé, il était loin d'imaginer que leur relation évoluerait si vite. Or, il a suffi d'une nuit de passion pour qu'il perde la raison. Sans qu'il s'en rende compte, Jenna leur est devenue indispensable, à lui et à son enfant. Aussi, le jour où elle lui annonce qu'elle doit partir, il est furieux. Furieux et désemparé : peut-il se résoudre à la laisser disparaître de sa vie ?

La fiancée du Texas, de Sara Orwig

Treize ans se sont écoulés depuis la nuit où Jake l'a trahie. Au moment même où ils devaient s'enfuir tous les deux, son amour de jeunesse a disparu de sa vie. Aussi, quand Madison le voit arriver chez elle, est-elle résolue à ignorer les battements précipités de son cœur pour mieux le tenir à distance. Car, même si Jake veut aujourd'hui réconcilier leurs familles ennemies, elle ne doit pas oublier qu'il a brisé ses illusions alors qu'elle lui offrait son cœur…

HARLEQUIN PASSIONS